朱自清散文集 壹

踪迹

朱自清 著

南方传媒 广东人民出版社
·广州·

图书在版编目（CIP）数据

朱自清散文集 / 朱自清著. —广州：广东人民出版社，2023.9

ISBN 978-7-218-16729-9

I. ①朱… II. ①朱… III. ①散文集—中国—现代 IV. ①I266

中国国家版本馆CIP数据核字（2023）第125534号

ZHU ZIQING SANWEN JI

朱自清散文集

朱自清　著

出 版 人：肖风华

责任编辑：陈泽洪
责任技编：吴彦斌　周星奎

出版发行：广东人民出版社
地　　址：广州市越秀区大沙头四马路10号（邮政编码：510199）
电　　话：（020）85716809（总编室）
传　　真：（020）83289585
网　　址：http://www.gdpph.com
印　　刷：北京通州皇家印刷厂
开　　本：880毫米 × 1230毫米　　1/32
总 印 张：21.25　　　　总 字 数：330千
版　　次：2023年9月第1版
印　　次：2023年9月第1次印刷
定　　价：128.00元（全四册）

如发现印装质量问题，影响阅读，请与出版社（020-87712513）联系调换。
售书热线：（020）87717307

朱自清

目 录
| contents |

歌　声

昨晚中西音乐歌舞大会里"中西丝竹和唱"的三曲清歌，真令我神迷心醉了。

仿佛一个暮春的早晨，霏霏的毛雨默然洒在我脸上，引起润泽、轻松的感觉。新鲜的微风吹动我的衣袂，像爱人的鼻息吹着我的手一样。我立的一条白矾石的甬道上，经了那细雨，正如涂了一层薄薄的乳油；踏着只觉越发滑腻可爱了。细雨如牛毛，扬州称为"毛雨"。

这是在花园里，群花都还做她们的清梦。那微雨偷偷洗去她们的尘垢，她们的甜软的光泽便自焕发了。在那被洗去的浮艳下，我能看到她们在有日光时所深藏着的恬静的红、冷落的紫，和苦笑的白与绿。以前锦绣般在我眼前的，现有都带了黯淡的颜色。——是愁着芳春的销歇么？

是感着芳春的困倦么？

　　大约也因那濛濛的雨，园里没了秾郁的香气。涓涓的东风只吹来一缕缕饿了似的花香；夹带着些潮湿的草丛的气息和泥土的滋味。园外田亩和沼泽里，又时时送过些新插的秧，少壮的麦，和成荫的柳树的清新的蒸气。这些虽非甜美，却能强烈地刺激我的鼻观，使我有愉快的倦怠之感。

　　看啊，那都是歌中所有的：我用耳，也用眼、鼻、舌、身，听着；也用心唱着。我终于被一种健康的麻痹袭取了。于是为歌所有。此后只由歌独自唱着、听着；世界上便只有歌声了。

　　　　　　　　　　　　一九二一年十一月三日，上海

桨声灯影里的秦淮河

　　一九二三年八月的一晚，我和平伯同游秦淮河；平伯是初泛，我是重来了。我们雇了一只"七板子"，在夕阳已去，皎月方来的时候，便下了船。于是桨声汩——汩，我们开始领略那晃荡着蔷薇色的历史的秦淮河的滋味了。

　　秦淮河里的船，比北京万牲园、颐和园的船好，比西湖的船好，比扬州瘦西湖的船也好。这几处的船不是觉着笨，就是觉着简陋、局促；都不能引起乘客们的情韵，如秦淮河的船一样。秦淮河的船约略可分为两种：一是大船；一是小船，就是所谓"七板子"。大船舱口阔大，可容二三十人。里面陈设着字画和光洁的红木家具，桌上一律嵌着冰凉的大理石面。窗格雕镂颇细，使人起柔腻之感。窗格里映着红色蓝色的玻璃；玻璃上有精致的花纹，也颇悦人目。"七板子"规模虽不及大船，但那淡蓝色的栏干，空敞的舱，也足系人情思。而最出色处却在它的舱前。舱前是甲板上的一部。上面有弧形的顶，两边用疏疏的栏干支着。里面通常放着两张藤的躺椅。躺下，可以谈天，可以望远，可以顾盼两岸的河房。大船上也有这个，便在小船上更觉清隽罢了。舱前的顶下，一律悬着灯彩；灯的多少、明暗，彩苏的精粗、艳晦，是不一的。但好歹总还你一个灯彩。这灯彩实在是最能钩人的东西。夜幕垂垂地下来时，大小船上都点起灯火。从两重玻璃里映出那辐射着的黄黄的散光，反晕出一片朦胧的烟霭；透过这烟霭，在黯黯的水波里，又逗起缕缕的明漪。在这薄霭和微漪里，听着那悠然的间歇的桨声，谁能不被引入他的美梦去呢？只愁梦太多了，这些大小船儿如何载得起呀？我们这时模模糊糊的谈着明末的秦淮河的艳迹，如《桃花扇》及《板桥杂记》里所载的。我们真神往了。我们仿佛亲见那时华灯映水，画舫凌波的光景了。于是我们的船便成了历史的重载了。我们终于恍然秦淮河的船所以雅丽过于他处，而又有奇异的吸引力的，实在是许多历史的影象使然了。

秦淮河的水是碧阴阴的；看起来厚而不腻，或者是六朝金粉所凝么？我们初上船的时候，天色还未断黑，那漾漾的柔波是这样的恬静、委婉，使我们一面有水阔天空之想，一面又憧憬着纸醉金迷之境了。等到灯火明时，阴阴的变为沉沉了：黯淡的水光，像梦一般；那偶然闪烁着的光芒，就是梦的眼睛了。我们坐在舱前，因了那隆起的顶棚，仿佛总是昂着首向前走着似的；于是飘飘然如御风而行的我们，看着那些自在的湾泊着的船，船里走马灯般的人物，便像是下界一般，迢迢的远了，又像在雾里看花，尽朦朦胧胧的。这时我们已过了利涉桥，望见东关头了。沿路听见断续的歌声：有从沿河的妓楼飘来的，有从河上船里度来的。我们明知那些歌声，只是些因袭的言词，从生涩的歌喉里机械的发出来的；但它们经了夏夜的微风的吹漾和水波的摇拂，袅娜着到我们耳边的时候，已经不单是她们的歌声，而混着微风和河水的密语了。于是我们不得不被牵惹着、震撼着，相与浮沉于这歌声里了。从东关头转湾，不久就到大中桥。大中桥共有三个桥拱，都很阔大，俨然是三座门儿；使我们觉得我们的船和船里的我们，在桥下过去时，真是太无颜色了。桥砖是深褐色，表明它的历史的长久；但都完好无缺，令人太息于古昔工程的坚美。桥上两旁都是木壁的房子，中间应该有街路？这些房子都破旧了，多年烟熏的迹，遮没了当年的美丽。我想象秦淮河的极盛时，在这样宏阔的桥上，特地盖了房子，必然是髹漆得富富丽丽的；晚间必然是灯火通明的。现在却只剩下一片黑沉沉！但是桥上造着房子，毕竟使我们多少可以想见往日的繁华；这也慰情聊胜无了。过了大中桥，便到了灯月交辉，笙歌彻夜的秦淮河；这才是秦淮河的真面目哩。

大中桥外，顿然空阔，和桥内两岸排着密密的人家的大异了。一眼望去，疏疏的林，淡淡的月，衬着蓝蔚的天，颇像荒江野渡光景；那边呢，郁丛丛的，阴森森的，又似乎藏着无边的黑暗：令人几乎不信那是繁华的秦淮河了。但是河中眩晕着的灯光，纵横着的画舫，悠扬着的笛韵，夹着那吱吱的胡琴声，终于使我们认识绿如茵陈酒的秦淮水了。此地天裸露着的多些，故觉夜来的独迟些；从清清的水影里，我们感到的只是薄薄的夜——这正是秦淮河的夜。大中桥外，本来还有一座复成桥，是船夫口中的我们的游踪尽处，或也是秦淮河繁华的尽处了。我的脚曾踏过复成桥的脊，在十三四岁的时候。但是两次游秦淮河，却都不曾见着复成桥的面；明知总在前途的，却常觉得有些虚无缥缈似的。我想，不见倒也好。这时正是盛夏。我们下船后，借着新生的晚凉和河上的微风，暑气已渐渐消散；到了此地，豁然开朗，身子顿然轻了——习习的清风荏苒在面上，手上，衣上，这便又感到了一缕新凉了。南京的日光，大概没有杭州猛烈；西湖的夏夜老是热蓬蓬的，水像沸着一般，秦淮河的水却尽是这样冷冷地绿着。任你人影的憧憧，歌声的扰扰，总像隔着一层薄薄的绿纱面幂似的；它尽是这样静静的，冷冷的绿着。我们出了大中桥，走不上半里路，船夫便将船划到一旁，停了桨由它宕着。他以为那里正是繁华的极点，再过去就是荒凉了；所以让我们多多赏鉴一会儿。他自己却静静的蹲着。他是看惯这光景的了，大约只是一个无可无不可。这无可无不可，无论是升的沉的，总之，都比我们高了。

那时河里闹热极了；船大半泊着，小半在水上穿梭似的来往。停泊着的都在近市的那一边，我们的船自然也夹在其中。因为这边略略的挤，便觉得那边十分的疏了。在每一只船从那边过去时，我们能画出它的轻轻的影和曲曲的波，在我们的心上；这显着是空，且显着是静了。那时处处都是歌声和凄厉的胡琴声，圆润的喉咙，确乎是很少的。但那生涩的、尖脆的调子能使人有少年的、粗率不拘的感觉，也正可快我们的意。况且多少隔开些儿听着，因为想象与渴慕的做美，总觉更有滋味；而竟发的喧嚣，抑扬的不齐，远近的杂沓，和乐器的嘈嘈切切，合成另一意味的谐音，也使我们无所适从，如随着大风而走。这实在因为我们的心枯涩久了，变为脆弱；故偶然润泽一下，便疯狂似的不能自主了。但秦淮河确也腻人。即如船里的人面，无论是和我们一堆儿泊着的，无论是从我们眼前过去的，总是模模糊糊的，甚至渺渺茫茫的；任你张圆了眼睛，揩净了眦垢，也是枉然。这真够人想呢。在我们停泊的地方，灯光原是纷然的；不过这些灯光都是黄而有晕的。黄已经不能明了，再加上了晕，便更不成了。灯愈多，晕就愈甚；在繁星般的黄的交错里，秦淮河仿佛笼上了一团光雾。光芒与雾气腾腾的晕着，什么都只剩了轮廓了；所以人面的详细的曲线，便消失于我们的眼底了。但灯光究竟夺不了那边的月色；灯光是浑的，月色是清的，在浑沌的灯光里，渗入了一派清辉，却真是奇迹！

那晚月儿已瘦削了两三分。她晚妆才罢，盈盈的上了柳梢头。天是蓝得可爱，仿佛一汪水似的；月儿便更出落得精神了。岸上原有三株两株的垂杨树，淡淡的影子，在水里摇曳着。它们那柔细的枝条浴着月光，就像一支支美人的臂膊，交互的缠着、挽着；又像是月儿披着的发。而月儿偶然也从它们的交叉处偷偷窥看我们，大有小姑娘怕羞的样子。岸上另有几株不知名的老树，光光的立着；在月光里照起来，却又俨然是精神矍铄的老人。远处——快到天际线了，才有一两片白云，亮得现出异彩，像美丽的贝壳一般。白云下便是黑黑的一带轮廓；是一条随意画的不规则的曲线。这一段光景，和河中的风味大异了。但灯与月竟能并存着，交融着，使月成了缠绵的月，灯射着渺渺的灵辉；这正是天之所以厚秦淮河，也正是天之所以厚我们了。

　　这时却遇着了难解的纠纷。秦淮河上原有一种歌妓，是以歌为业的。从前都在茶舫上，唱些大曲之类。每日午后一时起；什么时候止，却忘记了。晚上照样也有一回，也在黄晕的灯光里。我从前过南京时，曾随着朋友去听过两次。因为茶舫里的人脸太多了，觉得不大适意，终于听不出所以然。前年听说歌妓被取缔了，不知怎的，颇涉想了几次——却想不出什么。这次到南京，先到茶舫上去看看，觉得颇是寂寥，令我无端的怅怅了。不料她们却仍在秦淮河里挣扎着，不料她们竟会纠缠到我们，我于是很张皇了。她们也乘着"七板子"，她们总是坐在舱前的。舱前点着石油汽灯，光亮眩人眼目；坐在下面的，自然是纤毫毕见了——引诱客人们的力量，也便在此了。舱里躲着乐工等人，映着汽灯的余辉蠕动着；他们是永远不被注意的。每船的歌妓大约都是二人；天色一黑，她们的船就在大中桥外往来不息的兜生意。无论行着的船，泊着的船，都要来兜揽的。这都是我后来推想出来的。那晚不知怎样，忽然轮着我们的船了。我们的船好好的停着，一只歌舫划向我们来的；渐渐和我们的船并着了。铄铄的灯光逼得我们皱起了眉头；我们的风尘色全给它托出来了，这使我踟蹰不安了。那时一个伙计跨过船来，拿着摊开的歌折，就近塞向我的手里，说："点几出吧！"他跨过来的时候，我们船上似乎有许多眼光跟着。同时相近的别的船上也似乎有许多眼睛炯炯的向我们船上看着。我真窘了！我也装出大方的样子，向歌妓们瞥了一眼，但究竟是不成的！我勉强将那歌折翻了一翻，却不曾看清了几个字；便赶紧递还那伙计，一面不好意思地说："不要，我们……不要。"他便塞给平伯。平伯掉转头去，摇手说："不要！"那人还腻着不走。平伯又回过脸来，摇着头道："不要！"于是那人重到我处。我窘着再拒绝了他。他这才有所不屑似的走了。我的心立刻放下，如释了重负一般。我们就开始自白了。

我说我受了道德律的压迫，拒绝了她们；心里似乎很抱歉的。这所谓抱歉，一面对于她们，一面对于我自己。她们于我们虽然没有很奢的希望；但总有些希望的。我们拒绝了她们，无论理由如何充足，却使她们的希望受了伤；这总有几分不做美了。这是我觉得很怅怅的。至于我自己，更有一种不足之感。我这时被四面的歌声诱惑了，降服了；但是远远的，远远的歌声总仿佛隔着重衣搔痒似的，越搔越搔不着痒处。我于是憧憬着贴耳的妙音了。在歌舫划来时，我的憧憬，变为盼望；我固执的盼望着，有如饥渴。虽然从浅薄的经验里，也能够推知，那贴耳的歌声，将剥去了一切的美妙；但一个平常的人像我的，谁愿凭了理性之力去丑化未来呢？我宁愿自己骗着了。不过我的社会感性是很敏锐的；我的思力能拆穿道德律的西洋镜，而我的感情却终于被它压服着，我于是有所顾忌了，尤其是在众目昭彰的时候。道德律的力，本来是民众赋予的；在民众的面前，自然更显出它的威严了。我这时一面盼望，一面却感到了两重的禁制：一、在通俗的意义上，接近妓者总算一种不正当的行为；二、妓是一种不健全的职业，我们对于她们，应有哀矜勿喜之心，不应赏玩的去听她们的歌。在众目睽睽之下，这两种思想在我心里最为旺盛。她们暂时压倒了我的听歌的盼望，这便成就了我的灰色的拒绝。那时的心实在异常状态中，觉得颇是昏乱。歌舫去了，暂时宁靖之后，我的思绪又如潮涌了。两个相反的意思在我心头往复：卖歌和卖淫不同，听歌和狎妓不同，又干道德甚事？——但是，但是，她们既被逼的以歌为业，她们的歌必无艺术味的；况她们的身世，我们究竟该同情的。所以拒绝倒也是正办。但这些意思终于不曾撇开我的听歌的盼望。它力量异常坚强；它总想将别的思绪踏在脚下。从这重重的争斗里，我感到了浓厚的不足之感。这不足之感使我的心盘旋不安，起坐都不安宁了。唉！我承认我是一个自私的人！平伯呢，却与我不同。他引周启明先生的诗："因为我有妻子，所以我爱一切的女人，因为我有子女，所以我爱一切的孩子。"他的意思可以见了。他因为推及的同情，爱着那些歌妓，并且尊重着她们，所以拒绝了她们。在这种情形下，他自然以为听歌是对于她们的一种侮辱。但他也是想听歌的，虽然不和我一样，所以在他的心中，当然也有一番小小的争斗；争斗的结果，是同情胜了。至于道德律，在他是没有什么的；因为他很有蔑视一切的倾向，民众的力量在他是不大觉着的。这时他的心意的活动比较简单，又比较松弱，故事后还怡然自若；我却不能了。这里平伯又比我高了。

在我们谈话中间，又来了两只歌舫。伙计照前一样的请我们点戏，我们照前一样的拒绝了。我受了三次窘，心里的不安更甚了。清艳的夜景也为之减色。船夫大约因为要赶第二趟生意，催着我们回去；我们无可无不可的答应了。我们渐渐和那些晕黄的灯光远了，只有些月色冷清清的随着我们的归舟。我们的船竟没个伴儿，秦淮河的夜正长哩！到大中桥近处，才遇着一只来船。这是一只载妓的板船，黑漆漆的没有一点光。船头上坐着一个妓女；暗里看出，白地小花的衫子，黑的下衣。她手里拉着胡琴，口里唱着青衫的调子。她唱得响亮而圆转；当她的船箭一般驶过去时，余音还袅袅的在我们耳际，使我们倾听而向往。想不到在弩末的游踪里，还能领略到这样的清歌！这时船过大中桥了，森森的水影，如黑暗张着巨口，要将我们的船吞了下去，我们回顾那渺渺的黄光，不胜依恋之情；我们感到了寂寞了！这一段地方夜色甚浓，又有两头的灯火招邀着；桥外的灯火不用说了，过了桥另有东关头疏疏的灯火。我们忽然仰头看见依人的素月，不觉深悔归来之早了！走过东关头，有一两只大船湾泊着，又有几只船向我们来着。嚣嚣的一阵歌声人语，仿佛笑我们无伴的孤舟哩。东关头转湾，河上的夜色更浓了；临水的妓楼上，时时从帘缝里射出一线一线的灯光；仿佛黑暗从酣睡里眨了一眨眼。我们默然的对着，静听那汩——汩的桨声，几乎要入睡了；朦胧里却温寻着适才的繁华的余味。我那不安的心在静里愈显活跃了！这时我们都有了不足之感，而我的更其浓厚。我们却只不愿回去，于是只能由懊悔而怅惘了。船里便满载着怅惘了。直到利涉桥下，微微嘈杂的人声，才使我豁然一惊；那光景却又不同。右岸的河房里，都大开了窗户，里面亮着晃晃的电灯，电灯的光射到水上，蜿蜒曲折，闪闪不息，正如跳舞着的仙女的臂膊。我们的船已在她的臂膊里了；如睡在摇篮里一样，倦了的我们便又入梦了。那电灯下的人物，只觉像蚂蚁一般，更不去萦念。这是最后的梦；可惜是最短的梦！黑暗重复落在我们面前，我们看见傍岸的空船上一星两星的，枯燥无力又摇摇不定的灯光。我们的梦醒了，我们知道就要上岸了；我们心里充满了幻灭的情思。

一九二三年十月十一日作完，于温州

温州的踪迹

一 "月朦胧，鸟朦胧，帘卷海棠红"

这是一张尺多宽的小小的横幅，马孟容君画的。上方的左角，斜着一卷绿色的帘子，稀疏而长；当纸的直处三分之一，横处三分之二。帘子中央，着一黄色的，茶壶嘴似的钩儿——就是所谓软金钩么？"钩弯"垂着双穗，石青色；丝缕微乱，若小曳于轻风中。纸右一圆月，淡淡的青光遍满纸上；月的纯净、柔软与平和，如一张睡美人的脸。从帘的上端向右斜伸而下，是一枝交缠的海棠花。花叶扶疏，上下错落着，共有五丛；或散或密，都玲珑有致。叶嫩绿色，仿佛掐得出水似的；在月光中掩映着，微微有浅深之别。花正盛开，红艳欲流；黄色的雄蕊历历的，闪闪的。衬托在丛绿之间，格外觉着妖娆了。枝欹斜而腾挪，如少女的一只臂膊。枝上歇着一对黑色的八哥，背着月光，向着帘里。一只歇得高些，小小的眼儿半睁半闭的，似乎在入梦之前，还有所留恋似的。那低些的一只别过脸来对着这一只，已缩着颈儿睡了。帘下是空空的，不着一些痕迹。

试想在圆月朦胧之夜，海棠是这样的妩媚而嫣润；枝头的好鸟为什么却双栖而各梦呢？在这夜深人静的当儿，那高踞着的一只八哥儿，又为何尽撑着眼皮儿不肯睡去呢？他到底等什么来着？舍不得那淡淡的月儿么？舍不得那疏疏的帘儿么？不，不，不，您得到帘下去找，您得向帘中去找——您该找着那卷帘人了？他的情韵风怀，原是这样这样的哟！朦胧的岂独月呢；岂独鸟呢？但是，咫尺天涯，教我如何耐得？我拼着千呼万唤；你能够出来么？

这页画布局那样经济，设色那样柔活，故精彩足以动人。虽是区区尺幅，而情韵之厚，已足沦肌浃髓而有余。我看了这画，瞿然而惊；留恋之怀，不能自已。故将所感受的印象细细写出，以志这一段因缘。但我于中西的画都是门外汉，所说的话不免为内行所笑。——那也只好由他了。

一九二四年二月一日，温州作

二　绿

　　我第二次到仙岩的时候，我惊诧于梅雨潭的绿了。

　　梅雨潭是一个瀑布潭。仙岩有三个瀑布，梅雨瀑最低。走到山边，便听见花花花花的声音；抬起头，镶在两条湿湿的黑边儿里的，一带白而发亮的水便呈现于眼前了。我们先到梅雨亭。梅雨亭正对着那条瀑布；坐在亭边，不必仰头，便可见它的全体了。亭下深深的便是梅雨潭。这个亭踞在突出的一角的岩石上，上下都空空儿的；仿佛一只苍鹰展着翼翅浮在天宇中一般。三面都是山，像半个环儿拥着；人如在井底了。这是一个秋季的薄阴的天气。微微的云在我们顶上流着；岩面与草丛都从润湿中透出几分油油的绿意。而瀑布也似乎分外的响了。那瀑布从上面冲下，仿佛已被扯成大小的几绺；不复是一幅整齐而平滑的布。岩上有许多棱角；瀑流经过时，作急剧的撞击，便飞花碎玉般乱溅着了。那溅着的水花，晶莹而多芒；远望去，像一朵朵小小的白梅，微雨似的纷纷落着。据说，这就是梅雨潭之所以得名了。但我觉得像杨花，格外确切些。轻风起来时，点点随风飘散，那更是杨花了。——这时偶然有几点送入我们温暖的怀里，便倏的钻了进去，再也寻它不着。

梅雨潭闪闪的绿色招引着我们；我们开始追捉她那离合的神光了。揪着草，攀着乱石，小心探身下去，又鞠躬过了一个石穹门，便到了汪汪一碧的潭边了。瀑布在襟袖之间；但我的心中已没有瀑布了。我的心随潭水的绿而摇荡。那醉人的绿呀！仿佛一张极大极大的荷叶铺着，满是奇异的绿呀。我想张开两臂抱住她；但这是怎样一个妄想呀。——站在水边，望到那面，居然觉着有些远呢！这平铺着，厚积着的绿，着实可爱。她松松的皱缬着，像少妇拖着的裙幅；她轻轻的摆弄着，像跳动的初恋的处女的心；她滑滑的明亮着，像涂了"明油"一般，有鸡蛋清那样软，那样嫩，令人想着所曾触过的最嫩的皮肤；她又不杂些儿尘滓，宛然一块温润的碧玉，只清清的一色——但你却看不透她！我曾见过北京什刹海拂地的绿杨，脱不了鹅黄的底子，似乎太淡了。我又曾见过杭州虎跑寺近旁高峻而深密的"绿壁"，丛叠着无穷的碧草与绿叶的，那又似乎太浓了。其余呢，西湖的波太明了，秦淮河的也太暗了。可爱的，我将什么来比拟你呢？我怎么比拟得出呢？大约潭是很深的，故能蕴蓄着这样奇异的绿；仿佛蔚蓝的天融了一块在里面似的，这才这般的鲜润呀。——那醉人的绿呀！我若能裁你以为带，我将赠给那轻盈的舞女；她必能临风飘举了。我若能挹你以为眼，我将赠给那善歌的盲妹；她必明眸善睐了。我舍不得你；我怎舍得你呢？我用手拍着你，抚摩着你，如同一个十二三岁的小姑娘。我又掬你入口，便是吻着她了。我送你一个名字，我从此叫你"女儿绿"，好么？

我第二次到仙岩的时候，我不禁惊诧于梅雨潭的绿了。

二月八日，温州作

三　白水漈

几个朋友伴我游白水漈。

这也是个瀑布；但是太薄了，又太细了。有时闪着些须的白光；等你定睛看去，却又没有——只剩一片飞烟而已。从前有所谓"雾縠"，大概就是这样了。所以如此，全由于岩石中间突然空了一段；水到那里，无可凭依，凌虚飞下，便扯得又薄又细了。当那空处，最是奇迹。白光嬗为飞烟，已是影子，有时却连影子也不见。有时微风过来，用纤手挽着那影子，它便袅袅的成了一个软弧；但她的手才松，它又像橡皮带儿似的，立刻伏伏帖帖的缩回来了。我所以猜疑，或者另有双不可知的巧手，要将这些影子织成一个幻网。——微风想夺了她的，她怎么肯呢？

幻网里也许织着诱惑；我的依恋便是个老大的证据。

三月十六日，宁波作

四　生命的价格——七毛钱

生命本来不应该有价格的；而竟有了价格！人贩子，老鸨，以至近来的绑票土匪，都就他们的所有物，标上参差的价格，出卖于人；我想将来许还有公开的人市场呢！在种种“人货”里，价格最高的，自然是土匪们的票了，少则成千，多则成万；大约是有历史以来，“人货”的最高的行情了。其次是老鸨们所有的妓女，由数百元到数千元，是常常听到的。最贱的要算是人贩子的货色！他们所有的，只是些男女小孩，只是些“生货”，所以便卖不起价钱了。

人贩子只是“仲买人”，他们还得取给于“厂家”，便是出卖孩子们的人家。“厂家”的价格才真是道地呢！《青光》里曾有一段记载，说三块钱买了一个丫头；那是移让过来的，但价格之低，也就够令人惊诧了！“厂家”的价格，却还有更低的！三百钱，五百钱买一个孩子，在灾荒时不算难事！但我不曾见过。我亲眼看见的一条最贱的生命，是七毛钱买来的！这是一个五岁的女孩子。一个五岁的“女孩子”卖七毛钱，也许不能算是最贱；但请您细看：

将一条生命的自由和七枚小银元各放在天平的一个盘里，您将发现，正如九头牛与一根牛毛一样，两个盘儿的重量相差实在太远了！

我见这个女孩，是在房东家里。那时我正和孩子们吃饭；妻走来叫我看一件奇事，七毛钱买来的孩子！孩子端端正正的坐在条凳上；面孔黄黑色，但还丰润；衣帽也还整洁可看。我看了几眼，觉得和我们的孩子也没有什么差异；我看不出她的低贱的生命的符记——如我们看低贱的货色时所容易发见的符记。我回到自己的饭桌上，看看阿九和阿菜，始终觉得和那个女孩没有什么不同！但是，我毕竟发见真理了！我们的孩子所以高贵，正因为我们不曾出卖他们，而那个女孩所以低贱，正因为她是被出卖的；这就是她只值七毛钱的缘故了！呀，聪明的真理！

妻告诉我这孩子没有父母，她哥嫂将她卖给房东家姑爷开的银匠店里的伙计，便是带着她吃饭的那个人。他似乎没有老婆，手头很窘的，而且喜欢喝酒，是一个糊涂的人！我想这孩子父母若还在世，或者还舍不得卖她，至少也要迟几年卖她；因为她究竟是可怜可怜的小羔羊。到了哥嫂的手里，情形便不同了！家里总不宽裕，多一张嘴吃饭，多费些布做衣，是显而易见的。将来人大了，由哥嫂卖出，究竟是为难的；说不定还得找补些儿，才能送出去。这可多么冤呀！不如趁小的时候，谁也不注意，做个人情，送了干净！您想，温州不算十分穷苦的地方，也没碰着大荒年，干什么得了七个小毛钱，就心甘情愿的将自己的小妹子捧给人家呢？说等钱用？谁也不信！七毛钱了得什么急事！温州又不是没人买的！大约买卖两方本来相知；那边恰要个孩子顽儿，这边也乐得出脱，便半送半卖的含糊定了交易。我猜想那时伙计向袋里一摸一股脑儿掏了出来，只有七毛钱！哥哥原也不指望着这笔钱用，也就大大方方收了完事。于是财货两交，那女孩便归伙计管业了！

这一笔交易的将来，自然是在运命手里；女儿本姓"碰"，由她去碰罢了！但可知的，运命决不加惠于她！第一幕的戏已启示于我们了！照妻所说，那伙计必无这样耐心，抚养她成人长大！他将像豢养小猪一样，等到相当的肥壮的时候，便卖给屠户，任他宰割去；这其间他得了赚头，是理所当然的！但屠户是谁呢？在她卖做丫头的时候，便是主人！"仁慈的"主人只宰割她相当的劳力，如养羊而剪它的毛一样。到了相当的年纪，便将她配人。能够这样，她虽然被撳在丫头坯里，却还算不幸中之幸哩。但在目下这钱世界里，如此大方的人究竟是少的；我们所见的，十有六七是刻薄人！她若卖到这种人手里，他们必拶榨她过量的劳力。供不应求时，便骂也来了，打也来了！等她成熟时，却又好转卖给人家作妾；平常拶榨的不够，这儿又找补一个尾子！偏生这孩子模样儿又不好；入门不能得丈夫的欢心，容易遭大妇的凌虐，又是显然的！她的一生，将消磨于眼泪中了！也有些主人自己收婢作妾的；但红颜白发，也只空断送了她的一生！和前例相较，只是五十步与百步而已。——更可危的，她若被那伙计卖在妓院里，老鸨才真是个令人肉颤的屠户呢！我们可以想到：她怎样逼她学弹学唱，怎样驱遣她去做粗活！怎样用藤筋打她，用针刺她！怎样督责她承欢卖笑！她怎样吃残羹冷饭！怎样打熬着不得睡觉！怎样终于生了一身毒疮！她的相貌使她只能做下等妓女；她的沦落风尘是终生的！她的悲剧也是终生的！——唉！七毛钱竟买了你的全生命——你的血肉之躯竟抵不上区区七个小银元么！生命真太贱了！生命真太贱了！

因此想到自己的孩子的运命，真有些胆寒！钱世界里的生命市场存在一日，都是我们孩子的危险！都是我们孩子的侮辱！您有孩子的人呀，想想看，这是谁之罪呢？这是谁之责呢？

四月九日，宁波作

航船中的文明

第一次乘夜航船，从绍兴府桥到西兴渡口。

绍兴到西兴本有汽油船。我因急于来杭，又因年来逐逐于火车轮船之中，也想"回到"航船里，领略先代生活的异样的趣味；所以不顾亲戚们的坚留和劝说（他们说航船里是很苦的），毅然决然的于下午六时左右下了船。有了"物质文明"的汽油船，却又有"精神文明"的航船，使我们徘徊其间，左右顾而乐之，真是二十世纪中国人的幸福了！

航船中的乘客大都是小商人；两个军弁是例外。满船没有一个士大夫；我区区或者可充个数儿，——因为我曾读过几年书，又忝为大夫之后——但也是例外之例外！真的，那班士大夫到哪里去了呢？这不消说得，都到了轮船里去了！士大夫虽也擎着大旗拥护精神文明，但千虑不免一失，竟为那物质文明的孙儿，满身洋油气的小顽意儿骗得定定的，忍心害理的撇了那老相好。于是航船虽然照常行驶，而光彩已减少许多！这确是一件可以慨叹的事；而"国粹将亡"的呼声，似也不是徒然的了。呜呼，是谁之咎欤？

既然来到这"精神文明"的航船里，正可将船里的精神文明考察一番，才不虚此一行。但从那里下手呢？这可有些为难，踌躇之间，恰好来了一个女人。——我说"来了"，仿佛亲眼看见，而孰知不然；我知道她"来了"，是在听见她尖锐的语音的时候。至于她的面貌，我至今还没有看见呢。这第一要怪我的近视眼，第二要怪那袭人的暮色，第三要怪——哼——要怪那"男女分坐"的精神文明了。女人坐在前面，男人坐在后面；那女人离我至少有两丈远，所以便不可见其脸了。且慢，这样左怪右怪，"其词若有憾焉"，你们或者猜想那女人怎样美呢。而孰知又大大的不然！我也曾"约略的"看来，都是乡下的黄面婆而已。至于尖锐的语音，那是少年的妇女所常有的，倒也不足为奇。然而这一次，那来了的女人的尖锐的语音竟致劳动区区的执笔者，却又另有缘故。在那语音里，表示出对于航船里精神文明的抗议；她说："男人女人都是人！"她要坐到后面来（因前面太挤，实无他故，合并声明），而航船里的"规矩"是不许的。船家拦住她，她仗着她不是姑娘了，便老了脸皮，大着胆子，慢慢的说了那句话。她随即坐在原处，而"批评家"的议论繁然了。一个船家在船沿上走着，随便的说，"男人女人都是人，是的，不错。做秤钩的也是铁，做秤锤的也是铁，做铁锚的也是铁，都是铁呀！"这一段批评大约十分巧妙，说出诸位"批评家"所要说的，于是众喙都息，这便成了定论。至于那女人，事实上早已坐下了；"孤掌难鸣"，或者她饱饫了诸位"批评家"的宏论，也不要鸣了罢。"是非之心"，虽然"人皆有之"，而撑船经商者流，对于名教之大防，竟能剖辨得这样"详明"，也着实亏他们了。中国毕竟是礼义之邦，文明之古国呀！——我悔不该乱怪那"男女分坐"的精神文明了！

"祸不单行"，凑巧又来了一个女人。她是带着男人来的。——呀，带着男人！正是；所以才"祸不单行"呀！——说得满口好绍兴的杭州话，在黑暗里隐隐露着一张白脸；带着五六分城市气。船家照他们的"规矩"，要将这一对儿生刺刺的分开；男人不好意思做声，女的却抢着说，"我们是'一堆生'的！"太亲热的字眼，竟在"规规矩矩的"航船里说了！于是船家命令的嚷道："我们有我们的规矩，不管你'一堆生'不'一堆生'的！"大家都微笑了。有的沉吟的说："一堆生的？"有的惊奇的说："一'堆'生的！"有的嘲讽的说："哼，一堆生的！"在这四面楚歌里，凭你怎样伶牙俐齿，也只得服从了！"妇者，服也"，这原是她的本行呀。只看她毫不置辩，毫不懊恼，还是若无其事的和人攀谈，便知她确乎是"服也"了。这不能不感谢船家和乘客诸公"卫道"之功；而论功行赏，船家尤当首屈一指。呜呼，可以风矣！

在黑暗里征服了两个女人，这正是我们的光荣；而航船中的精神文明，也粲然可见了——于是乎书。

一九二四年五月三日

附录

《踪迹》一书原分第一、第二两辑，第一辑为现代诗歌，第二辑为散文，此"附录"即"第一辑"的内容。因诗歌与"散文集"之题不符，删去又不妥——盖因朱自清先生亲自编定，故调整前后位置，以"附录"形式呈现，使该集子免遭割裂。

光　明

风雨沉沉的夜里，
前面一片荒郊。
走尽荒郊，
便是人们底道。

呀！黑暗里歧路万千，
叫我怎样走好？
"上帝！快给我些光明罢，
让我好向前跑！"

上帝慌着说："光明？
我没处给你找！
你要光明，
你自己去造！"

一九一九年十一月二十二日

歌　声

好嘹亮的歌声！
黑暗的空地里，
仿佛充满了光明。
我波澜汹涌的心，
像古井般平静；
可是一些没冷，
还深深地含着缕缕微温。
什么世界？
什么我和人？
我全忘记了，——一些不省！
只觉轻飘飘的，好像浮着，
随着那歌声的转折，
一层层往里追寻。

一九一九年十一月二十三日

满月的光

好一片茫茫的月光，

静悄悄躺在地上！

枯树们的疏影

荡漾出她们伶俐的模样。

仿佛她所照临，

都在这般伶伶俐俐地荡漾；

一色内外清莹，

再不见纤毫翳障。

月啊！我愿永远浸在你的光明海里，

长是和你一般雪亮！

一九一九年十二月六日

羊　群

如银的月光里，
一张碧油油的毡上，
羊群静静地睡了。
他们雪也似的毛和月掩映着，
啊！美丽和聪明！

狼们悄悄从山上下来，
羊儿梦中惊醒：
瑟瑟地浑身乱颤；
腿软了，
不能立起，只得跪着了；
眼里含着满眶亮晶晶的泪；
口中不住地咩咩哀鸣。
如死的沉寂给叫破了；
月已暗澹，
像是被咩咩声吓着似的！

狼们终于张开血盆般的口，

露列着巉巉的牙齿，

像多少把钢刀。

不幸的羊儿宛转钢刀下！

羊儿宛转，

狼们享乐，

他们喉咙里时时透出来

可怕的胜利的笑声！

他们呼啸着去了。

碧油油的毡上

新添了斑斑的鲜红血迹。

羊们纵横躺着，

一样地痉挛般挣扎着，

有几个长眠了！

他们如雪的毛上，

都涂满泥和血；

啊！怎样地可怕！

这时月又羞又怒又怯，

掩着面躲入一片黑云里去了！

　　　　　　　一九一九年十二月十八日

新　年

夜幕沉沉，
笼着大地。
新年天半飞来，
啊！好美丽鲜红的两翅！
她口中含着黄澄澄的金粒——
"未来"的种子。

翅子"拍拍"的声音，
惊破了寂寞。
他们血一般的光，
照彻了夜幕；
幕中人醒，
看见新年好乐！

新年交给他们
那颗圆的金粒；

她说："快好好地种起来，

这是你们生命的秘密！"

一九一九年十二月二十一日

北河沿的路灯

有密密的毡儿，
遮住了白日里繁华灿烂。
悄没声的河沿上，
满铺着寂寞和黑暗。

只剩城墙上一行半明半灭的灯光，
还在闪闪铄铄地乱颤。
他们怎样微弱！
但却是我们唯一的慧眼！

他们帮着我们了解自然；
让我们看出前途坦坦。
他们是好朋友，
给我们希望和慰安。

祝福你灯光们，

愿你们永久而无限！

一九二〇年一月二十五日

怅惘

只如今我像失了什么，

原来她不见了！

她的美在沉默的深处藏着，

我这两日便在沉默里浸着。

沉默随她去了，

教我茫茫何所归呢？

但是她的影子却深深印在我心坎里了！

原来她不见了，

只如今我像失了什么！

一九二〇年六月十四日

沪杭道中

雨儿一丝一丝地下着，

每每的田园在雨里浴着，

一片青黄的颜色越发鲜艳欲滴了！

青的新出的秧针，

一块块错落地铺着；

黄的割下的麦子，

把把地叠着；

还有深黑色待种的水田，

和青的黄的间着；

好一张彩色花毡呵！

一处处小河缓缓地流着；

河上有些窄窄的板桥搭着；

河里几只小船自家横着；

岸旁几个人撑着伞走着；

那边田里一个农夫，披了蓑，戴了笠，

慢慢地跟着一只牛将地犁着；
牛儿走走歇歇，往前看着。

远远天和地密密地接了。
苍茫里有些影子，
大概是些丛树和屋宇罢？
却都给烟雾罩着了。

我们在烟雾里，花毡上过着；
雨儿还在一丝一丝地下着。

一九二〇年六月十四日

秋

惨澹的长天板着脸望下瞧着，

小院里两株亭亭的绿树掩映着。

一阵西风吹来，他们的叶子都颤起来了，

仿佛怕摇落的样子——

西风是报信的？

呀！飒飒地又下雨了，

叶子被打得格外颤了。

雨里一个人立着，不声不响的，

也在颤着；

好久，他才张开两臂低声说：

"秋天来了！"

一九二〇年八月
扬州作

自　白

朋友们硬将担子放在我肩上；
他们从容去了。

担子渐渐将我压扁，
他说，"你如今全是'我的'了"。
我用尽两臂的力，
想将他掇开去。
但是——迟了些！

成天蜷曲在担子下的我，
便当那儿是他的全世界；
灰色的冷光四面反映着他，
一切都板起脸向他。
但是担子他手里终会漏光，
我昏花的两眼看见了：
四围不都是鲜嫩的花开着吗？

绯颊的桃花，粉面的荷花，

金粟的桂花，红心的梅花，

都望着我舞蹈，狂笑；

笑里送过一阵阵幽香，

全个儿的我给它们薰透了！

我像一个疯子，

周身火一般热着：

两只枯瘦的手拼命地乱舞，

一双软弱的脚尽力地狂踏；

扯开哑了的喉咙，

大声地笑着喝着；

什么都像忘记了？

但是——

担子他的手又突然遮掩来了！

一九二一年二月三日

纪　游

　　一九二〇年十一月二十八日同维祺游天竺，灵隐，韬光，北高峰，玉泉诸胜，心里很是欢喜；二日后写成这诗。

一

　　灵隐的路上，
　　砖砌着五尺来宽的道儿，
　　像无尽长似的；
　　两旁葱绿的树把着臂儿，
　　让我们下面过着。

　　泉儿只是泠泠地流着，
　　两个亭儿亭亭地俯看着；
　　俯看着他们的，
　　便是巍巍峨峨的，金碧辉煌的殿宇了。

好阴黝幽深的殿宇！

这样这样大的庭柱，

我们可给你们比下去了！

二

紫竹林门前一株白果树，

小门旁又是一株——

怕生客么？却缩入墙里去了。

院里一方紫竹，

迎风颤着；

殿旁坐着几个僧人，

一声不响的；

所有的只是寂静了。

出门看见地下一堆黄叶，

扇儿似的一片片叠着。

可怜的叶儿，

夏天过了，

你们早就该下来了！

可爱的，

你们能伴我

伴我忧深的人么？——

我捡起两片，

珍重地藏在袋里。

三

韶光过了，

所有的都是寂静了。

只有我们俩走着；

微微的风吹着。

那边——无数竿竹子

在风里折腰舞着；

好一片碧波哟！

这边——红的墙，绿的窗，

颤巍巍，瘦兢兢，挺挺地，高高地耸着的，

想是灵隐的殿宇了；

只怕是画的哩？

云托着他罢？

远远山腰里吹起一缕轻烟，

袅袅地往上升着；

升到无可再升了，

便袅袅婷婷地四散了。

葱绿的松柏，

血一般的枫树，

鹅黄的白果树，

美丽吗？

是自然的颜色罢。

葱绿的，她忧愁罢；

血一般的，她羞愧罢！

鹅黄的，她快乐罢？

我可不知；

她自己也说不出哩。

四

北高峰了，

寂静的顶点了。

四围都笼着烟雾，

迷迷糊糊的，

什么都只有些影子了。

只有地里长着的蔬菜，

肥嫩得可爱，

绿得要滴下来；

这里藏着我们快乐的秘密哩！……

我们的事可完了，

满足和希望也只剩些影子罢了！

五

我们到底下来了，

这回所见又不同了：

几株又虬劲，又妩媚的老松

沿途迎着我们；

一株笔直，笔直，通红，通红的大枫树，

立着像孩子们用的牛乳瓶的刷子；

他在刷着自然的乳瓶吗？

落叶堆满了路，

我们踏着；"喳喳喊喊"的声音。

你们诉苦么？

却怨不得我们；

谁教你们落下来的？

看哪，飘着，飘着，

草上又落了一片了。

我的朋友赶着捡他起来，

说这是没有到过地上的，

他要留着——

有谁知道这片叶的运命呢？

六

灵隐的泉声亭影终于再见；

灰色的幕将太阳遮着，

我们只顾走着，远了，远了；

路旁小茶树偷着开花——

白而嫩的小花——

只将些叶儿掩掩遮遮。

我的朋友忍心摘了他两朵；

怕茶树他要流泪罢？

唉！顾了我们，

便不顾得你了？

我将花簪在帽檐；

朋友将花拈在指尖；

暮色妒羡我们，

四面围着我们——

越逼越近了，

我们便浮沉着在苍茫里。

一九二〇年十一月三十日

送韩伯画往俄国

天光还早，

火一般红云露出了树梢，

不住地燃烧，不住地流动；

黑漆漆的大路，

照得闪闪铄铄的，有些分明了。

立着一个绘画的学徒，

通身凝滞了的血都沸了；

他手舞足蹈地唱起来了：

"红云呵！

鲜明美丽的云啊！

你给了我一个新生命！

你是宇宙神经的一节；

你是火的绘画——

谁画的呢？

我愿意放下我所曾有的，

跟着你走；

提着真心跟着你！"

他果然赤裸裸的从大路上向红云跑去了！

祝福你绘画的学徒！

你将在红云里，

偷着宇宙的密意，

放在你的画里；

可知我们都等着哩！

一九二一年十二月二十八日

湖　上

绿醉了湖水，

柔透了波光；

擎着——擎着

从新月里流来

一瓣小小的小船儿：

白衣的平和女神们

随意地厮并着——

柔绿的水波只兢兢兢兢地将她们载了。

舷边颤也颤的红花，

是的，白汪汪映着的一枝小红花呵。

一星火呢？

一滴血呢？

一点心儿罢？

她们柔弱的，但是喜悦的，

爱与平和的心儿？

她们开始赞美她；

唱起美妙的，

不容我们听，只容我们想的歌来了。

白云依依地停着；

云雀痴痴地转着；

水波轻轻地汩着；

歌声只是袅袅娜娜着：

人们呢，

早被融化了在她们歌喉里。

天风从云端吹来，

拂着她们的美发；

她们从容用手掠了。

于是——挽着臂儿，

并着头儿，

点着足儿；

笑上她们的脸儿，

唱下她们的歌儿。

我们

被占领了的，

满心里，满眼里，

企慕着在破船上。

她们给我们美尝了，

她们给我们爱饮了；

我们全融化了在她们里，

也在了绿水里，

也在了柔波里，

也在了小船里，

和她们的新月的心里。

一九二一年五月十四日

转　眼

一九二〇年五月，在北京大学毕业，即到杭州第一师范教书。初到时，小有误会，我辞职，同学留住我。后来他们和我很好。但我自感学识不足，时觉彷徨。这篇诗便是我的自白。

转眼的韶华，

霎的又到了黄梅时节。

听——点点滴滴的江南；

看——偬偬懘懘的天色；

是处找不着一个笑呵。

人间的那角上，

尽冷清清徘徊着他游子。

熟梅风吹来弥天漫地的愁，

絮团团拥了他；

他怯怯的心弦们，

春天和暖的太阳光里

袅着的游丝们的姊妹罢；

只软软轻轻地弹唱，

弹唱着那

温柔的四月里

百花开时，

智慧者用了灌溉群芳的

如酥的细雨般的调子。

她们唱道：

"这样无边愁海里浮沉着的，

可怎了得呵！"

她们忧虑着将来，

正也惆怅着过去。

她们唱呵：

去年五月，

湿风从海滨吹来，

燕子从北方回去的时候，

他开始了他的旅路。

四年来的老伴，

去去留留，暂离还合的他俩，

今朝分手——今朝分手。

她尽回那

临别的秋波；

喜么？

嗔么？

他那里理会得？

那容他理会得！

他们呢？

新交，旧识的他们，

也剩了面面儿相觑；

只有淡淡的一杯白酒，

悄悄地搁在他前；

另有微颤的声浪：

"江南没熟人哩；

喝了我们的去罢……"

他飞眼四面看了，

一声不响饮了。——

他终于上了那旅路。

她们唱呵：

这正是青年的夏天，

和他挽着手走到江南来了。

腼腆着他的脸儿，

忐忑着他的心儿；

趔趄着，

踅罢。

东西南北那眼光，

惊惊诧诧地睐他。

他打了几个寒噤；

头是一直垂下去了。

他也曾说些什么，

他们好奇地听他；

但生客们的语言，

怎能够被融洽呢？

"可厌的！"——

从他在江南路上，

初见湖上的轻风

俯着和茸茸绿草里

随意开着

没有名字的小白花们

私语的时候，

他所时时想着，也正怕着的

那将赐给生客们照例的诅咒，

终于被赐给了；

还带了虐待来了。

可是你该知道，

怎样是生客们的暴怒呵！

羞——红了他的脸儿，

血——催了他的心儿；

他掉转头了，

他拔步走了；

他说，

他不再来了！

生客的暴怒，

却能从他们心田里，

唤醒了那久经睡着的，

不相识者的同情；

他们正都急哩！

狂热的赶着，

沙声儿喊着：

"为甚撇下爱你的我们？

为甚弃了你爱的朋友？"
他的脸于是酸了，
他的心于是软了；
他只有留下，
留下在那江南了。

她们唱呵：
他本是一朵蓓蕾，
是谁掐了他呢？
谁在火光当中
逼着他开了花，
暴露在骄傲的太阳底下呢？
他总只有怯着！
等呵！只等那灰絮絮的云帷，
——唉，黑茸茸的夜幕也好——
遮了太阳的眼睛时，
他才敢躲在树荫里苦笑，
他才敢躲在人背后享乐。
可是不倦的是太阳；

他蒙了脸时终是少呵！
客人们倒真"花"一般爱他；
但他总觉当不起这爱，
他只羞而怕罢！
却也有那无赖的糟蹋他，
太阳里更不免有丑事呕他，
他又将怎样恼恨呢？——
尽颠颠倒倒的终日，
飘飘泊泊了一年，
他总只算硬挣着罢。
可怜他疲倦的青春呵！

愁呢，重重叠叠加了，
弦呢，颤颤巍巍岔了；
袅着的，缠着了，
唱着的，默着了。
理不清的现在，
摸不着的将来，
谁可懂得，

谁能说出呢?

况他这随愁上下的,

在茫茫漠漠里

还能有所把捉么?

待顺流而下罢!

空辜负了天生的"我";

待逆流而上呵,

又惭愧着无力的他。

被风吹散了的,

被雨滴碎了的,

只剩有踯躅,

只剩有彷徨;

天公却尽苦着脸,

不睬不睬地相向。——

可是时候了!

这样莽荡荡的世界之中,

到底那里是他的路呢!

一九二一年六月

杭州作

沪杭道上的暮

风澹荡，
平原正莽莽，
云树苍茫，苍茫；
暮到离人心上。

一九二一年十一月十八日
沪杭车中

挽　歌

尧深死后，有一缕轻烟似的悲哀盘旋在我心上，久久不灭。昨日读了《楚辞·招魂》，更恻恻不能自已。因略参《招魂》之意，写成此歌，以抒伤逝的情怀。

云漫漫，风骚骚，
人间路呀，迢迢！
这隐约约的，
是你的遗踪？
那渺茫茫的，
是你的笑貌？
你不怕孤单？
你甘心寂寥？
为什么如醉如痴，
踯躅在那远刁刁荒榛古道？

天寒了，

日暮了，

剩有白杨的萧萧。

我把你的魂来招！

我把你的魂来招！

"尧深呀，

归来！"

尽有那暮暮朝朝，

够你去寻欢笑。

去寻欢笑！

高山上，有着好水；

平地上，百花眩耀；

日月光，何皎皎！

更多少人儿，

分你的忧，

慰你的无聊！

"尧深呀，

归来！"

为什么如醉如痴，

徘徊在那远刁刁荒榛古道？

仰头——
苍天的昊昊，
低头——
衰草的滔滔；
呀！我的眼儿焦，
你的影儿遥！
呀！我的眼儿焦，
你的影儿遥！

　　　　一九二一年十二月四日，尧深追悼会之晨
　　　　　　　　　　　　在杭州

除　夜

除夜的两枝摇摇的白烛光里，

我眼睁睁瞅着，

一九二一年轻轻地踅过去了。

一九二一年除夕
杭州

笑　声

是人们的笑声哩。

追寻去，却跟着风走了！

一九二二年二月二十一日

灯　光

那泱泱的黑暗中熠耀着的，
一颗黄黄的灯光呵，
我将由你的熠耀里，
凝视她明媚的双眼。

一九二二年二月二十二日

独　自

白云漫了太阳；

青山环拥着正睡的时候，

牛乳般雾露遮遮掩掩，

像轻纱似的，

幂了新嫁娘的面。

默然在窗儿口，

上不见只鸟儿，

下不见个影儿，

只剩飘飘的清风，

只剩悠悠的远钟。

眼底是靡人间了，

耳根是靡人间了；

故乡的她，独灵迹似的，

猛猛然涌上我的心头来了！

一九二二年二月二十二日

匆　匆

　　燕子去了，有再来的时候；杨柳枯了，有再青的时候；桃花谢了，有再开的时候。但是，聪明的，你告诉我，我们的日子为什么一去不复返呢？——是有人偷了他们罢：那是谁？又藏在何处呢？是他们自己逃走了罢：现在又到了哪里呢？

　　我不知道他们给了我多少日子；但我的手确乎是渐渐空虚了。在默默里算着，八千多日子已经从我手中溜去；像针尖上一滴水滴在大海里，我的日子滴在时间的流里，没有声音，也没有影子。我不禁头涔涔而泪潸潸了。

　　去的尽管去了，来的尽管来着；去来的中间，又怎样地匆匆呢？早上我起来的时候，小屋里射进两三方斜斜的太阳。太阳他有脚啊，轻轻悄悄地挪移了；我也茫茫然跟着旋转。于是——洗手的时候，日子从水盆里过去；吃饭的时候，日子从饭碗里过去；默默时，便从凝然的双眼前过去。我觉察他去的匆匆了，伸出手遮挽时，他又从遮挽着的手边过去。天黑时，我躺在床上，他便伶伶俐俐地从我身上跨过，从我脚边飞去了。等我睁开眼和太阳再见，这算又溜走了一日。我掩着面叹息。但是新来的日子的影儿又开始在叹息里闪过了。

在逃去如飞的日子里，在千门万户的世界里的我能做些什么呢？只有徘徊罢了，只有匆匆罢了；在八千多日的匆匆里，除徘徊外，又剩些什么呢？过去的日子如轻烟，被微风吹散了，如薄雾，被初阳蒸融了；我留着些什么痕迹呢？我何曾留着像游丝样的痕迹呢？我赤裸裸来到这世界，转眼间也将赤裸裸的回去罢？但不能平的，为什么偏要白白走这一遭啊？

你聪明的，告诉我，我们的日子为什么一去不复返呢？

一九二二年三月二十八日

侮　辱

"请客气些！

设法一个舱位！"

"哼哼——

没有，没有！

你认得字罢？

看这张定单！——

不要紧——不用忙；

坐坐；

我筛杯茶你喝了去——"

他无端地以冷笑嘲弄我，

意外地以言语压迫我；

我也是有血的，

怎能不涨红了脸呢？

可是——也说不出什么，

只喃喃了两声，

便愤愤然走了。

我觉得所失远在舱位以上了！

我觉得所感远在愤怒以上了！

被遗弃的孤寂哪，

无友爱的空虚哪：

我心寒了，

我心死了！

却猛然间想到，

昨晚的台州！

逼窄的小舱里，

黄晕的灯光下，

朋友们的十二分的好意！

便轻易忘记了么？

我真是罪过的人哪。

于是——我心头又微微温转来了；

于是——我才能苟延残喘于人间世了！

一九二二年四月二十八日

海门上海船中

宴 罢

拉着，扯着，——让着，

我们团团坐下了。

"请罢，

请罢！"

杯子都举了，

筷子都举了。

酽酽的黄酒，

腻的腻的鱼和肉；

喷鼻儿香！

真喷鼻儿香！

还得拉拢着，

还得照顾着：

笑容搁在了脸上；

话到口边时，

淡也淡的味儿！

酒够了！
菜足了！
脸红了，
头晕了；
胃膨胀了，
人微微地倦了。

倦了的眼前，
才有了倦了的阿庆！
他可不止"微微地"倦了；
大粒的汗珠涔涔在他额上，
涔涔下便是饥与惫的颜色。
安置杯箸是他，
斟酒是他，
捧茶是他，
递茶和烟是他，
绞手巾也是他；
我们团团坐着，
他尽团团转着！

杯盘的狼藉，

果物的零乱，

他还得张罗着哩，

在饥且惫了以后。

于是我觉得僭妄了，

今天真的侮辱了阿庆！

也侮辱了沿街住着的

吃咸菜红米饭的朋友！

而阿庆的如常的小心在意，

更教我惊诧，

甚至沉重地向我压迫着哩！

我们都倦了！

我们都病了！

为了什么呢？

为了什么呢？

一九二二年五月，台州所感

作于杭州

仅存的

发上依稀的残香里，
我看见渺茫的昨日的影子——
远了，远了。

一九二二年七月
杭州

小舱中的现代

"洋糖百合稀饭，

三个铜板一碗，

那个吃的？"

"竹耳扒，破费你老人家一个板；

只当空手要的！"

"吃面吧，那个吃饺面吧？"

"潮糕要吧？开船早哩！"

"行好的大先生，你可怜可怜我们娘儿

俩啵——

肚子饿了好两天啰！"

"梨子，一角钱五个，不甜不要钱！"

"到扬州住那一家？

照顾我们吧；

有小房间，二角八分一天！"

"看份报消消遣？"

"花生，高粱酒吧？"

"铜锁要吧？带一把家去送送人！"

"郭郭郭郭"，一叠春画儿闪过我的眼前；

卖者眼里的声音，"要吧！"

"快开头了，贱卖啦，

梨子，一角钱八个，那个要哩？"

拥拥挤挤堆堆叠叠间，

只剩了尺来宽的道儿；

在溷浊而紧张的空气里，

一个个畸异的人形

憧憧地赶过了——

梯子上下来，

梯子上上去。

上去，上去！

下来，下来！

灰与汗涂着张张黄面孔，

炯炯的有饥饿的眼光；

笑的两颊，

叫的口，

检点的手，

更都有着异样的展开的曲线，

显出努力的痕迹；

就像饿了的野兽们本能地想攫着些鲜血和肉
一般，

他们也被什么驱迫着似的，

想攫着些黯淡的铜板，白亮的角子！

在他们眼里，

舱里拥挤着的堆叠着的，

正是些铜元和角子！——

只饰着人形罢了，

只饰着人形罢了。

可是他们试试攫取的时候，

人形们也居然反抗了；

于是开始了那一番战斗！

小舱变了战场，

他们变了战士，

我们是被看做了敌人！

从他们的叫嚣里，

我听出杀杀的喊呼；

从他们的顾盼里，

我觉出索索的颤抖；

从他们的招徕里，

我看出他们受伤似地挣扎；

而掠夺的贪婪，

对待的残酷，

隐约在他们间，

也正和在沙场上兵们间一样！

这也是大战了哩。

我，参战的一员，

从小舱的一切里，

这样，这样，

悄然认识了那窒着息似的现代了。

　　一九二二年七月二十一日，镇江扬州小轮中所感
　　　　　　　七月三十日作于扬州

毁 灭

六月间在杭州。因湖上三夜的畅游，教我觉得飘飘然如轻烟，如浮云，丝毫立不定脚跟。常时颇以诱惑的纠缠为苦，而亟亟求毁灭。情思既涌，心想留些痕迹。但人事忙忙，总难下笔。暑假回家，却写了一节；但时日迁移，兴致已不及从前好了。九月间到此，续写成初稿；相隔更久，意态又差。直至今日，才算写定，自然是没劲儿的！所幸心境还不曾大变，当日情怀，还能竭力追摹，不至很有出入；姑存此稿，以备自己的印证。

一九二二年十二月九日晚记

踯躅在半路里，
垂头丧气的，
是我，是我！
五光吧，
十色吧，

罗列在咫尺之间：

这好看的呀！

那好听的呀！

闻着的是浓浓的香，

尝着的是腻腻的味；

况手所触的，

身所依的，

都是滑泽的，

都是松软的！

靡靡然！

怎奈何这靡靡然？——

被推着，

被挽着，

长只在俯俯仰仰间，

何曾做得一分半分儿主？

在了梦里，

在了病里；

只差清醒白醒的时候！

白云中有我，

天风的飘飘，

深渊里有我，

伏流的滔滔；

只在青青的，青青的土泥上，

不曾印着浅浅的，隐隐约约的，我的足迹！

我流离转徙，

我流离转徙；

脚尖儿踏呀，

却踏不上自己的国土！

在风尘里老了，

在风尘里衰了，

仅存的一个懒恹恹的身子，

几堆黑簇簇的影子！

幻灭的开场，

我尽思尽想：

"亲亲的，虽渺渺的，

我的故乡——我的故乡！

回去！回去！"

虽有茫茫的淡月，

笼着静悄悄的湖面，

雾露濛濛的，

雾露濛濛的；

仿仿佛佛的群山，

正安排着睡了。

萤火虫在雾里找不着路，

只一闪一闪地乱飞。

谁却放荷花灯哩？

"哈哈哈哈……"

"嚇嚇嚇……"

夹着一缕低低的箫声，

近处的青蛙也便响起来了。

是被摇荡着，

是被牵惹着，

说已睡在"月姊姊的臂膊"里了；

真的，谁能不飘飘然而去呢？

但月儿其实是寂寂的，

萤火虫也不曾和我亲近，

欢笑更显然是他们的了。

只有箫声，

曾引起几番的惆怅；

但也是全不相干的，

箫声只是箫声罢了。

摇荡是你的，

牵惹是你的，

他们各走各的道儿，

谁理睬你来？

横竖做不成朋友，

缠缠绵绵有些什么！

孤另另的，

冷清清的，

没味儿，没味儿！

还是掉转头，

走你自家的路。

回去！回去！

虽有雪样的衣裙，

现已翩翩地散了，

仿佛清明日子烧剩的白的纸钱灰。

那活活像小河般流着的双眼，

含蓄过多少意思，蕴藏过多少话句的，

也干涸了，

干到像烈日下的沙漠。

漆黑的发，

成了蓬蓬的秋草；

吹弹得破的面孔，

也只剩一张褐色的蜡型。

况花一般的笑是不见一痕儿，

珠子一般的歌喉是不透一丝儿！

眼前是光光的了，

总只有光光的了。

撇开吧

还撇些什么！

回去！回去！

虽有如云的朋友，

互相夸耀着，

互相安慰着，

高谈大笑里

送了多少的时日；

而饮啖的豪迈，

游踪的密切，

岂不像繁茂的花枝，

赤热的火焰哩！

这样被说在许多口里，

被知在许多心里的，

谁还能相忘呢？

但一丢开手，

事情便不同了：

翻来是云，

覆去是雨，

别过脸，

掉转身，

认不得当年的你！——

原只是一时遣着兴罢了，

谁当真将你放在心头呢？
于是剩了些淡淡的名字——
莽莽苍苍里，
便留下你独个，
四围都是空气吧了，
四围都是空气吧了！
还是摸索着回去吧；
那里倒许有自己的弟兄姊妹，
切切地盼望着你。
回去！回去！

虽有巧妙的玄言，
像天花的纷坠；
在我双眼的前头，
展示渺渺如轻纱的憧憬——
引着我飘呀，飘呀，
直到三十三天之上。
我拥在五色云里，
灰色的世间在我脚下——

小了，更小了，

远了，几乎想也想不到了。

但是下界的罡风

总归呼呼地倒旋着，

吹入我丝丝的肌里！

摇摇荡荡的我

倘是跌下去呵，

将像泄着气的轻气球，

被人践踏着玩儿，

只余嗤嗤的声响！

况倒卷的罡风，

也将像三尖两刃刀，

劈分我的肌里呢？——

我将被肢解在五色云里；

甚至化一阵烟，

袅袅地散了。

我战栗着，

"念天地之悠悠"……

回去！回去！

虽有饿着的肚子，

拘挛着的手，

乱蓬蓬秋草般长着的头发，

凹进的双眼，

和软软的脚，

尤其灵弱的心；

都引着我下去，

直向底里去，

教我抽烟，

教我喝酒，

教我看女人。

但我在迷迷恋恋里，

虽然混过了多少时刻，

只不让步的是我的现在，

他不容你不理他！

况我也终于不能支持那迷恋人的，

只觉肢体的衰颓，

心神的飘忽，

便在迷恋的中间，

也潜滋暗长着哩!

真不成人样的我

就这般轻轻地速朽了么?

不! 不!

趁你未成残废的时候,

还可用你仅有的力量!

回去! 回去!

虽有死仿佛像白衣的小姑娘,

提着灯笼在前面等我,

又仿佛像黑衣的力士,

擎着铁锤在后面逼我——

在我烦忧着就将降临的败家的凶惨,

和一年来骨肉间的仇视,

(互以血眼相看着)的时候,

在我为两肩上的人生的担子,

压到不能喘气,

又眼见我的收获

渺渺如远处的云烟的时候;

在我对着黑绒绒又白漠漠的将来，

不知取怎样的道路，

却尽徘徊于迷悟之纠纷的时候：

那时候她和他便隐隐显现了，

像有些什么，

又像没有——

凭这样的不可捉摸的神气，

真尽够教我向往了。

去，去，

去到她的，他的怀里吧。

好了，她望我招手了，

他也望我点头了。……

但是，但是，

她和他正都是生客，

教我有些放心不下；

他们的手飘浮在空气里，

也太渺茫了，

太难把握了，

教我怎好和他们相接呢？

况死之国又是异乡，

知道它什么土宜哟！

只有在生之原上，

我是熟悉的；

我的故乡在记忆里的，

虽然有些模糊了，

但它的轮廓我还是透熟的，——

哎呀！故乡它不正张着两臂迎我吗？

瓜果是熟的有味；

地方和朋友也是熟的有味；

小姑娘呀，

黑衣的力士呀，

我宁愿回我的故乡，

我宁愿回我的故乡；

回去！回去！

归来的我挣扎挣扎，

拨烟尘而见自己的国土！

什么影像都泯没了，

什么光芒都收敛了；

摆脱掉纠缠，

还原了一个平平常常的我！

从此我不再仰眼看青天，

不再低头看白水，

只谨慎着我双双的脚步；

我要一步步踏在土泥上，

打上深深的脚印！

虽然这些印迹是极微细的，

且必将磨灭的，

虽然这迟迟的行步

不称那迢迢无尽的程途，

但现在平常而渺小的我，

只看到一个个分明的脚步，

便有十分的欣悦——

那些远远远远的

是再不能，也不想理会的了。

别耽搁吧，

走！走！走！

一九二二年十二月九日

细　雨

东风里

掠过我脸边，

星呀星的细雨，

是春天的绒毛呢。

　　　　　　　一九二三年三月八日

　　　　　　　　　　　　103

香

　　"闻着梅花香么？"——
　　徜徉在山光水色中的我们，
　　陡然都默契着了。

一九二四年一月二日
温州作

别　后

我和你分手以后，
的确有了长进了！
大杯的喝酒，
整匣的抽烟，
这都是从前没有的。
喝了酒昏昏的睡，
烟的香真好——
我的手指快黄了，
有味，有味。
因为在这些时候，
忘了你，
也忘了我自己！

成日坐在有刺的椅上，
老想起来走；
空空的房子，

冷的开水，

冷的被窝——

峭厉的春寒呀，

我怀中的人呢？

你们总是我的，

我却将你们冷冷的丢在那地方，

没有依靠的地方！

我是你唯一的依靠，

但我又是靠不住的；

我悬悬的

便是这个。

我是个千不行万不行的人，

但我总还是你的人！——

唉！我又要抽烟了。

一九二四年三月

宁波作

赠 A.S.

你的手像火把，

你的眼像波涛，

你的言语如石头，

怎能使我忘记呢？

你飞渡洞庭湖，

你飞渡扬子江；

你要建红色的天国在地上！

地上是荆棘呀，

地上是狐兔呀，

地上是行尸呀；

你将为一把快刀，

披荆斩棘的快刀！

你将为一声狮子吼，

狐兔们披靡奔走！

你将为春雷一震，

让行尸们惊醒！

我爱看你的骑马，

在尘土里驰骋——

一会儿，不见踪影！

我爱看你的手杖，

那铁的铁的手杖；

它有颜色，有斤两，有铮铮的声响！

我想你是一阵飞沙走石的狂风，

要吹倒那不能摇撼的黄金的王宫！

那黄金的王宫！

呜——吹呀！

去年一个夏天大早我见着你：

你何其憔悴呢？

你的眼还涩着，

你的发太长了！

但你的血的热加倍地薰灼着！

在灰泥里辗转的我，

仿佛被焙炙着一般！——

你如郁烈的雪茄烟，

你如酽酽的白兰地，

你如通红通红的辣椒，

我怎能忘记你呢？

一九二四年四月十五日

宁波作

风　尘

——兼赠F君

莽莽的罡风，

将我吹入黄沙的梦中。

天在我头上旋转，

星辰都像飞舞的火鸦了！

地在我脚下回旋，

山河都向着我滚滚而来了！

乱沙打在我面上时，

我才略略认识了自己；

我的眼好容易微微的张开——

好利害的沙呀！

砖石变成了鸽子纷纷的飞；

朦胧的绿树大刷帚似的

从我脚边扫过去；

新插的秧针简直是软毛刷，

刷在我的颊上，腻腻儿的。

牛马呀！牛马呀！

都飞起来了！

人呢，人也飞起来了——

墓中的死者也飞起来了！

呀，我在那儿呀？

也飞着哩！也飞着哩！

呀，F君，你呢？你呢？

也在什么地方飞吧？

来携手呀，

我们都在黄沙的梦里呀，

我们都在黄沙的梦里呀！

一九二四年五月二十八日

驿亭宁波车中

出 品 人：许　永
出版统筹：林园林
责任编辑：陈泽洪
特邀编辑：黎福安
封面设计：墨　非
内文制作：百　朗
印制总监：蒋　波
发行总监：田峰峥

发　　行：北京创美汇品图书有限公司
发行热线：010-59799930
投稿信箱：cmsdbj@163.com

官方微博　　　　微信公众号

朱自清散文集

贰

背影

朱自清 著

南方传媒 广东人民出版社
·广州·

朱自清

一九二五年，朱自清（左二）与友人在清华园留影，左四为俞平伯

一九三一年赴欧洲访学前夕，中国文学会师生欢送朱自清（前排右二）合影留念，前排右一为俞平伯，二排右二为浦江清

一九三二年，朱自清（二排右二）与英国友人合影，摄于伦敦

一九三四年，清华大学中国文学会师生合影，前排左五为朱自清

一九三六年十一月十八日，朱自清（左三）、任之恭（左五）等清华师生组成"绥远抗战前线服务团"，慰问抗战官兵

一九四四年，西南联大中文系教授在昆明西南联大新校舍前合影，
左起朱自清、罗庸、罗常培、闻一多、王力

一九四八年八月十二日，朱自清不幸病逝，图为八月二十六日在
同方部举行的追悼会

目 录
| contents |

甲辑

乙辑

甲
辑

女　人

　　白水是个老实人，又是个有趣的人。他能在谈天的时候，滔滔不绝地发出长篇大论。这回听勉子说，日本某杂志上有《女？》一文，是几个文人以"女"为题的桌话的记录。他说："这倒有趣，我们何不也来一下？"我们说："你先来！"他搔了搔头发道："好！就是我先来；你们可别临阵脱逃才好。"我们知道他照例是开口不能自休的。果然，一番话费了这多时候，以致别人只有补充的工夫，没有自叙的余裕。那时我被指定为临时书记，曾将桌上所说，拉杂写下。现在整理出来，便是以下一文。因为十之八是白水的意见，便用了第一人称，作为他自述的模样；我想，白水大概不至于不承认吧？

老实说，我是个欢喜女人的人；从国民学校时代直到现在，我总一贯地欢喜着女人。虽然不曾受着什么"女难"，而女人的力量，我确是常常领略到的。女人就是磁石，我就是一块软铁；为了一个虚构的或实际的女人，呆呆的想了一两点钟，乃至想了一两个星期，真有不知肉味光景——这种事是屡屡有的。在路上走，远远的有女人来了，我的眼睛便像蜜蜂们嗅着花香一般，直攫过去。但是我很知足，普通的女人，大概看一两眼也就够了，至多再掉一回头。像我的一位同学那样，遇见了异性，就立正——向左或向右转，仔细用他那两只近视眼，从眼镜下面紧紧追出去半日半日，然后看不见，然后开步走——我是用不着的。我们地方有句土话说："乖子望一眼，呆子望到晚。"我大约总在"乖子"一边了。我到无论什么地方，第一总是用我的眼睛去寻找女人。在火车里，我必走遍几辆车去发现女人；在轮船里，我必走遍全船去发现女人。我若找不到女人时，我便逛游戏场去，赶庙会去，——我大胆地加一句——参观女学校去；这些都是女人多的地方。于是我的眼睛更忙了！我拖着两只脚跟着她们走，往往直到疲倦为止。

我所追寻的女人是什么呢？我所发见的女人是什么呢？这是艺术的女人。从前人将女人比做花，比做鸟，比做羔羊；他们只是说，女人是自然手里创造出来的艺术，使人们欢喜赞叹——正如艺术的儿童是自然的创作，使人们欢喜赞叹一样。不独男人欢喜赞叹，女人也欢喜赞叹；而"妒"便是欢喜赞叹的另一面，正如"爱"是欢喜赞叹的一面一样。受欢喜赞叹的，又不独是女人，男人也有。"此柳风流可爱，似张绪当年"，便是好例；而"美丰仪"一语，尤为"史不绝书"。但男人的艺术气分，似乎总要少些；贾宝玉说得好：男人的骨头是泥做的，女人的骨头是水做的。这是天命呢？还是人事呢？我现在还不得而知；只觉得事实是如此罢了。——你看，目下学绘画的"人体习作"的时候，谁不用了女人做他的模特儿呢？这不是因为女人的曲线更为可爱么？我们说，自有历史以来，女人是比男人更其艺术的；这句话总该不会错吧？所以我说，艺术的女人。所谓艺术的女人，有三种意思：是女人中最为艺术的，是女人的艺术的一面，是我们以艺术的眼去看女人。我说女人比男人更其艺术的，是一般的说法；说女人中最为艺术的，是个别的说法。——而"艺术"一词，我用它的狭义，专指眼睛的艺术而言，与绘画、雕刻、跳舞同其范类。艺术的女人便是有着美好的颜色和轮廓和动作的女人，便是她的容貌、身材、姿态，使我们看了感到"自己圆满"的女人。这里有一块天然的界碑，我所说的只是处女、少妇、中年妇人，那些老太太们，为她们的年岁所侵蚀，已上了凋零与枯萎的路途，在这一件上，已是落伍者了。女人的圆满相，只是她的"人的诸相"之一；她可以有大才能、大智慧、大仁慈、大勇毅、大贞洁等等，但都无碍于这一相。诸相可以帮助这一相，使其更臻于充实；这一相也可帮助诸相，分其圆满于它们，有时更能遮盖它们的缺处。我们之看女人，若被她的圆满相所吸引，便会不顾自己，不顾她的一切，而只陶醉于其中；这个陶醉是刹那的，无关心的，而且在沉默之中的。

我们之看女人，是欢喜而决不是恋爱。恋爱是全般的，欢喜是部分的。恋爱是整个"自我"与整个"自我"的融合，故坚深而久长；欢喜是"自我"间断片的融合，故轻浅而飘忽。这两者都是生命的趣味，生命的姿态。但恋爱是对人的，欢喜却兼人与物而言。——此外本还有"仁爱"，便是"民胞物与"之怀；再进一步，"天地与我并生，万物与我为一"，便是"神爱""大爱"了。这种无分物我的爱，非我所要论；但在此又须立一界碑，凡伟大庄严之像，无论属人属物，足以吸引人心者，必为这种爱；而优美艳丽的光景则始在"欢喜"的阈中。至于恋爱，以人格的吸引为骨子，有极强的占有性，又与二者不同。Y君以人与物平分恋爱与欢喜，以为"喜"仅属物，"爱"乃属人；若对人言"喜"，便是蔑视他的人格了。现在有许多人也以为将女人比花，比鸟，比羔羊，便是侮辱女人；赞颂女人的体态，也是侮辱女人。所以者何？便是蔑视她们的人格了！但我觉得我们若不能将"体态的美"排斥于人格之外，我们便要慢慢的说这句话！而美若是一种价值，人格若是建筑于价值的基石上，我们又何能排斥那"体态的美"呢？所以我以为只须将女人的艺术的一面作为艺术而鉴赏它，与鉴赏其他优美的自然一样；艺术与自然是"非人格"的，当然便说不上"蔑视"与否。在这样的立场上，将人比物，欢喜赞叹，自与因袭的玩弄的态度相差十万八千里，当可告无罪于天下。——只有将女人看作"玩物"，才真是蔑视呢；即使是在所谓的"恋爱"之中。艺术的女人，是的，艺术的女人！我们要用惊异的眼去看她，那是一种奇迹！

我之看女人，十六年于兹了。我发见了一件事，就是将女人作为艺术而鉴赏时，切不可使她知道；无论是生疏的，是较熟悉的。因为这要引起她性的自卫的羞耻心或他种嫌恶心，她的艺术味便要变稀薄了；而我们因她的羞耻或嫌恶而关心，也就不能静观自得了。所以我们只好秘密地鉴赏；艺术原来是秘密的呀，自然的创作原来是秘密的呀。但是我所欢喜的艺术的女人，究竟是怎样的呢？您得问了。让我告诉您：我见过西洋女人，日本女人，江南江北两个女人，城内的女人，名闻浙东西的女人；但我的眼光究竟太狭了，我只见过不到半打的艺术的女人！而且其中只有一个西洋人，没有一个日本人！那西洋的处女是在Y城里一条僻巷的拐角上遇着的，惊鸿一瞥似地便过去了。其余有两个是在两次火车里遇着的，一个看了半天，一个看了两天；还有一个是在乡村里遇着的，足足看了三个月。——我以为艺术的女人第一是有她的温柔的空气；使人如听着箫管的悠扬，如嗅着玫瑰花的芬芳，如躺着在天鹅绒的厚毯上。她是如水的密，如烟的轻，笼罩着我们；我们怎能不欢喜赞叹呢？这是由她的动作而来的；她的一举步，一伸腰，一掠鬓，一转眼，一低头，乃至衣袂的微扬，裙幅的轻舞，都如蜜的流，风的微漾；我们怎能不欢喜赞叹呢？最可爱的是那软软的腰儿；从前人说临风的垂柳，《红楼梦》里说晴雯的"水蛇腰儿"，都是说腰肢的细软的；但我所欢喜的腰呀，简直和苏州的牛皮糖一样，使我满舌头的甜，满牙齿的软呀。腰是这般软了，手足自也有飘逸不凡之概。你瞧她的足胫多么丰满呢！从膝关节以下，渐渐的隆起，像新蒸的面包一样；后来又渐渐渐渐地缓下去了。这足胫上正罩着丝袜，淡青的？或者白的？拉得紧紧的，一些儿绉纹没有，更将那丰满的曲线显得丰满了；而那闪闪的鲜嫩的光，简直可以照出人的影子。你再往上瞧，她的两肩又多么亭匀呢！像双生的小羊似的，又像两座玉峰似的；正是秋山那般瘦，秋水那般平呀。肩以上，便到了一般人讴歌颂赞所集的"面目"了。我最不能忘记的，是她那双鸽子般的眼睛，伶俐到像要立刻和人说话。在惺忪微倦的时候，尤其可喜，因为正像一对睡了的褐色小鸽子。和那润泽而微红的双颊，苹果般照耀着的，恰如曙色之与夕阳，巧妙的相映衬着。再加上那覆额的，稠密而蓬松的发，像天空的乱云一般，点缀得更有情趣了。而她那甜蜜的微笑也是可爱的东西；微笑是半开的花朵，里面流溢着诗与画与无声的音乐。是的，我说的已多了；我不必将我所见的，一个人一个人分别说给你，我只将她们融合成一个Sketch给你看——这就是我的惊异的型，就是我所谓艺术的女子的型。但我的眼光究竟太狭了！我的眼光究竟太狭了！

在女人的聚会里，有时也有一种温柔的空气；但只是笼统的空气，没有详细的节目。所以这是要由远观而鉴赏的，与个别的看法不同；若近观时，那笼统的空气也许会消失了的。说起这艺术的"女人的聚会"，我却想着数年前的事了，云烟一般，好惹人怅惘的。在P城一个礼拜日的早晨，我到一所宏大的教堂里去做礼拜；听说那边女人多，我是礼拜女人去的。那教堂是男女分坐的。我去的时候，女座还空着，似乎颇遥遥的；我的遐想便去充满了每个空座里。忽然眼睛有些花了，在薄薄的香泽当中，一群白上衣、黑背心、黑裙子的女人，默默的、远远的走进来了。我现在不曾看见上帝，却看见了带着翼子的这些安琪儿了！另一回在傍晚的湖上，暮霭四合的时候，一只插着小红花的游艇里，坐着八九个雪白雪白的白衣的姑娘；湖风舞弄着她们的衣裳，便成一片浑然的白。我想她们是湖之女神，以游戏三昧，暂现色相于人间的呢！第三回在湖中的一座桥上，淡月微云之下，倚着十来个，也是姑娘，朦胧胧的与月一齐白着。在抖荡的歌喉里，我又遇着月姊儿的化身了！——这些是我所发见的又一型。

是的，艺术的女人，那是一种奇迹！

一九二五年二月十五日，白马湖

白种人——上帝的骄子！

　　去年暑假到上海，在一路电车的头等里，见一个大西洋人带着一个小西洋人，相并地坐着。我不能确说他俩是英国人或美国人；我只猜他们是父与子。那小西洋人，那白种的孩子，不过十一二岁光景，看去是个可爱的小孩，引我久长的注意。他戴着平顶硬草帽，帽檐下端正地露着长圆的小脸。白中透红的面颊，眼睛上有着金黄的长睫毛，显出和平与秀美。我向来有种癖气：见了有趣的小孩，总想和他亲热，做好同伴；若不能亲热，便随时亲近亲近也好。在高等小学时，附设的初等里，有一个养着乌黑的西发的刘君，真是依人的小鸟一般；牵着他的手问他的话时，他只静静地微仰着头，小声儿回答——我不常看见他的笑容，他的脸老是那么幽静和真诚，皮下却烧着亲热的火把。

我屡次让他到我家来，他总不肯；后来两年不见，他便死了。我不能忘记他！我牵过他的小手，又摸过他的圆下巴。但若遇着蓦生的小孩，我自然不能这么做，那可有些窘了；不过也不要紧，我可用我的眼睛看他——一回，两回，十回，几十回！孩子大概不很注意人的眼睛，所以尽可自由地看，和看女人要遮遮掩掩的不同。我凝视过许多初会面的孩子，他们都不曾向我抗议；至多拉着同在的母亲的手，或倚着她的膝头，将眼看她两看罢了。所以我胆子很大。这回在电车里又发了老癖气，我两次三番地看那白种的孩子，小西洋人！

初时他不注意或者不理会我，让我自由地看他。但看了不几回，那父亲站起来了，儿子也站起来了，他们将到站了。这时意外的事来了。那小西洋人本坐在我的对面；走近我时，突然将脸尽力地伸过来了，两只蓝眼睛大大地睁着，那好看的睫毛已看不见了；两颊的红也已褪了不少了。和平，秀美的脸一变而为粗俗，凶恶的脸了！他的眼睛里有话："咄！黄种人，黄种的支那人，你——你看吧！你配看我！"他已失了天真的稚气，脸上满布着横秋的老气了！我因此宁愿称他为"小西洋人"。他伸着脸向我足有两秒钟；电车停了，这才胜利地掉过头，牵着那大西洋人的手走了。大西洋人比儿子似乎要高出一半；这时正注目窗外，不曾看见下面的事。儿子也不去告诉他，只独断独行地伸他的脸；伸了脸之后，便又若无其事的，始终不发一言——在沉默中得着胜利，凯旋而去。不用说，这在我自然是一种袭击，"出其不意，攻其不备"的袭击！

这突然的袭击使我张皇失措；我的心空虚了，四面的压迫很严重，使我呼吸不能自由。我曾在 N 城的一座桥上，遇见一个女人；我偶然地看她时，她却垂下了长长的黑睫毛，露出老练和鄙夷的神色。那时我也感着压迫和空虚，但比起这一次，就稀薄多了：我在那小西洋人两颗枪弹似的眼光之下，茫然地觉着有被吞食的危险，于是身子不知不觉地缩小——大有在奇境中的阿丽思的劲儿！我木木然目送那父与子下了电车，在马路上开步走；那小西洋人竟未一回头，断然地去了。我这时有了迫切的国家之感！我做着黄种的中国人，而现在还是白种人的世界，他们的骄傲与践踏当然会来的；我所以张皇失措而觉着恐怖者，因为那骄傲我的、践踏我的，不是别人，只是一个十来岁的"白种的"孩子，竟是一个十来岁的白种的"孩子"！我向来总觉得孩子应该是世界的，不应该是一种、一国、一乡、一家的。我因此不能容忍中国的孩子叫西洋人为"洋鬼子"。但这个十来岁的白种的孩子，竟已被揿入人种与国家的两种定型里了。他已懂得凭着人种的优势和国家的强力，伸着脸袭击我了。这一次袭击实是许多次袭击的小影，他的脸上便缩印着一部中国的外交史。他之来上海，或无多日，或已长久，耳濡目染，他的父亲、亲长、先生、父执，乃至同国、同种，都以骄傲践踏对付中国人；而他的读物也推波助澜，将中国编排得一无是处，以长他自己的威风。所以他向我伸脸，决非偶然而已。

这是袭击，也是侮蔑，大大的侮蔑！我因了自尊，一面感着空虚，一面却又感着愤怒；于是有了迫切的国家之念。我要诅咒这小小的人！但我立刻恐怖起来了：这到底只是十来岁的孩子呢，却已被传统所埋葬；我们所日夜想望着的"赤子之心"，世界之世界（非某种人的世界，更非某国人的世界！），眼见得在正来的一代，还是毫无信息的！这是你的损失，我的损失，他的损失，世界的损失；虽然是怎样渺小的一个孩子！但这孩子却也有可敬的地方：他的从容，他的沉默，他的独断独行，他的一去不回头，都是力的表现，都是强者适者的表现。决不婆婆妈妈的，决不粘粘搭搭的，一针见血，一刀两断，这正是白种人之所以为白种人。

　　我真是一个矛盾的人。无论如何，我们最要紧的还是看看自己，看看自己的孩子！谁也是上帝之骄子；这和昔日的王侯将相一样，是没有种的！

　　　　　　　　　　　　　一九二五年六月十九日，夜

背　影

　　我与父亲不相见已二年余了，我最不能忘记的是他的背影。那年冬天，祖母死了，父亲的差使也交卸了，正是祸不单行的日子，我从北京到徐州，打算跟着父亲奔丧回家。到徐州见着父亲，看见满院狼藉的东西，又想起祖母，不禁簌簌地流下眼泪。父亲说："事已如此，不必难过，好在天无绝人之路！"

　　回家变卖典质，父亲还了亏空；又借钱办了丧事。这些日子，家中光景很是惨淡，一半为了丧事，一半为了父亲赋闲。丧事完毕，父亲要到南京谋事，我也要回北京念书，我们便同行。

　　到南京时，有朋友约去游逛，勾留了一日；第二日上午便须渡江到浦口，下午上车北去。父亲因为事忙，本已说定不送我，叫旅馆里一个熟识的茶房陪我同去。他再三嘱咐茶房，甚是仔细。但他终于不放心，怕茶房不妥帖；颇踌躇了一会。其实我那年已二十岁，北京已来往过两三次，是没有甚么要紧的了。他踌躇了一会，终于决定还是自己送我去。我两三回劝他不必去；他只说："不要紧，他们去不好！"

我们过了江，进了车站。我买票，他忙着照看行李。行李太多了，得向脚夫行些小费，才可过去。他便又忙着和他们讲价钱。我那时真是聪明过分，总觉他说话不大漂亮，非自己插嘴不可。但他终于讲定了价钱；就送我上车。他给我拣定了靠车门的一张椅子；我将他给我做的紫毛大衣铺好坐位。他嘱我路上小心，夜里警醒些，不要受凉。又嘱托茶房好好照应我。我心里暗笑他的迂；他们只认得钱，托他们直是白托！而且我这样大年纪的人，难道还不能料理自己么？唉，我现在想想，那时真是太聪明了！

我说道："爸爸，你走吧。"他望车外看了看，说："我买几个橘子去。你就在此地，不要走动。"我看那边月台的栅栏外有几个卖东西的等着顾客。走到那边月台，须穿过铁道，须跳下去又爬上去。父亲是一个胖子，走过去自然要费事些。我本来要去的，他不肯，只好让他去。我看见他戴着黑布小帽，穿着黑布大马褂，深青布棉袍，蹒跚地走到铁道边，慢慢探身下去，尚不大难。可是他穿过铁道，要爬上那边月台，就不容易了。他用两手攀着上面，两脚再向上缩；他肥胖的身子向左微倾，显出努力的样子。这时我看见他的背影，我的泪很快地流下来了。我赶紧拭干了泪，怕他看见，也怕别人看见。我再向外看时，他已抱了朱红的橘子望回走了。过铁道时，他先将橘子散放在地上，自己慢慢爬下，再抱起橘子走。到这边时，我赶紧去搀他。他和我走到车上，将橘子一股脑儿放在我的皮大衣上。于是扑扑衣上的泥土，心里很轻松似的，过一会说："我走了；到那边来信！"我望着他走出去。他走了几步，回过头看见我，说："进去吧，里边没人。"等他的背影混入来来往往的人里，再找不着了，我便进来坐下，我的眼泪又来了。

近几年来，父亲和我都是东奔西走，家中光景是一日不如一日。他少年出外谋生，独力支持，做了许多大事。那知老境却如此颓唐！他触目伤怀，自然情不能自已。情郁于中，自然要发之于外；家庭琐屑便往往触他之怒。他待我渐渐不同往日。但最近两年的不见，他终于忘却我的不好，只是惦记着我，惦记着我的儿子。我北来后，他写了一信给我，信中说道："我身体平安，惟膀子疼痛利害，举箸提笔，诸多不便，大约大去之期不远矣。"我读到此处，在晶莹的泪光中，又看见那肥胖的，青布棉袍，黑布马褂的背影。唉！我不知何时再能与他相见！

　　　　　　　　　　一九二五年十月，在北京

阿　河

　　我这一回寒假，因为养病，住到一家亲戚的别墅里去。那别墅是在乡下，前面偏左的地方，是一片淡蓝的湖水，对岸环拥着不尽的青山。山的影子倒映在水里，越显得清清朗朗的。水面常如镜子一般，风起时，微有皱痕；像少女们皱她们的眉头，过一会子就好了。湖的余势束成一条小港，缓缓地不声不响地流过别墅的门前。门前有一条小石桥，桥那边尽是田亩。这边沿岸一带，相间地栽着桃树和柳树，春来当有一番热闹的梦。别墅外面缭绕着短短的竹篱，篱外是小小的路。里边一座向南的楼，背后便倚着山。西边是三间平屋，我便住在这里。院子里有两块草地，上面随便放着两三块石头。另外的隙地上，或罗列着盆栽，或种莳着花草。篱边还有几株枝干蟠曲的大树，有一株几乎要伸到水里去了。

我的亲戚韦君只有夫妇二人和一个女儿。她在外边念书，这时也刚回到家里。她邀来三位同学，同到她家过这个寒假；两位是亲戚，一位是朋友。她们住着楼上的两间屋子。韦君夫妇也住在楼上。楼下正中是客厅，常是闲着，西间是吃饭的地方；东间便是韦君的书房，我们谈天、喝茶、看报，都在这里。我吃了饭，便是一个人，也要到这里来闲坐一回。我来的第二天，韦小姐告诉我，她母亲要给她们找一个好好的女用人；长工阿齐说有一个表妹，母亲叫他明天就带来做做看呢。她似乎很高兴的样子，我只是不经意地答应。

平屋与楼屋之间，是一个小小的厨房。我住的是东面的屋子，从窗子里可以看见厨房里人的来往。这一天午饭前，我偶然向外看看，见一个面生的女用人，两手提着两把白铁壶，正往厨房里走；韦家的李妈在她前面领着，不知在和她说甚么话。她的头发乱蓬蓬的，像冬天的枯草一样。身上穿着镶边的黑布棉袄和夹裤，黑里已泛出黄色；棉袄长与膝齐，夹裤也直拖到脚背上。脚倒是双天足，穿着尖头的黑布鞋，后跟还带着两片同色的"叶拔儿"。想这就是阿齐带来的女用人了；想完了就坐下看书。晚饭后，韦小姐告诉我，女用人来了，她的名字叫"阿河"。我说："名字很好，只是人土些；还能做么？"她说："别看她土，很聪明呢。"我说："哦。"便接着看手中的报了。

以后每天早上、中上、晚上，我常常看见阿河掣着水壶来往；她的眼似乎总是望前看的。两个礼拜匆匆地过去了。韦小姐忽然和我说，你别看阿河土，她的志气很好，她是个可怜的人。我和娘说，把我前年在家穿的那身棉袄裤给了她吧。我嫌那两件衣服太花，给了她正好。娘先不肯，说她来了没有几天；后来也肯了。今天拿出来让她穿，正合式呢。我们教给她打绒绳鞋，她真聪明，一学就会了。她说拿到工钱，也要打一双穿呢。我等几天再和娘说去。

"她这样爱好！怪不得头发光得多了，原来都是你们教她的。好！你们尽教她讲究，她将来怕不愿回家去呢。"大家都笑了。

旧新年是过去了。因为江浙的兵事，我们的学校一时还不能开学。我们大家都乐得在别墅里多住些日子。这时阿河如换了一个人。她穿着宝蓝色挑着小花儿的布棉袄裤；脚下是嫩蓝色毛绳鞋，鞋口还缀着两个半蓝半白的小绒球儿。我想这一定是她的小姐们给帮忙的。古语说得好，"人要衣裳马要鞍"，阿河这一打扮，真有些楚楚可怜了。她的头发早已是刷得光光的，覆额的留海也梳得十分伏帖。一张小小的圆脸，如正开的桃李花；脸上并没有笑，却隐隐地含着春日的光辉，像花房里充了蜜一般。这在我几乎是一个奇迹；我现在是常站在窗前看她了。我觉得在深山里发见了一粒猫儿眼；这样精纯的猫儿眼，是我生平所仅见！我觉得我们相识已太长久，极愿和她说一句话——极平淡的话，一句也好。但我怎好平白地和她攀谈呢？这样郁郁了一礼拜。

这是元宵节的前一晚上。我吃了饭，在屋里坐了一会，觉得有些无聊，便信步走到那书房里。拿起报来，想再细看一回。忽然门钮一响，阿河进来了。她手里拿着三四支颜色铅笔；出乎意料地走近了我。她站在我面前了，静静地微笑着说："白先生，你知道铅笔刨在哪里？"一面将拿着的铅笔给我看。我不自主地立起来，匆忙地应道，"在这里"；我用手指着南边柱子。但我立刻觉得这是不够的。我领她走近了柱子。这时我像闪电似地踌躇了一下，便说："我……我……"她一声不响地已将一支铅笔交给我。我放进刨子里刨给她看。刨了两下，便想交给她；但终于刨完了一支，交还了她。她接了笔略看一看，仍仰着脸向我。我窘极了，刹那间念头转了好几个圈子；到底硬着头皮搭讪着说，"就这样刨好了。"我赶紧向门外一瞥，就走回原处看报去。但我的头刚低下，我的眼已抬起来了。于是远远地从容地问道："你会么？"她不曾掉过头来，只"噢"了一声，也不说话。我看了她背影一会。觉得应该低下头了。等我再抬起头来时，她已默默地向外走了。她似乎总是望前看的；我想再问她一句话，但终于不曾出口。我撇下了报，站起来走了一会，便回到自己屋里。我一直想着些什么，但什么也没有想出。

第二天早上看见她往厨房里走时，我发愿我的眼将老跟着她的影子！她的影子真好。她那几步路走得又敏捷，又匀称，又苗条，正如一只可爱的小猫。她两手各提着一只水壶，又令我想到在一条细细的索儿上抖擞精神走着的女子。这全由于她的腰；她的腰真太软了，用白水的话说，真是软到使我如吃苏州的牛皮糖一样。不止她的腰，我的日记里说得好："她有一套和云霞比美，水月争灵的曲线，织成大大的一张迷惑的网！"而那两颊的曲线，尤其甜蜜可人。她两颊是白中透着微红，润泽如玉。她的皮肤，嫩得可以掐出水来；我的日记里说，"我很想去掐她一下呀！"她的眼像一双小燕子，老是在滟滟的春水上打着圈儿。她的笑最使我记住，像一朵花漂浮在我的脑海里。我不是说过，她的小圆脸像正开的桃花么？那么，她微笑的时候，便是盛开的时候了：花房里充满了蜜，真如要流出来的样子。她的发不甚厚，但黑而有光，柔软而滑，如纯丝一般。只可惜我不曾闻着一些儿香。唉！从前我在窗前看她好多次，所得的真太少了；若不是昨晚一见，——虽只几分钟——我真太对不起这样一个人儿了。

午饭后，韦君照例地睡午觉去了，只有我，韦小姐和其他三位小姐在书房里。我有意无意地谈起阿河的事。我说："你们怎知道她的志气好呢？"

"那天我们教给她打绒绳鞋；"一位蔡小姐便答道，"看她很聪明，就问她为甚么不念书？她被我们一问，就伤心起来了。……"

"是的，"韦小姐笑着抢了说，"后来还哭了呢；还有一位傻子陪她淌眼泪呢。"

那边黄小姐可急了，走过来推了她一下。蔡小姐忙拦住道："人家说正经话，你们尽闹着玩儿！让我说完了呀——""我代你说啵，"韦小姐仍抢着说，"——她说她只有一个爹，没有娘。嫁了一个男人，倒有三十多岁，土头土脑的，脸上满是疱！他是李妈的邻舍，我还看见过呢。……""好了，底下我说吧。"蔡小姐接着道，"她男人又不要好，尽爱赌钱；她一气，就住到娘家来，有一年多不回去了。"

"她今年几岁？"我问。

"十七不知十八？前年出嫁的，几个月就回家了。"蔡小姐说。

"不，十八，我知道。"韦小姐改正道。

"哦。你们可曾劝她离婚？"

"怎么不劝；"韦小姐应道，"她说十八回去吃她表哥的喜酒，要和她的爹去说呢。"

"你们教她的好事，该当何罪！"我笑了。

她们也都笑了。

十九的早上，我正在屋里看书，听见外面有嚷嚷的声音；这是从来没有的。我立刻走出来看；只见门外有两个乡下人要走进来，却给阿齐拦住。他们只是央告，阿齐只是不肯。这时韦君已走出院中，向他们道："你们回去吧。人在我这里，不要紧的。快回去，不要瞎吵！"

两个人面面相觑，说不出一句话；俄延了一会，只好走了。我问韦君什么事？他说："阿河啰！还不是瞎吵一回子。"

我想他于男女的事向来是懒得说的，还是回头问他小姐的好；我们便谈到别的事情上去。

吃了饭，我赶紧问韦小姐，她说："她是告诉娘的，你问娘去。"

我想这件事有些尴尬，便到西间里问韦太太；她正看着李妈收拾碗碟呢。她见我问，便笑着说："你要问这些事做什么？她昨天回去，原是借了阿桂的衣裳穿了去的，打扮得娇滴滴的，也难怪，被她男人看见了，便约了些不相干的人，将她抢回去过了一夜。今天早上，她骗她男人，说要到此地来拿行李。她男人就会信她，派了两个人跟着。那知她到了这里，便叫阿齐拦着那跟来的人；她自己便跪在我面前哭诉，说死也不愿回她男人家去。你说我有什么法子。只好让那跟来的人先回去再说。好在没有几天，她们要上学了，我将来交给她的爹吧。唉，现在的人，心眼儿真是越过越大了；一个乡下女人，也会闹出这样惊天动地的事了！"

"可不是，"李妈在旁插嘴道，"太太你不知道；我家三叔前儿来，我还听他说呢。我本不该说的，阿弥陀佛！太太，你想她不愿意回婆家，老愿意住在娘家，是什么道理？家里只有一个单身的老子；你想那该死的老畜生！他舍不得放她回去呀！"

"低些，真的么？"韦太太惊诧地问。

"他们说得千真万确的。我早就想告诉太太了，总有些疑心；今天看她的样子，真有几分对呢。太太，你想现在还成什么世界！"

"这该不至于吧。"我淡淡地插了一句。

"少爷，你那里知道！"韦太太叹了一口气，"——好在没有几天了，让她快些走吧；别将我们的运气带坏了。她的事，我们以后也别谈吧。"

开学的通告来了，我定在二十八走。二十六的晚上，阿河忽然不到厨房里挈水了。韦小姐跑来低低地告诉我："娘叫阿齐将阿河送回去了；我在楼上，都不知道呢。"我应了一声，一句话也没有说。正如每日有三顿饱饭吃的人，忽然绝了粮；却又不能告诉一个人！而且我觉得她的前面是黑洞洞的，此去不定有什么好歹！那一夜我是没有好好地睡，只翻来覆去地做梦，醒来却又一例茫然。这样昏昏沉沉地到了二十八早上，懒懒地向韦君夫妇和韦小姐告别而行，韦君夫妇坚约春假再来住，我只得含糊答应着。出门时，我很想回望厨房几眼；但许多人都站在门口送我，我怎好回头呢？

到校一打听，老友陆已来了。我不及料理行李，便找着他，将阿河的事一五一十告诉他。他本是个好事的人；听我说时，时而皱眉，时而叹气，时而擦掌。听到她只十八岁时，他突然将舌头一伸，跳起来道："可惜我早有了我那太太！要不然，我准得想法子娶她！"

"你娶她就好了；现在不知鹿死谁手呢？"

我俩默默相对了一会，陆忽然拍着桌子道："有了，老汪不是去年失了恋么？他现在还没有主儿，何不给他俩撮合一下。"

我正要答说，他已出去了。过了一会子，他和汪来了，进门就嚷着说："我和他说，他不信；要问你呢！"

"事是有的，人呢，也真不错。只是人家的事，我们凭什么去管！"我说。

"想法子呀！"陆嚷着。

"什么法子？你说！"

"好，你们尽和我开玩笑，我才不理会你们呢！"汪笑了。

我们几乎每天都要谈到阿河，但谁也不曾认真去"想法子"。

一转眼已到了春假。我再到韦君别墅的时候，水是绿绿的，桃腮柳眼，着意引人。我却只惦着阿河，不知她怎么样了。那时韦小姐已回来两天。我背地里问她，她说，"奇得很！阿齐告诉我，说她二月间来求娘来了。她说她男人已死了心，不想她回去；只不肯白白地放掉她。他教她的爹拿出八十块钱来，人就是她的爹的了；他自己也好另娶一房人。可是阿河说她的爹那有这些钱？她求娘可怜可怜她！娘的脾气你知道。她是个古板的人；她数说了阿河一顿，一个钱也不给！我现在和阿齐说，让他上镇去时，带个信儿给她，我可以给她五块钱。我想你也可以帮她些，我教阿齐一块儿告诉她吧。只可惜她未必肯再上我们这儿来啰！"

"我拿十块钱吧，你告诉阿齐就是。"

我看阿齐空闲了，便又去问阿河的事。他说："她的爹正给她东找西找地找主儿呢。只怕难吧，八十块大洋呢！"

我忽然觉得不自在起来，不愿再问下去。

过了两天，阿齐从镇上回来，说："今天见着阿河了。娘的，齐整起来了。穿起了裙子，做老板娘娘了！据说是自己拣中的；这种年头！"

我立刻觉得，这一来全完了！只怔怔地看着阿齐，似乎想在他脸上找出阿河的影子。咳，我说什么好呢？愿命运之神长远庇护着她吧！

第二天我便托故离开了那别墅；我不愿再见那湖光山色，更不愿再见那间小小的厨房！

一九二六年一月十一日

哀韦杰三君

　　韦杰三君是一个可爱的人；我第一回见他面时就这样想。这一天我正坐在房里，忽然有敲门的声音；进来的是一位温雅的少年。我问他"贵姓"的时候，他将他的姓名写在纸上给我看；说是苏甲荣先生介绍他来的。苏先生是我的同学，他的同乡，他说前一晚已来找过我了，我不在家；所以这回又特地来的。我们闲谈了一会，他说怕耽误我的时间，就告辞走了。是的，我们只谈了一会儿，而且并没有什么重要的话；——我现在已全忘记——但我觉得已懂得他了，我相信他是一个可爱的人。

　　第二回来访，是在几天之后。那时新生甄别试验刚完，他的国文课是被分在钱子泉先生的班上。他来和我说，要转到我的班上。我和他说，钱先生的学问，是我素来佩服的；在他班上比在我班上一定好。而且已定的局面，因一个人而变动，也不大方便。他应了几声，也没有什么，就走了。从此他就不曾到我这里来。有一回，在三院第一排屋的后门口遇见他，他微笑着向我点头；他本是捧了书及墨盒去上课的，这时却站住了向我说："常想到先生那里，只是功课太忙了，总想去的。"我说："你闲时可以到我这里谈谈。"我们就点首作别。三院离我住的古月堂似乎很远，有时想起来，几乎和前门一样。所以半年以来，我只在上课前、下课后几分钟里，偶然遇着他三四次；除上述一次外，都只匆匆地点头走过，不曾说一句话。但我常是这样想：他是一个可爱的人。

他的同乡苏先生，我还是来京时见过一回，半年来不曾再见。我不曾能和他谈韦君；我也不曾和别人谈韦君，除了钱子泉先生。钱先生有一日告诉我，说韦君总想转到我班上；钱先生又说："他知道不能转时，也很安心的用功了，笔记做得很详细的。"我说，自然还是在钱先生班上好。以后这件事还谈起一两次。直到三月十九日早，有人误报了韦君的死信；钱先生站在我屋外的台阶上惋惜地说："他寒假中来和我谈。我因他常是忧郁的样子，便问他为何这样；是为了我么？他说：'不是，你先生很好的；我是因家境不宽，老是愁烦着。'他说他家里还有一个年老的父亲和未成年的弟弟；他说他弟弟因为家中无钱，已失学了。他又说他历年在外读书的钱，一小半是自己休了学去做教员弄来的，一大半是向人告贷来的。他又说，下半年的学费还没有着落呢。"但他却不愿平白地受人家的钱；我们只看他给大学部学生会起草的请改奖金制为借贷制与工读制的信，便知道他年纪虽轻，做人却有骨气的。

我最后见他，是在三月十八日早上，天安门下电车时。也照平常一样，微笑着向我点头。他的微笑显示他纯洁的心，告诉人，他愿意亲近一切；我是不会忘记的。还有他的静默，我也不会忘记。据陈云豹先生的《行述》，韦君很能说话；但这半年来，我们听见的，却只有他的静默而已。他的静默里含有忧郁、悲苦、坚忍、温雅等等，是最足以引人深长之思和切至之情的。他病中，据陈云豹君在本校追悼会里报告，虽也有一时期，很是躁急，但他终于在离开我们之前，写了那样平静的两句话给校长；他那两句话包蕴着无穷的悲哀，这是静默的悲哀！所以我现在又想，他毕竟是一个可爱的人。

三月十八日晚上，我知道他已危险；第二天早上，听见他死了，叹息而已！但走去看学生会的布告时，知他还在人世，觉得被鼓励似的，忙着将这消息告诉别人。有不信的，我立刻举出学生会布告为证。我二十日进城，到协和医院想去看看他；但不知道医院的规则，去迟了一点钟，不得进去。我很怅惘地在门外徘徊了一会，试问门役道："你知道清华学校有一个韦杰三，死了没有？"他的回答，我原也知道的，是"不知道"三字！那天傍晚回来；二十一日早上，便得着他死的信息——这回他真死了！他死在二十一日上午一时四十八分，就是二十日的夜里，我二十日若早去一点钟，还可见他一面呢。这真是十分遗憾的！二十三日同人及同学入城迎灵，我在城里十二点才见报，已赶不及了。下午回来，在校门外看见杠房里的人，知道柩已来了。我到古月堂一问，知道柩安放在旧礼堂里。我去的时候，正在重殓，韦君已穿好了殓衣在照相了。据说还光着身子照了一张相，是照伤口的。我没有看见他的伤口；但是这种情景，不看见也罢了。照相毕，入殓，我走到柩旁：韦君的脸已变了样子，我几乎不认识了！他的两颧突出，颊肉癟下，掀唇露齿，那里还像我初见时的温雅呢？这必是他几日间的痛苦所致的。唉，我们可以想见了！我正在乱想，棺盖已经盖上；唉，韦君，这真是最后一面了！我们从此真无再见之期了！死生之理，我不能懂得，但不能再见是事实，韦君，我们失掉了你，更将从何处觅你呢？

　　韦君现在一个人睡在刚秉庙的一间破屋里，等着他迢迢千里的老父，天气又这样坏；韦君，你的魂也彷徨着吧！

一九二六年四月二日

飘　零

　　一个秋夜，我和 P 坐在他的小书房里，在晕黄的电灯光下，谈到 W 的小说。

　　"他还在河南吧？ C 大学那边很好吧？"我随便问着。

　　"不，他上美国去了。"

　　"美国？做什么去？"

　　"你觉得很奇怪吧？——波定谟约翰郝勃金医院打电报约他做助手去。"

　　"哦！就是他研究心理学的地方！他在那边成绩总很好？——这回去他很愿意吧？"

　　"不见得愿意。他动身前到北京来过，我请他在启新吃饭；他很不高兴的样子。"

　　"这又为什么呢？"

"他觉得中国没有他做事的地方。"

"他回来才一年呢。C 大学那边没有钱吧？"

"不但没有钱，他们说他是疯子！"

"疯子！"

我们默然相对，暂时无话可说。

我想起第一回认识 W 的名字，是在《新生》杂志上。那时我在 P 大学读书，W 也在那里。我在《新生》上看见的是他的小说；但一个朋友告诉我，他心理学的书读得真多；P 大学图书馆里所有的，他都读了。文学书他也读得不少。他说他是无一刻不读书的。我第一次见他的面，是在 P 大学宿舍的走道上；他正和朋友走着。有人告诉我，这就是 W 了。微曲的背，小而黑的脸，长头发和近视眼，这就是 W 了。以后我常常看他的文字，记起他这样一个人。有一回我拿一篇心理学的译文，托一个朋友请他看看。他逐一给我改正了好几十条，不曾放松一个字。永远的惭愧和感谢留在我心里。

我又想到杭州那一晚上，他突然来看我了。他说和 P 游了三日，明早就要到上海去。他原是山东人；这回来上海，是要上美国去的。我问起哥仑比亚大学的《心理学，哲学，与科学方法》杂志，我知道那是有名的杂志。但他说里面往往一年没有一篇好文章，没有什么意思。他说近来各心理学家在英国开了一个会，有几个人的话有味。他又用铅笔随便的在桌上一本簿子的后面，写了《哲学的科学》一个书名与其出版处，说是新书，可以看看。他说要走了。我送他到旅馆里，见他床上摊着一本《人生与地理》，随便拿过来翻着。他说这本小书很著名，很好的。我们在晕黄的电灯光下，默然相对了一会，又问答了几句简单的话，我就走了。直到现在，还不曾见过他。

他到美国去后，初时还写了些文字，后来就没有了。他的名字，在一般人心里，已如远处的云烟了。我倒还记着他。两三年以后，才又在《文学日报》上见到他一篇诗，是写一种清趣的。我只念过他这一篇诗。他的小说我却念过不少；最使我不能忘记的是那篇《雨夜》，是写北京人力车夫的生活的。W 是学科学的人，应该很冷静，但他的小说却又很热很热的。这就是 W 了。

P 也上美国去，但不久就回来了。他在波定谟住了些日子，W 是常常见着的。他回国后，有一个热天，和我在南京清凉山上谈起 W 的事。他说 W 在研究行为派的心理学。他几乎终日在实验室里；他解剖过许多老鼠，研究它们的行为。P说自己本来也愿意学心理学的；但看了老鼠临终的颤动，他执刀的手便战战的放不下去了。因此只好改行。而W是"奏刀騞然"，"踌躇满志"，P觉得那是不可及的。P又说W研究动物行为既久，看明它们所有的生活，只是那几种生理的欲望，如食欲、性欲，所玩的把戏，毫无什么大道理存乎其间。因而推想人的生活，也未必别有何种高贵的动机；我们第一要承认我们是动物，这便是真人。W的确是如此做人的。P说他也相信W的话；真的，P回国后的态度是大大的不同了。W只管做他自己的人，却得着P这样一个信徒，他自己也未必料得着的。

P又告诉我W恋爱的故事。是的，恋爱的故事！P说这是一个日本人，和W一同研究的，但后来走了，这件事也就完了。P说得如此冷淡，毫不像我们所想的恋爱的故事！P又曾指出《来日》上W的一篇《月光》给我看。这是一篇小说，叙述一对男女趁着月光在河边一只空船里密谈。那女的是个有夫之妇。这时四无人迹，他俩谈得亲热极了。但P说W的胆子太小了，所以这一回密谈之后，便撒了手。这篇文字是W自己写的，虽没有如火如荼的热闹，但却别有一种意思。科学与文学，科学与恋爱，这就是 W 了。

"'疯子'！"我这时忽然似乎彻悟了说，"也许是的吧？我想。一个人冷而又热，是会变疯子的。"

"唔。"P 点头。

"他其实大可以不必管什么中国不中国了；偏偏又恋恋不舍的！"

"是啰。W 这回真不高兴。K 在美国借了他的钱。这回他到北京，特地老远的跑去和 K 要钱。K 的没钱，他也知道；他也并不指望这笔钱用。只想借此去骂他一顿罢了，据说拍了桌子大骂呢！"

"这与他的写小说一样的道理呀！唉，这就是 W 了。"

P 无语，我却想起一件事："W 到美国后有信来么？"

"长远了，没有信。"

我们于是都又默然。

一九二六年七月二十日，白马湖

白　采

　　盛暑中写《白采的诗》一文，刚满一页，便因病搁下。这时候薰宇来了一封信，说白采死了，死在香港到上海的船中。他只有一个人；他的遗物暂存在立达学园里。有文稿，旧体诗词稿，笔记稿，有朋友和女人的通信，还有四包女人的头发！我将薰宇的信念了好几遍，茫然若失了一会；觉得白采虽于生死无所容心，但这样的死在将到吴淞口了的船中，也未免太惨酷了些——这是我们后死者所难堪的。

　　白采是一个不可捉摸的人。他的历史，他的性格，现在虽从遗物中略知梗概，但在他生前，是绝少人知道的；他也绝口不向人说，你问他他只支吾而已。他赋性既这样遗世绝俗，自然是落落寡合了；但我们却能够看出他是一个好朋友，他是一个有真心的人。

"不打不成相识"，我是这样的知道了白采的。这是为学生李芳诗集的事。李芳将他的诗集交我删改，并嘱我作序。那时我在温州，他在上海。我因事忙，一搁就是半年；而李芳已因不知名的急病死在上海。我很懊悔我的需缓，赶紧抽了空给他工作。正在这时，平伯转来白采的信，短短的两行，催我设法将李芳的诗出版；又附了登在《觉悟》上的小说《作诗的儿子》，让我看看——里面颇有讥讽我的话。我当时觉得不应得这种讥讽，便写了一封近两千字的长信，详述事件首尾，向他辩解。信去了便等回信；但是杳无消息。等到我已不希望了，他才来了一张明信片；在我看来，只是几句半冷半热的话而已。我只能以"岂能尽如人意？但求无愧我心"自解，听之而已。

但平伯因转信的关系，却和他常通函札。平伯来信，屡屡说起他，说是一个有趣的人。有一回平伯到白马湖看我。我和他同往宁波的时候，他在火车中将白采的诗稿《羸疾者的爱》给我看。我在车身不住的动摇中，读了一遍，觉得大有意思。我于是承认平伯的话，他是一个有趣的人。我又和平伯说，他这篇诗似乎是受了尼采的影响。后来平伯来信，说已将此语函告白采，他颇以为然。我当时还和平伯说，关于这篇诗，我想写一篇评论；平伯大约也告诉了他。有一回他突然来信说起此事；他盼望早些见着我的文字，让他知道在我眼中的他的诗究竟是怎样的。我回信答应他，就要做的。以后我们常常通信，他常常提及此事。但现在是三年以后了，我才算将此文完篇；他却已经死了，看不见了！他暑假前最后给我的信还说起他的盼望。天啊！我怎样对得起这样一个朋友，我怎样挽回我的过错呢？

平伯和我都不曾见过白采，大家觉得是一件缺憾。有一回我到上海，和平伯到西门林荫路新正兴里五号去访他：这是按着他给我们的通信地址去的。但不幸得很，他已经搬到附近什么地方去了；我们只好嗒然而归。新正兴里五号是朋友延陵君住过的：有一次谈起白采，他说他姓童，在美术专门学校念书；他的夫人和延陵夫人是朋友，延陵夫妇曾借住他们所赁的一间亭子间。那是我看延陵时去过的，床和桌椅都是白漆的；是一间虽小而极洁净的房子，几乎使我忘记了是在上海的西门地方。现在他存着的摄影里，据我看，有好几张是在那间房里照的。又从他的遗札里，推想他那时还未离婚；他离开新正兴里五号，或是正为离婚的缘故，也未可知。这却使我们事后追想，多少感着些悲剧味了。但平伯终于未见着白采，我竟得和他见了一面。那是在立达学园我预备上火车去上海前的五分钟。这一天，学园的朋友说白采要搬来了；我从早上等了好久，还没有音信。正预备上车站，白采从门口进来了。他说着江西话，似乎很老成了，是饱经世变的样子。我因上海还有约会，只匆匆一谈，便握手作别。他后来有信给平伯说我"短小精悍"，却是一句有趣的话。这是我们最初的一面，但谁知也就是最后的一面呢！

去年年底，我在北京时，他要去集美作教；他听说我有南归之意，因不能等我一面，便寄了一张小影给我。这是他立在露台上远望的背影，他说是聊寄伫盼之意。我得此小影，反复把玩而不忍释，觉得他真是一个好朋友。这回来到立达学园，偶然翻阅《白采的小说》，《作诗的儿子》一篇中讥讽我的话，已经删改；而薰宇告我，我最初给他的那封长信，他还留在箱子里。这使我惭愧从前的猜想，我真是小器的人哪！但是他现在死了，我又能怎样呢？我只相信，如爱墨生的话，他在许多朋友的心里是不死的！

上海，江湾，立达学园

荷塘月色

　　这几天心里颇不宁静。今晚在院子里坐着乘凉，忽然想起日日走过的荷塘，在这满月的光里，总该另有一番样子吧。月亮渐渐地升高了，墙外马路上孩子们的欢笑，已经听不见了；妻在屋里拍着闰儿，迷迷糊糊地哼着眠歌。我悄悄地披了大衫，带上门出去。

　　沿着荷塘，是一条曲折的小煤屑路。这是一条幽僻的路；白天也少人走，夜晚更加寂寞。荷塘四面，长着许多树，蓊蓊郁郁的。路的一旁，是些杨柳，和一些不知道名字的树。没有月光的晚上，这路上阴森森的，有些怕人。今晚却很好，虽然月光也还是淡淡的。

　　路上只我一个人，背着手踱着。这一片天地好像是我的；我也像超出了平常的自己，到了另一世界里。我爱热闹，也爱冷静；爱群居，也爱独处。像今晚上，一个人在这苍茫的月下，什么都可以想，什么都可以不想，便觉是个自由的人。白天里一定要做的事，一定要说的话，现在都可不理。这是独处的妙处，我且受用这无边的荷香月色好了。

曲曲折折的荷塘上面，弥望的是田田的叶子。叶子出水很高，像亭亭的舞女的裙。层层的叶子中间，零星地点缀着些白花，有袅娜地开着的，有羞涩地打着朵儿的；正如一粒粒的明珠，又如碧天里的星星，又如刚出浴的美人。微风过处，送来缕缕清香，仿佛远处高楼上渺茫的歌声似的。这时候叶子与花也有一丝的颤动，像闪电般，霎时传过荷塘的那边去了。叶子本是肩并肩密密地挨着，这便宛然有了一道凝碧的波痕。叶子底下是脉脉的流水，遮住了，不能见一些颜色；而叶子却更见风致了。

月光如流水一般，静静地泻在这一片叶子和花上。薄薄的青雾浮起在荷塘里。叶子和花仿佛在牛乳中洗过一样；又像笼着轻纱的梦。虽然是满月，天上却有一层淡淡的云，所以不能朗照；但我以为这恰是到了好处——酣眠固不可少，小睡也别有风味的。月光是隔了树照过来的，高处丛生的灌木，落下参差的斑驳的黑影，峭楞楞如鬼一般；弯弯的杨柳的稀疏的倩影，却又像是画在荷叶上。塘中的月色并不均匀；但光与影有着和谐的旋律，如梵婀玲上奏着的名曲。

荷塘的四面，远远近近，高高低低都是树，而杨柳最多。这些树将一片荷塘重重围住；只在小路一旁，漏着几段空隙，像是特为月光留下的。树色一例是阴阴的，乍看像一团烟雾；但杨柳的丰姿，便在烟雾里也辨得出。树梢上隐隐约约的是一带远山，只有些大意罢了。树缝里也漏着一两点路灯光，没精打采的，是渴睡人的眼。这时候最热闹的，要数树上的蝉声与水里的蛙声；但热闹是它们的，我什么也没有。

忽然想起采莲的事情来了。采莲是江南的旧俗，似乎很早就有，而六朝时为盛；从诗歌里可以约略知道。采莲的是少年的女子，她们是荡着小船，唱着艳歌去的。采莲人不用说很多，还有看采莲的人。那是一个热闹的季节，也是一个风流的季节。梁元帝《采莲赋》里说得好：

　　于是妖童媛女，荡舟心许；鹢首徐回，兼传

羽杯；棹将移而藻挂，船欲动而萍开。尔其纤腰束素，迁延顾步；夏始春余，叶嫩花初，恐沾裳而浅笑，畏倾船而敛裾。

可见当时嬉游的光景了。这真是有趣的事，可惜我们现在早已无福消受了。

于是又记起《西洲曲》里的句子：

采莲南塘秋，莲花过人头；低头弄莲子，莲子清如水。

今晚若有采莲人，这儿的莲花也算得"过人头"了；只不见一些流水的影子，是不行的。这令我到底惦着江南了。——这样想着，猛一抬头，不觉已是自己的门前；轻轻地推门进去，什么声息也没有，妻已睡熟好久了。

一九二七年七月，北京清华园

一封信

　　在北京住了两年多了，一切平平常常地过去。要说福气，这也是福气了。因为平平常常，正像"糊涂"一样"难得"，特别是在"这年头"。但不知怎的，总不时想着在那儿过了五六年转徙无常的生活的南方。转徙无常，诚然算不得好日子；但要说到人生味，怕倒比平平常常时候容易深切地感着。现在终日看见一样的脸板板的天，灰蓬蓬的地；大柳高槐，只是大柳高槐而已。于是木木然，心上什么也没有；有的只是自己，自己的家。我想着我的渺小，有些战栗起来；清福究竟也不容易享的。

　　这几天似乎有些异样。像一叶扁舟在无边的大海上，像一个猎人在无尽的森林里。走路，说话，都要费很大的力气；还不能如意。心里是一团乱麻，也可说是一团火。

似乎在挣扎着，要明白些什么，但似乎什么也没有明白。"一部《十七史》，从何处说起"，正可借来作近日的我的注脚。昨天忽然有人提起《我的南方》的诗。这是两年前初到北京，在一个村店里，喝了两杯"莲花白"以后，信笔涂出来的。于今想起那情景，似乎有些渺茫；至于诗中所说的，那更是遥遥乎远哉了，但是事情是这样凑巧：今天吃了午饭，偶然抽一本旧杂志来消遣，却翻着了三年前给S的一封信。信里说着台州，在上海、杭州、宁波之南的台州。这真是"我的南方"了。我正苦于想不出，这却指引我一条路，虽然只是"一条"路而已。

我不忘记台州的山水，台州的紫藤花，台州的春日，我也不能忘记S。他从前欢喜喝酒，欢喜骂人；但他是个有天真的人。他待朋友真不错。L从湖南到宁波去找他，不名一文；他陪他喝了半年酒才分手。他去年结了婚。为结婚的事烦恼了几个整年的他，这算是叶落归根了；但他也与我一样，已快上那"中年"的线了吧。结婚后我们见过一次，匆匆的一次。我想，他也和一切人一样，结了婚终于是结了婚的样子了吧。但我老只是记着他那喝醉了酒，很妩媚的骂人的意态；这在他或已懊悔着了。

南方这一年的变动，是人的意想所赶不上的。我起初还知道他的踪迹；这半年是什么也不知道了。他到底是怎样地过着这狂风似的日子呢？我所沉吟的正在此。我说过大海，他正是大海上的一个小浪；我说过森林，他正是森林里的一只小鸟。恕我，恕我，我向那里去找你？

这封信曾印在台州师范学校的《绿丝》上。我现在重印在这里；这是我眼前一个很好的自慰的法子。

九月二十七日记

S兄：

……

我对于台州，永远不能忘记！我第一日到六师校时，系由埠头坐了轿子去的。轿子走的都是僻路；使我诧异，为什么堂堂一个府城，竟会这样冷静！那时正是春天，而因天气的薄阴和道路的幽寂，使我宛然如入了秋之国土。约莫到了卖冲桥边，我看见那清绿的北固山，下面点缀着几带朴实的洋房子，心胸顿然开朗，仿佛微微的风拂过我的面孔似的。到了校里，登楼一望，见远山之上，都幂着白云。四面全无人声，也无人影；天上的鸟也无一只。只背后山上谡谡的松风略略可听而已。那时我真脱却人间烟火气而飘飘欲仙了！后来我虽然发现了那座楼实在太坏了：柱子如鸡骨，地板如鸡皮！但自然的宽大使我忘记了那房屋的狭窄。我于是曾好几次爬到北固山的顶上，去领略那飕飕的高风，看那低低的、小小的、绿绿的田亩。这是我最高兴的。

来信说起紫藤花，我真爱那紫藤花！在那样朴陋——现在大概不那样朴陋了吧——的房子里，庭院中，竟有那样雄伟，那样繁华的紫藤花，真令我十二分惊诧！她的雄伟与繁华遮住了那朴陋，使人一对照，反觉朴陋倒是不可少似的，使人幻想"美好的昔日"！我也曾几度在花下徘徊：那时学生都上课去了，只剩我一人。暖和的晴日，鲜艳的花色，嗡嗡的蜜蜂，酝酿着一庭的春意。我自己如浮在茫茫的春之海里，不知怎么是好！那花真好看：苍老虬劲的枝干，这么粗这么粗的枝干，宛转腾挪而上；谁知她的纤指会那样嫩，那样艳丽呢？那花真好看：一缕缕垂垂的细丝，将她们悬在那皴裂的臂上，临风婀娜，真像嘻嘻哈哈的小姑娘，真像凝妆的少妇，像两颊又像双臂，像胭脂又像粉……我在他们下课的时候，又曾几度在楼头眺望：那丰姿更是撩人：云哟，霞哟，仙女哟！我离开台州以后，永远没见过那样好的紫藤花，我真惦记她，我真妒羡你们！

此外，南山殿望江楼上看浮桥（现在早已没有了），看憧憧的人在长长的桥上往来着；东湖水阁上，九折桥上看柳色和水光，看钓鱼的人；府后山沿路看田野，看天；南门外看梨花——再回到北固山，冬天在医院前看山上的雪；都是我喜欢的。说来可笑，我还记得我从前住过的旧仓头杨姓的房子里的一张画桌；那是一张红漆的，一丈光景长而狭的画桌，我放它在我楼上的窗前，在上面读书，和人谈话，过了我半年的生活。现在想已搁起来无人用了吧？唉！

台州一般的人真是和自然一样朴实；我一年里只见过三个上海装束的流氓！学生中我颇有记

得的。前些时有位 P 君写信给我，我虽未有工夫作复，但心中很感谢！乘此机会请你为我转告一句。

　　我写的已多了；这些胡乱的话，不知可附载在《绿丝》的末尾，使它和我的旧友见见面么？

弟：自清

一九二七年九月二十七日

《梅花》后记

　　这一卷诗稿的运气真坏！我为它碰过好几回壁，几乎已经绝望。现在承开明书店主人的好意，答应将它印行，让我尽了对于亡友的责任，真是感激不尽！

　　偶然翻阅卷前的序，后面记着一九二四年二月；算来已是四年前的事了。而无隅的死更在前一年。这篇序写成后，曾载在《时事新报》的《文学旬刊》上。那时即使有人看过，现在也该早已忘怀了吧？无隅的棺木听说还停在上海某处；但日月去得这样快，五年来人事代谢，即在无隅的亲友，他的名字也已有点模糊了吧？想到此，颇有些莫名的寂寞了。我与无隅末次聚会，是在上海西门三德里（？）一个楼上。那时他在美术专门学校学西洋画，住着万年桥附近小弄堂里一个亭子间。我是先到了那里，再和他同去三德里的。那一暑假，我从温州到上海来玩儿；因为他春间交给我的这诗稿还未改好，所以一面访问，一面也给他个信。见面时，他那瘦黑的，微笑的脸，还和春间一样；从我认识他时，他的脸就是这样。我怎么也想不到，隔了不久的日子，他会突然离我们而去！——但我在温州得信很晚，记得仿佛已在他死后一两个月；那时我还忙着改这诗稿，打算寄给他呢。

他似乎没有什么亲戚朋友，至少在上海是如此。他的病情和死期，没人能说得清楚，我至今也还有些茫然；只知道病来得极猛，而又没钱好好医治而已。后事据说是几个同乡的学生凑了钱办的。他们大抵也没钱，想来只能草草收殓罢了。棺木是寄在某处。他家里想运回去，苦于没有这笔钱——虽然不过几十元。他父亲与他朋友林醒民君都指望这诗稿能卖得一点钱。不幸碰了四回壁，还留在我手里；四个年头已飞也似地过去了。自然，这其间我也得负多少因循的责任。直到现在，卖是卖了，想起无隅的那薄薄的棺木，在南方的潮湿里，在数年的尘封里，还不知是什么样子！其实呢，一堆腐骨，原无足惜；但人究竟是人，明知是迷执，打破却也不易的。

无隅的父亲到温州找过我，那大约是一九二二年的春天吧。一望而知，这是一个老实的内地人。他很愁苦地说，为了无隅读书，家里已用了不少钱。谁知道会这样呢？他说，现在无隅还有一房家眷要养活，运棺木的费，实在想不出法。听说他有什么稿子，请可怜可怜，给他想想法吧！我当时答应下来；谁知道一耽搁就是这些年头！后来他还转托了一位与我不相识的人写信问我。我那时已离开温州，因事情尚无头绪，一时忘了作复，从此也就没有音信。现在想来，实在是很不安的。

我在序里略略提过林醒民君，他真是个值得敬爱的朋友！最热心无隅的事的是他；四年中不断地督促我的是他。我在温州的时候，他特地为了无隅的事，从家乡玉环来看我，又将我删改过的这诗稿，端端正正的抄了一遍，给编了目录，就是现在付印的稿本了。我去温州，他也到汉口宁波各地做事；常有信给我，信里总殷殷问起这诗稿。去年他到南洋去，临行还特地来信催我。他说无隅死了好几年了，仅存的一卷诗稿，还未能付印，真是一件难以放下的心事；请再给向什么地方试试，怎样？他到南洋后，至今尚无消息，海天远隔，我也不知他在何处。现在想寄信由他家里转，让他知道这诗稿已能付印；他定非常高兴的。古语说，"一死一生，乃见交情"；他之于无隅，这五年以来，有如一日，真是人所难能的！

关心这诗稿的，还有白采与周了因两位先生。白先生有一篇小说，叫《作诗的儿子》，是纪念无隅的，里面说到这诗稿。那时我还在温州。他将这篇小说由平伯转寄给我，附了一信，催促我设法付印。他和平伯，和我，都不相识；因这一来，便与平伯常常通信，后来与我也常通信了。这也算很巧的一段因缘。我又告诉醒民，醒民也和他写了几回信。据醒民说，他曾经一度打算出资印这诗稿；后来因印自己的诗，力量来不及，只好罢了。可惜这诗稿现在行将付印，而他已死了三年，竟不能见着了！周了因先生，据醒民说，也是无隅的好友。醒民说他要给这诗稿写一篇序，又要写一篇无隅的传。但又说他老是东西飘泊着，没有准儿；只要有机会将这诗稿付印，也就不必等他的文章了。我知道他现在也在南洋什么地方；路是这般远，我也只好不等他了。

春余夏始，是北京最好的日子。我重翻这诗稿，温寻着旧梦，心上倒像有几分秋意似的。

一九二八年五月九日，国耻纪念日

怀魏握青君

两年前差不多也是这些日子吧，我邀了几个熟朋友，在雪香斋给握青送行。雪香斋以绍酒著名。这几个人多半是浙江人，握青也是的，而又有一两个是酒徒，所以便拣了这地方。说到酒，莲花白太腻，白干太烈；一是北方的佳人，一是关西的大汉，都不宜于浅斟低酌。只有黄酒，如温旧书，如对故友，真是醰醰有味。只可惜雪香斋的酒还上了色；若是"竹叶青"，那就更妙了。握青是到美国留学去，要住上三年；这么远的路，这么多的日子，大家确有些惜别，所以那晚酒都喝得不少。出门分手，握青又要我去中天看电影。我坐下直觉头晕。握青说电影如何如何，我只糊糊涂涂听着；几回想张眼看，却什么也看不出。终于支持不住，出其不意，哇地吐出来了。观众都吃一惊，附近的人全堵上了鼻子；这真有些惶恐。握青扶我回到旅馆，他也吐了。但我们心里都觉得这一晚很痛快。我想握青该还记得那种狼狈的光景吧？

我与握青相识，是在东南大学。那时正是暑假，中华教育改进社借那儿开会。我与方光焘君去旁听，偶然遇着握青；方君是他的同乡，一向认识，便给我们介绍了。那时我只知道他很活动，会交际而已。匆匆一面，便未再见。三年前，我北来作教，恰好与他同事。我初到，许多事都不知怎样做好；他给了我许多帮助。我们同住在一个院子里，吃饭也在一处。因此常和他谈论。我渐渐知道他不只是很活动，会交际；他有他的真心，他有他的锐眼，他也有他的傻样子。许多朋友都以为他是个傻小子，大家都叫他老魏，连听差背地里也是这样叫他；这个太亲昵的称呼，只有他有。

但他决不如我们所想的那么"傻"，他是个玩世不恭的人——至少我在北京见着他是如此。那时他已一度受过人生的戒，从前所有多或少的严肃气分，暂时都隐藏起来了；剩下的只是那冷然的玩弄一切的态度。我们知道这种剑锋般的态度，若赤裸裸地露出，便是自己矛盾，所以总得用了什么法子盖藏着。他用的是一副傻子的面具。我有时要揭开他这副面具，他便说我是《语丝》派。但他知道我，并不比我知道他少。他能由我一个短语，知道全篇的故事。他对于别人，也能知道；但只默喻着，不大肯说出。他的玩世，在有些事情上，也许太随便些。但以或种意义说，他要复仇；人总是人，又有什么办法呢？至少我是原谅他的。

以上其实也只说得他的一面；他有时也能为人尽心竭力。他曾为我决定一件极为难的事。我们沿着墙根，走了不知多少趟；他源源本本，条分缕析地将形势剖解给我听。你想，这岂是傻子所能做的？幸亏有这一面，他还能高高兴兴过日子；不然，没有笑，没有泪，只有冷脸，只有"鬼脸"，岂不郁郁地闷煞人！

我最不能忘的，是他动身前不多时的一个月夜。电灯灭后，月光照了满院，柏树森森地竦立着。屋内人都睡了；我们站在月光里，柏树旁，看着自己的影子。他轻轻地诉说他生平冒险的故事。说一会，静默一会。这是一个幽奇的境界。他叙述时，脸上隐约浮着微笑，就是他心地平静时常浮在他脸上的微笑；一面偏着头，老像发问似的。这种月光，这种院子，这种柏树，这种谈话，都很可珍贵；就由握青自己再来一次，怕也不一样的。

他走之前，很愿我做些文字送他；但又用玩世的态度说："怕不肯吧？我晓得，你不肯的。"我说："一定做，而且一定写成一幅横披——只是字不行些。"但是我惭愧我的懒，那"一定"早已几乎变成"不肯"了！而且他来了两封信，我竟未复只字。这叫我怎样说好呢？我实在有种坏脾气，觉得路太遥远，竟有些渺茫一般，什么便都因循下来了。好在他的成绩很好，我是知道的；只此就很够了。别的，反正他明年就回来，我们再好好地谈几次，这是要紧的。——我想，握青也许不那么玩世了吧。

一九二八年五月二十五日夜

儿 女

　　我现在已是五个儿女的父亲了。想起圣陶喜欢用的"蜗牛背了壳"的比喻，便觉得不自在。新近一位亲戚嘲笑我说："要剥层皮呢！"更有些悚然了。十年前刚结婚的时候，在胡适之先生的《藏晖室札记》里，见过一条，说世界上有许多伟大的人物是不结婚的；文中并引培根的话："有妻子者，其命定矣。"当时确吃了一惊，仿佛梦醒一般；但是家里已是不由分说给娶了媳妇，又有甚么可说？现在是一个媳妇，跟着来了五个孩子；两个肩头上，加上这么重一副担子，真不知怎样走才好。"命定"是不用说了；从孩子们那一面说，他们该怎样长大，也正是可以忧虑的事。我是个彻头彻尾自私的人，做丈夫已是勉强，做父亲更是不成。自然，"子孙崇拜"，"儿童本位"

的哲理或伦理，我也有些知道；既做着父亲，闭了眼抹杀孩子们的权利，知道是不行的。可惜这只是理论，实际上我是仍旧按照古老的传统，在野蛮地对付着，和普通的父亲一样。近来差不多是中年的人了，才渐渐觉得自己的残酷；想着孩子们受过的体罚和叱责，始终不能辩解——像抚摩着旧创痕那样，我的心酸溜溜的。有一回，读了有岛武郎《与幼小者》的译文，对了那种伟大的、沉挚的态度，我竟流下泪来了。去年父亲来信，问起阿九，那时阿九还在白马湖呢；信上说："我没有耽误你，你也不要耽误他才好。"我为这句话哭了一场；我为什么不像父亲的仁慈？我不该忘记，父亲怎样待我们来着！人性许真是二元的，我是这样地矛盾；我的心像钟摆似的来去。

你读过鲁迅先生的《幸福的家庭》么？我的便是那一类的"幸福的家庭"！每天午饭和晚饭，就如两次潮水一般。先是孩子们你来他去地在厨房与饭间里查看，一面催我或妻发"开饭"的命令。急促繁碎的脚步，夹着笑和嚷，一阵阵袭来，直到命令发出为止。他们一递一个地跑着喊着，将命令传给厨房里佣人；便立刻抢着回来搬凳子。于是这个说："我坐这儿！"那个说："大哥不让我！"

大哥却说："小妹打我！"我给他们调解，说好话。但是他们有时候很固执，我有时候也不耐烦，这便用着叱责了；叱责还不行，不由自主地，我的沉重的手掌便到他们身上了。于是哭的哭，坐的坐，局面才算定了。接着可又你要大碗，他要小碗，你说红筷子好，他说黑筷子好；这个要干饭，那个要稀饭，要茶要汤，要鱼要肉，要豆腐，要萝卜；你说他菜多，他说你菜好。妻是照例安慰着他们，但这显然是太迂缓了。我是个暴躁的人，怎么等得及？不用说，用老法子将他们立刻征服了；虽然有哭的，不久也就抹着泪捧起碗了。吃完了，纷纷爬下凳子，桌上是饭粒呀、汤汁呀、骨头呀、渣滓呀，加上纵横的筷子、欹斜的匙子，就如一块花花绿绿的地图模型。吃饭而外，他们的大事便是游戏。游戏时，大的有大主意，小的有小主意，各自坚持不下，于是争执起来；或者大的欺负了小的，或者小的竟欺负了大的，被欺负的哭着嚷着，到我或妻的面前诉苦；我大抵仍旧要用老法子来判断的，但不理的时候也有。最为难的，是争夺玩具的时候：这一个的与那一个的是同样的东西，却偏要那一个的；而那一个便偏不答应。在这种情形之下，不论如何，终于是非哭了不可的。这些事件自然不至于天天全有，但大致总有好些起。我若坐在家里看书或写什么东西，管保一点钟里要分几回心，或站起来一两次的。若是雨天或礼拜日，孩子们在家的多，那么，摊开书竟看不下一行，提起笔也写不出一个字的事，也有过的。我常和妻说："我们家真是成日的千军万马呀！"有时是不但"成日"，连夜里也有兵马在进行着，在有吃乳或生病的孩子的时候！

我结婚那一年，才十九岁。二十一岁，有了阿九；二十三岁，又有了阿菜。那时我正像一匹野马，那能容忍这些累赘的鞍鞯、辔头和缰绳？摆脱也知是不行的，但不自觉地时时在摆脱着。现在回想起来，那些日子，真苦了这两个孩子；真是难以宽宥的种种暴行呢！阿九才两岁半的样子，我们住在杭州的学校里。不知怎地，这孩子特别爱哭，又特别怕生人。一不见了母亲，或来了客，就哇哇地哭起来了。学校里住着许多人，我不能让他扰着他们，而客人也总是常有的；我懊恼极了，有一回，特地骗出了妻，关了门，将他按在地下打了一顿。这件事，妻到现在说起来，还觉得有些不忍；她说我的手太辣了，到底还是两岁半的孩子！我近年常想着那时的光景，也觉黯然。阿菜在台州，那是更小了；才过了周岁，还不大会走路。也是为了缠着母亲的缘故吧，我将她紧紧地按在墙角里，直哭喊了三四分钟；因此生了好几天病。妻说，那时真寒心呢！但我的苦痛也是真的。我曾给圣陶写信，说孩子们的折磨，实在无法奈何；有时竟觉着还是自杀的好。这虽是气愤的话，但这样的心情，确也有过的。后来孩子是多起来了，磨折也磨折得久了，少年的锋棱渐渐地钝起来了；加以增长的年岁增长了理性的裁制力，我能够忍耐了——觉得从前真是一个"不成材的父亲"，如我给另一个朋友信里所说。但我的孩子们在幼小时，确比别人的特别不安静，我至今还觉如此。我想这大约还是由于我们抚育不得法；从前只一味地责备孩子，让他们代我们负起责任，却未免是可耻的残酷了！

正面意义的"幸福"，其实也未尝没有。正如谁所说，小的总是可爱，孩子们的小模样、小心眼儿，确有些教人舍不得的。阿毛现在五个月了，你用手指去拨弄她的下巴，或向她做趣脸，她便会张开没牙的嘴格格地笑，笑得像一朵正开的花。她不愿在屋里待着；待久了，便大声儿嚷。妻常说："姑娘又要出去溜达了。"她说她像鸟儿般，每天总得到外面溜一些时候。闰儿上个月刚过了三岁，笨得很，话还没有学好呢。他只能说三四个字的短语或句子，文法错误，发音模糊，又得费气力说出；我们老是要笑他的。他说"好"字，总变成"小"字；问他"好不好？"他便说"小"，或"不小"。我们常常逗着他说这个字玩儿；他似乎有些觉得，近来偶然也能说出正确的"好"字了——特别在我们故意说成"小"字的时候。他有一只搪瓷碗，是一毛来钱买的；买来时，老妈子教给他，"这是一毛钱。"他便记住"一毛"两个字，管那只碗叫"一毛"，有时竟省称为"毛"。这在新来的老妈子，是必需翻译了才懂的。他不好意，或见着生客时，便咧着嘴痴笑；我们常用了土话，叫他做"呆瓜"。他是个小胖子，短短的腿，走起路来，蹒跚可笑；若快走或跑，便更"好看"了。他有时学我，将两手叠在背后，一摇一摆的；那是他自己和我们都要乐的。他的大姊便是阿菜，已是七岁多了，在小学校里念着书。在饭桌上，一定得啰啰唆唆地报告些同学或他们父母的事情；气喘喘地说着，不管你爱听不爱听。说完了总问我："爸爸认识么？""爸爸知道么？"妻常禁止她吃饭时说话，所以她总是问我。她的问题真多：看电影便问电影里的是不是人？是不是真人？怎么不说话？看照相也是一样。不知谁告诉她，兵是要打人的。她回来便问，兵是人么？为什么打人？近来大约听了先生的话，回来又问张作霖的兵是帮谁的？蒋介石的兵是不是帮我们的？诸如此类的问题，每天短不了，常常闹得我不知怎样答才行。她和闰儿在一处玩儿，一大一小，不很合式，老是吵着哭着。但合式的时候也有：譬如这个往床底下躲，那个便钻进去追着；这个钻出来，那个也跟着——从这个床到那个床，只听见笑着、嚷着、喘着，真如妻所说，像小狗似的。现在在京的，便只有这三个孩子；阿九和转儿是去年北来时，让母亲暂时带回扬州去了。阿九是欢喜书的孩子。他爱看《水浒》《西游记》《三侠五义》《小朋友》等；没有事便捧着书坐着或躺着看。只不欢喜《红楼梦》，说是没有味儿。是的，《红楼梦》的味儿，一个十岁的孩子，哪里能领略呢？去年我们事实上只能带两个孩子来；因为他大些，而转儿是一直跟着祖母的，便在上海将他俩丢下。我清清楚楚记得那分别的一个早上。我领着阿九从二洋泾桥的旅馆出来，送他到母亲和转儿住着的亲戚家去。妻嘱咐说："买点吃的给他们吧。"我们走过四马路，到一家茶食铺里。阿九说要熏鱼，我给买了；又买了饼干，是给转儿的。便乘电车到海宁路。下车时，看着他的害怕与累赘，很觉恻然。到亲戚家，因为就要回旅馆收拾上船，只说了一两句话便出来；转儿望望我，没说什么，阿九是和祖母说什么去了。我回头看了他们一眼，硬着头皮走了。后来妻告诉我，阿九背地里向她说："我知道爸爸欢喜小妹，不带我上北京去。"其实这是冤枉的。他又曾和我们说："暑假时一定来接我啊！"我们当时答应着；但现在已是第二个暑假了，他们还在迢迢的扬州待着。他们是恨着我们呢？还是惦着我们呢？妻是一年来老放不下这两个，常常独自暗中流泪；但我有什么法子呢！想到"只为家贫成聚散"一句无名的诗，不禁有些凄然。转儿与我较生疏些。但去年离开白马湖时，她也曾用了生硬的扬州话（那时她还没有到过扬州呢），和那特别尖的小嗓子向着我："我要到北京去。"她晓得什么北京，只跟着大孩子们说罢了；但当时听着，现在想着的我，却真是抱歉呢。这兄妹俩离开我，原是常事，离开母亲，虽也有过一回，这回可是太长了；小小的心儿，知道是怎样忍耐那寂寞来着！

　　我的朋友大概都是爱孩子的。少谷有一回写信责备我，说儿女的吵闹，也是很有趣的，何至可厌到如我所说；他说他真不解。子恺为他家华瞻写的文章，真是"蔼然仁者之言"。圣陶也常常为孩子操心：小学毕业了，到什么中学好呢？——这样的话，他和我说过两三回了。我对他们只有惭愧！可是近来我也渐渐觉着自己的责任。我想，第一该将孩子们团聚起来，其次便该给他们些力量。我亲眼见过一个爱儿女的人，因为不曾好好地教育他们，便将他们荒废了。他并不是溺爱，只是没有耐心去料理他们，他们便不能成材了。我想我若照现在这样下去，孩子们也便危险了。我得计划着，让他们渐渐知道怎样去做人才行。但是要不要他们像我自己呢？这一层，我在白马湖教初中学生时，也曾从师生的立场上问过丏尊，他毫不踌躇地说："自然啰。"近来与平伯谈起教子，他却答得妙，"总不希望比自己坏啰。"是的，只要不"比自己坏"就行，"像"不"像"倒是不在乎的。职业、人生观等，还是由他们自己去定的好；自己顶可贵，只要指导、帮助他们去发展自己，便是极贤明的办法。

予同说："我们得让子女在大学毕了业，才算尽了责任。"SK 说："不然，要看我们的经济，他们的材质与志愿；若是中学毕了业，不能或不愿升学，便去做别的事，譬如做工人吧，那也并非不行的。"自然，人的好坏与成败，也不尽靠学校教育；说是非大学毕业不可，也许只是我们的偏见。在这件事上，我现在毫不能有一定的主意；特别是这个变动不居的时代，知道将来怎样？好在孩子们还小，将来的事且等将来吧。目前所能做的，只是培养他们基本的力量——胸襟与眼光；孩子们还是孩子们，自然说不上高的远的，慢慢从近处小处下手便了。这自然也只能先按照我自己的样子，"神而明之，存乎其人"，光辉也罢，倒楣也罢，平凡也罢，让他们各尽各的力去。我只希望如我所想的，从此好好地做一回父亲，便自称心满意。——想到那"狂人""救救孩子"的呼声，我怎敢不悚然自勉呢？

一九二八年六月二十四日晚写毕，北京清华园

乙辑

旅行杂记

这次中华教育改进社在南京开第三届年会，我也想观观光；故"不远千里"的从浙江赶到上海，决于七月二日附赴会诸公的车尾而行。

一　殷勤的招待

七月二日正是浙江与上海的社员乘车赴会的日子。在上海这样大车站里，多了几十个改进社社员，原也不一定能够显出甚么异样；但我却觉得确乎是不同了，"一时之盛"的光景，在车站的一角上，是显然可见的。这是在茶点室的左边；那里丛着一群人，正在向两位特派的招待员接洽。壁上贴着一张黄色的磅纸，写着龙蛇飞舞的字："二等四元□，三等二元□。"两位招待员开始执行职务了；这时已是六点四十分，离开车还有二十分钟了。招待员所应做的第一大事，自然是买车票。买车票是大家都会的，买半票却非由他们二位来"优待"一下不可。"优待"可真不是容易的事！他们实行"优待"的时候，要向每个人取名片，票价，——还得找钱。他们往还于茶点室和售票处之间，少说些，足有二十次！他们手里是拿着一叠名片和钞票洋钱；眼睛总是张望着前面，仿佛遗失了什么，急急寻觅一样；面部筋肉平板地紧张着；手和足的运动都像不是他们自己的。好容易费了二虎之力，居然买了几张票，凭着名片分发了。每次分发时，各位候补人都一拥而上。等到得不着票子，便不免有了三三两两的怨声了。那两位招待员买票事大，却也顾不得这些。可是钟走得真快，不觉七点还欠五分了。这时票子还有许多人没买着，大家都着急；而招待员竟不出来！有的人急忙寻着他们，情愿取回了钱，自买全票；有的向他们顿足舞手的责备着。他们却只是忙着照名片退钱，一言不发。——真好性儿！于是大家三步并作两步，自己去买票子；这一挤非同小可！我除照付票价外，还出了一身大汗，才弄到一张三等车票。这时候对两位招待员的怨声真载道了："这样的饭桶！""真饭桶！""早做什么事的？""六点钟就来了，还是自己买票，冤不冤！"我猜想这时候两位招待员的耳朵该有些儿热了。其实我倒能原谅他们，无论招待的成绩如何，他们的眼睛和腿总算忙得可以了，这也总算是殷勤了；他们也可以对得起改进社了，改进社也可以对得起他们的社员了。——上车后，车就开了；有人问："两个饭桶来了没有？""没有吧！"车是开了。

二　"躬逢其盛"

七月二日的晚上，花了约莫一点钟的时间，才在大会注册组买了一张旁听的标识。这个标识很不漂亮，但颇有实用。七月三日早晨的年会开幕大典，我得躬逢其盛，全靠着它呢。

七月三日的早晨，大雨倾盆而下。这次大典在中正街公共讲演厅举行。该厅离我所住的地方有六七里路远；但我终于冒了狂风暴雨，乘了黄包车赴会。在这一点上，我的热心决不下于社员诸君的。

到了会场门首，早已停着许多汽车、马车；我知道这确乎是大典了。走进会场，坐定细看，一切都很从容，似乎离开会的时间还远得很呢！——虽然规定的时间已经到了。楼上正中是女宾席，似乎很是寥寥；两旁都是军警席——正和楼下的两旁一样。一个黑色的警察，间着一个灰色的兵士，静默的立着。他们大概不是来听讲的，因为既没有赛瓷的社员徽章，又没有和我一样的旁听标识，而且也没有真正的"席"——坐位（我所谓"军警席"，是就实际而言，当时场中并无此项名义，合行声明）。听说督军省长都要"驾临"该场；他们原是保卫"两长"来的，他们原是监视我们来的，好一个武装的会场！

那时"两长"未到，盛会还未开场；我们忽然要做学生了！一位教员风的女士走上台来，像一道光闪在听众的眼前；她请大家练习《尽力中华》歌。大家茫然的立起，跟着她唱。但"出其不意，攻其不备"，有些人不敢高唱，有些人竟唱不出。所以唱完的时候，她温和地笑着向大家说："这回太低了，等等再唱一回。"她轻轻的鞠了躬，走了。等了一等，她果然又来了。说完"一——二——三——四"之后，《尽力中华》的歌声果然很响地起来了。

她将左手插在腰间，右手上下的挥着，表示节拍；挥手的时候，腰部以上也随着微微的向左右倾侧，显出极为柔软的曲线；她的头略略偏右仰着，嘴唇轻轻的动着，嘴唇以上，尽是微笑。唱完时，她仍笑着说："好些了，等等再唱。"再唱的时候，她拍着两手，发出清脆的响，其余和前回一样。唱完，她立刻又"一——二——三——四"的要大家唱。大家似乎很惊愕，似乎她真看得大家和学生一样了；但是半秒钟的惊愕与不耐以后，终于又唱起来了——自然有一部分人，因疲倦而休息。于是大家的临时的学生时代告终。不一会，场中忽然纷扰，大家的视线都集中在东北角上；这是齐督军、韩省长来了，开会的时间真到了！

空空的讲坛上，这时竟济济一台了。正中有三张椅子，两旁各有一排椅子。正中的三人是齐燮元、韩国钧，另有一个西装少年；后来他演说，才知是"高督办"——就是讳"恩洪"的了——的代表。这三人端坐在台的正中，使我联想到大雄宝殿上的三尊佛像；他们虽坦然的坐着，我却无端的为他们"惶恐"着。——于是开会了，照着秩序单进行。详细的情形，有各报记述可看，毋庸在下再来饶舌。现在单表齐燮元、韩国钧和东南大学校长郭秉文博士的高论。齐燮元究竟是督军兼巡阅使，他的声音是加倍的洪亮；那时场中也特别肃静——齐燮元究竟与众不同呀！他咬字眼儿真咬得清白；他的话是"字本位"，是一个字一个字吐出来的。字与字间的时距，我不能指明，只觉比普通人说话延长罢了；最令我惊异而且焦躁的，是有几句说完之后。那时我总以为第二句应该开始了，岂知一等不来，二等不至，三等不到；他是在唱歌呢，这儿碰着全休止符了！等到三等等完，四拍拍毕，第二句的第一个字才姗姗的来了。这其间至少有一分钟；要用主观的计时法，简直可说足有五分钟！说来说去，究竟他说的是什么呢？我恭恭敬敬的答道：半篇八股！他用拆字法将"中华教育改进社"一题拆为四段：先做"教育"二字，是为第一股；次做"教育改进"，是为第二股；"中华教育改进"是第三股；加上"社"字，是第四股。层层递进，如他由督军而升巡阅使一样。齐燮元本是廪贡生，这类文章本是他的拿手戏；只因时代维新，不免也要改良一番，才好应世；八股只剩了四股，大约便是为此了。最教我不忘记的，是他说完后的那一鞠躬。那一鞠躬真是与众不同，鞠下去时，上半身全与讲桌平行，我们只看见他一头的黑发；他然后慢慢的立起退下。这其间费了普通人三个一鞠躬的时间，是的的确确的。接着便是韩国钧了。他有一篇改进社开会词，是开会前已分发了的。里面曾有一节，论及现在学风的不良，颇有痛心疾首之概。我很想听听他的高见。但他却不曾照本宣扬，他这时另有一番说话。他也经过了许多时间；但不知是我的精神不济，还是另有原因，我毫没有领会他的意思。只有煞尾的时候，他提高了喉咙，我也竖起了耳朵，这才听见他的警句了。他说："现在政治上南北是不统一的。今天到会诸君，却南北都有，同以研究教育为职志，毫无畛域之见。可见统一是要靠文化的，不能靠武力！"这最后一句话确是漂亮，赢得如雷的掌声和许多轻微的赞叹。他便在掌声里退下。这时我们所注意的，是在他肘腋之旁的齐燮元；可惜我眼睛不佳，不能看到他面部的变化，因而他的心情也不能详说：这是很遗憾的。于是——是我行文的"于是"，不是事实的"于是"，请注意——来了郭秉文博士。他说，我只记得他说："青年的思想应稳健，正确。"旁边有一位告诉我说："这是齐燮元的话。"但我却发见了，这也是韩国钧的话，便是开会辞里所说的。究竟是谁的话呢？或者是"英雄所见，大略相同"么？这却要请问郭博士自己了。但我不能明白：什么思想才算正确和稳健呢？郭博士的演说里不曾下注脚，我也只好终于莫测高深了。

还有一事，不可不记。在那些点缀会场的警察中，有一个瘦长的，始终笔直的站着，几乎不曾移过一步，真像石像一般，有着可怕的静默。我最佩服他那昂着的头和垂着的手；那天真苦了他们三位了！另有一个警官，也颇可观。他那肥硬的身体，凸出的肚皮，老是背着的双手，和那微微仰起的下巴，高高翘着的仁丹胡子，以及胸前累累挂着的徽章——那天场中，这后两件是他所独有的——都显出他的身份和骄傲。他在楼下左旁往来的徘徊着，似乎在督率着他的部下。我不能忘记他。

三　第三人称

七月□日，正式开会。社员全体大会外，便是许多分组会议。我们知道全体大会不过是那么回事，值得注意的是后者。我因为也忝然的做了国文教师，便决然无疑地投到国语教学组旁听。不幸听了一次，便生了病，不能再去。那一次所议的是"采用他，她，牠案"（大意如此，原文忘记了）；足足议了两个半钟头，才算不解决地解决了。这次讨论，总算详细已极，无微不至；在讨论时，很有几位英雄，舌本翻澜，妙绪环涌，使得我茅塞顿开，摇头佩服。这不可以不记。

其实我第一先应该佩服提案的人！在现在大家已经"采用""他，她，牠"的时候，他才从容不迫地提出了这件议案，真可算得老成持重，"不敢为天下先"，确遵老子遗训的了。在我们礼义之邦，无论何处，时间先生总是要先请一步的；所以这件议案不因为他的从容而被忽视，反因为他的从容而被尊崇，这就是所谓"让德"。且看当日之情形，谁不兴高而采烈？便可见该议案的号召之力了。本来呢，"新文学"里的第三人称代名词也太纷歧了！既"她""伊"之互用，又"牠""它"之不同，更有"佢""彼"之流，窜跳其间；于是乎乌烟瘴气，一塌糊涂！提案人虽只为辨"性"起见，但指定的三字，皆属于也字系统，俨然有正名之意。将来"也"字系统若竟成为正统，那开创之功一定要归于提案人的。提案人有如彼的力量，如此的见解，怎不教人佩服？

讨论的中心点是在女人，就是在"她"字。"人"让他站着，"牛"也让它站着；所饶不过的是"女"人，就是"她"字旁边立着的那"女"人！于是辩论开始了。一位教师说："据我的'经验'，女学生总不喜欢'她'字——男人的'他'，只标一个'人'字旁，女子的'她'，却特别标一个'女'字旁，表明是个女人；这是她们所不平的！我发出的讲义，上面的'他'字，她们常常要将'人'字旁改成'男'字旁，可以见她们报复的意思了。"大家听了，都微微笑着，像很有味似的。另一位却起来驳道："我也在女学堂教书，却没有这种情形！"海格尔的定律不错，调和派来了，他说："这本来有两派：用文言的欢喜用'伊'字，如周作人先生便是；用白话的欢喜用'她'字，'伊'字用的少些；其实两个字都是一样的。""用文言的欢喜用'伊'字"这句话却有意思！文言里间或有"伊"字看见，这是真理；但若说那些"伊"都是女人，那却不免委屈了许多男人！周作人先生提倡用"伊"字也是实，但只是用在白话里；我可保证，他决不曾有什么"用文言"的话！而且若是主张"伊"字用于文言，那和主张人有两只手一样，何必周先生来提倡呢？于是又冤枉了周先生！——调和终于无效，一位女教师立起来了。大家都倾耳以待，因为这是她们的切身问题，必有一番精当之论！她说话快极了，我听到的警句只是，"历来加'女'字旁的字都是不好的字；'她'字是用不得的！"一位"他"立刻驳道，"'好'字岂不是'女'字旁么？"大家都大笑了。在这大笑之中，忽有苍老的声音："我看'他'字譬如我们普通人坐三等车；'她'字加了'女'字旁，是请她们坐二等车，有什么不好呢？"这回真哄堂了，有几个人笑得眼睛亮晶晶的，眼泪几乎要出来；真是所谓"笑中有泪"了。后来的情形可有些模糊，大约便在谈笑中收了场；于是乎一幕喜剧告成。"二等车""三等车"这一个比喻，真是新鲜，足为修辞学开一崭新的局面，使我有永远的趣味。从前贾宝玉说男人的骨头是泥做的，女人的骨头是水做的，至今传为佳话；现在我们的辩士又发明了这个"二三等车"的比喻，真是媲美前修，启迪来学了。但这个"二三等之别"究竟也有例外；我离开南京那一晚，明明在三等车上看见三个"她"！我想："她"何以不坐二等车呢？难道客气不成？——那位辩士的话应该是不错的！

一九二四年七月十四日，温州

说　梦

伪《列子》里有一段梦话，说得甚好：

> 周之尹氏大治产，其下趣役者，侵晨昏而不息。有老役夫筋力竭矣，而使之弥勤。昼则呻呼而即事，夜则昏惫而熟寐。精神荒散，昔昔梦为国君：居人民之上，总一国之事；游燕宫观，恣意所欲，其乐无比。觉则复役人。……尹氏心营世事，虑钟家业，心形俱疲，夜亦昏惫而寐。昔昔梦为人仆：趋走作役，无不为也；数骂杖挞，无不至也。眠中喑呓呻呼，彻旦息焉。……

此文原意是要说出"苦逸之复，数之常也；若欲觉梦兼之，岂可得邪？"这其间大有玄味，我是领略不着的；我只是断章取义地赏识这件故事的自身，所以才老远地引了来。我只觉得梦不是一件坏东西。即真如这件故事所说，也还是很有意思的。因为人生有限，我们若能夜夜有这样清楚的梦，则过了一日，足抵两日，过了五十岁，足抵一百岁；如此便宜的事，真是落得的。至于梦中的"苦乐"，则照我素人的见解，毕竟是"梦中的"苦乐，不必斤斤计较的。若必欲斤斤计较，我要大胆地说一句：他和那些在墙上贴红纸条儿，写着"夜梦不祥，书破大吉"的，同样地不懂得梦！

但庄子说道："至人无梦。"伪《列子》里也说道："古之真人，其觉自忘，其寝不梦。"——张湛注曰："真人无往不忘，乃当不眠，何梦之有？"可知我们这几位先哲不甚以做梦为然，至少也总以为梦是不大高明的东西。但孔子就与他们不同，他深以"不复梦见周公"为憾；他自然是爱做梦的，至少也是不反对做梦的。——殆所谓时乎做梦则做梦者软？我觉得"至人""真人"，毕竟没有我们的份儿，我们大可不必妄想；只看"乃当不眠"一个条件，你我能做到么？唉，你若主张或实行"八小时睡眠"，就别想做"至人""真人"了!但是,也不用担心,还有为我们掮木梢的:我们知道,愚人也无梦!他们是一枕黑甜,哼呵到晓,一些儿梦的影子也找不着的!我们徼幸还会做几个梦,虽因此失了"至人""真人"的资格,却也因此而得免于愚人,未尝不是运气。至于"至人""真人"之无梦和愚人之无梦,究竟有何分别?却是一个难题。我想偷懒,还是摭拾上文说过的话来答吧:"真人……乃当不眠,……"而愚人是"一枕黑甜,哼呵到晓"的!再加一句,此即孔子所谓"上智与下愚不移"也。说到孔子,孔子不反对做梦,难道也做不了"至人""真人"?我说:"唯唯,否否!"孔子是"圣人",自有他的特殊的地位,用不着再来争"至人""真人"的名号了。但得知道,做梦而能梦周公,才能成其所以为圣人;我们也还是够不上格儿的。

我们终于只能做第二流人物,但这中间也还有个高低。高的如我的朋友 P 君:他梦见花,梦见诗,梦见绮丽的衣裳,……真可算得有梦皆甜了。低的如我:我在江南时,本忝在愚人之列,照例是漆黑一团地睡到天光;不过得声明,哼呵是没有的。北来以后,不知怎样,陡然聪明起来，夜夜有梦，而且不一其梦。但我究竟是新升格的，梦尽管做，却做不着一个清清楚楚的梦！成夜地乱梦颠倒，醒来不知所云，恍然若失。最难堪的是每早将醒未醒之际，残梦依人，腻腻不去；忽然双眼一睁，如坠深谷，万象寂然——只有一角日光在墙上痴痴地等着！我此时决不起来，必凝神细想，欲追回梦中滋味于万一；但照例是想不出，只惘惘然茫茫然似乎怀念着些什么而已。虽然如此，有一点是知道的：梦中的天地是自由的，任你徜徉，任你翱翔；一睁眼却就给密密的麻绳绑上了，就大大地不同了！我现在确乎有些精神恍惚，这里所写的就够教你知道。但我不因此诅咒梦；我只怪我做梦的艺术不佳，做不着清楚的梦。若做着清楚的梦，若夜夜做着清楚的梦，我想精神恍惚也无妨的。照现在这样一大串儿糊里糊涂的梦，直是要将这个"我"化成漆黑一团，却有些儿不便。是的，我得学些本事，今夜做他几个好好的梦。我是彻头彻尾赞美梦的，因为我是素人，而且将永远是素人。

一九二五年十月

海行杂记

　　这回从北京南归，在天津搭了通州轮船，便是去年曾被盗劫的。盗劫的事，似乎已很渺茫；所怕者船上的肮脏，实在令人不堪耳。这是英国公司的船；这样的肮脏似乎尽够玷污了英国国旗的颜色。但英国人说：这有什么呢？船原是给中国人乘的，肮脏是中国人的自由，英国人管得着！英国人要乘船，会去坐在大菜间里，那边看看是什么样子？那边，官舱以下的中国客人是不许上去的，所以就好了。是的，这不怪同船的几个朋友要骂这只船是"帝国主义"的船了。"帝国主义的船"！我们到底受了些什么"压迫"呢？有的，有的！

　　我现在且说茶房吧。

　　我若有常常恨着的人，那一定是宁波的茶房了。他们的地盘，一是轮船，二是旅馆。他们的团结，是宗法社会而兼梁山泊式的；所以未可轻侮，正和别的"宁波帮"一样。他们的职务本是照料旅客；但事实正好相反，旅客从他们得着的只是侮辱、恫吓与欺骗罢了。中国原有"行路难"之叹，那是因交通不便的缘故；但在现在便利的交通之下，即老于行旅的人，也还时时发出这种叹声，这又为什么呢？茶房与码头工人之艰于应付，我想比仅仅的交通不便，有时更显其"难"吧！所以从前的"行路难"是唯物的；现在的却是唯心的。这固然与社会的一般秩序及道德观念有多少关系，不能全由当事人负责任；但当事人的"性格恶"实也占着一个重要的地位的。

我是乘船既多，受侮不少，所以姑说轮船里的茶房。你去定舱位的时候，若遇着乘客不多，茶房也许会冷脸相迎；若乘客拥挤，你可就倒楣了。他们或者别转脸，不来理你；或者用一两句比刀子还尖的话，打发你走路——譬如说："等下趟吧。"他说得如此轻松，凭你急死了也不管。大约行旅的人总有些异常，脸上总有一副着急的神气。他们是以逸待劳的，乐得和你开开玩笑，所以一切反应总是懒懒的、冷冷的；你愈急，他们便愈乐了。他们于你也并无仇恨，只想玩弄玩弄，寻寻开心罢了，正和太太们玩弄叭儿狗一样。所以你记着：上船定舱位的时候，千万别先高声呼唤茶房。你不是急于要找他们说话么？但是他们先得训你一顿，虽然只是低低的自言自语："啥事体啦？哇啦哇啦的！"接着才响声说，"噢，来哉，啥事体啦？"你还得记着：你的话说得愈慢愈好，愈低愈好；不要太客气，也不要太不客气。这样你便是门槛里的人，便是内行；他们固然不见得欢迎你，但也不会玩弄你了。——只冷脸和你简单说话；要知道这已算承蒙青眼，应该受宠若惊的了。

定好了舱位，你下船是愈迟愈好；自然，不能过了开船的时候。最好开船前两小时或一小时到船上，那便显得你是一个有"涵养工夫"的，非急莘莘的"阿木林"可比了。而且茶房也得上岸去办他自己的事，去早了倒绊住了他；他虽然可托同伴代为招呼，但总之麻烦了。为了客人而麻烦，在他们是不值得，在客人是不必要；所以客人便只好受"阿木林"的待遇了。有时船于明早十时开行，你今晚十点上去，以为晚上总该合式了；但也不然。晚上他们要打牌，你去了足以扰乱他们的清兴；他们必也恨恨不平的。这其间有一种"分",一种默喻的"规矩",有一种"门槛经",你得先做若干次"阿木林",才能应付得"恰到好处"呢。

开船以后,你以为茶房闲了,不妨多呼唤几回。你若真这样做时,又该受教训了。茶房日里要谈天,料理私货;晚上要抽大烟、打牌,那有闲工夫来伺候你!他们早上给你舀一盆脸水,日里给你开饭,饭后给你拧手巾;还有上船时给你摊开铺盖,下船时给你打起铺盖:好了,这已经多了,这已经够了。此外若有特别的事要他们做时,那只算是额外效劳。你得自己走出舱门,慢慢地叫着茶房,慢慢地和他说,他也会照你所说的做,而不加损害于你。最好是预先打听了两个茶房的名字,到这时候悠然叫着,那是更其有效的。但要叫得大方,仿佛很熟悉的样子,不可有一点讷讷。叫名字所以更其有效者,被叫者觉得你有意和他亲近(结果酒资不会少给),而别的茶房或竟以为你与这被叫者本是熟悉的,因而有了相当的敬意;所以你第二次第三次叫时,别人往往会帮着你叫的。但你也只能偶尔叫他们;若常常麻烦,他们将发见,你到底是"阿木林"而冒充内行,他们将立刻改变对你的态度了。至于有些人睡在铺上高声朗诵的叫着"茶房"的,那确似乎搭足了架子;在茶房眼中,其为"阿"字号无疑了。他们于是怂然的答应:"啥事体啦?哇啦啦!"但走来倒也会走来的。你若再多叫两声,他们又会说:"啥事体啦?茶房当山歌唱!"除非你真麻木,或真生了气,你大概总不愿再叫他们了吧。

"子入太庙,每事问",至今传为美谈。但你入轮船,最好每事不必问。茶房之怕麻烦,之懒惰,是他们的特征;你问他们,他们或说不晓得,或故意和你开开玩笑,好在他们对客人们,除行李外,一切是不负责任的。大概客人们最普遍的问题,"明天可以到吧?""下午可以到吧?"一类。他们或随便答复,或说:"慢慢来好啰,总会到的。"或简单的说:"早呢!"总是不得要领的居多。他们的话常常变化,使你不能确信;不确信自然不问了。他们所要的正是耳根清净呀。

茶房在轮船里,总是盘踞在所谓"大菜间"的吃饭间里。他们常常围着桌子闲谈,客人也可插进一两个去。但客人若是坐满了,使他们无处可坐,他们便恨恨了;若在晚上,他们老实不客气将电灯灭了,让你们暗中摸索去吧。所以这吃饭间里的桌子竟像他们专利的。当他们围桌而坐，有几个固然有话可谈；有几个却连话也没有，只默默坐着，或者在打牌。我似乎为他们觉着无聊，但他们也就这样过去了。他们的脸上充满了倦怠、嘲讽、麻木的气分，仿佛下工夫练就了似的。最可怕的就是这满脸：所谓"诡诡然拒人于千里之外"者，便是这种脸了。晚上映着电灯光，多少遮过了那灰滞的颜色；他们也开始有了些生气。他们搭了铺抽大烟，或者拖开桌子打牌。他们抽了大烟，渐有笑语；他们打牌，往往通宵达旦——牌声，争论声充满那小小的"大菜间"里。客人们，尤其是抱了病，可睡不着了；但于他们有甚么相干呢？活该你们洗耳恭听呀！他们也有不抽大烟，不打牌的，便搬出香烟画片来一张张细细赏玩：这却是"雅人深致"了。

我说过茶房的团结是宗法社会而兼梁山泊式的，但他们中间仍不免时有战氛。浓郁的战氛在船里是见不着的；船里所见，只是轻微淡远的罢了。"唯口出好兴戎"，茶房的口，似乎很值得注意。他们的口，一例是练得极其尖刻的；一面自然也是地方性使然。他们大约是"宁可输在腿上，不肯输在嘴上"。所以即使是同伴之间，往往因为一句有意的或无意的，不相干的话，动了真气，抡眉竖目的恨恨半天而不已。这时脸上全失了平时冷静的颜色，而换上热烈的狰狞了。但也终于只是口头"恨恨"而已，真个拔拳来打，举脚来踢的，倒也似乎没有。语云："君子动口，小人动手。"茶房们虽有所争乎，殆仍不失为君子之道也。有人说："这正是南方人之所以为南方人。"我想，这话也有理。茶房之于客人，虽也"不肯输在嘴上"，但全是玩弄的态度，动真气的似乎很少；而且你愈动真气，他倒愈可以玩弄你。这大约因为对于客人，是以他们的团体为靠山的；客人总是孤单的多，他们"倚众欺"起来，不怕你不就范的：所以用不着动真气。而且万一吃了客人的亏，那也必是许多同伴陪着他同吃的，不是一个人失了面子：又何必动真气呢？怼实说来，客人要他们动真气，还不够资格哪！至于他们同伴间的争执，那才是切身的利害，而且单枪匹马做去，毫无可恃的现成的力量；所以便是小题，也不得不大做了。

茶房若有向客人微笑的时候，那必是收酒资的几分钟了。酒资的数目照理虽无一定，但却有不成文的谱。你按着谱斟酌给与，虽也不能得着一声"谢谢"，但言语的压迫是不会来的了。你若给得太少，离谱太远，他们会始而嘲你，继而骂你，你还得加钱给他们；其实既受了骂，大可以不加的了，但事实上大多数受骂的客人，慑于他们的威势，总是加给他们的。加了以后，还得听许多唠叨才罢。有一回，和我同船的一个学生，本该给一元钱的酒资的，他只给了小洋四角。茶房狠狠力争，终不得要领，于是说："你好带回去做车钱吧！"将钱向铺上一撂，怂然而去。那学生后来终于添了一些钱重交给他；他这才默然拿走，面孔仍是板板的，若有所不屑然。——付了酒资，便该打铺盖了；这时仍是要慢慢来的，一急还是要受教训，虽然你已给过酒资了。铺盖打好以后，茶房的压迫才算是完了，你再预备受码头工人和旅馆茶房的压迫吧。

　　我原是声明了叙述通州轮船中事的，但却做了一首"诅茶房文"；在这里，我似乎有些自己矛盾。不，"天下老鸦一般黑"，我们若很谨慎的将这句话只用在各轮船里的宁波茶房身上，我想是不会悖谬的。所以我虽就一般立说，通州轮船的茶房却已包括在内；特别指明与否，是无关重要的。

一九二六年七月，白马湖

出品人：许 永
出版统筹：林园林
责任编辑：陈泽洪
特邀编辑：黎福安
封面设计：墨 非
内文制作：百 朗
印制总监：蒋 波
发行总监：田峰峥

发　　行：北京创美汇品图书有限公司
发行热线：010-59799930
投稿信箱：cmsdbj@163.com

官方微博　　　微信公众号

朱自清散文集

叁

朱自清　著

南方传媒　广东人民出版社
·广州·

朱自清

自　序

郑振铎兄让我将零碎的文字编起来，由商务印书馆印入《文学研究会创作丛书》。他和商务印书馆的好意，我非常感谢。但这里所收的实在不能称为创作，只是些杂文罢了。

写作的时日从十三年八月起，到今年秋天止；共文二十九篇，分为甲乙两辑。甲辑是随笔，乙辑是序跋与读书录，都按写作先后为序。用《你我》做书名，没有什末了不得的理由；至多只是因为这是近年来所写较长的一篇罢了。

不记得几年前的一个晚上，忽然心血来潮，想编集自己的零碎文字；当时思索了半天，在一张小纸片上写下一个草目。今番这张小纸片居然还在，省我气力不少；因为自己作文向不保存，日子久了便会忘却，搜寻起来大是苦事。靠着那张草目，加上近年所作的，写定了本书目录。稿子交出了，才想起了《我所见的叶圣陶》《叶圣陶的短篇小说》《冬天》《〈欧游杂记〉自序》；稿子寄走了，才又想起了《择偶记》，想起了《〈老张的哲学〉与〈赵子曰〉》。偶然翻旧报纸，才又发见了《论无话可说》；早已忘记得没有影子，重逢真是意外——本书里作者最中意的就是这篇文字。

《"海阔天空"与"古今中外"》是十四年写的。那时在浙江白马湖春晖中学，俞平伯兄在北京，两人合编《我们——一九二五年》；这篇和《山野掇拾》都是写给《我们》的。白马湖是乡下，免不了"孤陋寡闻"，所以狂妄地选了那样大题目。《我们》出来后，叶圣陶兄来信说境界狭窄了些，与题不称；"坐井观天"，乡下人到底是"少所见，多所怪"的。这回重读此文，更觉稚气；但因写时颇卖了些气力，又可作《我们》的纪念，便敝帚自珍地存下。《山野掇拾》写了三天，躲在山坳一所屋子里；写完是六月一日，到了学校里才知道那惊天动地的五卅惨案。这个最难忘记。《白采的诗》也是在白马湖写成，是十五年暑假中。老早应下白采兄写这么一篇，不知怎样延搁下来；好容易写起，他却已病死，看不见！真是遗憾之至。

十九年圣陶兄有意思出一本小说选，让我主持选政；便有了关于他的两篇文字。后来他不想出了，两篇东西就存在他那里。这回是向他借抄的。

《给〈一个兵和他的老婆〉的作者——李健吾先生》拟原书的口语体，可惜不大像。《给亡妇》想试用不欧化的口语，但也没有完全如愿。《你我》原想写一篇短小精悍的东西；变成那样尾大不掉，却非始料所及。但是以后还打算写写这类文法上的题目。《谈抽烟》下笔最艰难，八百字花了两个下午。这是我在《大公报·文艺副刊》上的第一篇文字；《〈老张的哲学〉与〈赵子曰〉》是在同报《文学副刊》上第一篇文字。中间相隔五年，看过了多少世变；写到这里，不由得要停笔吟味起来。《冬天》《南京》都是圣陶出的题目。《萍因遗稿》是未刊本，此书不知已流落何处。《粤东之风》稿交给北新多年，最近的将来也许会和世人相见。

十九年来的零碎文字，至少还有十一篇不在现在的目录里。其中一篇《中年》，是一个朋友要办杂志教写的。杂志没办成，稿子也散失了，算是没见世面。另一篇记辛亥革命时自己的琐事，登在十八年《清华大学国庆纪念刊》上。那是半张头的报纸，谁也没有存着；现在是连题目也想不起了。

是为序。

朱自清

一九三四年十二月，北平清华园

目 录

| contents |

甲辑

乙辑

甲辑

"海阔天空"与"古今中外"

　　有一天，我和一位新同事闲谈。我偶然问道："你第一次上课，讲些什么？"他笑着答我："我古今中外了一点钟！"他这样说明事实，且示谦逊之意。我从来不曾想到"古今中外"一个兼词可以作动词用，并且可以加上"了"字表时间的过去；骤然听了，很觉新鲜，正如吃刚上市的广东蚕豆。隔了几日，我用同样的问题问另一位新同事。他却说道："海阔天空！海阔天空！"我原晓得"海阔凭鱼跃，天空任鸟飞"的联语，——是在一位同学家的厅堂里常常看见的——但这样的用法，却又是第一次听到！我真高兴，得着两个新鲜的意思，让我对于生活的方法，能触类旁通地思索一回。

　　黄远生在《东方杂志》上曾写过一篇《国民之公毒》，

说中国人思想笼统的弊病。他举小说里的例，文的必是琴棋书画无所不晓，武的必是十八般武艺件件精通！我想，他若举《野叟曝言》里的文素臣，《九尾龟》里的章秋谷，当更适宜，因为这两个都是文武全才！好一个文武"全"才！这"全"字儿竟成了"国民之公毒"！我们自古就有那"博学无所成名"的"大成至圣先师"，又有"一物不知，儒者之耻"的传统的教训，还有那"谈天雕龙"的邹衍之流，所以流风余韵，扇播至今；大家变本加厉，以为凡是大好老必"上知天文，下识地理"，而"中学为体，西学为用"便是这大好老的另一面。"笼统"固然是"全"，"钩通""调和"也正是"全"呀！"全"来"全"去，"全"得乌烟瘴气，一塌糊涂！你瞧西洋人便聪明多了，他们悄悄地将"全知""全能"送给上帝，决不想自居"全"名；所以处处"算账"，刀刀见血，一点儿不含糊！——他们不懂得那八面玲珑的劲儿！

但是王尔德也说过一句话，貌似我们的公毒而实非；他要"吃尽地球花园里的果子"！他要享乐，他要尽量地享乐！他什么都不管！可是他是"人"，不像文素臣、章秋谷辈是妖怪；他是呆子，不像钩通中西者流是滑头。总之，他是反传统的。他的话虽不免夸大，但不如中国传统思想之甚；因为只说地而不说天。况且他只是"要"而不是"能"，和文素臣辈又是有别；"要"在人情之中，"能"便出人情之外了！"全知""全能"，或者真只有上帝一个；但"全"的要求是谁都有权利的——有此要求，才成其为"人生"！——还有易卜生"全或无"的"全"，那却是一把锋利的钢刀；因为是另一方面的，不具论。

但王尔德的要求专属于感觉的世界，我总以为太单调了。人生如万花筒，因时地的殊异，变化不穷，我们要能多方面的了解，多方面的感受，多方面的参加，才有真趣可言；古人所谓"胸襟""襟怀""襟度"，略近乎此。但"多方面"只是概括的要求：究竟能有若干方面，却因人的才力而异——我们只希望多多益善而已！这与传统的"求全"不同，"便是暗中摸索，也可知道吧"。这种胸襟——用此二字所能有的最广义——若要具体地形容，我想最好不过是采用我那两位新同事所说的："海阔天空"与"古今中外"！我将这两个兼词用在积极的意义上，或者更对得起它们些。——"古今中外"原是骂人的话，初见于《新青年》上，是钱玄同（？）先生造作的。后来周作人先生有一篇杂感，却用它的积极的意义，大概是论知识上的宽容的；但这是两三年前的事了，我于那篇文的内容已模糊了。

法朗士在他的《灵魂之探险》里说：

> 人之永不能跳出己身以外，实一真理，而亦即吾人最大苦恼之一。苟能用一八方观察之苍蝇视线，观览宇宙，或能用一粗鲁而简单之猿猴的脑筋，领悟自然，虽仅一瞬，吾人何所惜而不为？乃于此而竟不能焉。……吾人被锢于一身之内，不啻被锢于永远监禁之中。（据杨袁昌英女士译文，见《太平洋》四卷四号）

蔼理斯在他的《感想录》中《自己中心》一则里也说：

> 我们显然都从自己中心的观点去看宇宙，看重我们自己所演的脚色。（见《语丝》第十三期）

这两种"说数"，我们可总称为"我执"——却与佛法里的"我执"不同。一个人有他的身心，与众人各异；而身心所从来，又有遗传、时代、周围、教育等等，尤其五花八门，千差万别。这些合而织成一个"我"，正如密密的魔术的网一样；虽是无形，而实在是清清楚楚，不易或竟不可逾越的界。于是好的劣的，乖的蠢的，村的俏的，长的短的，肥的瘦的，各有各的样儿，都来了，都来了。"把戏人人会变，各有巧妙不同"；正因各人变各人的把戏，才有了这大千世界呀。说到各人只会变自己的一套把戏，而且只自以为巧妙，自然有些："可怜而可气"；"谓天盖高"，"谓地盖厚"，区区的"我"，真是何等区区呢！但是——哎呀，且住！亏得尚有"巧妙不同"一句注脚，还可上下其手一番；这"不同"二字正是灵丹妙药，千万不可忽略过去！我们的"我执"，是由命运所决定，其实无法挽回；只有一层，"我"决不是由一架机器铸出来的，决不是从一副印板刷下来的，这其间有种种的不同，上文已约略又约略地拈出了——现在再要拈出一种不同："我"之广狭是悬殊的！"我执"谁也免不了，也无须免得了，但所执有大有小，有深有浅，这其间却大有文章；所谓上下其手，正指此一关而言。

你想"顶天立地"是一套把戏，是一个"我"，"局天蹐地"，或说"局促如辕下驹"，如井底蛙，如磨坊里的驴子，也是一套把戏，也是一个"我"！这两者之间，相差有多少远呢？说得简截些，一是天，一是地；说得噜苏些，一是九霄，一是九渊；说得新鲜些，一是太阳，一是地球！世界上有些人读破万卷书，有些人游遍万里地，乃至达尔文之创进化说，恩斯坦之创相对原理；但也有些人伏处穷山僻壤，一生只关在家里，亲族邻里之外，不曾见过人，自己方言之外，不曾听过话——天球，地球，固然与他们无干，英国，德国，皇帝，总统，金镜，银洋，也与他们丝毫无涉！他们之所以异于磨坊的驴子者，真是"几希"！也只是蒙着眼，整天儿在屋里绕弯儿，日行千里，足不出户而已。你可以说，这两种人也只是一样，横直跳不出如来佛——"自己！"——的掌心；他们都坐在"自己"的监里，盘算着"自己"的重要呢！是的，但你知道这两种人决不会一样！你我跳不出如来佛的掌心，孙悟空也跳不出他老人家的掌心；但你我能翻十万八千里的筋斗么？若说不能，这就不一样了！"不能"尽管"不能"，"不同"仍旧"不同"呀。你想天地是怎样怎样的广大，怎样怎样的悠久！若用数字计算起来，只怕你画一整天的圈儿，也未必能将数目里所有的圈儿都画完哩！在这样的天地的全局里，地球已若一微尘，人更数不上了，只好算微尘之微尘吧！人是这样小，无怪乎只能在"自己"里绕圈儿。但是能知道"自己"的小，便是大了；最要紧是在小中求大！长子里的矮子到了矮子中，便是长子了，这便是小中之大。我们要做矮子中的长子，我们要尽其所能地扩大我们自己！我们还是变自己的把戏，但不仅自以为巧妙，还须自以为"比别人"巧妙；我们不但可在内地开一班小杂货铺，我们要到上海去开先施公司！

"我"有两方面，深的和广的。"自己中心"可说是深的一面；哲学家说的"自知"（Knowest thyself），道德学家说的"自私"——"利己"，也都可算入这一面。如何使得我的身子好？如何使得我的脑子好？我懂得些什么？我喜爱些什么？我做出些什么？我要些什么？怎样得到我所要的？怎样使我成为他们之中一个最重要的脚色？这一大串儿的疑问号，总可将深的"我"的面貌的轮廓说给你了；你再"自个儿"去内省一番，就有八九分数了。但你马上也就会发现，这深深的"我"并非独自个儿待着，它还有个亲亲儿的，热热儿的伴儿哩。它俩你搂着我，我搂着你；不知谁给它们缚上了两只脚！就像三足竞走一样，它俩这样永远地难解难分！你若要开玩笑，就说它俩"狼狈为奸"，它俩亦无法自辩的。——可又来！究竟这伴儿是谁呢？这就是那广的"我"呀！我不是说过么？知道世界之大，才知道自己之小！所以"自知"必先要"知他"。兵法有云："知己知彼，百战百胜。"可以旁证此理。原来"我"即在世界中；世界是一张无大不大（土话，极大）的大网，"我"只是一个极微极微的结子；一发尚且会牵动全身，全网难道倒不能牵动一个细小的结子么？实际上，"我"是"极天下之赜"的！"自知"而不先"知他"，只是聚在方隅，老死不相往来的办法；只是"不可以语冰"的"夏虫"，井底蛙，磨坊里的驴子之流而已。能够"知他"，才真有"自知之明"；正如铁扇公主的扇子一样，要能放才能收呀。所知愈多，所接愈广；将"自己"散在天下，渗入事事物物之中看它的大小方圆，看它的轻重疏密，这才可以剖析毫芒地渐渐渐渐地认出"自己"的真面目呀。俗语说："把你烧成了灰，我都认得你！"我们正要这样想：先将这个"我"一拳打碎了，碎得成了灰，然后随风飏举，或飘茵席之上，或堕溷厕之中（范缜语：用在此处，与他的原意不尽同），或落在老鹰的背上，或跳在珊瑚树的梢上，或藏在爱人的鬓边，或沾在关云长的胡子里，……然后再收灰入掌，抟灰成形，自然便须眉毕现，光采照人，不似初时"浑沌初开"的情景了！所以深的"我"即在广的"我"中，而无深的"我"，广的"我"亦无从立脚；这是不做矮子，也不吹牛的道地老实话，所谓有限的无穷也。

在有限中求无穷，便是我们所能有的自由。这或者是"野马以被骑乘的自由为更多"的自由，或者是"和猪有飞的自由一样"；但自由总和不自由不同，管他是白的，是黑的！说"猪有飞的自由"，在半世纪前，正和说"人有飞的自由"一样。但半世纪后的我们，已可见着自由飞着的人了，虽然还是要在飞机或飞艇里。你或者冷笑着说，有所待而然！有所待而然！至多仍旧是"被骑乘的自由"罢了！但这算什么呢？鸟也要靠翼翅的呀！况且还有将来呢，还有将来的将来呢！就如上文所引法朗士的话："倘若我们能够一刹那间用了苍蝇的多面的眼睛去观察天地……"目下诚然是做不到的，但竟有人去企图了！我曾见过一册日本文的书，——记得是《童谣の缀方》，卷首有一幅彩图，下面题着《苍蝇眼中的世界》（大意）。图中所有，极其光怪陆离；虽明知苍蝇眼中未必即是如此，而颇信其如此——自己仿佛飘飘然也成了一匹小小的苍蝇，陶醉在那奇异的世界中了！这样前去，谁能说法朗士的"倘若"永不会变成"果然"呢！——"语丝"拉得太长了，总而言之，统而言之，我们只是要变比别人巧妙的把戏，只是要到上海去开先施公司；这便是我们所能有的自由。"秀才不出门，能知天下事。"这种或者稍嫌旧式的了；那么，来个新的，"看世界面上"，我们来做个"世界民"吧——"世界民"（Cosmopolitan）者，据我的字典里说，是"无定居之人"，又有"弥漫全世界""世界一家"等义；虽是极简单的解释，我想也就够用，恕不再翻那笨重的大字典了。

我"海阔天空"或"古今中外"了九张稿纸；尽绕着圈儿，你或者有些"头痛"吧？"只听楼板响，不见人下来！"你将疑心开宗明义第一节所说的"生活的方法"，我竟不曾"思索"过，只冤着你，"青山隐隐水迢迢"地逗着你玩儿！不！别着急，这就来了也。既说"海阔天空"与"古今中外"，又要说什么"方法"，实在有些儿像左手望外推，右手又赶着望里拉，岂不可笑！但古语说得好，"大丈夫能屈能伸"，我正可老着脸借此解嘲；况且一落言诠，总有边际，你又何苦斤斤较量呢？况且"方法"虽小，其中也未尝无大；这也是所谓"有限的无穷"也。说到"无穷"，真使我为难！方法也正是千头万绪，比"一部十七史"更难得多多；虽说"大处着眼，小处下手"，但究竟从何处下手，却着实费我踌躇！——有了！我且学着那李逵，从黑松林里跳了出来，挥动板斧，随手劈他一番便了！我就是这个主意！李逵决非吴用；当然不足语于丝丝入扣的谨严的论理的！但我所说的方法，原非斗胆为大家开方案，只是将我所喜欢用的东西，献给大家看看而已。这只是我的"到自由之路"，自然只是从我的趣味中寻出来的；而在大宇长宙之中，无量数的"我"之内，区区的我，真是何等区区呢？而且我"本人"既在企图自己的放大，则他日之趣味，是否即今日之趣味，也殊未可知。所以此文也只是我姑妄言之，你姑妄听之；但倘若看了之后，能自己去思索一番，想出真个巧妙的方法，去做个"海阔天空"与"古今中外"的人，那时我虽觉着自己更是狭窄，非另打主意不可，然而总很高兴了；我将仰天大笑，到草帽从头上落下为止。

其实关于所谓"方法"，我已露过些口风了："我们要能多方面的了解，多方面的感受，多方面的参加，才有真趣可言。"

我现在做着教书匠。我做了五年教书匠了，真个腻得慌！黑板总是那样黑，粉笔总是那样白，我总是那样的我！成天儿浑淘淘的，有时对于自己的活着，也会惊诧。我想我们这条生命原像一湾流水，可以随意变成种种的花样；现在却筑起了堰，截断它的流，使它怎能不变成浑淘淘呢？所以一个人老做一种职业，老只觉着是"一种"职业，那真是一条死路！说来可笑，我是常常在想改业的；正如未来派剧本说的"换个丈夫吧"，我也不时地提着自己，"换个行当吧！"我不想做官，但很想知道官是怎样做的。这不是一件容易事！《官场现形记》所形容的究竟太可笑了！况且现在又换了世界！《努力周刊》的记者在王内阁时代曾引汤尔和——当时的教育总长——的话："你们所论的未尝无理；但我到政府里去看看，全不是那么一回事！"（大意）"全不是那么一回事！"可见不入虎穴，焉得虎子！我于是想做个秘书，去看看官到底是怎样做的？因秘书而想到文书科科员：我想一个人赚了大钱，成了资本家，不知究竟是怎样活着的？最要紧，他是怎样想的？我们只晓得他有汽车，有高大的洋房，有姨太太，那是不够的。——由资本家而至于小伙计，他们又怎样度他们的岁月？银行的行员尽爱买马票，当铺的朝奉尽爱在夏天打赤膊——其余的，其余的我便有些茫茫了！我们初到上海，总要到大世界去一回。但上海有个五光十色的商世界，我们怎可不去逛逛呢？我于是想做个什么公司里的文书科科员，尝些商味儿。上海不但有个商世界，还有个新闻世界。我又想做个新闻记者，可以多看些稀奇古怪的人，稀奇古怪的事。此外我想做的事还多！戴着龌龊的便帽，穿着蓝布衫裤的工人，拖着黄泥腿，衔着旱烟管的农人，扛着枪的军人，我都想做做他们的生活看。可是谈何容易；我不是上帝，究竟是没有把握的！这些都是非分的妄想，岂不和癞蛤蟆想吃天鹅肉一样！——话虽如此；"不问收获，只问耕耘"，也未尝不是一种解嘲的办法。况且退一万步讲，能够这样想想，也未尝没有淡淡的味儿，和"加力克"香烟一样的味儿。况且我们的上帝万一真个吝惜他的机会，我也想过了：我从今日今时起，努力要在"黑白生涯"中找寻些味儿，不像往日随随便便地上课下课，想来也是可以的！意大利 Amicis 的《爱的教育》里说有一位先生，在一个小学校里做了六十年的先生；年老退职之后，还时时追忆从前的事情：一闭了眼，就像有许多的孩子，许多的班级在眼前；偶然听到小孩的书声，便悲伤起来，说："我已没有学校没有孩子了！"可见天下无难事，只怕有心人！但我一面羡慕这位可爱的先生，一面总还打不断那些妄想；我的心不是一条清静的荫道，而是十字街头呀！

我的妄想还可以减价；自己从不能做"诸色人等"，却可以结交"诸色人等"的朋友。从他们的生活里，我也可以分甘共苦，多领略些人味儿；虽然到底不如亲自出马的好。《爱的教育》里说："只在一阶级中交际的人，恰和只读一册书籍的学生一样。"真是"有理呀有理"！现在的青年，都喜欢结识几个女朋友；一面固由于性的吸引，一面也正是要润泽这干枯而单调的生活。我的一位先生曾经和我们说：他有一位朋友，新从外国回到北京；待了一个多月，总觉有一件事使他心里不舒畅，却又说不出是什么事。后来有一天，不知怎样，竟被他发见了：原来北京的街上太缺乏女人！他觉得这样的生活，实在干燥无味！但单是女朋友，我觉得还是不够；我又常想结识些小孩子，做我的小朋友。有人说和孩子们作伴，和孩子们共同生活，会使自己也变成一个孩子，一个大孩子；所以小学教师是不容易老的。这话颇有趣，使我相信。我去年上半年和一位有着童心的朋友，曾约了附近一所小学校的学生，开过几回同乐会；大家说笑话，讲故事，拍七，吃糖果，看画片，都很高兴的。后来暑假期到了，他们还抄了我们的地址，说要和我们通信呢。不但学龄儿童可以做我的朋友，便是幼稚园里的也可以的，而且更加有趣哩。且请看这一段：

> 终于，母亲逃出了庭间了。小孩们追到栏栅旁，脸挡住了栅缝，把小手伸出，纷纷地递出面包呀，苹果片呀，牛油块等东西来。一齐叫说："再会，再会！明天再来，再请过来！"（见《爱的教育》译本第七卷内《幼儿院》）

倘若我有这样的小朋友，我情愿天天去呀！此外，农人，工人，也要相与些才好。我现在住在乡下，常和邻近的农人谈天，又曾和他们喝过酒，觉得另有些趣味。我又晓得在北京、上海的我的朋友的朋友，每天总找几个工人去谈天；我且不管他们谈的什么，只觉每天换几个人谈谈，是很使人新鲜的。若再能交结几个外国朋友，那是更别致了。从前上海中华世界语学会教人学世界语，说可以和各国人通信；后来有人非议他们，说世界语的价值岂就是如此的！非议诚然不错。但与各国人通信，到底是一件有趣的事呀！——还有一件，自己的妻和子女，若在别一方面作为朋友看时，也可得着新的启示的。不信么？试试看！

若你以为阶级的障壁不容易打破，人心的隔膜不容易揭开；你于是皱着眉，咂着嘴，说：“要这样地交朋友，真是千难万难！”是的；但是——你太小看自己了，那里就这样地不济事！也罢，我还有一套便宜些的变给你瞧瞧；这就叫做“知人”呀。交不着朋友是没法的，但晓得些别人的“闲事”，总可以的；只须不尽着去自扫门前雪，而能多管些一般人所谓“闲事”，就行了。我所谓“多管闲事”，其实只是“参加”的别名。譬如前次上海日本纱厂工人大罢工，我以为是要去参加的；或者帮助他们，或者只看看那激昂的实况，都无不可。总之，多少知道了他们，使自己与他们间多少有了关系，这就得了。又如我的学生和报馆打官司，我便要到法庭里去听审；这样就可知道法官和被告是怎样的人了。又如吴稚晖先生，我本不认识的；但听过他的讲演，读过他的书，我便能约略晓得他了。——读书真是巧算盘！不但可以知今人，且可以知古人；不但可以知中国人，且可以知洋人。同样的巧算盘便是看报！看报可以遇着许多新鲜的问题，引起新鲜的思索。譬如共产党加入国民党，究竟是利用呢，还是联合作战呢？孙中山先生若死在"段执政"自己夸诩的"革命"之前，曹锟当国的时候，一班大人、老爷、绅士乃至平民，会不会（姑不说"敢不敢"）这样"热诚地"追悼呢？黄色的班禅在京在沪，为什么也会受着那样"热诚的"欢迎呢？英国退还庚子赔款，始而说"用于教育的目的"，继而说"用于相互有益之目的"，——于是有该国的各工业联合会建议，痛斥中国教育之无效，主张用此款筑路——继而又说用于中等教育；真令人目迷五色，到底他们什么葫芦里卖什么药呢？德国新总统为什么会举出兴登堡将军，后事又如何呢？还有，"一夫多妻的新护符"和"新性道德"究竟是一是二呢？欧阳予倩的《回家以后》，到底是不是提倡东方道德呢？——这一大篇账都是从报上

"过"过来的，毫不稀奇；但可以证明，看报的确是最便宜的办法，可以知道许多许多的把戏。

旅行也是刷新自己的一帖清凉剂。我曾做过一个设计：四川有三峡的幽峭，有栈道的蜿蜒，有峨嵋的雄伟，我是最向慕的！广东我也想去得长久了。乘了香港的上山电车，可以"上天"；而广州的市政，长堤，珠江的繁华，也使我心痒痒的！由此而北，蒙古的风沙，的牛羊，的天幕，又在招邀着我！至于红墙黄土的北平，六朝烟水气的南京，先施公司的上海，我总算领略过了。这样游了中国以后，便跨出国门：到日本看她的樱花，看她的富士；到俄国看列宁的墓，看第三国际的开会；到德国访康德的故居，听《月光曲》的演奏；到美国瞻仰巍巍的自由神和世界第一的大望远镜。再到南美洲去看看那莽莽的大平原，到南非洲去看看那茫茫的大沙漠，到南洋群岛去看看那郁郁的大森林——于是浩然归国；若有机缘，再到北极去探一回险，看看冰天雪海，到底如何，那更妙了！梁绍文说得有理：

我们不赞成别人整世的关在一个地方而不出来和世界别一部分相接触，倘若如此，简直将数万里的地球缩小到数英里，关在那数英里的圈子内就算过了一生，这未免太不值得！所以我们主张：能够遍游全世界，将世界上的事事物物都放在脑筋里的炽炉中锻炼一过，然后才能成为一种正确的经验，才算有世界的眼光。（《南洋旅行漫记》上册二五三页）

但在一钱不名的穷措大如我辈者，这种设计恐终于只是"过屠门而大嚼"而已；又怎样办呢？我说正可学胡、梁二先生开国学书目的办法，不妨随时酌量核减；只看能力如何。便是真个不名一钱，也非全无法想。听说日本的谁，因无钱旅行，便在室中绕着圈儿，口里只是叫着，某站到啦，某埠到啦；这样也便过了瘾。这正和孩子们搀瞎子一样：一个蒙了眼做瞎子，一个在前面用竹棒引着他，在室中绕行；这引路的尽喊着到某处啦，到某处啦的口号，彼此便都满足。正是，精神一到，何事不成！这种人却决非磨坊里的驴子；他们的足虽不出户，他们的心尽会日行千里的！

说到心的旅行，我想到《文心雕龙·神思篇》说的：

古人云："形在江海之上，心存魏阙之下。"神思之谓也。……故寂然凝虑，思接千载；悄然动容，视通万里……

罗素论"哲学的价值"，也说：

保存宇宙内的思辨（玄想）之兴趣，……总是哲学事业的一部。

或者它的最要之价值，就是它所潜思的对象之伟大，结果，便解脱了偏狭的和个人的目的。

哲学的生活是幽静的，自由的。

本能利益的私世界是一个小的世界，搁在一个大而有力的世界中间，迟早必把我们私的世界，磨成粉碎。

我们若不扩大自己的利益，汇涵那外面的整个世界，就好像一个兵卒困在炮台里边，知道敌人不准逃跑，投降是不可避免的一样。

哲学的潜思就是逃脱的一种法门。（摘抄黄凌霜译《哲学问题》第十五章）

所谓神思，所谓玄想之兴味，所谓潜思，我以为只是三位一体，只是大规模的心的旅行。心的旅行决不以现有的地球为限！到火星去的不是很多么？到太阳去的不也有么？到太阳系外，和我们隔着三十万光年的星上去的不也有么？这三十万光年，是美国南加州威尔逊山绝顶上，口径百时之最大反射望远镜所能观测的世界之最远距离。"换言之，现在吾人一目之下所望见之世界，不仅现在之世界而已，三十余万年之大过去以来，所有年代均同时见之。历史家尝谓吾人由书籍而知过去，直忘却吾人能直接而见过去耳。"吾人固然能直接而见过去，由书籍而见过去，还能由岩石地层等而见过去，由骨殖化石等而见过去。目下我们所能见的过去，真是悠久，真是伟大！将现在和它相比，真是大海里一根针而已！姑举一例：德国的谁假定地球的历史为二十四点钟，而人类有历史的时期仅为十分钟；人类有历史已五千年了，一千年只等于二分钟而已！一百年只等于十二秒钟而已！十年只等于一又十分之二秒而已！这还是就区区的地球而论呢。若和全宇宙的历史（人能知道么？）相较量，那简直是不配！又怎样办呢？但毫不要紧！心尽可以旅行到未曾凝结的星云里，到大爬虫的中生代，到类人猿的脑筋里；心究竟是有些儿自由的。不过旅行要有向导；我觉《最近物理学概观》《科学大纲》《古生物学》《人的研究》等书都很能胜任的。

心的旅行又不以表面的物质世界为限！它用实实在在的一支钢笔，在实实在在的白瑞典纸簿上一张张写着日记；它马上就能看出钢笔与白纸只是若干若干的微点，叫做电子的——各电子间有许多的空隙，比各电子的总积还大。这正像一张"有结而无线的网"，只是这么空空的；其实说不上什么"一支"与"一张张"的！这么看时，心便旅行到物质的内院，电子的世界了。而老的物质世界只有三根台柱子（三次元），现在新的却添上了一根（四次元）；心也要去逛逛的。心的旅行并且不以物质世界为限！精神世界是它的老家，不用说是常常光顾的。意识的河流里，它是常常驶着一只小船的。但这个年头儿，世界是越过越多了。用了坐标轴作地基，竖起方程式的柱子，架上方程式的梁，盖上几何形体的瓦，围上几何形体的墙，这是数学的世界。将各种"性质的共相"（如"白""头"等概念）分门别类地陈列在一个极大的弯弯曲曲，层层叠叠的场上；在它们之间，再点缀着各种"关系的共相"（如"大""类似""等于"等概念）。这是论理的世界。将善人善事的模型和恶人恶事的分门别类陈列着的，是道德的世界。但所谓"模型"，却和城隍庙所塑"二十四孝"的像与十王殿的像绝不相同。模型又称规范，如"正义""仁爱""奸邪"等是——只是善恶的度量衡也；道德世界里，全摆着大大小小的这种度量衡。还是艺术的世界，东边是音乐的旋律，西边是跳舞的曲线，南边是绘画的形色，北边是诗歌的情韵。——心若是好奇的，它必像唐三藏经过三十六国一样，一一经过这些国土的。

更进一步说，心的旅行也不以存在的世界为限！上帝的乐园，它是要去的；阎罗的十殿，它也是要去的。爱神的弓箭，它是要看看的；孙行者的金箍棒，它也要看看的。总之，神话的世界，它要穿上梦的鞋去走一趟。它从神话的世界回来时，便道又可游玩童话的世界。在那里有苍蝇目中的天地，有永远不去的春天；在那里鸟能唱歌，水也能唱歌，风也能唱歌；在那里有着靴的猫，有在背心里掏出表来的兔子；在那里有水晶的宫殿，带着小白翼子的天使。童话的世界的那边，还有许多邻国，叫做乌托邦，它也可迂道一往观的。姑举一二给你看看。你知道吴稚晖先生是崇拜物质文明的，他的乌托邦自然也是物质文明的。他说，将来大同世界实现时，街上都该铺大红缎子。他在春晖中学校讲演时，曾指着"电灯开关"说：

> 科学发达了，我们讲完的时候，啤啼叭哒几声，要到房里去的就到了房里，要到宁波的就到了宁波，要到杭州的就到了杭州：这也算不来什么奇事。（见《春晖》二十九期）

呀！啤啼叭哒几声，心已到了铺着大红缎子的街上了！——若容我借了法朗士的话来说，这些正是"灵魂的冒险"呀。

上面说的都是"大头天话"，现在要说些小玩意儿，新新耳目，所谓能放能收也。我曾说书籍可作心的旅行的向导，现在就谈读书吧。周作人先生说他目下只想无事时喝点茶，读点新书。喝茶我是无可无不可，读新书却很高兴！读新书有如幼时看西洋景，一页一页都有活鲜鲜的意思；又如到一个新地方，见一个新朋友。读新出版的杂志，也正是如此，或者更闹热些。读新书如吃时鲜鲫鱼，读新杂志如到惠罗公司去看新到的货色。我还喜欢读冷僻的书。冷僻的书因为冷僻的缘故，在我觉着和新书一样；仿佛旁人都不熟悉，只我有此眼福，便高兴了。我之所以喜欢搜阅各种笔记，就是这个缘故。尺牍、日记等，也是我所爱读的；因为原是随随便便，老老实实地写来，不露咬牙切齿的样子，便更加亲切，不知不觉将人招了入内。同样的理由，我爱读野史和逸事；在它们里，我见着活泼泼的真实的人。——它们所记，虽只一言一动之微，却包蕴着全个的性格；最要紧的，包蕴着与众不同的趣味。旧有的《世说新语》，新出的《欧美逸话》，都曾给我满足。我又爱读游记；这也是穷措大替代旅行之一法，从前的雅人叫做"卧游"的便是。从游记里，至少可以"知道"些异域的风土人情；好一些，还可以培养些异域的情调。前年在温州师范学校图书馆中，翻看《小方壶斋舆地丛钞》的目录，里面全（？）是游记，虽然已是过时货，却颇引起我的向往之诚。"这许多好东西哟！"尽这般地想着；但终于没有勇气去借来细看，真是很可恨的！后来《徐霞客游记》石印出版，我的朋友买了一部，我又欲读不能！近顷《南洋旅行漫记》和《山野掇拾》出来了，我便赶紧买得，复仇似的读完，这才舒服了。我因为好奇，看报看杂志，也有特别的脾气。看报我总是先看封面广告的。一面是要找些新书，一面是要找些新闻；广告里的新闻，虽然是不正式的，或者算不得新闻，也未可知，但都是第一身第二身的，有时比第三身的正文还值得注意呢。譬如那回中华制糖公司董事的互讦，我看得真是热闹煞了！又如"印送安士全书"的广告，"读报至此，请念三声阿弥陀佛"的广告，真是"好聪明的糊涂法子"！看杂志我是先查补白，好寻着些轻松而隽永的东西：或名人的趣语，或当世的珍闻，零金碎玉，更见异彩！——请看"二千年前玉门关外一封情书"，"时新旦角戏"等标题便知分晓。

我不是曾恭维看报么？假如要参加种种趣味的聚会，那也非看报不可。譬如前一两星期，报上登着世界短跑家要在上海试跑；我若在上海，一定要去看看跑是如何短法？又如本月十六日上海北四川路有洋狗展览会，说有四百头之多；想到那高低不齐的个儿，松密互映，纯驳争辉的毛片，或嘤嘤或呜呜或汪汪的吠声，我也极愿意去的。又我记得在《上海七日刊》（？）上见过一幅法国儿童同乐会的摄影。摄影中济济一堂的满是儿童——这其间自然还有些抱着的母亲，领着的父亲，但不过二三人，容我用了四舍五入法，将他们略去吧。那前面的几个，丰腴圆润的庞儿，覆额的短发，精赤的小腿，我现在还记着呢。最可笑的，高高的房子，塞满了这些儿童，还空着大半截，大半截；若塞满了我们，空气一定是没有那么舒服的，便宜了空气了！这种聚会不用说是极使我高兴的！只是我便在上海，也未必能去；说来可恨恨！这里却要引起我别的感慨，我不说了。此外如音乐会、绘画展览会，我都乐于赴会的。四年前秋天的一个晚上，我曾到上海市政厅去听"中西音乐大会"；那几支广东小调唱得真入神，靡靡是靡靡到了极点，令人欢喜赞叹！而歌者隐身幕内，不露一丝色相，尤动人无穷之思！绘画展览会，我在北京、上海也曾看过几回。但都像走马看花似的，不能自知冷暖——我真是太外行了，只好慢慢来吧。我却最爱看跳舞。五六年前的正月初三的夜里，我看了一个意大利女子的跳舞：黄昏的电灯光映着她裸露的微红的两臂，和游泳衣似的粉红的舞装；那腰真软得可怜，和麦粉搓成的一般。她两手擎着小小的钹，钱孔里拖着深红布的提头；她舞时两臂不住地向各方扇动，两足不住地来往跳跃，钹声便不住地清脆地响着——她舞得如飞一样，全身的曲线真是瞬息万变，转转不穷，如闪电吐舌，如星星眨眼；使人目眩心摇，不能自主。我看过了，恍然若失！从此我便喜欢跳舞。前年暑假时，我到上海，刚碰着卡尔登影戏院开演跳舞片的末一晚，我没有能去一看。次日写信去"特烦"，却如泥牛入海；至今引为憾事！我在北京读书时，又颇爱听旧戏；因为究竟是"外江"人，更爱听旦角戏，尤爱听尚小云的戏，——但你别疑猜，我却不曾用这支笔去捧过谁。我并不懂戏词，甚至连情节也不甚仔细，只爱那宛转凄凉的音调和楚楚可怜的情韵。我在理论上也左袒新戏，但那时的北京实在没有可称为新戏的新戏给我看；我的心也就渐渐冷了。南归以后，新戏固然和北京是"一丘之貉"，旧戏也就每况愈下，毫无足观。我也看过一回机关戏，但只足以广见闻，无深长的趣味可言。直到去年，上海戏剧协社演《少奶奶的扇子》，朋友们都说颇有些意思——在所曾寓目的新戏中，这是得未曾有的。又实验剧社演《葡萄仙子》，也极负时誉；黎明晖女士所唱"可怜的秋香"一句，真是脍炙人口——便是不曾看过这戏的我，听人说了此句，也会有"一种薄醉似的感觉，超乎平常所谓舒适以上"。——

《少奶奶的扇子》，我也还无一面之缘——真非到上海去开先施公司不可！上海的朋友们又常向我称述影戏；但我之于影戏，还是"猪八戒吃人参果"呢！也只好慢慢来吧。说起先施公司，我总想起惠罗公司。我常在报纸的后幅看见他家的广告，满幅画着新货色的图样，真是日本书店里所谓"诱惑状"了。我想若常去看看新货色，也是一乐。最好能让我自由地鉴赏地看一回；心爱的也不一定买来，只须多多地，重重地看上几眼，便可权当占有了——朋友有新东西的时候，我常常把玩不肯释手，便是这个主意。

　　若目下不能到上海去开先施公司，或到上海而无本钱去开先施公司，则还有个经济的办法，我现在正用着呢。不过这种办法，便是开先施公司，也可同时采用的；因为我们原希望"多多益善"呀。现在我所在的地方，是没有绘画展览会；但我和人家借了左一册右一册的摄影集、画片集，也可使我的眼睛饱餐一顿。我看见"群羊"，在那淡远的旷原中，披着乳一样白、丝一样软的羽衣的小东西，真和浮在浅浅的梦里的仙女一般。我看见"夕云"，地上是疏疏的树木，偃蹇欹侧作势，仿佛和天上的乱云负固似的；那云是层层叠叠的，错错落落的，斑斑驳驳的，使我觉得天是这样厚，这样厚的！我看见"五月雨"，是那般蒙蒙密密的一片，三个模糊的日本女子，正各张着有一道白圈儿的纸伞，在台阶上走着，走上一个什么坛去呢；那边还有两个人，却只剩了影儿！我看见"现在与未来"；这是一个人坐着，左手托着一个骷髅，两眼凝视着，右手正支颐默想着。这还是摄影呢，画片更是美不胜收了！弥爱的《晚祷》是世界的名作，不用说了。意大利Gino的名画《跳舞》，满是跃着的腿儿，牵着的臂儿，并着的脸儿；红的，黄的，白的，蓝的，黑的，一片片地飞舞着——那边还攒动着无数的头呢。是夜的繁华哟！是肉的薰蒸哟！还有日本中泽弘光的《夕潮》：红红的落照轻轻地涂在玲珑的水阁上；阁之前浅蓝的潮里，伫立着白衣编发的少女，伴着两只夭矫的白鹤；她们因水光的映射，这时都微微地蓝了；她只扭转头凝视那斜阳的颜色。又椎冢猪知雄的《花》，三个样式不同，花色互异的精巧的瓶子，分插着红白各色的，大的小的鲜花，都丰丰满满的。另有一个细长的和一个荸荠样的瓶子，放在三个大瓶之前和之间；一高一矮，甚是别致，也都插着鲜花，只一瓶是小朵的，一瓶是大朵的。我说的已多了——还有图案画，有时带着野蛮人和儿童的风味，也是我所爱的。书籍中的插画，偶然也有很好的；如什么书里有一幅画，显示惠士敏斯特大寺的里面，那是很伟大的——正如我在灵隐寺的高深的大殿里一般。而房龙《人类的故事》中的插画，尤其别有心思，马上可以引人到他所画的天地中去。

　　我所在的地方，也没有音乐会。幸而有留声机，机片里中外歌曲乃至国语唱歌都有；我的双耳尚不至大寂寞的。我或向人借来自开自听，或到别人寓处去听，这也是"揩油"之一道了。大约借留声机，借画片，借书，总还算是雅事，不致像借钱一样，要看人家脸孔的（虽然也不免有例外）；所以有时竟可大大方方地揩油。自然，自己的油有时也当大大方方地被别人揩的。关于留声机，北平有零卖一法。一个人背了话匣子（即留声机）和唱片，沿街叫卖；若要买的，就喊他进屋里，让他开唱几片，照定价给他铜子——唱完了，他仍旧将那话匣子等用蓝布包起，背了出门去。我们做学生时，每当冬夜无聊，常常破费几个铜子，买他几曲听听：虽然没有佳片，却也算消寒之一法。听说南方也有做这项生意的人。——我所在的地方，宁波是其一。宁波 S 中学现有无线电话收音机，我很想去听听大陆报馆的音乐。这比留声机又好了！不但声音更是亲切，且花样日日翻新；二者相差，何可以道里计呢！除此以外，朋友们的箫声与笛韵，也是很可过瘾的；但这看似易得而实难，因为好手甚少。我从前有一位朋友，吹箫极悲酸幽抑之致，我最不能忘怀！现在他从外国回来，我们久不见面，也未写信，不知他还能来一点儿否？

内地虽没有惠罗公司，却总有古董店，尽可以对付一气。我们看看古瓷的细润秀美，古泉币的陆离斑驳，古玉的丰腴有泽，古印的肃肃有仪，胸襟也可豁然开朗。况内地更有好处，为五方杂处，众目具瞻的上海等处所不及的；如花木的趣味，盆栽的趣味便是。上海的匆忙使一般人想不到白鸽笼外还有天地；花是怎样美丽，树是怎样青青，他们似乎早已忘怀了！这是我的朋友郢君所常常不平的。"暮春三月，江南草长，杂花生树，群莺乱飞。"——这在上海人怕只是一场春梦吧！像我所在的乡间：芊芊的碧草踏在脚上软软的，正像吃樱花糖；花是只管开着，来了又去，来了又去——杨贵妃一般的木笔，红着脸的桃花，白着脸的绣球……好一个"香遍满，色遍满的花儿的都"呀！上海是不容易有的！我所以虽向慕上海式的繁华，但也不舍我所在的白马湖的幽静。我爱白马湖的花木，我爱 S 家的盆栽——这其间有诗有画，我且说给你。一盆是小小的竹子，栽在方的小白石盆里；细细的干子疏疏的隔着，疏疏的叶子淡淡地撇着，更点缀上两三块小石头；颇有静远之意。上灯时，影子写在壁上，尤其清隽可亲。另一盆是棕竹，瘦削的干子亭亭地立着；下部是绿绿的，上部颇劲健地坼着几片长长的叶子，叶根有细极细极的棕丝网着。这像一个丰神俊朗而蓄着微须的少年。这种淡白的趣味，也自是天地间不可少的。

天地间还有一种不可少的趣味，也是简便易得到的，这是"谈天"。——普通话叫做"闲谈"；但我以"谈天"二字，更能说出那"闲旷"的味儿！傅孟真先生在《心气薄弱之中国人》一评里，引顾宁人的话，说南方之学者，"群居终日，言不及义"；北方之学者，"饱食终日，无所用心"。他说"到了现在已经二百多年了，这评语仍然是活泼泼的"。"谈天"大概也只能算"不及义"的言；纵有"及义"的时候，也只是偶然碰到，并非立意如此。若立意要"及义"，那便不是"谈天"而是"讲茶"了。"讲茶"也有"讲茶"的意思，但非我所要说。"终日言不及义"，诚哉是无益之事；而且岂不疲倦？"舌敝唇焦"，也未免"穷斯滥矣"！不过偶尔"茶余酒后"，"月白风清"，约两个密友，吸着烟卷儿，尝着时新果子，促膝谈心，随兴趣之所至。时而上天，时而入地，时而论书，时而评画，时而纵谈时局，品鉴人伦，时而剖析玄理，密诉衷曲……等到兴尽意阑，便各自回去睡觉；明早一觉醒来，再各奔前程，修持"胜业"，想也不致耽误的。或当公私交集，身心俱倦之后，约几个相知到公园里散散步，不愿散步时，便到绿荫下长椅上坐着；这时作无定向的谈话，也是极有意味的。至于"'辟克匿克'来江边"，那更非"谈天"不可！我想这种"谈天"，无论如何，总不能算是大过吧。人家说清谈亡了晋朝，我觉得这未免是栽赃的办法。请问晋人的清谈，谁为为之？孰令致之？——这且不说，我单觉得清谈也正是一种"生活之艺术"，只要有节制。有的如针尖的微触，有的如剪刀的一断；恰像吹皱一池春水，你的心便会这般这般了。

"谈天"本不想求其有用，但有时也有大用；英哲洛克（Locke）的名著《人间悟性论》中述他著书之由——说有一日，与朋友们谈天，端绪愈引而愈远，不知所从来，也不知所届；他忽然惊异：人知的界限在何处呢？这便是他的大作最初的启示了。——这是我的一位先生亲口告诉我的。

我说海说天，上下古今谈了一番，自然仍不曾跳出我佛世尊——自己——的掌心，现在我还是卷旗息鼓，"回到自己的灵魂"吧。自己有今日的自己，有昨日的自己，有北京时的自己，有南京时的自己，有在父母怀抱中的自己……乃至一分钟有一个自己，一秒钟有一个自己。每一个自己无论大的小的，都各提挈着一个世界，正如旅客带着一只手提箱一样。各个世界，各个自己之不相同，正如旅客手提箱里所装的东西之不同一样。各个自己与它所提挈的世界是一个大大的联环，决不能拆开的。譬如去年十月，我正仆仆于轮船火车之中。我现在回想那时的我，第一不能忘记的，是江浙战争；第二便是国庆。因战争而写来的父亲的岳父的信，一页页在眼前翻过；因战争而搬家的人，一阵阵在面前走过；眼看学校一日日挨下去，直到关门为止。念头忽然转弯：林纾死了，法朗士死了；国际联盟第五届大会也闭幕了！……正如水的漪涟一样，一圈一圈地尽管晕开去，可以至于非常之多。只区区一个月的我，所提挈的已这样多，则积了三百几十个月的我，所提挈的当有无穷！要算起账来，倒是"大笔头"呢！若有那样细心，再把月化为日，日化为时，时化为分秒，我的世界当更不了不了！这其间有吃的，有睡的，有玩的，有笑的，有哭的，有糊涂的，有聪明的……若能将它们陈列起来，必大有意思；若能影戏片似地将它们摇过去，那更有意思了！人总有念旧之情。我的一个朋友回到母校作教师的时候，偶然在故纸堆中翻到他十四岁时投考该校的一张相片，便爱它如儿子。我们对于过去的自己，大都像嚼橄榄一样，总有些儿甜的。我们依着时光老人的导引，一步步去温寻已失的自己；这走的便是"忆之路"。在"忆之路"上愈走得远，愈是有味；因苦味渐已蒸散而甜味却还留着的缘故。最远的地方是"儿时"，在那里只有一味极淡极淡的甜；所以许多人都惦记着那里。这"忆之路"是颇长的，也是世界上一条大路。要成为一个自由的"世界民"，这条路不可不走走的。

　　我的把戏变完了——咳！多么贫呢！我总之羡慕齐天大圣；他虽也跳不出佛爷的掌心，但到底能翻十万八千里的筋斗，又有七十二变化的！

一九二五年五月九日

扬州的夏日

　　扬州从隋炀帝以来，是诗人文士所称道的地方；称道的多了，称道得久了，一般人便也随声附和起来。直到现在，你若向人提起扬州这个名字，他会点头或摇头说："好地方！好地方！"特别是没去过扬州而念过些唐诗的人，在他心里，扬州真像蜃楼海市一般美丽；他若念过《扬州画舫录》一类书，那更了不得了。但在一个久住扬州像我的人，他却没有那么多美丽的幻想，他的憎恶也许掩住了他的爱好；他也许离开了三四年并不去想它。若是想呢，——你说他想什么？女人；不错，这似乎也有名，但怕不是现在的女人吧？——他也只会想着扬州的夏日，虽然与女人仍然不无关系的。

　　北方和南方一个大不同，在我看，就是北方无水而南方有。诚然，北方今年大雨，永定河，大清河甚至决了堤防，但这并不能算是有水；北平的三海和颐和园虽然有点儿水，但太平衍了，一览而尽，船又那么笨头笨脑的。有水的仍然是南方。扬州的夏日，好处大半便在水上——有人称为"瘦西湖"，这个名字真是太"瘦"了，假西湖之名以行，"雅得这样俗"，老实说，我是不喜欢的。下船的地方便是护城河，曼衍开去，曲曲折折，直到平山堂，——这是你们熟悉的名字——有七八里河道，还有许多杈杈桠桠的支流。这条河其实也没有顶大的好处，只是曲折而有些幽静，和别处不同。

沿河最著名的风景是小金山，法海寺，五亭桥；最远的便是平山堂了。金山你们是知道的，小金山却在水中央。在那里望水最好，看月自然也不错——可是我还不曾有过那样福气。"下河"的人十之九是到这儿的，人不免太多些。法海寺有一个塔，和北海的一样，据说是乾隆皇帝下江南，盐商们连夜督促匠人造成的。法海寺著名的自然是这个塔；但还有一桩，你们猜不着，是红烧猪头。夏天吃红烧猪头，在理论上也许不甚相宜；可是在实际上，挥汗吃着，倒也不坏的。五亭桥如名字所示，是五个亭子的桥。桥是拱形，中一亭最高，两边四亭，参差相称；最宜远看，或看影子，也好。桥洞颇多，乘小船穿来穿去，另有风味。平山堂在蜀冈上。登堂可见江南诸山淡淡的轮廓；"山色有无中"一句话，我看是恰到好处，并不算错。这里游人较少，闲坐在堂上，可以永日。沿路光景，也以闲寂胜。从天宁门或北门下船，蜿蜒的城墙，在水里倒映着苍黝的影子，小船悠然地撑过去，岸上的喧扰像没有似的。

　　船有三种：大船专供宴游之用，可以挟妓或打牌。小时候常跟了父亲去，在船里听着谋得利洋行的唱片。现在这样乘船的大概少了吧？其次是"小划子"，真像一瓣西瓜，由一个男人或女人用竹篙撑着。乘的人多了，便可雇两只，前后用小凳子跨着：这也可算得"方舟"了。后来又有一种"洋划"，比大船小，比"小划子"大，上支布篷，可以遮日遮雨。"洋划"渐渐地多，大船渐渐地少，然而"小划子"总是有人要的。这不独因为价钱最贱，也因为它的伶俐。一个人坐在船中，让一个人站在船尾上用竹篙一下一下地撑着，简直是一首唐诗，或一幅山水画。而有些好事的少年，愿意自己撑船，也非"小划子"

不行。"小划子"虽然便宜，却也有些分别。譬如说，你们也可想到的，女人撑船总要贵些；姑娘撑的自然更要贵啰。这些撑船的女子，便是有人说过的"瘦西湖上的船娘"。船娘们的故事大概不少，但我不很知道。据说以乱头粗服，风趣天然为胜；中年而有风趣，也仍然算好。可是起初原是逢场作戏，或尚不伤廉惠；以后居然有了价格，便觉意味索然了。

北门外一带，叫做下街，"茶馆"最多，往往一面临河。船行过时，茶客与乘客可以随便招呼说话。船上人若高兴时，也可以向茶馆中要一壶茶，或一两种"小笼点心"，在河中喝着，吃着，谈着。回来时再将茶壶和所谓小笼，连价款一并交给茶馆中人。撑船的都与茶馆相熟，他们不怕你白吃。扬州的小笼点心实在不错：我离开扬州，也走过七八处大大小小的地方，还没有吃过那样好的点心；这其实是值得惦记的。茶馆的地方大致总好，名字也颇有好的。如香影廊，绿杨村，红叶山庄，都是到现在还记得的。绿杨村的幌子，挂在绿杨树上，随风飘展，使人想起"绿杨城郭是扬州"的名句。里面还有小池，丛竹，茅亭，景物最幽。这一带的茶馆布置都历落有致，迥非上海、北平方方正正的茶楼可比。

　　"下河"总是下午。傍晚回来，在暮霭朦胧中上了岸，将大褂折好搭在腕上，一手微微摇着扇子；这样进了北门或天宁门走回家中。这时候可以念"又得浮生半日闲"那一句诗了。

看 花

　　生长在大江北岸一个城市里，那儿的园林本是著名的，但近来却很少；似乎自幼就不曾听见过"我们今天看花去"一类话，可见花事是不盛的。有些爱花的人，大都只是将花栽在盆里，一盆盆搁在架上；架子横放在院子里。院子照例是小小的，只够放下一个架子；架上至多搁二十多盆花罢了。有时院子里依墙筑起一座"花台"，台上种一株开花的树；也有在院子里地上种的。但这只是普通的点缀，不算是爱花。

　　家里人似乎都不甚爱花；父亲只在领我们上街时，偶然和我们到"花房"里去过一两回。但我们住过一所房子，有一座小花园，是房东家的。那里有树，有花架（大约是紫藤花架之类），但我当时还小，不知道那些花木的名字；只记得爬在墙上的是蔷薇而已。园中还有一座太湖石堆成的洞门；现在想来，似乎也还好的。在那时由一个顽皮的少年仆人领了我去，却只知道跑来跑去捉蝴蝶；有时掐下几朵花，也只是随意揉弄着，随意丢弃了。至于领略花的趣味，那是以后的事：夏天的早晨，我们那地方有乡下的姑娘在各处街巷，沿门叫着，"卖栀子花来。"栀子花不是什么高品，但我喜欢那白而晕黄的颜色和那肥肥的个儿，正和那些卖花的姑娘有着相似的韵味。栀子花的香，浓而不烈，清而不淡，也是我乐意的。我这样便爱起花来了。也许有人会问，"你爱的不是花吧？"这个我自己其实也已不大弄得清楚，只好存而不论了。

在高小的一个春天，有人提议到城外 F 寺里吃桃子去，而且预备白吃；不让吃就闹一场，甚至打一架也不在乎。那时虽远在五四运动以前，但我们那里的中学生却常有打进戏园看白戏的事。中学生能白看戏，小学生为什么不能白吃桃子呢？我们都这样想，便由那提议人纠合了十几个同学，浩浩荡荡地向城外而去。到了 F 寺，气势不凡地呵叱着道人们（我们称寺里的工人为道人），立刻领我们向桃园里去。道人们踌躇着说："现在桃树刚才开花呢。"但是谁信道人们的话？我们终于到了桃园里。大家都丧了气，原来花是真开着呢！这时提议人 P 君便去折花。道人们是一直步步跟着的，立刻上前劝阻，而且用起手来。但 P 君是我们中最不好惹的；"说时迟，那时快"，一眨眼，花在他的手里，道人已跟跄在一旁了。那一园子的桃花，想来总该有些可看；我们却谁也没有想着去看。只嚷着，"没有桃子，得沏茶喝！"道人们满肚子委屈地引我们到"方丈"里，大家各喝一大杯茶，这才平了气，谈谈笑笑地进城去。大概我那时还只懂得爱一朵朵的栀子花，对于开在树上的桃花，是并不了然的；所以眼前的机会，便从眼前错过了。

以后渐渐念了些看花的诗，觉得看花颇有些意思。但到北平读了几年书，却只到过崇效寺一次；而去得又嫌早些，那有名的一株绿牡丹还未开呢。北平看花的事很盛，看花的地方也很多；但那时热闹的似乎也只有一班诗人名士，其余还是不相干的。那正是新文学运动的起头，我们这些少年，对于旧诗和那一班诗人名士，实在有些不敬；而看花的地方又都远不可言，我是一个懒人，便干脆地断了那条心了。后来到杭州做事，遇见了Y君，他是新诗人兼旧诗人，看花的兴致很好。我和他常到孤山去看梅花。孤山的梅花是古今有名的，但太少；又没有临水的，人也太多。有一回坐在放鹤亭上喝茶，来了一个方面有须，穿着花缎马褂的人，用湖南口音和人打招呼道，"梅花盛开嗒！""盛"字说得特别重，使我吃了一惊；但我吃惊的也只是说在他嘴里"盛"这个声音罢了，花的盛不盛，在我倒并没有什么的。

有一回，Y来说，灵峰寺有三百株梅花；寺在山里，去的人也少。我和Y，还有N君，从西湖边雇船到岳坟，从岳坟入山。曲曲折折走了好一会，又上了许多石级，才到山上寺里。寺甚小，梅花便在大殿西边园中。园也不大，东墙下有三间净室，最宜喝茶看花；北边有座小山，山上有亭，大约叫"望海亭"吧，望海是未必，但钱塘江与西湖是看得见的。梅树确是不少，密密地低低地整列着。那时已是黄昏，寺里只我们三个游人；梅花并没有开，但那珍珠似的繁星似的骨都儿，已经够可爱了；我们都觉得比孤山上盛开时有味。大殿上正做晚课，送来梵呗的声音，和着梅林中的暗香，真叫我们舍不得回去。在园里徘徊了一会，又在屋里坐了一会，天是黑定了，又没有月色，我们向庙里要了一个旧灯笼，照着下山。路上几乎迭了道，又两次三番地狗咬；我们的Y诗人确有些窘了，但终于到了岳坟。船夫远远迎上来道："你们来了，我想你们不会冤我呢！"在船上，我们还不离口地说着灵峰的梅花，直到湖边电灯光照到我们的眼。

Y回北平去了，我也到了白马湖。那边是乡下，只有沿湖与杨柳相间着种了一行小桃树，春天花发时，在风里娇媚地笑着。还有山里的杜鹃花也不少。这些日日在我们眼前，从没有人像煞有介事地提议，"我们看花去。"但有一位S君，却特别爱养花；他家里几乎是终年不离花的。我们上他家去，总看他在那里不是拿着剪刀修理枝叶，便是提着壶浇水。我们常乐意看着。他院子里一株紫薇花很好，我们在花旁喝酒，不知多少次。白马湖住了不过一年，我却传染了他那爱花的嗜好。但重到北平时，住在花事很盛的清华园里，接连过了三个春，却从未想到去看一回。只在第二年秋天，曾经和孙三先生在园里看过几次菊花。"清华园之菊"是著名的，孙三先生还特地写了一篇文，画了好些画。但那种一盆一干一花的养法，花是好了，总觉没有天然的风趣。直到去年春天，有了些余闲，在花开前，先向人问了些花的名字。一个好朋友是从知道姓名起的，我想看花也正是如此。恰好Y君也常来园中，我们一天三四趟地到那些花下去徘徊。今年Y君忙些，我便一个人去。我爱繁花老干的杏，临风婀娜的小红桃，贴梗累累如珠的紫荆；但最恋恋的是西府海棠。海棠的花繁得好，也淡得好；艳极了，却没有一丝荡意，疏疏的高干子，英气隐隐逼人。可惜没有趁着月色看过；王鹏运有两句词道："只愁淡月朦胧影，难验微波上下潮。"我想月下的海棠花，大约便是这种光景吧。为了海棠，前两天在城里特地冒了大风到中山公园去，看花的人倒也不少；但不知怎的，却忘了畿辅先哲祠。Y告我那里的一株，遮住了大半个院子；别处的都向上长，这一株却是横里伸张的。花的繁没有法说；海棠本无香，昔人常以为恨，这里花太繁了，却酝酿出一种淡淡的香气，使人久闻不倦。Y告我，正是刮了一日还不息的狂风的晚上；他是前一天去的。他说他去时地上已有落花了，这一日一夜的风，准完了。他说北平看花，是要赶着看的：春光太短了，又晴的日子多；今年算是有阴的日子了，但狂风还是逃不了的。我说北平看花，比别处有意思，也正在此。这时候，我似乎不甚菲薄那一班诗人名士了。

一九三〇年四月

我所见的叶圣陶

　　我第一次与圣陶见面是在民国十年的秋天。那时刘延陵兄介绍我到吴淞炮台湾中国公学教书。到了那边，他就和我说："叶圣陶也在这儿。"我们都念过圣陶的小说，所以他这样告我。我好奇地问道："怎样一个人？"出乎我的意外，他回答我："一位老先生哩。"但是延陵和我去访问圣陶的时候，我觉得他的年纪并不老，只那朴实的服色和沉默的风度与我们平日所想象的苏州少年文人叶圣陶不甚符合罢了。

　　记得见面的那一天是一个阴天。我见了生人照例说不出话；圣陶似乎也如此。我们只谈了几句关于作品的泛泛的意见，便告辞了。延陵告诉我每星期六圣陶总回甪直去；他很爱他的家。他在校时常邀延陵出去散步；我因与他不熟，只独自坐在屋里。不久，中国公学忽然起了风潮。我向延陵说起一个强硬的办法；——实在是一个笨而无聊的办法！——我说只怕叶圣陶未必赞成。但是出乎我的意外，他居然赞成了！后来细想他许是有意优容我们吧；这真是老大哥的态度呢。我们的办法天然是失败了，风潮延宕下去；于是大家都住到上海来。我和圣陶差不多天天见面；同时又认识了西谛、予同诸兄。这样经过了一个月；这一个月实在是我的很好的日子。

我看出圣陶始终是个寡言的人。大家聚谈的时候，他总是坐在那里听着。他却并不是喜欢孤独，他似乎老是那么有味地听着。至于与人独对的时候，自然多少要说些话；但辩论是不来的。他觉得辩论要开始了，往往微笑着说："这个弄不大清楚了。"这样就过去了。他又是个极和易的人，轻易看不见他的怒色。他辛辛苦苦保存着的《晨报》副张，上面有他自己的文字的，特地从家里捎来给我看；让我随便放在一个书架上，给散失了。当他和我同时发见这件事时，他只略露惋惜的颜色，随即说："由他去末哉，由他去末哉！"我是至今惭愧着，因为我知道他作文是不留稿的。他的和易出于天性，并非阅历世故，矫揉造作而成。他对于世间妥协的精神是极厌恨的。在这一月中，我看见他发过一次怒；——始终我只看见他发过这一次怒——那便是对于风潮的妥协论者的蔑视。

风潮结束了，我到杭州教书。那边学校当局要我约圣陶去。圣陶来信说："我们要痛痛快快游西湖，不管这是冬天。"他来了，教我上车站去接。我知道他到了车站这一类地方，是会觉得寂寞的。他的家实在太好了，他的衣着，一向都是家里管。我常想，他好像一个小孩子；像小孩子的天真，也像小孩子的离不开家里人。必须离开家里人时，他也得找些熟朋友伴着；孤独在他简直是有些可怕的。所以他到校时，本来是独住一屋的，却愿意将那间屋做我们两人的卧室，而将我那间做书室。这样可以常常相伴；我自然也乐意，我们不时到西湖边去；有时下湖，有时只喝喝酒。在校时各据一桌，我只预备功课，他却老是写小说和童话。初到时，学校当局来看过他。第二天，我问他："要不要去看看他们？"他皱眉道："一定要去么？等一天吧。"后来始终没有去。他是最反对形式主义的。

那时他小说的材料，是旧日的储积；童话的材料有时却是片刻的感兴。如《稻草人》中《大喉咙》一篇便是。

那天早上，我们都醒在床上，听见工厂的汽笛；他便说："今天又有一篇了，我已经想好了，来的真快呵。"那篇的艺术很巧，谁想他只是片刻的构思呢！他写文字时，往往拈笔伸纸，便手不停挥地写下去，开始及中间，停笔踌躇时绝少。他的稿子极清楚，每页至多只有三五个涂改的字。他说他从来是这样的。每篇写毕，我自然先睹为快；他往往称述结尾的适宜，他说对于结尾是有些把握的。看完，他立即封寄《小说月报》；照例用平信寄。我总劝他挂号；但他说："我老是这样的。"他在杭州不过两个月，写的真不少，教人羡慕不已。《火灾》里从《饭》起到《风潮》这七篇，还有《稻草人》中一部分，都是那时我亲眼看他写的。

在杭州待了两个月，放寒假前，他便匆匆地回去了；他实在离不开家，临去时让我告诉学校当局，无论如何不回来了。但他却到北平住了半年，也是朋友拉去的。我前些日子偶翻十一年的《晨报副刊》，看见他那时途中思家的小诗，重念了两遍，觉得怪有意思。北平回去不久，便入了商务印书馆编译部，家也搬到上海。从此在上海待下去，直到现在——中间又被朋友拉到福州一次，有一篇

《将离》抒写那回的别恨，是缠绵悱恻的文字。这些日子，我在浙江乱跑，有时到上海小住，他常请了假和我各处玩儿或喝酒。有一回，我便住在他家，但我到上海，总爱出门，因此他老说没有能畅谈；他写信给我，老说这回来要畅谈几天才行。

十六年一月，我接眷北来，路过上海，许多熟朋友和我饯行，圣陶也在。那晚我们痛快地喝酒，发议论；他是照例地默着。酒喝完了，又去乱走，他也跟着。到了一处，朋友们和他开了个小玩笑；他脸上略露窘意，但仍微笑地默着。圣陶不是个浪漫的人；在一种意义上，他正是延陵所说的"老先生"。但他能了解别人，能谅解别人，他自己也能"作达"，所以仍然——也许格外——是可亲的。那晚快夜半了，走过爱多亚路，他向我诵周美成的词："酒已都醒，如何消夜永！"我没有说什么；那时的心情，大约也不能说什么的。我们到一品香又消磨了半夜。这一回特别对不起圣陶；他是不能少睡觉的人。他家虽住在上海，而起居还依着乡居的日子；早七点起，晚九点睡。有一回我九点十分去，他家已熄了灯，关好门了。这种自然的，有秩序的生活是对的。那晚上伯祥说："圣兄明天要不舒服了。"想起来真是不知要怎样感谢才好。

第二天我便上船走了，一眨眼三年半，没有上南方去。信也很少，却全是我的懒。我只能从圣陶的小说里看出他心境的迁变；这个我要留在另一文中说。圣陶这几年里似乎到十字街头走过一趟，但现在怎么样呢？我却不甚了然。他从前晚饭时总喝点酒，"以半醺为度"；近来不大能喝酒了，却学了吹笛——前些日子说已会一出《八阳》，现在该又会了别的了吧。他本来喜欢看看电影，现在又喜欢听听昆曲了。但这些都不是"厌世"，如或人所说的；圣陶是不会厌世的，我知道。又，他虽会喝酒，加上吹笛，却不曾抽什么"上等的纸烟"，也不曾住过什么"小小别墅"，如或人所想的，这个我也知道。

一九三〇年七月，北平清华园

论无话可说

十年前我写过诗；后来不写诗了，写散文；入中年以后，散文也不大写得出了——现在是，比散文还要"散"的无话可说！许多人苦于有话说不出，另有许多人苦于有话无处说；他们的苦还在话中，我这无话可说的苦却在话外。我觉得自己是一张枯叶，一张烂纸，在这个大时代里。

在别处说过，我的"忆的路"是"平如砥""直如矢"的；我永远不曾有过惊心动魄的生活，即使在别人想来最风华的少年时代，我的颜色永远是灰的。我的职业是三个教书；我的朋友永远是那么几个，我的女人永远是那么一个。有些人生活太丰富了，太复杂了，会忘记自己，看不清楚自己，我是什么时候都"了了玲玲地"知道，记住，自己是怎样简单的一个人。

但是为什么还会写出诗文呢？——虽然都是些废话。这是时代为之！十年前正是五四运动的时期，大伙儿蓬蓬勃勃的朝气，紧逼着我这个年轻的学生；于是乎跟着人家的脚印，也说说什么自然，什么人生。但这只是些范畴而已。我是个懒人，平心而论，又不曾遭过怎样了不得的逆境；既不深思力索，又未亲自体验，范畴终于只是范畴，此处也只是廉价的，新瓶里装旧酒的感伤。当时芝麻黄豆大的事，都不惜郑重地写出来，现在看看，苦笑而已。

先驱者告诉我们说自己的话。不幸这些自己往往是简单的，说来说去是那一套；终于说的听的都腻了。——我便是其中的一个。这些人自己其实并没有什么话，只是说些中外贤哲说过的和并世少年将说的话。真正有自己的话要说的是不多的几个人；因为真正一面生活一面吟味那生活的只有不多的几个人。一般人只是生活，按着不同的程度照例生活。

这点简单的意思也还是到中年才觉出的；少年时多少有些热气，想不到这里。中年人无论怎样不好，但看事看得清楚，看得开，却是可取的。这时候眼前没有雾，顶上没有云彩，有的只是自己的路。他负着经验的担子，一步步踏上这条无尽的然而实在的路。他回看少年人那些情感的玩意，觉得一种轻松的意味。他乐意分析他背上的经验，不止是少年时的那些；他不愿远远地捉摸，而愿剥开来细细地看。也知道剥开后便没了那跳跃着的力量，但他不在乎这个，他明白在冷静中有他所需要的。这时候他若偶然说话，决不会是感伤的或印象的，他要告诉你怎样走着他的路，不然就是，所剥开的是些什么玩意。但中年人是很胆小的；他听别人的话渐渐多了，说了的他不说，说得好的他不说。所以终于往往无话可说——特别是一个寻常的人像我。但沉默又是寻常的人所难堪的，我说苦在话外，以此。

中年人若还打着少年人的调子，——姑不论调子的好坏——原也未尝不可，只总觉"像煞有介事"。他要用很大的力量去写出那冒着热气或流着眼泪的话；一个神经敏锐的人对于这个是不容易忍耐的，无论在自己在别人。这好比上了年纪的太太小姐们还涂脂抹粉地到大庭广众里去卖弄一般，是殊可不必的了。

其实这些都可以说是废话，只要想一想咱们这年头。这年头要的是"代言人"，而且将一切说话的都看作"代言人"；压根儿就无所谓自己的话。这样一来，如我辈者，倒可以将从前狂妄之罪减轻，而现在是更无话可说了。

但近来在戴译《唯物史观的文学论》里看到，法国俗语"无话可说"竟与"一切皆好"同意。呜呼，这是多么损的一句话，对于我，对于我的时代！

一九三一年三月

给亡妇

　　谦，日子真快，一眨眼你已经死了三个年头了。这三年里世事不知变化了多少回，但你未必注意这些个，我知道。你第一惦记的是你几个孩子，第二便轮着我。孩子和我平分你的世界，你在日如此；你死后若还有知，想来还如此的。告诉你，我夏天回家来着：迈儿长得结实极了，比我高一个头。闰儿父亲说是最乖，可是没有先前胖了。采芷和转子都好。五儿全家夸她长得好看；却在腿上生了湿疮，整天坐在竹床上不能下来，看了怪可怜的。六儿，我怎么说好，你明白，你临终时也和母亲谈过，这孩子是只可以养着玩儿的，他左挨右挨去年春天，到底没有挨过去。这孩子生了几个月，你的肺病就重起来了。我劝你少亲近他，只监督着老妈子照管就行。你总是忍不住，一会儿提，一会儿抱的。可是你病中为他操的那一份儿心也够瞧的。那一个夏天他病的时候多，你成天儿忙着，汤呀，药呀，冷呀，暖呀，连觉也没有好好儿睡过。哪里有一分一毫想着你自己。瞧着他硬朗点儿你就乐，干枯的笑容在黄蜡般的脸上，我只有暗中叹气而已。

从来想不到做母亲的要像你这样。从迈儿起，你总是自己喂乳，一连四个都这样。你起初不知道按钟点儿喂，后来知道了，却又弄不惯；孩子们每夜里几次将你哭醒了，特别是闷热的夏季。我瞧你的觉老没睡足。白天里还得做菜，照料孩子，很少得空儿。你的身子本来坏，四个孩子就累你七八年。到了第五个，你自己实在不成了，又没乳，只好自己喂奶粉，另雇老妈子专管她。但孩子跟老妈子睡，你就没有放过心；夜里一听见哭，就竖起耳朵听，工夫一大就得过去看。十六年初，和你到北京来，将迈儿、转子留在家里；三年多还不能去接他们，可真把你惦记苦了。你并不常提，我却明白。你后来说你的病就是惦记出来的；那个自然也有份儿，不过大半还是养育孩子累的。你的短短的十二年结婚生活，有十一年耗费在孩子们身上；而你一点不厌倦，有多少力量用多少，一直到自己毁灭为止。你对孩子一般儿爱，不问男的女的，大的小的。也不想到什么"养儿防老，积谷防饥"，只拼命的爱去。你对于教育老实说有些外行，孩子们只要吃得好玩得好就成了。这也难怪你，你自己便是这样长大的。况且孩子们原都还小，吃和玩本来也要紧的。你病重的时候最放不下的还是孩子。病的只剩皮包着骨头了，总不信自己不会好；老说："我死了，这一大群孩子可苦了。"后来说送你回家，你想着可以看见逻儿和转子，也愿意；你万不想到会一走不返的。我送车的时候，你忍不住哭了，说："还不知能不能再见？"可怜，你的心我知道，你满想着好好儿带着六个孩子回来见我的。谦，你那时一定这样想，一定的。

除了孩子，你心里只有我。不错，那时你父亲还在；可是你母亲死了，他另有个女人，你老早就觉得隔了一层似的。出嫁后第一年你虽还一心一意依恋着他老人家，到第二年上我和孩子可就将你的心占住，你再没有多少工夫惦记他了。你还记得第一年我在北京，你在家里。家里来信说你待不住，常回娘家去。我动气了，马上写信责备你。你教人写了一封复信，说家里有事，不能不回去。这是你第一次也可以说第末次的抗议，我从此就没给你写信。暑假时带了一肚子主意回去，但见了面，看你一脸笑，也就拉倒了。打这时候起，你渐渐从你父亲的怀里跑到我这儿。你换了金镯子帮助我的学费，叫我以后还你；但直到你死，我没有还你。你在我家受了许多气，又因为我家的缘故受你家里的气，你都忍着。这全为的是我，我知道。那回我从家乡一个中学半途辞职出走。家里人讽你也走。哪里走！只得硬着头皮往你家去。那时你家像个冰窖子，你们在窖里足足住了三个月。好容易我才将你们领出来了，一同上外省去。小家庭这样组织起来了。你虽不是什么阔小姐，可也是自小娇生惯养的，做起主妇来，什么都得干一两手；你居然做下去了，而且高高兴兴地做下去了。菜照例满是你做，可是吃的都是我们；你至多夹上两三筷子就算了。你的菜做得不坏，有一位老在行大大地夸奖过你。你洗衣服也不错，夏天我的绸大褂大概总是你亲自动手。你在家老不乐意闲着；坐前几个"月子"，老是四五天就起床，说是躺着家里事没条没理的。其实你起来也还不是没条理；咱们家那么多孩子，哪儿来条理？在浙江住的时候，逃过两回兵难，我都在北平。真亏你领着

063

母亲和一群孩子东藏西躲的；末一回还要走多少里路，翻一道大岭。这两回差不多只靠你一个人。你不但带了母亲和孩子们，还带了我一箱箱的书；你知道我是最爱书的。在短短的十二年里，你操的心比人家一辈子还多；谦，你那样身子怎么经得住！你将我的责任一股脑儿担负了去，压死了你；我如何对得起你！

你为我的劳什子书也费了不少神；第一回让你父亲的男佣人从家乡捎到上海去。他说了几句闲话，你气得在你父亲面前哭了。第二回是带着逃难，别人都说你傻子。你有你的想头："没有书怎么教书？况且他又爱这个玩意儿。"其实你没有晓得，那些书丢了也并不可惜；不过教你怎么晓得，我平常从来没和你谈过这些个！总而言之，你的心是可感谢的。这十二年里你为我吃的苦真不少，可是没有过几天好日子。我们在一起住，算来也还不到五个年头。无论日子怎么坏，无论是离是合，你从来没对我发过脾气，连一句怨言也没有。——别说怨我，就是怨命也没有过。老实说，我的脾气可不大好，迁怒的事儿有的是。那些时候你往往抽噎着流眼泪，从不回嘴，也不号啕。不过我也只信得过你一个人，有些话我只和你一个人说，因为世界上只你一个人真关心我，真同情我。你不但为我吃苦，更为我分苦；我之有我现在的精神，大半是你给我培养着的。这些年来我很少生病。但我最不耐烦生病，生了病就呻吟不绝，闹那伺候病的人。你是领教过一回的，那回只一两点钟，可是也够麻烦了。你常生病，却总不开口，挣扎着起来；一来怕搅我，二来怕没人做你那份儿事。我有一个坏脾气，怕听人生病，也是真的。后来你天天发烧，自己还以为南方带来的疟疾，一直瞒着我。明明躺着，听见我的脚步，一骨碌就坐起来。我渐渐有些奇怪，让大夫一瞧，这可糟了，你的一个肺已烂了一个大窟窿了！大夫劝你到西山去静养，你丢不下孩子，又舍不得钱；劝你在家里躺着，你也丢不下那份儿家务。越看越不行了，这才送你回去。明知凶多吉少，想不到只一个月工夫你就完了！本来盼望还见得着你，这一来可拉倒了。你也何尝想到这个？父亲告诉我，你回家独住着一所小住宅，还嫌没有客厅，怕我回去不便哪。

前年夏天回家，上你坟上去了。你睡在祖父母的下首，想来还不孤单的。只是当年祖父母的坟太小了，你正睡在圹底下。这叫做"抗圹"，在生人看来是不安心的；等着想办法哪。那时圹上圹下密密地长着青草，朝露浸湿了我的布鞋。你刚埋了半年多，只有圹下多出一块土，别的全然看不出新坟的样子。我和隐（作者的第二任妻子）今夏回去，本想到你的坟上来；因为她病了没来成。我们想告诉你，五个孩子都好，我们一定尽心教养他们，让他们对得起死了的母亲——你！谦，好好儿放心安睡吧，你。

一九三二年十月十一日作

你　我

　　现在受过新式教育的人，见了无论生熟朋友，往往喜欢你我相称。这不是旧来的习惯而是外国语与翻译品的影响。这风气并未十分通行；一般社会还不愿意采纳这种办法——所谓粗人一向你呀我的，却当别论。有一位中等学校校长告诉人，一个旧学生去看他，左一个"你"，右一个"你"，仿佛用指头点着他鼻子，真有些受不了。在他想，只有长辈该称他"你"，只有太太和老朋友配称他"你"。够不上这个份儿，也来"你"呀"你"的，倒像对当差老妈子说话一般，岂不可恼！可不是，从前小说里"弟兄相呼，你我相称"，也得够上那份儿交情才成。而俗语说的"你我不错""你我还这样那样"，也是托熟的口气，指出彼此的依赖与信任。

同辈你我相称，言下只有你我两个，旁若无人；虽然十目所视，十手所指，视他们的，指他们的，管不着。杨震在你我相对的时候，会想到你我之外的"天知地知"，真是一个玄远的托辞，亏他想得出。常人说话称你我，却只是你说给我，我说给你；别人听见也罢，不听见也罢，反正说话的一点儿没有想着他们那些不相干的。自然也有时候"取瑟而歌"，也有时候"指桑骂槐"，但那是话外的话或话里的话，论口气却只对着那一个"你"。这么着，一说你我，你我便从一群人里除外，单独地相对着。离群是可怕又可怜的，只要想想大野里的独行，黑夜里的独处就明白。你我既甘心离群，彼此便非难解难分不可；否则岂不要吃亏？难解难分就是亲昵；骨肉是亲昵，结交也是个亲昵，所以说只有长辈该称"你"，只有太太和老朋友配称"你"。你我相称者，你我相亲而已。然而我们对家里当差老妈子也称"你"，对街上的洋车夫也称"你"，却不是一个味儿。古来以"尔汝"为轻贱之称；就指的这一类。但轻贱与亲昵有时候也难分，譬如叫孩子为"狗儿"，叫情人为"心肝"，明明将人比物，却正是亲昵之至。而长辈称晚辈为"你"，也夹杂着这两种味道——那些亲谊疏远的称"你"，有时候简直毫无亲昵的意思，只显得辈分高罢了。大概轻贱与亲昵有一点相同；就是，都可以随随便便，甚至于动手动脚。

生人相见不称"你"。通称是"先生"，有带姓不带姓之分；不带姓好像来者是自己老师，特别客气，用得少些。北平人称"某爷""某几爷"，如"冯爷""吴二爷"，也是通称，可比"某先生"亲昵些。但不能单称"爷"，与"先生"不同。"先生"原是老师，"爷"却是"父亲"；尊人为师犹之可，尊人为父未免吃亏太甚（听说前清的太监有称人为"爷"的时候，那是刑余之人，只算例外）。至于"老爷"，多一个"老"字，就不会与父亲相混，所以仆役用以单称他的主人，旧式太太用以单称她的丈夫。女的通称"小姐""太太""师母"，却都带姓；"太太""师母"更其如此。因为单称"太太"，自己似乎就是老爷，单称"师母"，自己似乎就是门生，所以非带姓不可。"太太"是北方的通称，南方人却嫌官僚气；"师母"是南方的通称，北方人却嫌头巾气。女人麻烦多，真是无法奈何。比"先生"亲近些是"某某先生""某某兄"，"某某"是号或名字；称"兄"取其仿佛一家人。再进一步就以号相称，同时也可称"你"。在正式的聚会里，有时候得称职衔，如"张部长""王经理"；也可以不带姓，和"先生"一样；偶尔还得加上一个"贵"字，如"贵公使"。下属对上司也得称职衔。但像科员等小脚色却不便称衔，只好屈居在"先生"一辈里。

仆役对主人称"老爷""太太"，或"先生""师母"；与同辈分别的，一律不带姓。他们在同一时期内大概只有一个老爷，太太，或先生，师母，是他们衣食的靠山；不带姓正所以表示只有这一对儿才是他们的主人。对于主人的客，却得一律带姓；即使主人的本家，也得带上号码儿，如"三老爷""五太太"。——大家庭用的人或两家合用的人例外。"先生"本可不带姓，"老爷"本是下对上的称呼，也常不带姓；女仆称"老爷"，虽和旧式太太称丈夫一样，但身份声调既然各别，也就不要紧。仆役称"师母"，决无门生之嫌，不怕尊敬过分；女仆称"太太"，毫无疑义，男仆称"太太"，与女仆称"老爷"同例。晚辈称长辈，有"爸爸""妈妈""伯伯""叔叔"等称。自家人和近亲不带姓，但有时候带号码儿；远亲和父执、母执，都带姓；干亲带"干"字，如"干娘"；父亲的盟兄弟，母亲的盟姊妹，有些人也以自家人论。

这种种称呼，按刘半农先生说，是"名词替代代词"，但也可说是他称替代对称。不称"你"而称"某先生"，是将分明对面的你变成一个别人；于是乎对你说的话，都不过是关于"他"的。这么着，你我间就有了适当的距离，彼此好提防着；生人间说话提防着些，没有错儿。再则一般人都可以称你"某先生"，我也跟着称"某先生"，正见得和他们一块儿，并没有单独挨近你身边去。所以"某先生"一来，就对面无你，旁边有人。这种替代法的效用，因所代的他称广狭而转移。譬如"某先生"，谁对谁都可称，用以代"你"，是十分"敬而远之"；又如"某部长"，只是僚属对同官与长官之称，"老爷"只是仆役对主人之称，敬意过于前者，远意却不及；至于"爸爸""妈妈"，只是弟兄姊妹对父母的称，不像前几个名字可以移用在别人身上，所以虽不用"你"，还觉得亲昵，但敬远的意味总免不了有一些；在老人家前头要像在太太或老朋友前头那么自由自在，到底是办不到的。

北方话里有个"您"字，是"你"的尊称，不论亲疏贵贱全可用，方便之至。这个字比那拐弯抹角的替代法干脆多了，只是南方人听不进去，他们觉得和"你"也差不多少。这个字本是闭口音，指众数；"你们"两字就从此出。南方人多用"你们"代"你"。用众数表尊称，原是语言常例。指的既非一个，你旁边便仿佛还有些别人和你亲近的，与说话的相对着；说话的天然不敢侵犯你，也不敢妄想亲近你。这也还是个"敬而远之"。湖北人尊称人为"你家"，"家"字也表众数，如"人家""大家"可见。

　　此外还有个方便的法子，就是利用呼位，将他称与对称拉在一块儿。说话的时候先叫声"某先生"或别的，接着再说"你怎样怎样"；这么着好像"你"字儿都是对你以外的"某先生"说的，你自己就不会觉得唐突了。这个办法上下一律通行。在上海，有些不三不四的人问路，常叫一声"朋友"，再说"你"；北平老妈子彼此说话，也常叫声"某姐"，再"你"下去——她们觉得这么称呼倒比说"您"亲昵些。但若说"这是兄弟你的事""这是他爸爸你的责任"，"兄弟""你""他爸爸""你"简直连成一串儿，与用呼位的大不一样。这种口气只能用于亲近的人。第一例的他称意在加重全句的力量，表示虽与你亲如弟兄，这件事却得你自己办，不能推给别人。第二例因

"他"而及"你"，用他称意在提醒你的身份，也是加重那个句子；好像说你我虽亲近，这件事却该由做他爸爸的你，而不由做自己的朋友的你负责任；所以也不能推给别人。又有对称在前他称在后的；但除了"你先生""你老兄"还有敬远之意以外，别的如"你太太""你小姐""你张三""你这个人""你这家伙""你这位先生""你这该死的""你这没良心的东西"，却都是些亲口埋怨或破口大骂的话。"你先生""你老兄"的"你"不重读，别的"你"都是重读的。"你张三"直呼姓名，好像听话的是个远哉遥遥的生人，因为只有毫无关系的人，才能直呼姓名；可是加上"你"字，却变了亲昵与轻贱两可之间。近指形容词"这"，加上量词"个"成为"这个"，都兼指人与物；说"这个人"和说"这个碟子"，一样地带些无视的神气在指点着。加上"该死的""没良心的""家伙""东西"，无视的神气更足。只有"你这位先生"稍稍客气些；不但因为那"先生"，并且因为那量词"位"字。"位"指"地位"，用以称人，指那有某种地位的，就与常人有别。至于"你老""你老人家""老人家"是众数，"老"是敬辞——老人常受人尊重。但"你老"用得少些。

最后还有省去对称的办法，却并不如文法书里所说，只限于祈使语气，也不限于上辈对下辈的问语或答语，或熟人间偶然的问答语：如"去吗""不去"之类。有人曾遇见一位颇有名望的省议会议长，随意谈天儿。那议长的说话老是这样的：

　　去过北京吗？

　　在哪儿住？

　　觉得北京怎么样？

　　几时回来的？

始终没有用一个对称，也没有用一个呼位的他称，仿佛说到一个不知是谁的人。那听话的觉得自己没有了，只看见俨然的议长。可是偶然要敷衍一两句话，而忘了对面人的姓，单称"先生"又觉不值得的时候，这么办却也可以救眼前之急。

生人相见也不多称"我"。但是单称"我"只不过傲慢，仿佛有点儿瞧不起人，却没有那过分亲昵的味儿，与称你我的时候不一样。所以自称比对称麻烦少些。若是不随便称"你","我"字尽可麻麻糊糊通用；不过要留心声调与姿态，别显出拍胸脯指鼻尖的神儿。若是还要谨慎些，在北京可以说"咱"，说"俺"，在南方可以说"我们"；"咱"和"俺"原来也都是闭口音，与"我们"同是众数。自称用众数，表示听话的也在内，"我"说话，像是你和我或你我他联合宣言；这么着，我的责任就有人分担，谁也不能说我自以为是了。也有说"自己"的，如"只怪自己不好""自己没主意，怨谁！"但同样的句子用来指你我也成。至于说"我自己"，那却是加重的语气，与这个不同。又有说"某人""某某人"的；如张三说，"他们老疑心这是某人做的，其实我一点也不知道。"这个"某人"就是张三，但得随手用"我"字点明。若说"张某人岂是那样的人！"却容易明白。又有说"人""别人""人家""别人家"的；如，"这可叫人怎么办？""也不管人家死活。"指你我也成。这些都是用他称（单数与众数）替代自称，将自己说成别人；但都不是明确的替代，要靠上下文，加上声调姿态，才能显出作用，不像替代对称那样。而其中如"自己""某人"，能替代"我"的时候也不多，可见自称在我的关系多，在人的关系少，老老实实用"我"字也无妨；所以历来并不十分费心思去找替代的名词。

演说称"兄弟""鄙人""个人"或自己名字，会议称"本席"，也是他称替代自称，却一听就明白。因为这几个名词，除"兄弟"代"我"，平常谈话里还偶然用得着之外，别的差不多都已成了向公众说话专用的自称。"兄弟""鄙人"全是谦词，"兄弟"亲昵些；"个人"就是"自己"；称名字不带姓，好像对尊长说话。——称名字的还有仆役与幼儿。仆役称名字兼带姓，如"张顺不敢"。幼儿自称乳名，却因为自我观念还未十分发达，听见人家称自己乳名，也就如法炮制，可教大人听着乐，为的是"像煞有介事"。——"本席'指"本席的人"，原来也该是谦称；但以此自称的人往往有一种诡诡然的声调姿态，所以反觉得傲慢了。这大约是"本"字作怪，从"本总司令"到"本县长"，虽也是以他称替代自称，可都是告诫下属的口气，意在显出自己的身份，让他们知所敬畏。这种自称用的机会却不多。对同辈也偶然有要自称职衔的时候，可不用"本"字而用"敝"字。但"司令"可"敝"，"县长"可"敝"，"人"却"敝"不得；"敝人"是凉薄之人，自己骂得未免太苦了些。同辈间也可用"本"字，是在开玩笑的当儿，如"本科员""本书记""本教员"，取其气昂昂的，有俯视一切的样子。

他称比"我"更显得傲慢的还有：如"老子""咱老子""大爷我""我某几爷""我某某某"。老子本非同辈相称之词，虽然加上众数的"咱"，似乎只是壮声威，并不为的分责任。"大爷""某几爷"也都是尊称，加在"我"上，是增加"我"的气焰的。对同辈自称姓名，表示自己完全是个无关系的陌生人；本不如此，偏取了如此态度，将听话的远远地推开去，再加上"我"，更是神气。这些"我"字都是重读的。但除了"我某某某"，那几个别的称呼大概是丘八流氓用得多。他称也有比"我"显得亲昵的。如对儿女自称"爸爸""妈"，说"爸爸疼你""妈在这儿，别害怕"。对他们称"我"的太多了，对他们称"爸爸""妈"的却只有两个人，他们最亲昵的两个人。所以他们听起来，"爸爸""妈"比"我"鲜明得多。幼儿更是这样；他们既然还不甚懂得什么是"我"，用"爸爸""妈"就更要鲜明些。听了这两个名字，不用捉摸，立刻知道是谁而得着安慰；特别在他们正专心一件事或者快要睡觉的时候。若加上"你"，说"你爸爸""你妈"，没有"我"，只有"你的"，让大些的孩子听了，亲昵的意味更多。对同辈自称"老某"，如"老张"，或"兄弟我"，如"交给兄弟我办吧，没错儿"，也是亲昵的口气。"老某"本是称人之词。单称姓，表示彼此非常之熟，一提到姓就会想起你，再不用别的；同姓的虽然无数，而提到这一姓，却偏偏只想起你。"老"字本是敬辞，但平常说笑惯了的人，忽然敬他一下，只是惊他以取乐罢了；姓上加"老"字，原来怕不过是个玩笑，正和"你老先生""你老人家"有时候用作滑稽的敬语一种。日子久了，不觉得，反变成"熟得很"的意思。于是自称"老张"，就是"你熟得很的张"，不用说，顶亲昵的。"我"在"兄弟"之下，指的是做兄弟的"我"，当然比平常的"我"客气些；但既有他称，还用自称，特别着重那个"我"，多少免不了自负的味儿。这个"我"字也是重读的。用"兄弟我"的也以江湖气的人为多。自称常可省去；或因叙述的方便，或因答语的方便，或因避免那傲慢的字。

"他"字也须因人而施，不能随便用。先得看"他"在不在旁边儿。还得看"他"与说话的和听话的关系如何——是长辈、同辈、晚辈，还是不相干的、不相识的？北平有个"怹"（tān，"他"的敬称）字，用以指在旁边的别人与不在旁边的尊长；别人既在旁边听着，用个敬词，自然合式些。这个字本来也是闭口音，与"您"字同是众数，是"他们"所从出。可是不常听见人说；常说的还是"某先生"。也有称职衔、行业、身份、行次、姓名号的。"他"和"你""我"情形不同，在旁边的还可指认，不在旁边的必得有个前词才明白。前词也不外乎这五样儿。职衔如"部长""经理"。行业如店主叫"掌柜的"，手艺人叫"某师傅"，是通称；做衣服的叫"裁缝"，做饭的叫"厨子"，是特称。身份如妻称夫为"六斤的爸爸"，洋车夫称坐车人为"坐儿"，主人称女仆为"张妈""李嫂"。——"妈""嫂""师傅"都是尊长之称，却用于既非尊长，又非同辈的人，也许称"张妈"是借用自己孩子们的口气，称"师傅"是借用他徒弟的口气，只有称"嫂"才是自己的口气，用意都是要亲昵些。借用别人口气表示亲昵的，如媳妇跟着他孩子称婆婆为"奶奶"，自己矮下一辈儿；又如跟着熟朋友用同样的称呼称他亲戚，如"舅母""外婆"等，自己近走一步儿；只有"爸爸""妈"，假借得极少。对于地位同的既可如此假借，对于地位低的当然更可随便些；反正谁也明白，这些不过说得好听罢了。——行次如称朋友或儿女用"老大""老二"；称男仆也常用"张二""李三"。称号在亲子间、夫妇间、朋友间最多，近亲与师长也常这么称。称姓名往往是不相干的人。有一回政府不让报上直称当局姓名，说应该称衔带姓，想来就是恨这个不相干的劲儿。又有指点似地说"这个人""那个人"的，本是疏远或轻贱之称。可是有时候不愿，不便，或不好意思说出一个人的身份或姓名，也用"那个人"；这里头却有很亲昵的，如要好的男人或女人，都可称"那个人"。至于"这东西""这家伙""那小子"，是更进一步；爱憎同辞，只看怎么说出。又有用泛称的，如"别怪人""别怪人家""一个人别太不知足""人到底是人"。但既是泛称，指你我也未尝不可。又有用虚称的，如"他说某人不好，某人不好"；"某人"虽确有其人，却不定是谁，而两个"某人"所指也非一人。还有"有人"就是"或人"。用这个称呼有四种意思：一是不知其人，如"听说有人译这本书"。二是知其人而不愿明言，如"有人说怎样怎样"，这个人许是个大人物，自己不愿举出他的名字，以免矜夸之嫌。这个人许是个不甚知名的脚色，提起来听话的未必知道，乐得不提省事。又如"有人说你的闲话"，却大大不同。三是知其人而不屑明言，如"有人在一家报纸上骂我"。四是其人或他的关系人就在一旁，故意"使子闻之"；如，"有人不乐意，我知道。""我知道，有人恨我，我不怕。"——这么着简直是挑战的态度了。又有前词与"他"字连文的，如"你爸爸他辛苦了一辈子，真是何苦来？"是加重的语气。

　　亲近的及不在旁边的人才用"他"字；但这个字可带有指点的神儿，仿佛说到的就在眼前一样。自然有些古怪，在眼前的尽管用"您"或别的向远处推；不在的却又向近处拉。其实推是为说到的人听着痛快；他既在一旁，听话的当然看得亲切，口头上虽向远处推无妨。拉却是为听话人听着亲切，让他听而如见。因此"他"字虽指你我以外的别人，也有亲昵与轻贱两种情调，并不含含糊糊的"等量齐观"。最亲昵的"他"，用不着前词；如流行甚广的"看见她"歌谣里的"她"字——一个多情多义的"她"字。这还是在眼前的。新婚少妇谈到不在眼前的丈夫，也往往没头没脑地说"他如何如何"，一面还红着脸儿。但如"管他，你走你的好了""他——他只比死人多口气"，就是轻贱的"他"了。不过这种轻贱的神儿若"他"不在一旁却只能从上下文看出；不像说"你"的时候永远可以从听话的一边直接看出。"他"字除人以外，也能用在别的生物及无生物身上；但只在孩子们的话里如此。指猫指狗用"他"是常事；指桌椅指树木也有用"他"的时候。譬如孩子让椅子绊了一交，哇的哭了；大人可以将椅子打一下，说"别哭。是他不好。我打他"。孩子真会相信，回嗔作喜，甚至于也捏着小拳头帮着捶两下。孩子想着什么都是活的，所以随随便便地"他"呀"他"的，大人可就不成。大人说"他"，十回九回指人；别的只称名字，或说"这个""那个""这东西""这件事""那种道理"。但也有例外，像"听他去吧""管他成不成，我就是这么办"。这种"他"有时候指事不指人。还有个"彼"字，口语里已废而不用，除了说"不分彼此""彼此都是一样"。这个"彼"字不是"他"而是与"这个"相对的"那个"，已经在"人称"之外。"他"字不能省略，一省就与你我相混；只除了在直截的答语里。

代词的三称都可用名词替代，三称的单数都可用众数替代，作用是"敬而远之"。但三称还可互代；如"大难临头，不分你我""他们你看我，我看你，一句话不说"，"你""我"就是"彼""此"。又如"此公人弃我取"，"我"是"自己"。又如论别人，"其实你去不去与人无干，我们只是尽朋友之道罢了。""你"实指"他"而言。因为要说得活灵活现，才将三人间变为二人间，让听话的更觉得亲切些。意思既指别人，所以直呼"你""我"，无需避忌。这都以自称对称替代他称。又如自己责备自己说："咳，你真糊涂！"这是化一身为两人。又如批评别人，"凭你说干了嘴唇皮，他听你一句才怪！""你"就是"我"，是让你设身处地替自己想。又如，"你只管不动声色地干下去，他们知道我怎么办？""我"就是"你"；是自己设身处地替对面人想。这都是着急的口气：我的事要你设想，让你同情我；你的事我代设想，让你亲信我。可不一定亲昵，只在说话当时见得彼此十二分关切就是了。只有"他"字，却不能替代"你""我"，因为那么着反把话说远了。

众数指的是一人与一人，一人与众人，或众人与众人，彼此间距离本远，避忌较少。但是也有分别；名词

083

替代，还用得着。如"各位""诸位""诸位先生"，都是"你们"的敬词；"各位"是逐指，虽非众数而作用相同。代词名词连文，也用得着。如"你们这些人""你们这班东西"，轻重不一样，却都是责备的口吻。又如发牢骚的时候不说"我们"，而说"这些人""我们这些人"，表示多多少少，是与众不同的人。但替代"我们"的名词似乎没有。又如不说"他们"而说"人家""那些位""这班东西""那班东西"或"他们这些人"。三称众数的对峙，不像单数那样明白的鼎足而三。"我们""你们""他们"相对的时候并不多；说"我们"，常只与"你们""他们"二者之一相对着。这儿的"你们"包括"他们"，"他们"也包括"你们"；所以说"我们"的时候，实在只有两边儿。所谓"你们"，有时候不必全都对面，只是与对面的在某些点上相似的人；所谓"我们"，也不一定全在身旁，只是与说话的在某些点上相似的人。所以"你们""我们"之中，都有"他们"在内。"他们"之近于"你们"的，就收编在"你们"里；"他们"之近于"我们"的，就收编在"我们"里；于是"他们"就没有了。"我们"与"你们"也有相似的时候，"我们"可以包括"你们"，"你们"就没有了；只剩下"他们"和"我们"相对着。演说的时候，对听众可以说"你们"，也可以说"我们"。说"你们"显得自己高出他们之上，在教训着；说"我们"，自己就只在他们之中，在彼此勉励着。听众无疑地是愿意听"我们"的。只有"我们"，永远存在，不会让人家收编了去；因为没有"我们"，就没有了说话的人。"我们"包罗最广，可以指全人类，而与一切生物无生物对峙着。"你们""他们"都只能指人类的一部分；而"他们"除了特别情形，只能指不在眼前的人，所以更狭窄些。

北平自称的众数有"咱们""我们"两个。第一个发见这两个自称的分别的是赵元任先生。他在《阿丽思漫游奇境记》的凡例里说：

"咱们"是对他们说的，听话的人也在内的。

"我们"是对你们或他们说的，听话的人不在内的。

赵先生的意思也许说，"我们"是对你们或（你们和）他们说的。这么着"咱们"就收编了"你们"，"我们"就收编了"他们"——不能收编的时候,"我们"就与"你们""他们"成鼎足之势。这个分别并非必需,但有了也好玩儿;因为说"咱们"亲昵些,说"我们"疏远些,又多一个花样。北平还有个"俩"字,只能两个,"咱们俩""你们俩""他们俩",无非显得两个人更亲昵些;不带"们"字也成。还有"大家"是同辈相称或上称下之词,可用在"我们""你们""他们"之下。单用是所有相关的人都在内;加"我们"拉得近些,加"你们"推得远些,加"他们"更远些。至于"诸位大家",当然是个笑话。

代词三称的领位,也不能随随便便的。生人间还是得用替代,如称自己丈夫为"我们老爷",称朋友夫人为"你们太太",称别人父亲为"某先生的父亲"。但向来还有一种简便的尊称与谦称,如"令尊""令堂""尊夫人""令弟""令郎",以及"家父""家母""内人""舍弟""小儿"等等。"令"字用得最广,不拘那一辈儿都加得上,"尊"字太重,用处就少,"家"字只用于长辈同辈,"舍"字,"小"字只用于晚辈。熟人也有用通称而省去领位的,如自称父母为"老人家",——长辈对晚辈说他父母，也这么称——称朋友家里人为"老太爷""老太太""太太""少爷""小姐"；可是没有称人家丈夫为"老爷"或"先生"的，只能称"某先生""你们先生"。此外有称"老伯""伯母""尊夫人"的，为的亲昵些；所省去的却非"你的"而是"我的"。更熟的人可称"我父亲""我弟弟""你学生""你姑娘"，却并不大用"的"字。"我的"往往只用于呼位：如"我的妈呀！""我的儿呀！""我的天呀！"被领位若不是人而是事物，却可随便些。"的"字还用于独用的领位，如"你的就是我的""去他的"。领位有了"的"字，显得特别亲昵似的。也许"的"字是齐齿音，听了觉得挨挤着，紧缩着，才有此感。平常领位，所领的若是人，而也用"的"字，就好像有些过火；"我的朋友"差不多成了一句嘲讽的话，一半怕就是为了那个"的"字。众数的领位也少用"的"字。其实真正众数的领位用的机会也少；用的大多是替代单数的。"我家""你家""他家"有时候也可当众数的领位用，如"你家孩子真懂事""你家厨子走了""我家运气不好"。北平还有一种特别称呼，也是关于自称领位的。譬如女的向人说："你兄弟这样长那样短。""你兄弟"却是她丈夫；

男的向人说："你侄儿这样短，那样长。""你侄儿"却是他儿子。这也算对称替代自称，可是大规模的；用意可以说是"敬而近之"。因为"近"，才直称"你"。被领位若是事物，领位除可用替代外，也有用"尊"字的，如"尊行"（行次），"尊寓"，但少极；带滑稽味而上"尊"号的却多，如"尊口""尊须""尊靴""尊帽"等等。

外国的影响引我们抄近路，只用"你""我""他""我们""你们""他们"，倒也是干脆的办法；好在声调姿态变化是无穷的。"他"分为三，在纸上也还有用，口头上却用不着；读"她"为"I"，"它"或"牠"为"ㄊㄜ古"，大可不必，也行不开去。"它"或"牠"用得也太洋味儿，真别扭，有些实在可用"这个""那个"。再说代词用得太多，好些重复是不必要的；而领位"的"字也用得太滥点儿。

一九三三年八月二十五日作

谈抽烟

　　有人说："抽烟有什么好处？还不如吃点口香糖，甜甜的，倒不错。"不用说，你知道这准是外行。口香糖也许不错，可是喜欢的怕是女人孩子居多；男人很少赏识这种玩意儿的；除非在美国，那儿怕有些个例外。一块口香糖得咀嚼老半天，还是嚼不完，凭你怎么斯文，那朵颐的样子，总遮掩不住，总有点儿不雅相。这其实不像抽烟，倒像衔橄榄。你见过衔着橄榄的人？腮帮子上凸出一块，嘴里不时地滋儿滋儿的。抽烟可用不着这么费劲；烟卷儿尤其省事，随便一叼上，悠然的就吸起来，谁也不来注意你。抽烟说不上是什么味道；勉强说，也许有点儿苦吧。但抽烟的不稀罕那"苦"而稀罕那"有点儿"。他的嘴太闷了，或者太闲了，就要这么点儿来凑个热闹，让他觉得嘴还是他的。嚼一块口香糖可就太多，甜甜的，够多腻味；而且有了糖也许便忘记了"我"。

抽烟其实是个玩意儿。就说抽卷烟吧，你打开匣子或罐子，抽出烟来，在桌上顿几下，衔上，擦洋火，点上。这其间每一个动作都带股劲儿，像做戏一般。自己也许不觉得，但到没有烟抽的时候，便觉得了。那时候你必然闲得无聊；特别是两只手，简直没放处。再说那吐出的烟，袅袅地缭绕着，也够你一回两回地捉摸；它可以领你走到顶远的地方去。——即便在百忙当中，也可以让你轻松一忽儿。所以老于抽烟的人，一叼上烟，真能悠然遐想。他霎时间是个自由自在的身子，无论他是靠在沙发上的绅士，还是蹲在台阶上的瓦匠。有时候他还能够叼着烟和人说闲话；自然有些含含糊糊的，但是可喜的是那满不在乎的神气。这些大概也算是游戏三昧吧。

好些人抽烟，为的有个伴儿。譬如说一个人单身住在北平，和朋友在一块儿，倒是有说有笑的，回家来，空屋子像水一样。这时候他可以摸出一支烟抽起来，借点儿暖气。黄昏来了，屋子里的东西只剩些轮廓，暂时懒得开灯，也可以点上一支烟，看烟头上的火一闪一闪的，像亲密的低语，只有自己听得出。要是生气，也不妨迁怒一下，使劲儿吸他十来口。客来了，若你倦了说不得话，或者找不出可说的，干坐着岂不着急？这时候最好拈起一支烟将嘴堵上等你对面的人。若是他也这么办，便尽时间在烟子里爬过去。各人抓着一个新伴儿，大可以盘桓一会的。

从前抽水烟旱烟，不过一种不伤大雅的嗜好，现在抽烟却成了派头。抽烟卷儿指头黄了，由它去。用烟嘴不独麻烦，也小气，又跟烟隔得那么老远的。今儿大褂上一个窟窿，明儿坎肩上一个，由他去。一支烟里的尼古丁可以毒死一个小麻雀，也由它去。总之，别别扭扭的，其实也还是个"满不在乎"罢了。烟有好有坏，味有浓有淡，能够辨味的是内行，不择烟而抽的是大方之家。

一九三三年十月十一日作

冬 天

　　说起冬天，忽然想到豆腐。是一"小洋锅"（铝锅）白煮豆腐，热腾腾的。水滚着，像好些鱼眼睛，一小块一小块豆腐养在里面，嫩而滑，仿佛反穿的白狐大衣。锅在"洋炉子"（煤油不打气炉）上，和炉子都熏得乌黑乌黑，越显出豆腐的白。这是晚上，屋子老了，虽点着"洋灯"，也还是阴暗。围着桌子坐的是父亲跟我们哥儿三个。"洋炉子"太高了，父亲得常常站起来，微微地仰着脸，觑着眼睛，从氤氲的热气里伸进筷子，夹起豆腐，一一地放在我们的酱油碟里。我们有时也自己动手，但炉子实在太高了，总还是坐享其成的多。这并不是吃饭，只是玩儿。父亲说晚上冷，吃了大家暖和些。我们都喜欢这种白水豆腐；一上桌就眼巴巴望着那锅，等着那热气，等着热气里从父亲筷子上掉下来的豆腐。

又是冬天，记得是阴历十一月十六晚上，跟S君P君在西湖里坐小划子。S君刚到杭州教书，事先来信说："我们要游西湖，不管它是冬天。"那晚月色真好，现在想起来还像照在身上。本来前一晚是"月当头"；也许十一月的月亮真有些特别吧。那时九点多了，湖上似乎只有我们一只划子。有点风，月光照着软软的水波；当间那一溜儿反光，像新砑的银子。湖上的山只剩了淡淡的影子。山下偶尔有一两星灯火。S君口占两句诗道："数星灯火认渔村，淡墨轻描远黛痕。"我们都不大说话，只有均匀的桨声。我渐渐地快睡着了。P君"喂"了一下，才抬起眼皮，看见他在微笑。船夫问要不要上净寺去；是阿弥陀佛生日，那边蛮热闹的。到了寺里，殿上灯烛辉煌，满是佛婆念佛的声音，好像醒了一场梦。这已是十多年前的事了，S君还常常通着信，P君听说转变了好几次，前年是在一个特税局里收特税了，以后便没有消息。

在台州过了一个冬天，一家四口子。台州是个山城，可以说在一个大谷里。只有一条二里长的大街。别的路上白天简直不大见人；晚上一片漆黑。偶尔人家窗户里透出一点灯光，还有走路的拿着的火把；但那是少极了。我们住在山脚下。有的是山上松林里的风声，跟天上一只两只的鸟影。夏末到那里，春初便走，却好像老在过着冬天似的；可是即便真冬天也并不冷。我们住在楼上，书房临着大路；路上有人说话，可以清清楚楚地听见。但因为走路的人太少了，间或有点说话的声音，听起来还只当远风送来的，想不到就在窗外。我们是外路人，除上学校去之外，常只在家里坐着。妻也惯了那寂寞，只和我们爷儿们守着。外边虽老是冬天，家里却老是春天。有一回我上街去，回来的时候，楼下厨房的大方窗开着，并排地挨着她们母子三个；三张脸都带着天真微笑地向着我。似乎台州空空的，只有我们四人；天地空空的，也只有我们四人。那时是民国十年，妻刚从家里出来，满自在。现在她死了快四年了，我却还老记着她那微笑的影子。

无论怎么冷，大风大雪，想到这些，我心上总是温暖的。

择偶记

自己是长子长孙，所以不到十一岁就说起媳妇来了。那时对于媳妇这件事简直茫然，不知怎么一来，就已经说上了。是曾祖母娘家人，在江苏北部一个小县份的乡下住着。家里人都在那里住过很久，大概也带着我；只是太笨了，记忆里没有留下一点影子。祖母常常躺在烟榻上讲那边的事，提着这个那个乡下人的名字。起初一切都像只在那白腾腾的烟气里。日子久了，不知不觉熟悉起来了，亲昵起来了。除了住的地方，当时觉得那叫做"花园庄"的乡下实在是最有趣的地方了。因此听说媳妇就定在那里，倒也仿佛理所当然，毫无意见。每年那边田上有人来，蓝布短打扮，衔着旱烟管，带好些大麦粉、白薯干儿之类。他们偶然也和家里人提到那位小姐，大概比我大四岁，个儿高，小脚；但是那时我热心的其实还是那些大麦粉和白薯干儿。

记得是十二岁上，那边捎信来，说小姐痨病死了。家里并没有人叹惜；大约他们看见她时她还小，年代一多，也就想不清是怎样一个人了。父亲其时在外省做官，母亲颇为我亲事着急，便托了常来做衣服的裁缝做媒。为的是裁缝走的人家多，而且可以看见太太小姐。主意并没有错，裁缝来说一家人家，有钱，两位小姐，一位是姨太太生的；他给说的是正太太生的大小姐。他说那边要相亲。母亲答应了，定下日子，由裁缝带我上茶馆。记得那是冬天，到日子母亲让我穿上枣红宁绸袍子，黑宁绸马褂，戴上红帽结儿的黑缎瓜皮小帽，又叮嘱自己留心些。茶馆里遇见那位相亲的先生，方面大耳，同我现在年纪差不多，布袍布马褂，像是给谁穿着孝。这个人倒是慈祥的样子，不住地打量我，也问了些念什么书一类的话。回来裁缝说人家看得很细：说我的"人中"长，不是短寿的样子，又看我走路，怕脚上有毛病。总算让人家看中了，该我们看人家了。母亲派亲信的老妈子去。老妈子的报告是，大小姐个儿比我大得多，坐下去满满一圈椅；二小姐倒苗苗条条的，母亲说胖了不能生育，像亲戚里谁谁谁；教裁缝说二小姐。那边似乎生了气，不答应，事情就摧了。

母亲在牌桌上遇见一位太太，她有个女儿，透着聪明伶俐。母亲有了心，回家说那姑娘和我同年，跳来跳去的，还是个孩子。隔了些日子，便托人探探那边口气。那边做的官似乎比父亲的更小，那时正是光复的前年，还讲究这些，所以他们乐意做这门亲。事情已到九成九，忽然出了岔子。本家叔祖母用的一个寡妇老妈子熟悉这家子的事，不知怎么教母亲打听着了。叫她来问，她的话遮遮掩掩的。到底问出来了，原来那小姑娘是抱来的，可是她一家很宠她，和亲生的一样。母亲心冷了。过了两年，听说她已生了痨病，吸上鸦片烟了。母亲说，幸亏当时没有定下来。我已懂得一些事了，也这末想着。

光复那年，父亲生伤寒病，请了许多医生看。最后请着一位武先生，那便是我后来的岳父。有一天，常去请医生的听差回来说，医生家有位小姐。父亲既然病着，母亲自然更该担心我的事。一听这话，便追问下去。听差原只顺口谈天，也说不出个所以然。母亲便在医生来时，教人问他轿夫，那位小姐是不是他家的。轿夫说是的。母亲便和父亲商量，托舅舅问医生的意思。那天我正在父亲病榻旁，听见他们的对话。舅舅问明了小姐还没有人家，便说，像 × 翁这样人家怎末样？医生说，很好呀。话到此为止，接着便是相亲；还是母亲那个亲信的老妈子去。这回报告不坏，说就是脚大些。事情这样定局，母亲教轿夫回去说，让小姐裹上点儿脚。妻嫁过来后，说相亲的时候早躲开了，看见的是另一个人。至于轿夫捎的信儿，却引起了一段小小风波。岳父对岳母说，早教你给她裹脚，你不信；瞧，人家怎末说来着！岳母说，偏偏不裹，看他家怎末样！可是到底采取了折衷的办法，直到妻嫁过来的时候。

一九三四年三月作

南　京

　　南京是值得留连的地方，虽然我只是来来去去，而且又都在夏天。也想夸说夸说，可惜知道的太少；现在所写的，只是一个旅行人的印象罢了。

　　逛南京像逛古董铺子，到处都有些时代侵蚀的遗痕。你可以摩挲，可以凭吊，可以悠然遐想；想到六朝的兴废，王谢的风流，秦淮的艳迹。这些也许只是老调子，不过经过自家一番体贴，便不同了。所以我劝你上鸡鸣寺去，最好选一个微雨天或月夜。在朦胧里，才酝酿着那一缕幽幽的古味。你坐在一排明窗的豁蒙楼上，吃一碗茶，看面前苍然蜿蜒着的台城。台城外明净荒寒的玄武湖就像大涤子的画。豁蒙楼一排窗子安排得最有心思，让你看的一点不多，一点不少。寺后有一口灌园的井，可不是那陈后主和张丽华躲在一堆儿的"胭脂井"。那口胭脂井不在路边，得破费点工夫寻觅。井栏也不在井上；要看，得老远地上明故宫遗址的古物保存所去。

从寺后的园地，拣着路上台城；没有垛子，真像平台一样。踏在茸茸的草上，说不出的静。夏天白昼有成群的黑蝴蝶，在微风里飞；这些黑蝴蝶上下旋转地飞，远看像一根粗的圆柱子。城上可以望南京的每一角。这时候若有个熟悉历代形势的人，给你指点，隋兵是从这角进来的，湘军是从那角进来的，你可以想象异样装束的队伍，打着异样的旗帜，拿着异样的武器，汹汹涌涌地进来，远远仿佛还有哭喊之声。假如你记得一些金陵怀古的诗词，趁这时候暗诵几回，也可印证印证，许更能领略作者当日的情思。

从前可以从台城爬出去，在玄武湖边；若是月夜，两三个人，两三个零落的影子，歪歪斜斜地挪移下去，够多好。现在可不成了，得出寺，下山，绕着大弯儿出城。七八年前，湖里几乎长满了菱子，一味地荒寒，虽有好月光，也不大能照到水上；船又窄，又小，又漏，教人逛着愁着。这几年大不同了，一出城，看见湖，就有烟水苍茫之意；船也大多了，有藤椅子可以躺着。水中岸上都光光的；亏得湖里有五个洲子点缀着，不然便一览无余了。这里的水是白的，又有波澜，俨然长江大河的气势，与西湖的静绿不同，最宜于看月，一片空蒙，无边无界。若在微醺之后，迎着小风，似睡非睡地躺在藤椅上，听着船底汩汩的波响与不知何方来的箫声，真会教你忘却身在哪里。五个洲子似乎都局促无可看，但长堤宛转相通，却值得走走。湖上的樱桃最出名。据说樱桃熟时，游人在树下现买，现摘，现吃，谈着笑着，多热闹的。

清凉山在一个角落里，似乎人迹不多。扫叶楼的安排与豁蒙楼相仿佛，但窗外的景象不同。这里是滴绿的山环抱着，山下一片滴绿的树；那绿色真是扑到人眉宇上来。若许我再用画来比，这怕像王石谷的手笔了。在豁蒙楼上不容易坐得久，你至少要上台城去看看。在扫叶楼上却不想走；窗外的光景好像满为这座楼而设，一上楼便什么都有了。夏天去确有一股"清凉"味。这里与豁蒙楼全有素面吃，又可口，又贱。

莫愁湖在华严庵里。湖不大，又不能泛舟，夏天却有荷花荷叶，临湖一带屋子，凭栏眺望，也颇有远情。莫愁小像，在胜棋楼下，不知谁画的，大约不很古吧；但脸子开得秀逸之至，衣褶也柔活之至，大有"挥袖凌虚翔"的意思；若让我题，我将毫不踌躇地写上"仙乎仙乎"四字。另有石刻的画像，也在这里，想来许是那一幅画所从出；但生气反而差得多。这里虽也临湖，因为屋子深，显得阴暗些；可是古色古香，阴暗得好。诗文联语当然多，只记得王湘绮的半联云："莫轻他北地胭脂，看艇子初来，江南儿女无颜色。"气概很不错。所谓胜棋楼，相传是明太祖与徐达下棋，徐达胜了，太祖便赐给他这一所屋子。太祖那样人，居然也会做出这种雅事来了。左手临湖的小阁却敞亮得多，也敞亮得好。有曾国藩画像，忘记是谁横题着"江天小阁坐人豪"一句。我喜欢这个题句，"江天"与"坐人豪"，景象阔大，使得这屋子更加开朗起来。

秦淮河我已另有记。但那文里所说的情形，现在已大变了。从前读《桃花扇》《板桥杂记》一类书，颇有沧桑之感；现在想到自己十多年前身历的情形，怕也会有沧桑之感了。前年看见夫子庙前旧日的画舫，那样狼狈的样子，又在老万全酒栈看秦淮河水，差不多全黑了，加上巴掌大，透不出气的所谓秦淮小公园，简直有些厌恶，再别提做什么梦了。贡院原也在秦淮河上，现在早拆得只剩一点儿了。民国五年父亲带我去看过，已经荒凉不堪，号舍里草都长满了。父亲曾经办过江南闱差，熟悉考场的情形，说来头头是道。他说考生入场时，都有送场的，人很多，门口闹嚷嚷的。天不亮就点名，搜夹带。大家都归号。似乎直到晚上，头场题才出来，写在灯牌上，由号军扛着在各号里走。所谓"号"，就是一条狭长的胡同，两旁排列着号舍，口儿上写着什么天字号、地字号等等的。每一号舍之大，恰好容一个人坐着；从前人说是像轿子，真不错。几天里吃饭，睡觉，做文章，都在这轿子里；坐的伏的各有一块硬板，如是而已。官号稍好一些，是给达官贵人的子弟预备的，但得补褂朝珠地入场，那时是夏秋之交，天还热，也够受的。父亲又说，乡试时场外有兵巡逻，防备通关节。场内也竖起黑幡，叫鬼魂们有冤报冤，有仇报仇；我听到这里，有点毛骨悚然。现在贡院已变成碎石路；在路上走的人，怕很少想起这些事情的了吧？

明故宫只是一片瓦砾场，在斜阳里看，只感到李太白《忆秦娥》的"西风残照，汉家陵阙"二语的妙。午门还残存着，遥遥直对洪武门的城楼，有万千气象。古物保存所便在这里，可惜规模太小，陈列得也无甚次序。明孝陵道上的石人石马，虽然残缺零乱，还可见泱泱大风；享殿并不巍峨，只陵下的隧道，阴森袭人，夏天在里面待着，凉风沁人肌骨。这陵大概是开国时草创的规模，所以简朴得很；比起长陵，差得真太远了。然而简朴得好。

雨花台的石子，人人皆知；但现在怕也捡不着什么了。那地方毫无可看。记得刘后村的诗云："昔年讲师何处在，高台犹以'雨花'名。有时宝向泥寻得，一片山无草敢生。"我所感的至多也只如此。还有，前些年南京枪决囚人都在雨花台下，所以洋车夫遇见别的车夫和他争先时，常说，"忙什么！赶雨花台去！"这和从前北京车夫说"赶菜市口儿"一样。现在时移势异，这种话渐渐听不见了。

燕子矶在长江里看，一片绝壁，危亭翼然，的确惊心动魄。但到了上边，逼窄污秽，毫无可以盘桓之处。燕山十二洞，去过三个。只三台洞层层折折，由幽入明，别有匠心，可是也年久失修了。

南京的新名胜，不用说，首推中山陵。中山陵全用青白两色，以象征青天白日，与帝王陵寝用红墙黄瓦的不同。假如红墙黄瓦有富贵气，那青琉璃瓦的享堂，青琉璃瓦的碑亭却有名贵气。从陵门上享堂，白石台阶不知多少级，但爬得够累的；然而你远看，决想不到会有这么多的台阶儿。这是设计的妙处。德国波慈达姆无愁宫前的石阶，也同此妙。享堂进去也不小；可是远处看，简直小得可以，和那白石的飞阶不相称，一点儿压不住，仿佛高个儿戴着小尖帽。近处山角里一座阵亡将士纪念塔，粗粗的，矮矮的，正当着一个青青的小山峰，让两边儿的山紧紧抱着，静极，稳极。——谭墓没去过，听说颇有点丘壑。中央运动场也在中山陵近处，全仿外洋的样子。全国运动会时，也不知有多少照相与描写登在报上；现在是时髦的游泳的地方。

若要看旧书，可以上江苏省立图书馆去。这在汉西门龙蟠里，也是一个角落里。这原是江南图书馆，以丁丙的善本书室藏书为底子；词曲的书特别多。此外，中央大学图书馆近年来也颇有不少书。中央大学是个散步的好地方。宽大，干净，有树木；黄昏时去兜一个或大或小的圈儿，最有意思。后面有个梅庵，是那会写字的清道人的遗迹。这里只是随宜地用树枝搭成的小小的屋子。庵前有一株六朝松，但据说实在是六朝桧；桧荫遮住了小院子，真是不染一尘。

南京茶馆里干丝很为人所称道。但这些人必没有到过镇江、扬州，那儿的干丝比南京细得多，又从来不那么甜。我倒是觉得芝麻烧饼好，一种长圆的，刚出炉，既香，且酥，又白，大概各茶馆都有。咸板鸭才是南京的名产，要热吃，也是香得好；肉要肥要厚，才有咬嚼。但南京人都说盐水鸭更好，大约取其嫩，其鲜；那是冷吃的，我可不知怎样，老觉得不大得劲儿。

一九三四年八月十二日作

潭柘寺，戒坛寺

　　早就知道潭柘寺，戒坛寺。在商务印书馆的《北平指南》上，见过潭柘的铜图，小小的一块，模模糊糊的，看了一点没有想去的意思。后来不断地听人说起这两座庙；有时候说路上不平静，有时候说路上红叶好。说红叶好的劝我秋天去；但也有人劝我夏天去。有一回骑驴上八大处，赶驴的问逛过潭柘没有，我说没有。他说潭柘风景好，那儿满是老道，他去过，离八大处七八十里地，坐轿骑驴都成。我不大喜欢老道的装束，尤其是那满蓄着的长头发，看上去啰里啰唆，龌里龌龊的。更不想骑驴走七八十里地，因为我知道驴子与我都受不了。真打动我的倒是"潭柘寺"这个名字。不懂不是？就是不懂的妙。躲懒的人念成"潭拓寺"，那更莫名其妙了。这怕是中国文法的花样；要是来个欧化，说是"潭和柘的寺"，那就用不着咬嚼或吟味了。还有在一部诗话里看见近人咏戒台松的七古，诗腾挪天矫，想来松也如此。所以去。但是在夏秋之前的春天，而且是早春；北平的早春是没有花的。

这才认真打听去过的人。有的说住潭柘好，有的说住戒坛好。有的人说路太难走，走到了筋疲力尽，再没兴致玩儿；有人说走路有意思。又有人说，去时坐了轿子，半路上前后两个轿夫吵起来，把轿子搁下，直说不抬了。于是心中暗自决定，不坐轿，也不走路；取中道，骑驴子。又按普通说法，总是潭柘寺在前，戒坛寺在后，想着戒坛寺一定远些；于是决定住潭柘，因为一天回不来，必得住。门头沟下车时，想着人多，怕雇不着许多驴，但是并不然——雇驴的时候，才知道戒坛去便宜一半，那就是说近一半。这时候自己忽然逞起能来，要走路。走吧。

这一段路可够瞧的。像是河床，怎么也挑不出没有石子的地方，脚底下老是绊来绊去的，教人心烦。又没有树木，甚至于没有一根草。这一带原是煤窑，拉煤的大车往来不绝，尘土里饱和着煤屑，变成黯淡的深灰色，教人看了透不出气来。走一点钟光景。自己觉得已经有点办不了，怕没有走到便筋疲力尽；幸而山上下来一条驴，如获至宝似地雇下，骑上去。这一天东风特别大。平常骑驴就不稳，风一大真是祸不单行。山上东西都有路，很窄，下面是斜坡；本来从西边走，驴夫看风势太猛，将驴拉上东路。就这么着，有一回还几乎让风将驴吹倒；若走西边，没有准儿会驴我同归哪。想起从前人画风雪骑驴图，极是雅事；大概那不是上潭柘寺去的。驴背上照例该有些诗意，但是我，下有驴子，上有帽子眼镜，都要照管；又有迎风下泪的毛病，常要掏手巾擦干。当其时真恨不得生出第三只手来才好。

东边山峰渐起，风是过不来了；可是驴也骑不得了，说是坎儿多。坎儿可真多。这时候精神倒好起来了：崎岖的路正可以练腰脚，处处要眼到心到脚到，不像平地上。人多更有点竞赛的心理，总想走上最前头去，再则这儿的山势虽然说不上险，可是突兀、丑怪，巉刻的地方有的是。我们说这才有点儿山的意思；老像八大处那样，真教人气闷闷的。于是一直走到潭柘寺后门；这段坎儿路比风里走过的长一半，小驴毫无用处，驴夫说："咳，这不过给您做个伴儿！"

墙外先看见竹子，且不想进去。又密，又粗，虽然不够绿。北平看竹子，真不易。又想到八大处了，大悲庵殿前那一溜儿，薄得可怜，细得也可怜，比起这儿，真是小巫见大巫了。进去过一道角门，门旁突然亭亭地矗立着两竿粗竹子，在墙上紧紧地挨着；要用批文章的成语，这两竿竹子足称得起"天外飞来之笔"。

正殿屋角上两座琉璃瓦的鸱吻，在台阶下看，值得徘徊一下。神话说殿基本是青龙潭，一夕风雨，顿成平地，涌出两鸱吻。只可惜现在的两座太新鲜，与神话的朦胧幽秘的境界不相称。但是还值得看，为的是大得好，在太阳里嫩黄得好，闪亮得好；那拴着的四条黄铜链子也映衬得好。寺里殿很多，层层折折高上去，走起来已经不平凡，每殿大小又不一样，塑像摆设也各出心裁。看完了，还觉得无穷无尽似的。正殿下延清阁是待客的地方，远处群山像屏障似的。屋子结构甚巧，穿来穿去，不知有多少间，好像一所大宅子。可惜尘封不扫，我们住不着。话说回来，这种屋子原也不是预备给我们这么多人挤着住的。寺门前一道深沟，上有石桥；那时没有水，若是现在去，倚在桥上听潺潺的水声，倒也可以忘我忘世。过桥四株马尾松，枝枝覆盖，叶叶交通，另成一个境界。西边小山上有个古观音洞。洞无可看，但上去时在山坡上看潭柘的侧面，宛如仇十洲的《仙山楼阁图》；往下看是陡峭的沟岸，越显得深深无极，潭柘简直有海上蓬莱的意味了。寺以泉水著名，到处有石槽引水长流，倒也涓涓可爱。只是流觞亭雅得那样俗，在石地上楞刻着蚯蚓般的槽；那样流觞，怕只有孩子们愿意干。现在兰亭的"流觞曲水"也和这儿的一鼻孔出气，不过规模大些。晚上因为带的铺盖薄，冻得睁着眼，却听了一夜的泉声；心里想要不冻着，这泉声够多清雅啊！寺里并无一个老道，但那几个和尚，满身铜臭，满眼势利，教人老不能忘记，倒也麻烦的。

第二天清早，二十多人满雇了牲口，向戒坛而去，颇有浩浩荡荡之势。我的是一匹骡子，据说稳得多。这是第一回，高高兴兴骑上去。这一路要翻罗喉岭。只是土山，可是道儿窄，又曲折，虽不高，老那么凸凸凹凹的。许多处只容得一匹牲口过去。平心说，是险点儿。想起古来用兵，从间道袭敌人，许也是这种光景吧。

戒坛在半山上，山门是向东的。一进去就觉得平旷；南面只有一道低低的砖栏，下边是一片平原，平原尽处才是山，与众山屏蔽的潭柘气象便不同。进二门，更觉得空阔疏朗，仰看正殿前的平台，仿佛汪洋千顷。这平台东西很长，是戒坛最胜处，眼界最宽，教人想起"振衣千仞冈"的诗句。三株名松都在这里。"卧龙松"与"抱塔松"同是偃仆的姿势，身躯奇伟，鳞甲苍然，有飞动之意。"九龙松"老干槎枒，如张牙舞爪一般。若在月光底下，森森然的松影当更有可看。此地最宜低徊流连，不是匆匆一览所可领略。潭柘以层折胜，戒坛以开朗胜；但潭柘似乎更幽静些。戒坛的和尚，春风满面，却远胜于潭柘的；我们之中颇有悔不该在潭柘的。戒坛后山上也有个观音洞。洞宽大而深，大家点了火把嚷嚷闹闹地下去；半里光景的洞满是油烟，满是声音。洞里有石虎、石龟、上天梯、海眼等等，无非是凑凑人的热闹而已。

还是骑骡子。回到长辛店的时候，两条腿几乎不是我的了。

一九三四年八月三日作

乙辑

《忆》① 跋

小燕子其实也无所爱，

只是沉浸在朦胧而飘忽的夏夜梦里罢了。

——《忆》第三十六首

　　人生若真如一场大梦，这个梦倒也很有趣的。在这个大梦里，一定还有长长短短，深深浅浅，肥肥瘦瘦，甜甜苦苦，无数无数的小梦。有些已经随着日影飞去；有些还远着哩。飞去的梦便是飞去的生命，所以常常留下十二分的惋惜，在人们心里。人们往往从"现在的梦"里走出，追寻旧梦的踪迹，正如追寻旧日的恋人一样；他越过了千

_____

① 俞平伯作。

重山，万重水，一直地追寻去。这便是"忆的路"。"忆的路"是愈过愈广阔的，是愈过愈平坦的；曲曲折折的路旁，隐现着几多的驿站，是行客们休止的地方。最后的驿站，在白板上写着朱红的大字："儿时"。这便是"忆的路"的起点，平伯君所徘徊而不忍去的。

飞去的梦因为飞去的缘故，一律是甜蜜蜜而又酸溜溜的。这便合成了别一种滋味，就是所谓惆怅。而"儿时的梦"和现在差了一世界，那酝酿着的惆怅的味儿，更其肥腴得可以，真腻得人没法儿！你想那颗一丝不挂却又爱着一切的童心，眼见得在那隐约的朝雾里，凭你怎样招着你的手儿，总是不回到腔子里来；这是多么"缺"呢？于是平伯君觉着闷得慌，便老老实实地，像春日的轻风在绿树间微语一般，低低地，密密地将他的可忆而不可捉的"儿时"诉给你。他虽然不能长住在那"儿时"里，但若能多招呼几个伴侣去徘徊几番，也可略减他的空虚之感，那惆怅的味儿，便不至老在他的舌本上腻着了。这是他的聊以解嘲的法门，我们都多少能默喻的。

在朦胧的他儿时的梦里，有像红蜡烛的光一跳一跳的，便是爱。他爱故事讲得好的姊姊，他爱唱沙软而重的眠歌的乳母，他爱流苏帽儿的她。他也爱翠竹丛里一万的金点子和小枕头边一双小红橘子；也爱红绿色的蜡泪和爸爸的顶大的斗篷；也爱翦啊翦啊的燕子和躲在杨柳里的月亮……他有着纯真的，烂漫的心；凡和他接触的，他都与他们稔熟，亲密——他一律地拥抱了他们。所以他是自然（人也在内）的真朋友！①

他所爱的还有一件，也得给你提明的，便是黄昏与夜。他说他将像小燕子一样，沉浸在夏夜梦里，便是分明的自白。在他的"忆的路"上，在他的"儿时"里，满布着黄昏与夜的颜色。夏夜是银白色的，带着栀子花儿的香；秋夜是铁灰色的，有青色的油盏火的微芒；春夜最热闹的是上灯节，有各色灯的辉煌，小烛的摇荡；冬夜是数除夕了，红的，绿的，淡黄的颜色，便是年的衣裳。在这些夜里，他那生活的模样儿啊，短短儿的身材，肥肥儿的个儿，甜甜儿的面孔，有着浅浅的笑涡；这就是他的梦，也正是多么可爱的一个孩子！至于那黄昏，都笼罩着银红衫儿，流苏帽儿的她的朦胧影，自然也是可爱的！——但

---

① 此节和下节中的形容词，多从作者原诗中拉取，一一加起引号，觉得繁琐，所以在此总说一句。

是，他为甚么爱夜呢？聪明的你得问了。我说夜是浑融的，夜是神秘的，夜张开了她无长不长的两臂，拥抱着所有的所有的，但你却瞅不着她的面目，摸不着她的下巴；这便因可惊而觉着十三分的可爱。堂堂的白日，界画分明的白日，分割了爱的白日，岂能如她的系着孩子的心呢？夜之国，梦之国，正是孩子的国呀，正是那时的平伯君的国呀！

平伯君说他的忆中所有的即使是薄薄的影，只要它们历历而可画，他便摇动了那风魔了的眷念。他说"历历而可画"，原是一句绮语；谁知后来真有为他"历历画出"的子恺君呢？他说"薄薄的影"，自是抐谦的话；但这一个"影"字却是以实道实，确切可靠的。子恺君便在影子上着了颜色——若根据平伯君的话推演起来，子恺君可说是厚其所薄了。影子上着了颜色，确乎格外分明——我们不但能用我们的心眼看见平伯君的梦，更能用我们的肉眼看见那些梦，于是更摇动了平伯君以外的我们的风魔了的眷念了。而梦的颜色加添了梦的滋味；便是平伯君自己，因这一画啊，只怕也要重落到那闷人的，腻腻的惆怅之中而难以自解了！至于我，我呢，在这双美之前，只能重复我的那句老话："我的光荣啊，我若有光荣啊！"

　　我的儿时现在真只剩了"薄薄的影"。我的"忆的路"几乎是直如矢的；像被大水洗了一般，寂寞到可惊的程度！这大约因为我的儿时实在太单调了；沙漠般展伸着，自然没有我的"依恋"回翔的余地了。平伯君有他的好时光，而以不能重行占领为恨；我是并没有好时光，说不上占领，我的空虚之感是两重的！但人生毕竟是可以相通的；平伯君诉给我们他的"儿时"，子恺君又画出了它的轮廓，我们深深领受的时候，就当是我们自己所有的好了。"你的就是我的，我的就是你的"，岂止"慰情聊胜无"呢？培根说："读书使人充实。"在另一意义上，你容我说吧，这本小小的书确已使我充实了！

　　　　　　　　　　　　一九二四年八月十七日，温州

《山野掇拾》[1]

　　我最爱读游记。现在是初夏了；在游记里却可以看见烂漫的春花，舞秋风的落叶……——都是我惦记着，盼望着的！这儿是白马湖；读游记的时候，我却能到神圣庄严的罗马城，纯朴幽静的 Loisieux 村——都是我羡慕着，想像着的！游记里满是梦："后梦赶走了前梦，前梦又赶走了大前梦。"[2] 这样地来了又去，来了又去；像树梢的新月，像山后的晚霞，像田间的萤火，像水上的箫声，像隔座的茶香，像记忆中的少女，这种种都是梦。我在中学时，便读了康更甦的《欧洲十一国游记》，——实在只有（？）意大利游记——当时做了许多好梦；滂卑古城最是

---

①　孙福熙作。
②　唐俟先生诗句。

119

我低徊留恋而不忍去的！那时柳子厚的山水诸记，也常常引我入胜。后来得见《洛阳伽蓝记》，记诸寺的繁华壮丽，令我神往；又得见《水经注》，所记奇山异水，或令我惊心动魄，或让我游目骋怀。（我所谓"游记"，意义较通用者稍广，故将后两种也算在内。）这些或记风土人情，或记山川胜迹，或记"美好的昔日"，或记美好的今天，都有或浓或淡的彩色，或工或泼的风致。而我近来读《山野掇拾》，和这些又是不同：在这本书里，写着的只是"大陆的一角"，"法国的一区"[1]，并非特著的胜地，脍炙人口的名所；所以一空依傍，所有的好处都只是作者自己的发见！前举几种中，只有柳子厚的诸作也是如此写出的；但柳氏仅记风物，此书却兼记文化——如 Vicard 序中所言。所谓"文化"，也并非在我们平日意想中的庞然巨物，只是人情之美；而书中写 Loisieux 村的文化，实较风物为更多：这又有以异乎人。而书中写 Loisieux 村的文化，实在也非写 Loisieux 村的文化，只是作者孙福熙先生暗暗地巧巧地告诉我们他的哲学，他的人生哲学。所以写的

---

① 《山野掇拾》序中语。

是"法国的一区"，写的也就是他自己！他自己说得好：

> 我本想尽量掇拾山野风味的，不知不觉的掇拾了许多掇拾者自己。（原书二六一页）

但可爱的正是这个"自己"，可贵的也正是这个"自己"！

孙先生自己说这本书是记述"人类的大生命分配于他的式样"的，我们且来看看他的生命究竟是什么式样。世界上原有两种人：一种是大刀阔斧的人，一种是细针密线的人。前一种人真是一把"刀"，一把斩乱麻的快刀！什么纠纷，什么葛藤，到了他手里，都是一刀两断！——正眼也不去瞧，不用说靠他理纷解结了！他行事只看准几条大干，其余的万千枝叶，都一扫个精光；所谓"擒贼必擒王"，也所谓"以不了了之"！英雄豪杰是如此办法：他们所图远大，是不屑也无暇顾念那些琐细的节目！蠢汉笨伯也是如此办法，他们却只图省事！他们的思力不足，不足剖析入微，鞭辟入里；如两个小儿争闹，做父亲的更不思索，便照例每人给一个耳光！这真是"不亦快哉"！但你我若既不能为英雄豪杰，又不甘做蠢汉笨伯，便自然而然只能企图做后一种人。这种人凡事要问底细；"打破沙缸问到底！还要问沙缸从那里起？"①他们于一言一动之微，一沙一石之细，都不轻轻放过！从前人将桃核雕成一只船，船上有苏东坡，黄鲁直，佛印等；或于元旦在一粒芝麻上写"天下太平"四字，以验目力：便是这种脾气的一面。他们不注重一千一万，而注意一毫一厘；他们觉得这一毫一厘便是那一千一万的具体而微——只要将这一毫一厘看得透彻，正和照相的放大一样，其余也可想见了。他们所以于每事每物，必要拆开来看，拆穿来看；无论锱铢之别，淄渑之辨，总要看出而后已，正如显微镜一样。这样可以辨出许多新异的滋味，乃是他们独得的秘密！总之，他们对于怎样微渺的事物，都觉吃惊；而常人则熟视无睹！故他们是常人而又有以异乎常人。这两种人——孙先生，画家，若容我用中国画来比，我将说前者是"泼笔"，后者是"工笔"。孙先生自己是"工笔"，是后一种人。他的朋友号他为"细磨细琢的春台"，真不错，他的

---

① 系扬州的土话。

全部都在这儿了！他纪念他的姑母和父亲，他说他们以细磨细琢的功夫传授给他，然而他远不如他们了。从他的父亲那里，他"知道一句话中，除字面上的意思之外，还有别的话在这里边，只听字面，还远不能听懂说话者的意思哩"①。这本书的长处，也就在"别的话"这一点；乍看岂不是淡淡的？缓缓咀嚼一番，便会有浓密的滋味从口角流出！你若看过瀼瀼的朝露，皱皱的水波，茫茫的冷月，薄薄的女衫，你若吃过上好的皮丝，鲜嫩的毛笋，新制的龙井茶：你一定懂得我的话。

我最觉得有味的是孙先生的机智。孙先生收藏的本领真好！他收藏着怎样多的虽微末却珍异的材料，就如慈母收藏果饵一样；偶然拈出一两件来，令人惊异他的富有！其实东西本不稀奇，经他一收拾，便觉不凡了。他于人们忽略的地方，加倍地描写，使你于平常身历之境，也会有惊异之感。他的选择的功夫又高明；那分析的描写与精彩的对话，足以显出他敏锐的观察力。所以他的书既富于自己的个性，一面也富于他人的个性，无怪乎他自己也会觉

---

① 原书一七一页。

得他的富有了。他的分析的描写含有论理的美，就是精严与圆密；像一个扎缚停当的少年武士，英姿飒爽而又妩媚可人！又像医生用的小解剖刀，银光一闪，骨肉判然！你或者觉得太琐屑了，太腻烦了；但这不是腻烦和琐屑，这乃是悠闲（Idle）。悠闲也是人生的一面，其必要正和不悠闲一样！他的对话的精彩，也正在悠闲这一面！这才真是Loisieux 村人的话，因为真的乡村生活是悠闲的。他在这些对话中，介绍我们面晤一个个活泼泼的 Loisieux 村人！总之，我们读这本书，往往能由几个字或一句话里，窥见事的全部，人的全性；这便是我所谓"孙先生的机智"了。孙先生是画家。他从前有过一篇游记，以"画"名文，题为《赴法途中漫画》①；篇首有说明，深以作文不能如作画为恨。其实他只是自谦；他的文几乎全是画，他的作文便是以文字作画！他叙事，抒情，写景，固然是画；就是说理，也还是画。人家说"诗中有画"，孙先生是文中有画；不但文中有画，画中还有诗，诗中还有哲学。

我说过孙先生的画工，现在再来说他的诗意——画本

———————————

① 曾载《晨报副刊》及《新潮》。

是"无声诗"呀。他这本书是写民间乐趣的；但他有些什么乐趣呢？采葡萄的落后是一；画风柳，纸为风吹，画瀑布，纸为水溅是二；与绿的蚱蜢，黑的蚂蚁等"合画"是三。这些是他已经说出的，但重要的是那未经说出的"别的话"；他爱村人的性格，那纯朴，温厚，乐天，勤劳的性格。他们"反直不想与人相打"；他们不畏缩，不鄙夷，爱人而又自私，藏匿而又坦白；他们只是作工，只是太作工，"真的不要自己的性命！"①——非为衣食，也非不为衣食，只是浑然的一种趣味。这些正都是他们健全的地方！你或者要笑他们没有理想，如书中 R 君夫妇之笑他们雇来的工人②；但"没有理想"的可笑，不见得比"有理想"的可笑更甚——在现在的我们，"原始的"与"文化的"实觉得一般可爱。而这也并非全为了对比的趣味，"原始的"实是更近于我们所常读的诗，实是"别有系人心处"！譬如我读这本书，就常常觉得是在读面熟得很的诗！"村人的性格"还有一个"联号"，便是"自然的风物"。孙先生是画家，他之爱自然的风物，是不用说的；

---

① 原书一二四页。
② 原书一二八页。

而自然的风物便是自然的诗，也似乎不用说的。孙先生是画家，他更爱自然的动象，说也是一种社会的变幻。他爱风吹不绝的柳树，他爱水珠飞溅的瀑布，他爱绿的蚱蜢，黑的蚂蚁，赭褐的六足四翼不曾相识的东西；它们虽怎样地困苦他，但却是活的画，生命的诗！——在人们里，他最爱老年人和小孩子。他敬爱辛苦一生至今扶杖也不能行了的老年人，他更羡慕见火车而抖的小孩子。^① 是的，老年人如已熟的果树，满垂着沉沉的果实，任你去摘了吃；你只要眼睛亮，手法好，必能果腹而回！小孩子则如刚打朵儿的花，蕴藏着无穷的允许：这其间有红的，绿的，有浓的，淡的，有小的，大的，有单瓣的，重瓣的，有香的，有不香的，有努力开花的，有努力结实的——结女人脸的苹果，黄金的梨子，珠子般的红樱桃，璎珞般的紫葡萄……而小姑娘尤为可爱！——读了这本书的，谁不爱那叫喊尖利的"啊"的小姑娘呢？其实胸怀润朗的人，什么于他都是朋友：他觉得一切东西里都有些意思，在习俗的衣裳底下，躲藏着新鲜的身体。凭着这点意思去发展自己

---

① 原书二五三页。

的生活，便是诗的生活。"孙先生的诗意"，也便在这儿。

在这种生活的河里伏流着的，便是孙先生的哲学了。他是个含忍与自制的人，是个中和的（Moderate）人；他不能脱离自己，同时却也理会他人。他要"尽量的理会他人的苦乐，——或苦中之乐，或乐中之苦，——免得眼睛生在额上的鄙夷他人，或胁肩谄笑的阿谀他人"[1]。因此他论城市与乡村，男子与女子，团体与个人，都能寻出他们各自的长处与短处。但他也非一味宽容的人，像"烂面糊盆"一样；他是不要阶级的，他同情于一切——便是牛也非例外！他说：

> 我们住在宇宙的大乡土中，一切孩儿都在我们的心中；没有一个乡土不是我的乡土，没有一个孩儿不是我的孩儿！（原书六四页）

这是最大的"宽容"，但是只有一条路的"宽容"——其实已不能叫做"宽容"了。在这"未完的草

---

[1] 原书二六五页。

稿"的世界之中，他虽还免不了疑虑与鄙夷，他虽鄙夷人间的争闹，以为和三个小虫的权利问题一样；① 但他到底能从他的"泪珠的镜中照见自己以至于一切大千世界的将来的笑影了"②。他相信大生命是有希望的；他相信便是那"没有果实，也没有花"的老苹果树，那"只有折断而且曾经枯萎的老干上所生的稀少的枝叶"的老苹果树，"也预备来年开得比以前更繁荣的花，结得更香美的果！"③ 在他的头脑里，世界是不会陈旧的，因为他能够常常从新做起；他并不长嘘短叹，叫着不足，他只尽他的力做就是了。他教中国人不必自馁；④ 真的，他真是个不自馁的人！他写出这本书是不自馁，他别的生活也必能不自馁的！或者有人说他的思想近乎"圆通"，但他的本意只是"中和"，并无容得下"调和"的余地；他既"从来不会做所谓漂亮及出风头的事"⑤，自然只能这样缓缓地锲而不舍地去开垦他的乐土！这和他的画笔，诗情，同为他的"细磨

————————

① 原书一三九页。
② 原书一五九——一六〇页。
③ 原书二二八页。
④ 原书五一——五二页。
⑤ 原书六〇页。

细琢的功夫"的表现。

书中有孙先生的几幅画。我最爱《在夕阳的抚弄中的湖景》一幅；那是色彩的世界！而本书的装饰与安排，正如湖景之因夕阳抚弄而可爱，也因孙先生抚弄（若我猜得不错）而可爱！在这些里，我们又可以看见"细磨细琢的春台"呢。

一九二五年六月九日

《子恺漫画》^① 代序

子恺兄：

　　知道你的漫画将出版，正中下怀，满心欢喜。

　　你总该记得，有一个黄昏，白马湖上的黄昏，在你那间天花板要压到头上来的，一颗骰子似的客厅里，你和我读着竹久梦二的漫画集。你告诉我那篇序做得有趣，并将其大意译给我听。我对于画，你最明白，彻头彻尾是一条门外汉。但对于漫画，却常常要像煞有介事地点头或摇头；而点头的时候总比摇头的时候多——虽没有统计，我肚里有数。那一天我自然也乱点了一回头。

　　点头之余，我想起初看到一本漫画，也是日本人画

---

　① 丰子恺作。

的。里面有一幅，题目似乎是《□□子爵の泪》（上两字已忘记），画着一个微侧的半身像：他严肃的脸上戴着眼镜，有三五颗双钩的泪珠儿，滴滴答答利利落落地从眼睛里掉下来。我同时感到伟大的压迫和轻松的愉悦，一个奇怪的矛盾！梦二的画有一幅——大约就是那画集里的第一幅——也使我有类似的感觉。那幅的题目和内容，我的记性真不争气，已经模糊得很。只记得画幅下方的左角或右角里，并排地画着极粗极肥又极短的一个"！"和一个"？"。可惜我不记得他们哥儿俩谁站在上风，谁站在下风。我明白（自己要脸）他们俩就是整个儿的人生的谜；同时又觉着像是那儿常常见着的两个胖孩子。我心眼里又是糖浆，又是姜汁，说不上是什么味儿。无论如何，我总是惊异；涂呀抹的几笔，便造起个小世界，使你又要叹气又要笑。叹气虽是轻轻的，笑虽是微微的，似一把锋利的裁纸刀，戳到喉咙里去，便可要你的命。而且同时要笑又要叹气，真是不当人子，闹着玩儿！

　　话说远了。现在只问老兄，那一天我和你说什么来着？——你觉得这句话有些儿来势汹汹，不易招架么？不要紧，且看下文——我说："你可和梦二一样，将来也印

131

一本。"你大约不曾说什么；是的，你老是不说什么的。我之说这句话，也并非信口开河，我是真的那么盼望着的。况且那时你的小客厅里，互相垂直的两壁上，早已排满了那小眼睛似的漫画的稿；微风穿过它们间时，几乎可以听出飒飒的声音。我说的话，便更有把握。现在将要出版的《子恺漫画》，他可以证明我不曾说谎话。

你这本集子里的画，我猜想十有八九是我见过的。我在南方和北方与几个朋友空口白嚼的时候，有时也嚼到你的漫画。我们都爱你的漫画有诗意；一幅幅的漫画，就如一首首的小诗——带核儿的小诗。你将诗的世界东一鳞西一爪地揭露出来，我们这就像吃橄榄似的，老觉着那味儿。《花生米不满足》使我们回到惫懒的儿时，《黄昏》使我们沉入悠然的静默。你到上海后的画，却又不同。你那和平愉悦的诗意，不免要搀上了胡椒末；在你的小小的画幅里，便有了人生的鞭痕。我看了《病车》，叹气比笑更多，正和那天看梦二的画时一样。但是，老兄，真有你的，上海到底不曾太委屈你，瞧你那《买粽子》的劲儿！你的画里也有我不爱的：如那幅《楼上黄昏，马上黄昏》，楼上与马上的实在隔得太近了。你画过的《忆》里的小孩子，他也不赞成。

今晚起了大风。北方的风可不比南方的风，使我心里扰乱；我不再写下去了。

十一月二日，北京

《白采的诗》

《羸疾者的爱》

爱伦坡说没有长诗这样东西；所谓长诗，只是许多短诗的集合罢了。因为人的情绪只有很短的生命，不能持续太久；在长诗里要体验着一贯的情绪是不可能的。这里说的长诗，大约指《荷马史诗》，弥尔登《失乐园》一类作品而言；那些诚哉是洋洋巨篇。不过长诗之长原无一定，其与短诗的分别只在结构的铺张一点上。在铺张的结构里，我们固然失去了短诗中所有的"单纯"和"紧凑"，但却新得着了"繁复"和"恢廓"。至于情绪之不能持续着一致的程度，那是必然；但让它起起伏伏，有方方面面的转折——以许多小生命合成一大生命流，也正是一种意义呀。爱伦坡似乎仅见其分,未见其合,故有无长诗之论。实则一篇长诗,固可说由许多短篇集成,但所以集成之者,于各短篇之外,仍必有物:那就是长诗之所以为长诗。

在中国诗里,像荷马、弥尔登诸人之作是没有的;便是较为铺张的东西,似乎也不多。新诗兴起以后,也正是如此。可以称引的长篇,真是寥寥可数。长篇是不容易写的;所谓铺张,也不专指横的一面,如中国所谓"赋"也者,是兼指纵的进展而言的。而且总要深美的思想做血肉才行。以这样的见地来看长篇的新诗,去年出版的《白采的诗》是比较的能使我们满意的。《白采的诗》实在只是《赢疾者的爱》一篇诗。这是主人公"赢疾者"和四个人的对话:在这些对话里,作者建筑了一段故事;在这段故事里,作者将他对于现在世界的诅咒和对于将来世界的憧憬,放下去做两块基石。这两块基石是从人迹罕到的僻远的山角落里来的,所以那故事的建筑也不像这世间所有;使我们不免要吃一惊,在乍一寓目的时候。主人公"赢疾者"是生于现在世界而做着将来世界的人的;他献身于生之尊严,而不妥协地没落下去。说是狂人也好,匪徒也好，妖怪也好，他实在是个最诚实的情人！他的"爱"别看轻了是"羸疾者的"，实在是脱离了现世间一切爱的方式而独立的；这是最纯洁，最深切的，无我的爱，而且不只是对于个人的爱——将来世界的憧憬也便在这里。主人公虽是"羸疾者"，但你看他的理想是怎样健全，他的言语又怎样明白，清楚。他的见解即使是"过求艰深"，如他的朋友所说；他的言语却决不"太茫昧"而"晦涩难解"，如他的朋友所说。这种深入显出的功夫，使这样奇异的主人公能与我们亲近，让我们逐渐地了解他，原谅他，敬重他，最后和他作同声之应。他是个会说话的人，用了我们平常的语言，叙述他自己特殊的理想，使我们不由不信他；他的可爱的地方，也就在这里。

故事是这样的：主人公"羸疾者"本来是爱这个世界的；但他"用情太过度了"，"采得的只有嘲笑的果子"。他失望了，他厌倦了，他不能随俗委蛇，他的枯冷的心里只想着自己的毁灭！正在这个当儿，他从漂泊的途中偶然经过了一个快乐的村庄，"遇见那慈祥的老人，同他的一个美丽的孤女"。他们都把爱给他；他因自己已是一个羸疾者，不配享受人的爱，便一一谢绝。本篇的开场，正是那老人最后向主人公表明他的付托，她的倾慕；老人说得舌敝唇焦，他终于固执自己的意见，告别而去。她却不对他说半句话，只出着眼泪。但他早声明了，他是不能用他的手拭干她的眼泪的。"这怪诞的少年"回去见了他的母亲和伙伴，告诉他们他那"不能忘记的"，"只有一次"的奇遇，以及他的疑惧和忧虑。但他们都是属于"中庸"的类型的人；所以母亲劝他"弥缝"，伙伴劝他"诇诡，隐忍"。但这又有何用呢？爱他的那"孤女"撇下了垂老的父亲，不辞穷远地跋涉而来；他却终于说，"我不敢用我残碎的爱爱你了！"他说他将求得"毁灭"的完成，偿足他"羸疾者"的缺憾。他这样了结了他的故事，给我们留下了永不解决的一幕悲剧，也便是他所谓"永久的悲哀"。

这篇诗原是主人公"羸疾者"和那慈祥的老人，他的母亲，他的伙伴，那美丽的孤女，四个人的对话。在这些对话里他放下理想的基石，建筑起一段奇异的故事。我已说过了。他建筑的方术颇是巧妙：开场时全以对话人的气象暗示事件的发展，不用一些叙述的句子；却使我们鸟瞰了过去，寻思着将来。这可见他弥满的精力。到第二节对话中，他才将往事的全部告诉我们，我们以为这就是所有的节目了。但第三节对话里，他又将全部的往事说给我们，这却另是许多新的节目；这才是所有的节目了。其实我们读第一节时，已知道了这件事的首尾，并不觉得缺少；到第三节时，虽增加了许多节目，却也并不觉得繁多——而且无重复之感，只很自然地跟着作者走。我想这是一件有趣的事，作者将那"慈祥的老人"和"美丽的孤女"分置在首尾两端，而在第一节里不让她说半句话。这固然有多少体制的关系，却也是天然的安排；若没有这一局，那"可爱的人"的爱未免太廉价，主人公的悲哀也决不会如彼深切的——那未免要减少了那悲剧的价值之一部或全部呢。至于作者的理想，原是灌注在全个故事里的，但也有特别鲜明的处所，那便是主人公在对话里尽力发抒己见的地方。这里主人公说的话虽也有议论的成分在内，但他有火热的情感，和凭着冰冷的理智说教的不同。他的议论是诗的，和散文的不同。他说的又那么从容，老实，没有大声疾呼的宣传的意味。他只是寻常的谈话罢了。但他的谈话却能够应机立说；只是浑然的一个理想，他和老人说时是一番话，和母亲说时又是一番话，和伙伴，和那"孤女"，又各有一番话。各人的话都贴切各人的身份，小异而有大同；相异的地方实就是相成的地方。本篇之能呵成一气，中边俱彻，全有赖于这种地方。本篇的人物共有五个，但只有两个类型；主人公独属于"全或无"的类型，其余四人共属于"中庸"的类型。四人属于一型，自然没有明了的性格；性格明了的只主人公一人而已。本篇原是抒情诗，虽然有叙事的形式和说理的句子；所以重在主人公自己的抒写，别的人物只是道具罢了。这样才可绝断众流，独立纲维，将主人公自己整个儿一丝不剩地捧给我们看。

本篇是抒情诗，主人公便是作者的自托，是不用说的。作者是个深于世故的人：他本沉溺于这个世界里的，但一度尽量地泄露以后，只得着许多失望。他觉着他是"向恶人去寻求他们所没有的"，于是开始厌倦这残酷的人间。他说：

我在这猥琐的世上，一切的见闻，

丝毫都觉不出新异；

只见人们同样的蠢动罢了。

而人间的关系，他也看得十二分透彻；他露骨地说：

> 人们除了相贼，
> 便是相需着玩偶罢了。

所以

> 我是不愿意那相贼的敌视我，
> 但也不愿利用的俳优蓄我；
> 人生旅路上这凛凛的针棘，
> 我只愿做这村里的一个生客。

看得世态太透的人，往往易流于玩世不恭，用冷眼旁观一切；但作者是一个火热的人，那样不痛不痒的光景，他是不能忍耐的。他一面厌倦现在这世界，一面却又舍不得它，希望它有好日子；他自己虽将求得"毁灭"的完成，但相信好日子终于会到来的，只要那些未衰的少年明白自己的责任。这似乎是一个思想的矛盾，但作者既自承为"羸疾者""颠狂者"，却也没有什么了。他所以既于现世间深切地憎恶着，又不住地为它担忧，你看他说：

> 我固然知道许多青年，
>
> 受了现代的苦闷，
>
> 更倾向肉感的世界！
>
> 但这漫无节制的泛滥过后，
>
> 我却怀着不堪隐忧；
>
> ——纵弛！
>
> ——衰败！
>
> 这便是我不能不呼号的了。

　　这种话或者太质直了，多少带有宣传的意味，和篇中别的部分不同；但话里面却有重量，值得我们几番地凝想。我们可以说这寥寥的几行实为全篇的核心，而且作诗的缘起也在这里了。这不仅我据全诗推论是如此，我还可请作者自己为我作证。我曾见过这篇诗的原稿，他在第一页的边上写出全篇的大旨，短短的只一行多些，正是这一番意思。我们不能忽视这一番意思，因为从这里我们可以看出他实在是真能爱这世界的，他实在是真能认识"生之尊严"的。

他说：

> 但人类求生是为的相乐，
> 不是相呴相濡的苟活着。
> 既然恶魔所给我们精神感受的痛苦已多，
> 更该一方去求得神赐我们本能的享乐。
> 然而我是重视本能的受伤之鸟，
> 我便在实生活上甘心落伍了！

他以为"本能的享乐尤重过种族的繁殖"；人固要有"灵的扩张"，也要"补充灵的实质"。他以为

> 这生活的两面，
> 我们所能实感着的，有时更有价值！

但一般人不能明白这"本能的享乐"的意味，只"各人求着宴安"，"结果快乐更增进了衰弱"，而

赢弱是百罪之源，

　　阴霾常潜在不健全的心里。

所以他有时宁可说：

　　生命的事实，

　　在我们所能感觉得到的，

　　我终觉比灵魂更重要呢。

　　他既然如此地"拥护生之尊严"，他的理想国自然是在地上；他想会有一种超人出现在这地上，创造人间的天国。他想只有理会得"本能的享乐"的人，才能够彼此相乐，才能够彼此相爱；因为在"健全"的心里是没有阴霾的潜在的。只有这班人，能够从魔王手里夺回我们的世界。作者的思想是受了尼采的影响的；他说"本能的享乐"，说"离开现实便没有神秘"，说"健全的人格"，我们可以说都是从尼采"超人就是地的意义"一语蜕化而出。但作者的超人——他用"健全的人格"的名词——究竟是怎样一种人格呢？我让他自己说：

你须向武士去找健全的人格；

你须向壮硕像婴儿一般的去认识纯真的美。

你莫接近狂人，会使你也受了病的心理；

你莫过信那日夜思想的哲学者，

他们只会制造些诈伪的辩语。

这是他的超人观的正负两面。他又说：

我们所要创造的，不可使有丝毫不全；

真和美便是善，不是亏蚀的。

这却是另一面了。他因为盼望超人的出现，所以主张"人母"的新责任：

这些"新生"，正仗着你们慈爱的选择；

这庄严无上的权威，正在你们丰腴的手里。

但他的超人观似乎是以民族为出发点的，这却和尼采大大不同了！

作者虽盼望着超人的出现，但他自己只想做尼采所说的"桥梁"，只企图着尼采所说的"过渡和没落"。因为

> 我所有的不幸，无可救药！
> 我是——
> 心灵的被创者，
> 体力的受病者，
> 放荡不事生产者，
> 时间的浪费者；
> ——所有弱者一切的悲哀，
> 都灌满了我的全生命！

而且

> 我的罪恶如同黑影，
> 它是永远不离我的！
> 痛苦便是我的血，
> 一点一点滴污了我的天真。

他一面受着"世俗的夹拶"，一面受着"生存"的抽打和警告，他知道了怎样尊重他自己，完全他自己。

> 自示孱弱的人，
>
> 反常想胜过了一切强者。

他所以坚牢地执着自己，不肯让他慈爱的母亲和那美丽的孤女一步。我最爱他这一节话：

> 既不完全，
>
> 便宁可毁灭；
>
> 不能升腾，
>
> 便甘心沉溺；
>
> 美锦伤了蠹穴，
>
> 先把他焚裂；
>
> 钝的宝刀，
>
> 不如断折；
>
> 母亲：
>
> 我是不望超拔的了！

他是不望超拔的了；他所以不需要怜悯，不需要一切，只向着一条路上走。

　　除了自己毁灭。
　　便算不了完善。

　　他所求的便是"毁灭"的完成，这是他的一切。所谓"毁灭"，尼采是给了"没落"的名字，尼采曾借了查拉图斯特拉的口说：

　　我是爱那不知道没落以外有别条生路的人；
　　因为那是想要超越的人。

　　作者思想的价值，可以从这几句话里估定它。我说那主人公生于现在世界而做着将来世界的人，也便以这一点为立场。这自然也是尼采的影响。关于作者受了尼采的影响，我曾于读本篇原稿后和一个朋友说及。他后来写信告诉作者，据说他是甚愿承认的。
　　篇中那老人对主人公说：

你的思想是何等剽疾不驯，

你的话语是何等刻核？

这两句话用来批评全诗，是很适当的。作者是有深锐的理性和远到的眼光的人；他能觉察到人所不能觉察的。他的题材你或许会以为奇僻，或许会感着不习惯；但这都不要紧，你自然会渐渐觉到它的重量的。作者的选材，多少是站在"优生"的立场上。"优生"的概念是早就有了的，但作者将它情意化了，比人更深入一层，便另有一番声色。又加上尼采的超人观，价值就更见扩大了。在这一点上，作者是超出了一般人，是超出了这个时代。但他的理性的力量虽引导着他绝尘而驰，他的情意却不能跟随着他。你看他说：

但我有透骨髓的奇哀至痛，

——却不在我所说的言语里！

其实便是在他的言语里，那种一往情深缠绵无已的哀痛之意，也灼然可见。那无可奈何的光景，是很值得我们低徊留恋的。虽然他"常想胜过了一切强者",虽然他怎样的嘴硬，但中干的气象，荏弱的情调，是显然不曾能避免了的。因袭的网实在罩得太密了，凭你倔强，也总不能一下就全然挣脱了的。我们到底都是时代的儿子呀！我们以这样的见地来论作者，我想是很公平的。

一九二六年八月二十七日

《萍因遗稿》跋

冯延巳词："风乍起，吹皱一池春水。"

《世说》："司马太傅斋中夜坐。于时天月明净，都无纤翳。太傅叹以为佳。谢景重答曰：'意谓乃不如微云点缀。'"

《惊梦》中杜丽娘唱："袅晴丝吹来闲庭院，摇漾春如线。"

世间有一种得已而不得已的事：风与水无干，却偏要去吹着。人与风与水无干，却偏要去惦着。其实吹了又怎样，惦着又怎样，当局者是不会想着的；只觉得点缀点缀也好而已。晴丝的袅娜，原是任运东西；她自己固然不想去管，怕也管不了的。晏同叔真有他的！"无可奈何"四个好轻巧的字，却能摄住了古今天下风风水水花花草草的魂儿！你说，"理他呢，过一会子就好了！"可是"好了也就了了"，你可甘心愿意？"凡蜜是一例酸的"，我们还不是得忍耐着！然而天下从此多事了。司马太傅戏谢景重曰："强欲滓秽太清耶？"我们大约也只好担上这个罪名吧。萍因有知，当不河汉吾言。

《子恺画集》跋

　　子恺将画集的稿本寄给我，让我先睹为快，并让我选择一番。这是很感谢的！

　　这一集和第一集，显然的不同，便是不见了诗词句图，而只留着生活的速写。诗词句图，子恺所作，尽有好的；但比起他那些生活的速写来，似乎较有逊色。第一集出世后，颇见到听到一些评论，大概都如此说。本集索性专载生活的速写，却觉得精彩更多。还有一个重要的不同，便是本集里有了工笔的作品。子恺告我，这是"摹虹儿"的。虹儿是日本的画家，有工笔的漫画集；子恺所摹，只是他的笔法，题材等等还是他自己的。这是一种新鲜的趣味！落落不羁的子恺，也会得如此细腻风流，想起来真怪有意思的！集中几幅工笔画，我说没有一幅不妙。

集中所写，儿童和女子为多。我们知道子恺最善也最爱画杨柳与燕子；朋友平伯君甚至要送他"丰柳燕"的徽号。我猜这是因为他欢喜春天，所以紧紧地挽着她；至少不让她从他的笔底下溜过去。在春天里，他要开辟他的艺术的国土。最宜于艺术的国土的，物中有杨柳与燕子，人中便有儿童和女子。所以他自然而然地将他们收入笔端了。

第一集里，如《花生米不满足》《阿宝赤膊》《穿了爸爸的衣服》，都是很好的儿童描写。但那些还只是神气好，还只是描写。本集所收，却能为儿童另行创造一个世界。《瞻瞻的脚踏车》《阿宝两只脚，凳子四只脚》，才小试其锋而已；至于《瞻瞻的四梦》，简直是"再团，再炼，再调和，好依着你我的意思重新造过"了。我为了儿童，也为了自己，张开两臂，欢迎这个新世界！另有《憧憬》一幅，虽是味儿不同，也是象征着新世界的。在那《虹的桥》里，有着无穷无穷的美丽的国，我们是不会知道的！

《三年前的花瓣》《泪的伴侣》，似乎和第一集里《第三张笺》属于一类的，都很好。但《挑荠菜》《春雨》《断线鹞》《卖花女》《春昼》便自不同；这些是莫之为而为，无所为而为的一种静境，诗词中所有的。第一集中，只有《翠拂行人首》一幅，可以相比。我说这些简直是纯粹的诗。就中《断线鹞》一幅里倚楼的那女子，和那《卖花女》，最惹人梦思。我指前者给平伯君说，这是南方的女人。别一个朋友也指着后者告我，北方是看不见这种卖花的女郎的。

《东洋与西洋》便是现在的中国，真宽大的中国！《教育》，教育怎样呢？

方光焘君真像。《明日的讲义》是刘心如君。他老是从从容容的；第一集里的《编辑者》，瞧那神儿！但是，《明日的讲义》可就苦了他也！我和他俩又好久不见了，看了画更惦着了。

想起写第一集的《代序》，现在已是一年零九天，真快哪！

一九二六年十一月十日，在北京

《粤东之风》序

从民国六年，北京大学征集歌谣以来，歌谣的搜集成为一种风气，直到现在。梁实秋先生说，这是我们现今中国文学趋于浪漫的一个凭据。他说：

> 歌谣在文学里并不占最高的位置。中国现今有人极热心的搜集歌谣，这是对中国历来因袭的文学一个反抗，也是……"皈依自然"的精神的表现。(《浪漫的与古典的》三十七页)

我想，不管他的论旨如何，他说的是实在情形；看了下面刘半农先生的话，便可明白：

我以为若然文艺可以比作花的香，那么民歌的文艺，就可以比作野花的香。要是有时候，我们被纤丽的芝兰的香味熏得有些腻了，或者尤其不幸，被戴春林的香粉香，或者是Coty公司的香水香，熏得头痛得可以，那么，且让我们走到野外去，吸一点永远清新的野花香来醒醒神罢。

　　（《瓦釜集》八十九页）

　　这不但说明了那"反抗"是怎样的，并且将歌谣的文学的价值，也具体地估计出来。我们现在说起歌谣，是容易联想到新诗上去。这两者的关系，我想不宜夸张地说；刘先生的话，固然很有分寸，但周启明先生的所论，似乎更具体些；他以为歌谣"可以供诗的变迁的研究，或做新诗创作的参考"——从文艺方面看。

　　严格地说，我以为在文艺方面，歌谣只可以"供诗的变迁的研究"；我们将它看作原始的诗而加以衡量，是最公平的办法。因为是原始的"幼稚的文体"，"缺乏细腻的表现力"，如周先生在另一文里所说，所以"做新诗创作的参考"，我以为还当附带相当的条件才行。歌谣以声音的表现为主，意义的表现是不大重要的，所以除了曾经文人润色的以外，真正的民歌，字句大致很单调，描写也极简略，直致，若不用耳朵去听而用眼睛去看，有些竟是浅薄无聊之至。固然用耳朵去听，也只是那一套靡靡的调子，但究竟是一件完成的东西；从文字上看，却有时竟粗糙得不成东西。我也承认歌谣流行中有民众的修正，但这是没计划，没把握的；我也承认歌谣也有本来精练的，但这也只是偶然一见，不能常常如此。歌谣的好处却有一桩，就是率真，就是自然。这个境界，是诗里所不易有；即有，也已加过一番烹炼，与此只相近而不相同。刘半农先生比作"野花的香"，很是确当。但他说的"清新"，应是对诗而言，因为歌谣的自然是诗中所无，故说是"清新"；就歌谣的本身说，"清"是有的，"新"却很难说，——我宁可说，它的材料与思想，大都是有一定的类型的。

在浅陋的我看来，"念"过的歌谣里，北京的和客家的，艺术上比较要精美些。北京歌谣的风格是爽快简炼，念起来脆生生的；客家歌谣的风格是缠绵曲折，念起来袅袅有余情，这自然只是大体的区别。其他各处的未免松懈或平庸，无甚特色；就是吴歌，佳处也怕在声音而不在文字。

不过歌谣的研究，文艺只是一方面，此外还有民俗学、言语学、教育、音乐等方面。我所以单从文艺方面说，只是性之所近的缘故。歌谣在文艺里，诚然"不占最高的位置"，如梁先生所说；但并不因此失去研究的价值。在学术里，只要可以研究，喜欢研究的东西，我们不妨随便选择；若必计较高低，估量大小，那未免是势利的见解。从研究方面论，学术总应是平等的；这是我的相信。所以歌谣无论如何，该有它独立的价值，只要不夸张地，恰如其分地看去便好。

这册《粤东之风》，是罗香林先生几年来搜集的结果，便是上文说过的客家歌谣。近年来搜集客家歌谣的很多，罗先生的比较是最后的，最完备的，只看他《前经采集的成绩》一节，便可知道。他是歌谣流行最少的兴宁地方的人，居然有这样成绩，真是难能可贵。他除排比歌谣之外，还做了一个系统的研究。他将客家歌谣的各方面，一一论到；虽然其中有些处还待补充材料，但规模已具。就中论客家歌谣的背景，及其与客家诗人的关系，最可注意；《前经采集的成绩》一节里罗列的书目，也颇有用。

就书中所录的歌谣看来，约有二种特色：一是比体极多，二是谐音的双关语极多。这两种都是六朝时"吴声歌曲"的风格，当时是很普遍的。现在吴歌里却少此种，反盛行于客家歌谣里，正是可以研究的事。"吴声歌曲"的"缠绵宛转"是我们所共赏；客家歌谣的妙处，也正在此。这种风格，在恋歌里尤多，——其实歌谣里，恋歌总是占大多数——也与"吴声歌曲"一样。这与北京歌谣之多用赋体，措语洒落，恰是一个很好的对比，各有各的胜境。

歌谣的研究，历史甚短。这种研究的范围，虽不算大，但要作总括的、贯通的处理，却也不是目前的事。现在只有先搜集材料随时作局部的整理。搜集的方法有两种：一是分地，二是分题；分题的如"看见她"。分地之中，京语，吴语，粤语的最为重要，因为这三种方言，各有其特异之处，而产生的文学也很多。（说本胡适之先生）所以罗先生的工作，是极有分量的。这才是第一集，我盼望他继续做下去。

一九二八年五月三十一日晚
北京清华园

叶圣陶的短篇小说

圣陶谈到他作小说的态度，常喜欢说：我只是如实地写。这是作者的自白，我们应该相信。但他初期的创作，在"如实地"取材与描写之外，确还有些别的，我们称为理想，这种理想有相当的一致，不能逃过细心的读者的眼目。后来经历渐渐多了，思想渐渐结实了，手法也渐渐老练了，这才有真个"如实地写"的作品。仿佛有人说过，法国的写实主义到俄国就变了味，这就是加进了理想的色彩。假使这句话不错，圣陶初期的作风可以说是近于俄国的，而后期可以说是近于法国的。

圣陶的身世和对于文艺的见解，顾颉刚先生在《隔膜》序里说得极详。我所见他的生活，也已具于另一文。这里只须指出他是生长在一个古风的城市——苏州——中的人，后来又在一个乡镇——甪直——里住了四五年，一径是做着小学教师；最后才到中国工商业中心的上海市，做商务印书馆的编辑，直至现在。这二十年来时代的大变动，自然也给他不少的影响：辛亥革命，他在苏州；五四运动，他在甪直；五卅运动与国民革命，却是他在上海亲见亲闻的。这几行简短的历史，暗示着他思想变迁的轨迹，他小说里所表现的思想变迁的轨迹。

因为是"如实地写"，所以是客观的。他的小说取材于自己及家庭的极少，又不大用第一身，笔锋也不常带情感。但他有他的理想，在人物的对话及作者关于人物或事件的解释里，往往出现，特别在初期的作品中。《不快之感》或《啼声》是两个极端的例子。这是理智的表现。圣陶的静默，是我们朋友里所仅有；他的"爱智"，不是偶然的。

爱与自由的理想是他初期小说的两块基石。这正是新文化运动开始时的思潮；但他能用艺术表现，便较一般人为深入。他从母爱性爱一直写到儿童送一个小蚬回家，真算得博大周详。母爱的力量在牺牲自己；顾颉刚先生最爱读的《潜隐的爱》(见顾先生《火灾》序)，是一篇极好的代表。一个孤独的蠢笨的乡下妇人用她全部的心与力，偷偷偷摸摸去爱一个邻家的孩子。这是透过一层的表现。性爱的理想似乎是夫妇一体，《隔膜》与《未厌集》中两篇《小病》，可以算相当的实例。但这个理想是不容易达到的；有时不免来点儿"说谎的艺术"（看《火灾》中《云翳》篇），有时母爱分了性爱的力量，不免觉得"两样"；夫妇不能一体时，有时更免不了离婚。离婚是近年常有的现象。但圣陶在《双影》里所写的是女的和男的离了婚，另嫁了一个气味相投的人；后来却又舍不得那男的。这是一个怪思想，是对夫妇一体论的嘲笑。圣陶在这问题上，也许终于是个"怀疑派"罢？至于广泛地爱人爱动物，圣陶以为只有孩子们行；成人是只有隔膜与冷酷罢了。《隔膜》，《游泳》（《线下》中），《晨》便写的这一类情形。他又写了些没有爱的人的苦闷，如《归宿》里的青年，《春光不是她的了》里被离弃的妇人，《孤独》里的"老先生"都是的。而《被忘却的》（《火灾》中）里田女士与童女士的同性爱，也正是这种苦闷的另一样写法。

自由的一面是解放，还有一面是尊重个性。圣陶特别着眼在妇女与儿童身上。他写出被压迫的妇女，如农妇，童养媳，歌女，妓女等的悲哀；《隔膜》第一篇《一生》便是写一个农妇的。对于中等家庭的主妇的服从与苦辛，他也有哀矜之意。《春游》（《隔膜》中）里已透露出一些反抗的消息；《两封回信》里说得更是明白：女子不是"笼子里的画眉，花盆里的蕙兰"，也不是"超人"；她"只是和一切人类平等的一个'人'"。他后来在《未厌集》里还有两篇小说（《遗腹子》《小妹妹》），写重男轻女的传统对于女子压迫的力量。圣陶做过多年小学教师，他最懂得儿童，也最关心儿童。他以为儿童不是供我们游戏和消遣的，也不是给我们防老的，他们应有他们自己的地位。他们有他们的权利与生活，我们不应嫌恶他们，也不应将他们当作我们的具体而微看。《啼声》（《火灾》中）是用了一个女婴口吻的激烈的抗议；在圣陶的作品中，这是一篇仅见的激昂的文字。但写得好的是《低能儿》《一课》《义儿》《风潮》等篇；前两篇写儿童的爱好自然，后两篇写教师以成人看待儿童，以致有种种的不幸。其中《低能儿》是早经著名的。此外，他还写了些被榨取着的农人，那些都是被田租的重负压得不能喘气的。他憧憬着"艺术的生活"，艺术的生活是自由的，发展个性的；而现在我们的生活，却都被揿在些一定的模型或方式里。圣陶极厌恶这些模型或方式；在这些方式之下，他"只觉一个虚幻的自己包围在广大的虚幻里"（见《隔膜》中《不快之感》）。

圣陶小说的另一面是理想与现实的冲突。假如上文所举各例大体上可说是理想的正面或负面的单纯表现，这种便是复杂的纠纷的表现。如《祖母的心》（《火灾》中）写亲子之爱与礼教的冲突，结果那一对新人物妥协了；这是现代一个极普遍极葛藤的现象。《平常的故事》里，理想被现实所蚕食，几至一些无余；这正是理想主义者烦闷的表白。《前途》与此篇调子相类，但写的是另一面。《城中》写腐败社会对于一个理想主义者的疑忌与阴谋；而他是还在准备抗争。《校长》与《搭班子》里两个校长正在高高兴兴地计划他们的新事业，却来了旧势力的侵蚀；一个妥协了，一个却似乎准备抗争一下。但《城中》与《搭班子》只说到"准备"而止，以后怎样呢？是成功？失败？还是终于妥协呢？据作品里的空气推测，成功是不会的；《城中》的主人公大概要失败，《搭班子》里的大概会妥协吧？圣陶在这里只指出这种冲突的存在与自然的进展，并没有暗示解决的方法或者出路。到写《桥上》与《抗争》，他似乎才进一步地追求了。《桥上》还不免是个人的"浪漫"的行动，作者没有告诉我们全部的故事；《抗争》却有"集团"的意义，但结果是失败了，那领导者做了祭坛前的牺牲。圣陶所显示给我们的，至此而止。还有《在民间》是冲突的别一式。

圣陶后期作品（大概可以说从《线下》后半部起）的一个重要的特色，便是写实主义手法的完成。别人论这些作品，总侧重在题材方面；他们称赞他的"对于城市小资产阶级的描写"。这是并不错的。圣陶的生活与时代都在变动着，他的眼从村镇转到城市，从儿童与女人转到战争与革命的侧面的一些事件了。他写城市中失业的知识工人（《城中》里的《病夫》）和教师的苦闷；他写战争时"城市的小资产阶级"与一部分村镇人物的利己主义，提心吊胆，琐屑等（如茅盾先生最爱的《潘先生在难中》，及《外国旗》）。他又写战争时兵士的生活（《金耳环》）；又写"白色的恐怖"（如《夜》，《冥世别》——《大江月刊》三期）和"目前政治的黑暗"（如《某城纪事》）。他还有一篇写"工人阶级的生活"的《夏夜》（《未厌集》）（看钱杏邨先生《叶绍钧的创作的考察》，见《现代中国文学作家》第二卷）。他这样"描写了广阔的世间"；茅盾先生说他作《倪焕之》时才"第一次描写了广阔的世间"，似乎是不对的（看《读〈倪焕之〉》，附录在《倪焕之》后面）。他诚然"长于表现城市小资产阶级"（钱语），但他并不是只长于这一种表现，更不是专表现这一种人物，或侧重于表现这一种人物，即使在他后期的作品里。这时期圣陶的一贯的态度，似乎只是"如实地写"一点；他的取材只是选择他所熟悉的，与一般写实主义者一样，并没有显明的"有意的"目的。他的长篇作品《倪焕之》，茅盾先生论为"有意为之的小说"，我也有同感；但他在《作者自记》里还说"每一个人物，我都用严正的态度如实地写"，这可见他所信守的是什么了。这时期中的作品，大抵都有着充分的客观的冷静（初期作品如《饭》也如此，但不多），文字也越发精炼，写实主义的手法至此才成熟了；《晨》这一篇最可代表，是我所最爱的。——只有《冥世别》是个例外；但正如鲁迅先生写不好《不周山》一样，圣陶是不适于那种表现法的。日本藏原惟人《到新写实主义之路》（林伯脩译）里说写实主义有三种。圣陶的应属于第二种，所谓"小布尔乔亚写实主义"；在这一点上说他是小资产阶级的作家，我可以承认。

我们的短篇小说，"即兴"而成的最多，注意结构的实在没有几个人；鲁迅先生与圣陶便是其中最重要的。他们的作品都很多，但大部分都有谨严而不单调的布局。圣陶的后期作品更胜于初期的。初期里有些别体，《隔膜》自颇紧凑，但《不快之感》及《啼声》，就没有多少精彩；又《晓行》《旅路的伴侣》两篇（《火灾》中），虽穿插颇费苦心，究竟嫌破碎些（《悲哀的重载》却较好）。这些时候，圣陶爱用抽象观念的比喻，如"失望之渊""烦闷之渊"等，在现在看来，似乎有些陈旧或浮浅了。他又爱用骈句，有时使文字失去自然的风味。而各篇中作者出面解释的地方，往往太正经，又太多。如《苦菜》(《隔膜》中）固是第一身的叙述，但后面那一个公式与其说明，也太煞风景了。圣陶写对话似不顶擅长。各篇中对话往往嫌平板，有时说教气太重；这便在后期作品中也不免。圣陶写作最快，但决非不经心；他在《倪焕之》的《自记》里说"斟酌字句的癖习越来越深"，我们可以知道他平日的态度。他最擅长的是结尾，他的作品的结尾，几乎没有一篇不波俏的。他自己曾戏以此自诩；钱杏邨先生也说他的小说，"往往在收束的地方，使人有悠然不尽之感。"

一九三〇年七月，北平清华园

给《一个兵和他的老婆》的作者——李健吾先生

（即拟此书的文体）

我已经念完勒《一个兵和他的老婆》得故事。我说，健吾，真有你得！

我说，这个兵够人味儿。他是个粗透勒顶得粗人，可是他又是个机灵不过得人。瞧那位店东家两回想揭穿他俩得事儿，他怎们对付来着！还有，他奉勒营长得命令，去敲那位章老头儿——就是他得丈人勒——去敲他得竹杠得时候，恰巧他亲家说他将女儿玉子窝藏起来勒，他俩正闹得不得开交哪。你瞧，他会做得面面儿光；竹杠是敲上勒，却不是他丈人章老头儿！张冠李戴，才有趣哪。他有这们多得心眼儿，加上他那个当兵得大胆子，——真想不到——他敢带勒逃出来得章玉子，他得老婆，"重入家门"。这们着，他俩才成就勒美满得姻缘；不然，后来怎样，只有天知道啦。可是，顶要紧得，他是个有良心得人。要是他在马房里第一回看见他老婆得时候，也像他那三个弟兄得性儿，那可不什们都完啦；压根儿这本书也就甭写啦。所以我说这个兵够人味儿。他有一个健康得身子，还有一颗健康得心。可是，健吾，咱们真有过这们胆儿大，心儿细，性儿好得兵？你相信？不论你怎们回答，我觉得这不是现在真有得人；这是你笔底下造出来得英雄。他没有兵们得坏处，只有他们得好处；不但有他们得好处，还有咱们得——干脆说你得——好处。这们凑合起来，他才是个可爱得人。至于章玉子，他得老婆，那女得多少有点儿古怪。但是她得天真烂漫，也可爱得；做他那样子得人得老婆，她倒也合式。

他得说话虽然还不全像一个兵，但是，也够干脆得啦。咱们得作家们，说起话来，老是斯斯文文得，慢声慢气得；有得更是扭扭捏捏，怪声怪气得。至少也得比平常人多绕上几个弯儿。这们着也有这们着得好处，可是你也这一套，我也这一套，叫人腻得慌。像他那们大刀阔斧，砍一下儿是一下儿得，似乎还很少哪。他不多说一句

169

话，也不乱说一句话；句句话从他心坎儿上出来，句句话打在咱们心坎儿上——句句话紧紧得凑合着，不让漏一丝缝儿。好比船上得布篷，灌满勒风，到处都急绷绷得。他得话虽说有五段儿，好像是一口气说完勒似得；他不许你想你自己得，忘了他得。可是你说他真得着忙？不不！他闲着哪。他老是那们带玩带笑得。你说他真得有什们，说什们，像一个没有底儿得布袋？不不！他老忘不了叫你着急，叫你担心，那位店东家两回得吓诈，且甭提，只提"他们头一宵的恩爱"那一段，那女得三回说到嘴边又瞒过勒得那句话，你能不纳闷儿？再说，"他老婆重入家门"那一段，先说他带勒"一位没有走过世面得弟兄"，上他丈人家去。你想得到，这位护兵会变成他得老婆哪？可惜临了儿他那位丈人拐勒一个不大圆得弯儿；我不信那个老头儿真会那们着崇拜"先王得礼法"！要让他换个样子，另拐上一个弯儿，就好勒。就是这收梢，不大得劲似得。

除了这一处，健吾，我敢保这本书没有错儿！

一九二八年十二月四日

《燕知草》序

"想当年"一例是要有多少感慨或惋惜的，这本书也正如此。《燕知草》的名字是从作者的诗句"而今陌上花开日，应有将雏旧燕知"而来；这两句话以平淡的面目，遮掩着那一往的深情，明眼人自会看出。书中所写，全是杭州的事；你若到过杭州，只看了目录，也便可约略知道的。

杭州是历史上的名都，西湖更为古今中外所称道；画意诗情，差不多俯拾即是。所以这本书若可以说有多少的诗味，那也是很自然的。西湖这地方，春夏秋冬，阴晴雨雪，风晨月夜，各有各的样子，各有各的味儿，取之不竭，受用不穷；加上绵延起伏的群山，错落隐现的胜迹，足够教你流连忘返。难怪平伯会在大洋里想着，会在睡梦里惦着！但"杭州城里"，在我们看，除了吴山，竟没有一毫可留恋的地方。像清河坊，城站，终日是喧阗的市声，想起来只会头晕罢了；居然也能引出平伯的那样怅惘的文字来，乍看真有些不可思议似的。

其实也并不奇，你若细味全书，便知他处处在写杭州，而所着眼的处处不是杭州。不错，他惦着杭州；但为什么与众不同地那样粘着地惦着？他在《清河坊》中也曾约略说起；这正因杭州而外，他意中还有几个人在——大半因了这几个人，杭州才觉可爱的。好风景固然可以打动人心，但若得几个情投意合的人，相与徜徉其间，那才真有味；这时候风景觉得更好。——老实说，就是风景不大好或竟是不好的地方，只要一度有过同心人的踪迹，他们也会老那么惦记着的。他们还能出人意表地说出这种地方的好处；像书中《杭州城站》《清河坊》一类文字，便是如此。再说我在杭州，也待了不少日子，和平伯差不多同时，他去过的地方，我大半也去过；现在就只有淡淡的影像，没有他那迷劲儿。这自然有许多因由，但最重要的，怕还是同在的人的不同吧？这种人并不在多，也不会多。你看这书里所写的，几乎只是和平伯有着几重亲的 H 君的一家人——平伯夫人也在内；就这几个人，给他一种温暖浓郁的氛围气。他依恋杭州的根源在此，他写这本书的感兴，其实也在此。就是那《塔砖歌》与《陀罗尼经歌》，虽像在发挥着"历史癖与考据癖"，也还是以 H 君为中心的。

近来有人和我论起平伯，说他的性情行径，有些像明朝人。我知道所谓"明朝人"，是指明末张岱，王思任等一派名士而言。这一派人的特征，我惭愧还不大弄得清楚；借了现在流行的话，大约可以说是"以趣味为主"的吧？他们只要自己好好地受用，什么礼法，什么世故，是满不在乎的。他们的文字也如其人，有着"洒脱"的气息。平伯究竟像这班明朝人不像，我虽不甚知道，但有几件事可以给他说明，你看《梦游》的跋里，岂不是说有两位先生猜那篇文像明朝人做的？平伯的高兴，从字里行间露出。这是自画的供招，可为铁证。标点《陶庵梦忆》，及在那篇跋里对于张岱的向往，可为旁证。而周启明先生《杂拌儿》序里，将现在散文与明朝人的文章，相提并论，也是有力的参考。但我知道平伯并不曾着意去模仿那些人，只是性习有些相近，便尔暗合罢了；他自己起初是并未以此自期的；若先存了模仿的心，便只有因袭的气分，没有真情的流露，那倒又不像明朝人了。至于这种名士风是好是坏，合时宜不合时宜，要看你如何着眼；所谓见仁见智，各有不同——像《冬晚的别》《卖信纸》，我就觉得太"感伤"些。平伯原不管那些，我们也不必管；只从这点上去了解他的为人，他的文字，尤其是这本书便好。

这本书有诗，有谣，有曲，有散文，可称五光十色。一个人在一个题目上，这样用了各体的文字抒写，怕还是第一遭吧？我见过一本《水上》，是以西湖为题材的新诗集，但只是新诗一体罢了；这本书才是古怪的综合呢。书中文字颇有浓淡之别。《雪晚归船》以后之作，和《湖楼小撷》《芝田留梦记》等，显然是两个境界。平伯有描写的才力，但向不重视描写。虽不重视，却也不至厌倦，所以还有《湖楼小撷》一类文字。近年来他觉得描写太板滞，太繁缛，太矜持，简直厌倦起来了；他说他要素朴的趣味。《雪晚归船》一类东西便是以这种意态写下来的。这种"夹叙夹议"的体制，却并没有堕入理障中去；因为说得干脆，说得亲切，既不"隔靴搔痒"，又非"悬空八只脚"。这种说理，实也是抒情的一法；我们知道，"抽象"，"具体"的标准，有时是不够用的。至于我的欢喜，倒颇难确说，用杭州的事打个比方罢：书中前一类文字，好像昭贤寺的玉佛，雕琢工细，光润洁白；后一类呢，恕我拟不于伦，像吴山四景园驰名的油酥饼——那饼是入口即化，不留渣滓的，而那茶店，据说是"明朝"就有的。

《重过西园码头》这一篇，大约可以当得"奇文"之名。平伯虽是我的老朋友，而赵心馀却决不是，所以无从知其为人。他的文真是"下笔千言离题万里"。所好者，能从万里外一个筋斗翻了回来；"赵"之与"孙"，相去只一间，这倒不足为奇的。所奇者，他的文笔，竟和平伯一样；别是他的私淑弟子罢？其实不但"一样"，他那洞达名理，委曲述怀的地方，有时竟是出蓝胜蓝呢。最奇者，他那些经历，有多少也和平伯雷同！这的的括括可以说是天地间的"无独有偶"了。呜呼！我们怎能起赵君于九原而细细地问他呢？

一九二八年十二月十九日晚，北平清华园

《老张的哲学》与《赵子曰》

　　《老张的哲学》，为一长篇小说，叙述一班北平闲民的可笑的生活，以一个叫"老张"的故事为主，复以一对青年的恋爱问题穿插之。在故事的本身，已极有味，又加以著者讽刺的情调，轻松的文笔，使本书成为一本现代不可多得之佳作，研究文学者固宜一读，即一般的人们亦宜换换口味，来阅看这本新鲜的作品。

　　《赵子曰》这部作品的描写对象是学生的生活。以轻松微妙的文笔，写北平学生生活，写北平公寓生活，非常逼真而动人，把赵子曰等几个人的个性活活的浮现在我们读者的面前。后半部却入于严肃的叙述，不复有前半部的幽默，然文笔是同样的活跃。且其以一个伟大的牺牲者的故事作结，很使我们有无穷的感喟。这部书使我们始而发笑，继而感动，终于悲愤了。(十七年十月《时事新报》)

这是商务印书馆的广告。虽然是广告，说得很是切实，可作两条短评看。从这里知道这两部书的特色是"讽刺的情调"和"轻松的文笔"。

讽刺小说，我们早就有了《儒林外史》，并不是"新鲜"的东西。《儒林外史》的讽刺，"戚而能谐，婉而多讽"(鲁迅《中国小说史略》二十三篇)，以"含蓄蕴酿"为贵。后来所谓"谴责小说"，虽出于《儒林外史》，而"辞气浮露，笔无藏锋"，"描写失之张皇，时或伤于溢恶，言违真实，则感人之力顿微"(《中国小说史略》二十八篇)。这是讽刺的艺术的差异。前者本于自然的真实，而以精细的观察与微妙的机智为用。后者是在观察的事实上，加上一层夸饰，使事实失去原来的轮廓。这正和上海游戏场里的"哈哈镜"一样，人在镜中看见扁而短或细而长的自己的影子，满足了好奇心而暂时地愉快了。但只是

"暂时的"愉快罢了，不能深深地印入人心坎中。这种讽刺的手法与一般人小说的观念是有联带关系的，从前人读小说只是消遣，作小说只是游戏。"谴责小说"与一切小说一样，都是戏作。所谓"谴责"或讽刺，虽说是本于愤世嫉俗的心情，但就文论文，实在是嘲弄的喜剧味比哀矜的悲剧味多得多。这种小说总是杂集"话柄"；"联缀此等，以成类书"（《中国小说史略》二十八篇）。"话柄"固人人所难免，但一人所行，决无全是"话柄"之理。如李伯元《官场现形记》，只叙此种，仿佛书中人物只有"话柄"而没有别的生活一样，而所叙又加增饰。这样，便将书中人全写成变态的了。《儒林外史》有时也不免如此，但就大体说，文笔较为平实和婉曲，与此固不能并论。小说既系戏作，由《儒林外史》变为"谴责小说"，却也是自然的趋势。至于不涉游戏的严肃的讽刺，直到近来才有；鲁迅先生的《阿Q正传》，可为代表。这部书是类型的描写；沈雁冰先生说得好：中国没有这样"一个"人，但这是一切中国人的"谱"（大意）。我们大家都分得阿Q的一部分。将阿Q当作"一个"人看，这部书确是夸饰，但将他当作我们国民性的化身看，便只觉亲切可味了。而文笔的严冷隐隐地蕴藏着哀矜的情调，那更是从前的讽刺或谴责小说所没有。这是讽刺的态度的差异。

这两部书里的"讽刺的情调"是属于那一种呢？这不是可以简单回答的。《赵子曰》的广告里称赞作者个性的描写。不错，两部书里各人的个性确很分明。在这一点上，它们是近于《儒林外史》的；因为《官场现形记》和《阿Q正传》等都不描写个性。但两书中所描写的个性，却未必全能"逼真而动人"。从文笔论，与其说近于《儒林外史》，还不如说近于"谴责小说"。即如两位主人公，老张与赵子曰：老舍先生写老张的"钱本位"的哲学，确乎是酣畅淋漓，阐扬尽致；但似乎将"钱本位"这个特点太扩大了些，或说太尽致了些。我们固然觉得"可笑"，但谁也未必信世界上真有这样"可笑"的人。老舍先生或者将老张写成一个"太"聪明的人，但我们想老张若真这样，那就未免"太"傻了；傻得近于疯狂了。如第十五节云：

他（老张）只不住的往水里看，小鱼一上一下的把水拨成小圆圈，他总以为有人从城墙上往河里扔铜元，打得河水一圈一圈的。以老张的聪明，自然不久的明白那是小鱼们游戏，虽然，仍屡屡回头望也！

这自然是"钱本位"的描写；是太聪明？是太傻？我想不用我说。至于赵子曰，他的名字便是一个玩笑；你想得出谁曾有这样一个怪名字？世上是有不识不知的人，但大学生的赵子曰不会那样昏聩糊涂，和白痴相去不远，却有些出人意表！其余的角色如《老张的哲学》中的龙树古，蓝小山，《赵子曰》中的周少濂，武端，莫大年，欧阳天风，也都有写得过火的地方。这两部书与"谴责小说"不同的，它们不是杂集话柄而是性格的扩大描写。在这一点上，又有些像《阿Q正传》。但《正传》写的是类型，不妨用扩大的方法；这两部书写的是个性，用这种方法便不适宜。这两部书还有一点可以注意：它们没有一贯的态度。它们都有一个严肃的悲惨的收场，但上文却都有不少的游戏的调子；《赵子曰》更其如此。广告中说"这部书使我们始而发笑，继而感动，终于悲愤了"。"发笑"与"悲愤"这两种情调，足以相消，而不足以相成。这两部书若用一贯的情调或态度写成，我想力量一定大得多。然而有这样严肃的收场，便已异于"谴责小说"而为现代作品了。

两部书中的人物，除《老张的哲学》中的老张，南飞生，蓝小山，《赵子曰》中的欧阳天风外，大都是可爱的。他们各有缺点和优点。只有《赵子曰》中的李景纯，似乎没有什么缺点；正和老张等之没有什么优点一样。李景纯是这两部书中唯一的英雄；他热心苦口，领导着赵子曰去做好人；他忍受欧阳天风的辱骂，不屑与他辩论；他尽心竭力保护王女士，而毫无所求；他"为民间除害"而牺牲了自己。老舍先生写李景纯，始终是严肃的；在这里我们看见作者的理想的光辉。这两部书若可说是描写"钱本位"与人本位的思想的交战的，那么李景纯是后者的代表而老张不用说是前者的代表——欧阳天风也是的。其余的人大抵挣扎于两者之间，如龙树古，武端都是的。在《老张的哲学》里，人本位是无声无臭地失败了。在《赵子曰》里，人本位虽也照常失败，但却留下光荣的影响：莫大年，武端，赵子曰先后受了李景纯的感化，知道怎样努力做人。前书只有绝望，后书却有了希望；这或许与我们的时代有关，书中有好几处说到革命，可为佐证。在这一点上，《赵子曰》的力量，胜过《老张的哲学》。可是书中人物的思想都是很浅薄的；《老张的哲学》里的不用说，便是李景纯，那学哲学的，也不过如此。大约有深一些的思想的人，也插不进这两部书里去罢？至于两书中最写得恰当的人，我以为要算《老张的哲学》里的赵姑父赵姑母。这是一对可爱的老人。如第十三节云：

　　王德、李应买菜回来，姑母一面批评，一面烹调。批评的太过，至于把醋当了酱油，整匙的往烹锅里下。忽然发觉了自己的错误，于是停住批评，坐在小凳上笑得眼泪一个挤着一个往下滴。

　　…………

　　赵姑母不等别人说话，先告诉他丈夫，她把醋当作了酱油。

　　赵姑父听了，也笑得流泪，他把鼻子淹了一大块。

这里写赵姑母的唠叨和龙钟，惟妙惟肖；老夫妇情好之笃，也由此可见。这是一段充满了生活趣味的描写。两书中除李景纯和这一对老夫妇外，其余的人物描写，大抵是不免多少"张皇"的。——这也可以说是不一贯的地方。

这两部书的结构，大体是紧凑的。《老张的哲学》里时间，约莫一年；《赵子曰》里的，只是由冬而夏的三季。时间的短促，有时可以帮助结构。《老张的哲学》里主角颇多，穿插甚难恰到好处；老舍先生布置各节，似乎很苦心。《赵子曰》是顺次的叙述，每章都有主人公在内，自然比较容易。又《赵子曰》共二十七章，除八，九，十三章叙赵子曰在天津的事以外，别的都以北京为背景；《老张的哲学》却忽而乡，忽而城，错综不一，这又比较难些。《老张的哲学》里没有不关紧要的叙述，《赵子曰》里却有：第二章第四节叙赵子曰加入足球队，实在可有可无；又八，九，十三章，也似乎太详些——主角在北京，天津的情形，不妨少叙些。《老张的哲学》以两个女子为全篇枢纽，她们都出面；《赵子曰》以一个王女士为枢纽，却不出面。虽不出面，但书中人却常常提到她；虽提到她，却总未说破，她是怎样的人。像闷葫芦一样，直到末章才揭开了，由她给李景纯的信里，叙出她的身世。这样达到了"极点"，一切都有了着落。这种布置确比《老张的哲学》巧些。两书结尾都有毛病：《老张的哲学》末尾找补书中未死各人的结局，散漫无归；《赵子曰》末一段赵子曰向莫大年，武端说的话，意思不大明显，不能将全篇收住。又两书中作者现身解释的地方太多，这是"辞气浮露"的一因。而一章或一节的开端，往往有很长的解释或议论，似乎是旧小说开端的滥调，往往很杀风景的。又两书描写有类似的地方，似乎也不大好：《老张的哲学》里的孙八常说"多辛苦"一句话，《赵子曰》里的武端也常说"你猜怎么着"，这未免有些单调；为什么每部书里总该有这样一个人？至于"轻松的文笔"，那是不错的。老舍先生的白话没有旧小说白话的熟，可是也不生；只可惜虽"轻松"，却不甚隽妙。可称为隽妙的，除赵姑父赵姑母的描写及其一二处外，便只有写景了；写景是老舍先生的拿手戏，差不多都好。现在举一节我最喜欢的：

那粉团似的蜀葵，衬着嫩绿的叶儿，迎着风儿一阵阵抿着嘴儿笑。那长长的柳条，像美女披散着头发，一条一条的慢慢摆动，把南风都摆动得软了，没有力气了。那高峻的城墙长着歪着脖儿的小树，绿叶底下，青枝上面，藏着那么一朵半朵的小红牵牛花。那娇嫩刚变好的小蜻蜓，也有黄的，也有绿的，从净业湖而后海而什刹海而北海而南海，一路弯着小尾巴在水皮儿上一点一点；好像北京是一首诗，他们在绿波上点着诗的句读。净业湖畔的深绿肥大的蒲子，拔着金黄色的蒲棒儿，迎着风一摇一摇的替浪声击着拍节。什刹海中的嫩荷叶，卷着一些幽情，放开的像给诗人托出一小碟子诗料。北海的渔船在白石栏的下面，或是湖心亭的旁边，和小野鸭们挤来挤去的浮荡着；时时的小野鸭们噗喇噗喇擦着水皮儿飞，好像替渔人的歌唱打着锣鼓似的："五月来呀南风吹"噗喇噗喇，"湖中的鱼儿"噗喇，"嫩又肥"噗喇噗喇。……那白色的塔，蓝色的天，塔与天的中间飞着那么几只灰野鸽：一上一

下，一左一右，诗人的心随着小灰鸽飞到天外去了。……（《赵子曰》第十六章第一节）

这是不多不少的一首诗。

一九二九年二月

《谈美》^① 序

　　新文化运动以来，文艺理论的介绍，各新杂志上常常看见；就中自以关于文学的为主，别的偶然一现而已。同时各杂志的插图却不断地复印西洋名画，不分时代，不论派别，大都凭编辑人或他们朋友的嗜好。也有选印雕像的，但比较少。他们有时给这些名作来一点儿说明，但不说明的时候多。青年们往往将杂志当水火，当饭菜；他们从这里得着美学的知识，正如从这里得着许多别的知识一样。他们也往往应用这点知识去欣赏，去批评别人的作品，去创造自己的。不少的诗文和绘画就如此形成。但这种东鳞西爪积累起来的知识只是"杂拌儿"；——还赶不

---
① 朱光潜作。

187

上"杂拌儿"，因为"杂拌儿"总算应有尽有，而这种知识不然。应用起来自然是够苦的，够张罗的。

从这种凌乱的知识里，得不着清清楚楚的美感观念。徘徊于美感与快感之间，考据批评与欣赏之间，自然美与艺术美之间，常使自己冲突，自己烦恼，而不知道怎样去解那连环。又如写实主义与理想主义就像是难分难解的一对冤家，公说公有理，婆说婆有理，各有一套天花乱坠的话。你有时乐意听这一造的，有时乐意听那一造的，好教你左右做人难！还有近年来习用的"主观的""客观的"两个名字，也不只一回"缠夹二先生"。因此许多青年腻味了，索性一切不管，只抱着一条道理，"有文艺的嗜好就可以谈文艺"。这是"以不了了之"，究竟"谈"不出什么来。留心文艺的青年，除这等难处外，怕更有一个切身的问题等着解决的。新文化是"外国的影响"，自然不错；但说一般青年不留余地的鄙弃旧的文学艺术，却非真理。他们觉得单是旧的"注""话""评""品"等不够透彻，必须放在新的光里看才行。但他们的力量不够应用新知识到旧材料上去，于是只好搁浅，并非他们愿意如此。

这部小书便是帮助你走出这些迷路的。它让你将那些杂牌军队改编为正式军队；裁汰冗弱，补充械弹，所谓"兵在精而不在多"。其次指给你一些简截不绕弯的道路让你走上前去，不至于彷徨在大野里，也不至于彷徨在牛角尖里。再次它告诉你怎样在咱们的旧环境中应用新战术；它自然只能给你一两个例子看，让你可以举一反三。它矫正你的错误，针砭你的缺失，鼓励你走向前去。作者是你的熟人，他曾写给你《十二封信》；他的态度的亲切和谈话的风趣，你是不会忘记的。在这书里他的希望是很大的，他说：

> 悠悠的过去只是一片漆黑的天空，我们所以还能认识出来这漆黑的天空者，全赖思想家和艺术家所散布的几点星光。朋友，让我们珍重这几点星光！让我们也努力散布几点星光去照耀和那过去一般漆黑的未来。（第一章）

这却不是大而无当，远不可及的例话；他散布希望在每一个心里，让你相信你所能做的比你想你所能做的多。他告诉你美并不是天上掉下来的；它一半在物，一半在你，在你的手里。"一首诗的生命不是作者一个人所能维持住，也要读者帮忙才行。读者的想像和情感是生生不息的，一首诗的生命也就是生生不息的，它并非是一成不变的。"（第九章）"情感是生生不息的。意象也是生生不息的。……即景可以生情，因情也可以生景。所以诗是做不尽的。……诗是生命的表现。说诗已经做穷了，就不啻说生命已到了末日。"（第十一章）这便是"欣赏之中都寓有创造，创造之中也都寓有欣赏"（第九章）；是精粹的理解，同时结结实实地鼓励你。

孟实先生还写了一部大书，《文艺心理学》。但这本小册子并非节略；它自成一个完整的有机体，有些处是那部大书所不详的，有些是那里面没有的。——《人生的艺术化》一章是著明的例子；这是孟实先生自己最重要的理论。他分人生为广狭两义：艺术虽与"实际人生"有距离，与"整个人生"却并无隔阂；"因为艺术是情趣的表现，而情趣的根源就在人生。反之，离开艺术也便无所谓人生；因为凡是创造和欣赏都是艺术的活动。"他说："生活上的艺术家也不但能认真而且能摆脱。在认真时见出他的严肃，在摆脱时见出他的豁达。"又引西方哲人之说"至高的美在无所为而为的玩索"，以为这"还是一种美"。又说："一切哲学系统也都只能常作艺术作品去看。"又说："真理在离开实用而成为情趣中心时，就已经是美感的对象；……所以科学的活动也还是一种艺术的活动。"这样真善美便成了三位一体了。孟实先生引读者由艺术走入人生，又将人生纳入艺术之中。这种"宏远的眼界和豁达的胸襟"，值得学者深思。文艺理论当有以观其会通；局于一方一隅，是不会有真知灼见的。

一九三二年四月，伦敦

论白话
——读《南北极》与《小彼得》的感想

读完《南北极》与《小彼得》，有些缠夹的感想，现在写在这里。

当年胡适之先生和他的朋友们提倡白话文学，说文言是死的，白话是活的。什么叫做"活的"？大家似乎全明白，可是谁怕也没有仔细想过。是活在人人嘴上的？这种话现在虽已有人试记下来，可是不能通行；而且将来也不准能通行（后详）。后来白话升了格叫做"国语"。国语据说就是"蓝青官话"，一人一个说法，大致有一个不成文的谱。这可以说是相当的"活的"。但是写在纸上的国语并非蓝青官话；它有比较划一的体裁，不能够像蓝青官话那样随随便便。这种体裁是旧小说，文言，语录夹杂在一块儿。是在清末的小说家手里写定的。它比文言近于现在中国大部分人的口语，可是并非真正的口语，换句话说，这是不大活的。胡适之先生称赞的《侠隐记》的文字和他自己的便都是如此。

周作人先生的"直译"，实在创造了一种新白话，也可以说新文体。翻译方面学他的极多，像样的却极少；"直译"到一点不能懂的有的是。其实这些只能叫做"硬译""死译"，不是"直译"。写作方面周先生的新白话可大大地流行，所谓"欧化"的白话文的便是。这是在中文里参进西文的语法；在相当的限度内，确能一新语言的面目。流弊所至，写出"三株们的红们的牡丹花们"一类句子，那自然不行。这种新白话本来只是白话"文"，不能上口说。流行既久，有些句法也就跑进口语里，但不多。周先生自己的散文不用说用这种新白话写；可是他不但欧化，还有点儿日化，像那些长长的软软的形容句子。学这种的人就几乎没有。因为欧化文的流行一半也靠着懂英文的多，容易得窍儿；懂日文的却太少了。

创造社对于语言的努力，据成仿吾先生说，有三个方针："一、极力求合于文法；二、极力采用成语，增进语汇；三、试用复杂的构造。"（见《从文学革命到革命文学》）他们虽说试用复杂的构造，却并不大采用西文语法。增造语汇这一层做到了，白话文在他们手里确是丰富了不少。但最重要的是他们笔锋上的情感，那像狂风骤雨的情感。我们的白话作品，不论老的新的，从没有过这个。那正是"个性的发现"的时代，一般读者，特别是青年们，正感着心中有苦说不出，念了他们的创作，爱好欲狂，他们的虽也还是白话文，可是比前一期的欧化文离口语要近些了；郁达夫先生的尤其如此，所以仿效他的也最多。

陈西滢先生的《闲话》平淡而冷静，论事明澈，有点像报章文字。他的思想细密，所以显得文字也好。他的近于口语的程度和适之先生的差不多。徐志摩先生的诗和散文虽然繁密，"浓得化不开"，他却有意做白话。他竭力在摹效北平的口吻，有时是成功的，如《志摩的诗》中《太平景象》一诗。又如《一条金色的光痕》，摹效他家乡硖石的口吻，也是成功的。他的好处在那股活劲儿。有意用一个地方的活语言来做诗做文，他算是我们第一个人；至于他的情思不能为一般民众所了解，那是另一问题，姑且不论。

有一位署名"蜂子"的先生写过些真正的白话诗，登在前几年的《大公报》上。他将这些诗叫做"民间写真"，写的大概是农村腐败的情形和被压迫的老百姓。用的是干脆的北平话，押韵非常自然。可惜只登了没有几首，所以极少注意的人。李健吾先生的《一个兵和他的老婆》（现收入《坛子》中）是一个理想的故事，可是生动极了。全篇是一个兵的自述，用的也是北平话，充分地表现着喜剧的气分，徐志摩先生的《太平景象》等诗乃至蜂子先生的"民间写真"都还只是小规模，他的可是整本儿。他将国语语助字全改作北平语语助字，话便容易活起来。我们知道国语语助字有些已经差不多光剩了一种形式，只能上纸，不能上口了。

赵元任先生改译的《最后五分钟》剧本，用的是道地北平语，语助字满都仔仔细细改了，一字一句都能上口说。这才真是白话。不过他的用意在研究北平的语助辞，在打一个戏谱，不在创造一种新文体。那个怕也不会成为一种新文体；因为有些分别太细微了，太琐碎了，看起来作起来都不大方便。

国语体（即胡适之，陈西滢诸先生的文体）是我们白话文的基调。欧化体和创造体曾经风靡一时；现在却差点儿势。用活的方言作文还只有几个人试验，没有成为风气；但成绩都还不坏。近年来可有一种新运动，向着另一方向去。这所谓旧瓶里装新酒。用时调，山歌，弹词，宣卷，鼓词等旧有的民间文艺的体裁来说新的东西。上海这种印本大概不少，但我没有见，无从评论，这些体裁里面照例夹带着好些文言，并不全是白话；那是因为歌词要将就音乐，本与常语要不同些。这种运动用意似乎在广播新思想，而不注重文字；与前举几位的态度大不一样；只有与蜂子先生还相近些。

最近宋阳先生在《文学月报》里提出"大众文艺的问题"，引起许多讨论。关于"用什么话写"一层，宋阳先生主张用"最浅近的新兴阶级的普通话"，而这"又不是官僚的所谓国语"。但止敬先生在同报第二期里指出这种普通话"还不够文学描写上的使用"。又有一位寒生先生在《北斗杂志》上主张用"大众日常所说的绝对白话"，就是"大多数工农大众所说的普通话"。这种大多数工农大众的普通话，其实是没有的。工人间还有那不够描写用的普通话，农人各处一乡，不与异乡人接触，那儿来的这个？其实国语区域倒是广，用国语虽不是大多数工农大众所说的普通话，可是相差不远，而且比较丰富够用。止敬先生主张，"还不能不用通行的白话"，便是为此。但我的意思，不妨尽量地采用活的北平话，和我们的国音现在采用北平话一样。不过都要像赵元任先生的戏谱那样，可太麻烦；我想有些读音的轻重和语助词的念法不妨留给读者自己去辨别，我们只多多采用北平话的句法和成语（可以望文生义的）就行了。若说这么着南几省人就不能懂，我觉得不然。他们若是识过字，读过国语文或白话文，这是不成什么问题的。不识字，或识字太少，那就什么书也不能读；得从头做起，让他们先识够了字。

《南北极》和《小彼得》两部书都尽量采用活的北平话，念起来虎虎有生气。《小彼得》写工人，兵，讲恋爱的青年，和动摇的投机的青年。作者写某一种人便加进某一种特别的语汇，所以口吻很像。《稀松的恋爱故事》写现在恋爱方式的无聊，《猪肠子的悲哀》写一个在观望在堕落的小资产阶级，《皮带》写一个患得患失的谋差使的人，都透彻极了。《面包线》写一件抢米的故事；篇中空气渐渐紧张起来，你怂怂了，然后痛快地解决了。《二十一个》写得不大结实些；别的都不坏。《南北极》只写工人，海盗，渔人，都是所谓"流浪汉"，干脆得多，不像《小彼得》里有时还免不了多少欧化的痕迹。《南北极》那一篇自然最畅淋漓，写一个流浪汉对于上层阶级的轻蔑与仇恨。这种轻蔑与仇恨是全书的中心思想。其中三篇只表这个思想和对于将来的确信。《咱们的世界》写海盗，表面上虽也还是《水浒》式的英雄；骨子里他们却不仅是反抗贪官污吏，替天行道，而是对于整个儿的上层社会轻蔑与仇恨。他们相信，"这世界多早晚总是咱们穷人的"。《生活在海上的人们》便写这班穷人的动作。虽然暂时失败了，可是他们"还要来一次的"。这一篇写集团的行为，头绪太繁了，真不容易。但和前几年的"标语口号文学"相比，这里面有了技术；所以写出来也就相当地有效力了。书中只《手指》一篇太简略些。这里五篇有一个特色，就是都用第一人称的口气；这第一人称无论是多数还是单数，总是代表着一个集团的。《小彼得》中写小资产阶级的几篇也有一个特色，就是在个性的描写里暗示着类型。这种手法表现着一种新意识，从前还不多见。这两部书最重要的是其中对于社会的新态度；虽还不能算是新兴文学的最进步的样子，但这个过渡时代，在现有的作家中，这些怕也算得是很不坏的努力了。这已出了本题的范围，还是不论罢。

《子夜》

　　这几年我们的长篇小说，渐渐多起来了；但真能表现时代的只有茅盾的《蚀》和《子夜》。《蚀》写一九二七年的武汉与一九二八年的上海，写的是"青年在革命壮潮中所经过的三个时期"。能利用这种材料的不止茅君一个，可是相当地成功的只有他一个。他笔下是些有血有肉能说能做的人，不是些扁平的人形，模糊的影子。《子夜》写一九三○年的上海，写的是民族资本主义的发展与崩溃的缩影。与《蚀》都是大规模的分析的描写，范围却小些：只侧重在"工业的金融的上海市"，而经过只有两个多月。不过这回作者观察得更有系统，分析得也更精细；前一本是作者经验了人生而写的，这一本是为了写而去经验人生的，听说他的亲戚颇多在交易所里混的；他自己也去过交易所多次。他这本书是细心研究的结果，并非"写意"的创作。《蚀》包含三个中篇，字数还没有这一本多，便是为此。看小说消遣的人看了也许觉得烦琐，腻味；那是他自己太"写意"了，怨不得作者。"子夜"的意思是"黎明之前"；作者相信一个新时代是要到来的。

这本书有主角，与《蚀》不同。主角是吴荪甫。他曾经游历欧美，抱着发展中国民族工业的雄图，是个有作为的人。他在故乡双桥镇办了一个发电厂，打算以此为基础，建筑起一个模范镇；又在上海开了一爿大丝厂。不想双桥镇给"农匪"破坏了，他心血算白费了。丝厂因为竞争不过日本丝和人造丝，渐渐不景气起来，只好在工人身上打主意，扣减她们的工钱。于是酝酿着工潮，劳资的冲突一天天尖锐化。那正是内战大爆发的时候，内地的现银向上海集中。金融界却只晓得做地皮，金子，公债，毫无企业的眼光。荪甫的姊丈杜竹斋便是一个，而且是胆子最小最贪近利的一个。荪甫自然反对这种态度。他和孙吉人、王和甫顶下了益中信托公司，打算大规模地办实业。他们一气兼并了八个制造日用品的小工厂，想将它们扩充起来，让那些新从日本移植到上海来的同部门的厂受到一个致命伤。荪甫有了这种大计划，便觉得双桥镇无用武之地，破坏了也不足深惜了。

但这是个最宜于做公债的年头；战事常常变化，投机家正可上下其手。荪甫本不赞成投机，而为迅速的扩充他们的资本，便也钻到公债里去。这明明是一个矛盾；时势如此，他无法避免。他们的企业的基础，因此便在风雨飘摇之中。这当儿他们的对头赵伯韬来了。他是美国资本家的"掮客"，代理他们来吞并刚在萌芽的民族工业的。那时杜竹斋早拆了信托公司的股；荪甫他们一面做公债，一面办厂，便周转不及；加上内战时货运阻滞，新收的八个厂的出品囤着销不出去。赵伯韬便用经济封锁政策压迫他们的公司，又在公债上与他们斗法。他们两边儿都不仅"在商言商"：荪甫接近那以实现民主政治标榜的政派，正是企业家的本色。赵伯韬是相对峙的一派，也是"掮客"的本色。他们又都代办军火；都做外力与封建军阀间媒介。他们做公债时，所想所行，却也不一定忠实于他们的政派。总之，矛盾非常多。荪甫他们做公债失败了，便压榨那八个厂的工人，但还是维持不下去。荪甫这时候气馁了，他只想顾全那二十万的血本，便投降赵伯韬也行。

但孙、王两人不甘心，他们终于将那些厂直接顶给英、日的商人。现在他们用全力做公债了，荪甫将自己的厂和住房都押掉了，和赵伯韬作孤注一掷。他力劝杜竹斋和他们"打公司"；但结果杜竹斋反收了渔翁之利而去。荪甫这一下全完了。他几乎要自杀，后来却决定到庐山歇夏去。

这便是上文所谓"民族资本主义的发展与崩溃的缩影"。若觉得说得这么郑重，有些滑稽，那是因为我们的民族资本主义的进程本来滑稽得可怜。有人说这本书的要点只是公债、工潮。这不错，只要从这两项描写所占的篇幅就知道。但作者为什么这样写？他决不仅要找些新花样，给读者换口味。这其间有一番道理。书中朱吟秋说：

> 从去年以来，上海一埠是现银过剩。银根并不要紧。然而金融界只晓得做公债，做地皮，一千万，两千万，手面阔得很！碰到我们厂家一时周转不来，想去做十万八万的押款呀，那就简直像是要了他们的性命；条件的苛刻，真叫人生气。（四三面）

这并不是金融界人的善恶的问题而是时势使然。孙吉人说得好：

> 我们这次办厂就坏在时局不太平，然而这样的时局，做公债倒是好机会。（五三四面）

内战破坏了一切，只增长了赌博或投机的心理。虽像吴荪甫那样有大志有作为的企业家，也到处碰壁，终于还是钻入公债里去。这是我们民族资本主义崩溃的大关键，作者所以写益中公司的八个厂只用侧笔而以全力写公债者，便为的这个。至于写冯云卿等三人作公债而失败，那不过点缀点缀，取其与吴、赵两巨头相映成趣，觉得热闹些。但内战之外，外国资本的压迫也是中国民族工业的致命伤。这一点作者并未忽略；他只用陪笔，如赵伯韬所代理的托辣司，益中公司将八个厂顶给英、日商家，周仲伟将火柴厂顶给日本商家之类。这是作者善于用短，好腾出篇幅来专写他熟悉的那一方面。——民族资本主义在这两重压迫之下，自然会走向崩溃的路上去。

然而工厂主人起初还挣扎着，他们压榨工人。于是劳资关系渐趋尖锐化。这也可以成为促进资本主义崩溃的一个原因。但书中只写厂方如何利用工人，以及黄色工会中人的倾轧。也写工人运动，但他们的力量似乎很薄弱，一次次都失败了，不足以摇动大局。或者有人觉得作者笔下的工人太软弱些，但他也许不愿意铺张扬厉。他在《我们这文坛》一文（《东方杂志》三十卷一号）里说：

> 我们也唾弃那些，印板式的"新偶像主义"——对于群众行动的盲目而无批评的赞颂与崇拜。

他大约只愿意照眼睛所看的实在情形写；也只有这样才教人相信，才教人细想。书中写吴荪甫的丝厂里一次怠工，一次罢工；怠工从旁面着笔，罢工才从正面着笔。他写吴荪甫的愤怒，工厂管理人屠维岳的阴贼险恶，工会里的暗斗，工人的骚动，共产党的指挥，军警的捕捉，——罢工的各方面的姿态，在他笔底下总算有声有色。接着叙周仲伟火柴厂的工人到他家要求不停工的故事。这是一幕悲喜剧；无论如何，那轻快的进行让读者松一口气，作为一个陪笔是颇巧妙的。

书中以"父与子"的冲突开始，便是封建道德与资本主义的道德的冲突。但作者将吴荪甫的老太爷，写得那么不经事，一到上海，便让上海给气死了，未免干脆得不近情理。再则这第一章的主旨所谓"父与子"的冲突与全书也无甚关涉。揣想作者所以如此开端，大约只是为了结构的方便，接着便可以借着吴太爷的大殓好同时介绍全书各方面的人物。这未免太取巧了些。但如冯云卿利用女儿事，写封建道德的破产，却好。书中有一章专写农民的骚动；写冯云卿的时候，也间接地概括地说到这种情形以及地主威权的动摇。这些都暗示封建农村的势力在崩溃着。但那些封建的军阀在书中还是活跃着的。作者在《我们的文坛》里说将来的文艺该是"批判"的："严密的分析"，"严格的批评"。他自己现在显然已向着这条路走。

吴荪甫的家庭和来往的青年男女客人，也是书中重要的点缀，东一鳞西一爪的。这些人大抵很闲，做诗，做爱，高谈政治经济，唱歌，打牌，甚至练镖，看《太上感应篇》等等，就像天底下一切无事似的。而吴荪甫却老是紧张地出入于几条火线当中。他们真像在两个世界里。作者写这些人，也都各具面目。但太简单了，好像只钩了个轮廓就算了，如吴少奶奶，她的妹妹，四小姐，阿萱，杜学诗，李玉亭等。诗人范博文却形容太甚，仿佛只是一个笑话，杜新箨写得也过火些。至于吴芝生，却又太不清楚。作者在后记里也承认书里有几个小结构，因为夏天他身体不大好，没有充分地发展开去，这实在很可惜。人物写得好的，如吴荪甫，屠维岳的刚强自信，赵伯韬的狠辣，杜竹斋的胆小贪利。可是吴、屠两人写得太英雄气概了，吴尤其如此，因此引起一部分读者对于他们的同情与偏爱，这怕是作者始料所不及罢。而屠维岳，似乎并没有受过新教育的人，向吴荪甫说的话那样欧化，也是不确当的。作者擅长描写女人，但这本书里却没有怎样出色的，大约非意所专注之故。

作者描写农村的本领，也不在描写都市之下。《林家铺子》（收在《春蚕》中），写一个小镇上一家洋广货店的故事，层层剖剥，不漏一点儿，而又委曲入情，真可算得"严密的分析"。私意这是他最佳之作。还有《春蚕》，《秋收》两短篇（均在《春蚕》中），也"分析"得细。我们现代的小说，正该如此取材，才有出路。

读《心病》[①]

　　从前看惯旧小说的人总觉得新小说无头无尾，捉摸起来费劲儿。后来习惯渐渐改变，受过教育的中年少年读众，看那些斩头去尾的作品，虽费点劲儿，却已乐意为之。不过他们还只知道着重故事。直到近两年，才有不以故事为主而专门描写心理的，像施蛰存先生的《石秀》诸篇便是；读众的反应似乎也不坏。这自然是一个进展。但施先生只写了些短篇；长篇要算这本《心病》是第一部。施先生的描写还依着逻辑的顺序，李先生的却有些处只是意识流的纪录；这是一种新手法，李先生自己说是受了吴尔芙夫人等的影响。

---

① 李健吾作。

《新月》四卷一号上有吴尔芙夫人《墙上一点痕迹》的译文。译者叶公超先生的识语里说:

> 所以，一个简单意识的印象可以引起无穷下意识的回想。这种幻影的回想未必有逻辑的连贯，每段也未必都完全，竟可以随到随止，转入与激动幻想的原物似乎毫无关系的途径。

若许我粗率地打个比方，这有点像电影里的回忆，朦朦胧胧的，渺渺茫茫的。《心病》里有几处最可以看出向这方面的努力。如穷鬼变成旧皮袍（十六面），电门变成母亲（一零九面），秦太太路中的思想（中卷第一章），刘妈洗衣服时的回想（一九八面）。但全书的描写，大体上还是有"逻辑的连贯"的。

书中几个重要人物都是些平常人：大学生，小官僚，官亲，旧式太太小姐。这些除秦绣英外都是不幸的人；自然以陈蔚成为最。他精神上受的压迫最多，自己叙得很详细（三二五至三二七面），因此颇有些"痴"，颇有些怪脾气；不说话，爱舅母的小脚，是显著的例子。他舅母（洪太太）是个"有识有为的妇人"，可是那份儿良心的责备也够她挣扎的。舅舅怯懦得出奇。陈蔚成的丈母（秦太太）受了丈夫的气，一心寄托在女儿和菩萨身上，看见一个穷叫化婆子，会那么惦记着，她兄弟（吴子青）会那么"死心眼儿"，她大女儿（绣云）出嫁前会那么"心烦"，也怪。其实细心读了全书，觉得满是必然，一点不奇怪；只是穷叫化婆子一件，线索的确不清楚些。我们平常总不仔细地去分析人的心理，乍看本书的描写，觉得有些生疏，反常，静静去想，却觉得入情入理。

这几个人除秦绣英外，又都是压在礼教底下的人。陈蔚成知道舅舅舅母的罪恶，却"只有以一死了之"。他丈母与妻子（秦绣云）不用说是遵守礼教的。就是吴子青无理取闹，也仗着礼教做护符；就是洪太太，一劲儿怕人说闲话，也见出礼教的力量。他们都没有自己；这正是我们旧时代的遗影。除此以外，书中似乎还暗示着一种超人的力量。从头起就描写恐怖，超人的，人的：女鬼，结婚戒指忽然不见，胡方山的妻的死，陈蔚成中电，他的形体，他的白手套，尘封了的他住过的屋子。而且以谈鬼始，以谈鬼终。读完了这本书，真阴森森的有鬼气，似乎"运命"在这儿伸了一双手。但这个"运命"是有点神秘的，不是近代的"运命"观念，也许是爱伦坡的影响（作者写过一篇《影》，自己说受了这个人的影响），但在全书里是谐和的。

　　性格最分明的，陈蔚成之外要数洪太太，吴子青；这三个人在我们眼前活着。别人我们只知道一枝一节，好像传闻没有见面。中卷第二章写秦绣云姊儿俩在等妈从洪家回去的一下午。写绣云暗地里心焦，她妹子绣英却老逗着她玩儿。两个少女的心情，曲曲折折地传达出来，恰到好处。别处还免不了有堆砌的地方，这里没有。上卷胡方山占的篇幅太多了，有些臃肿的样子；特别是第九章，太平常的学生生活的一幕，与全书不称。书中所写，不过一个多月的事。上卷是陈蔚成自记，写洪家；中卷写秦家；下卷先写洪家，次写秦家，接着又是陈蔚成自记，写婚后——最后写秦绣云接到他的遗书。第一身与第三身错综地用着，不但不乱，却反觉得"合之则两美"，为的是两种口气各各用得在情在理，教读者觉得非用不可。全书虽只涉及小小的世界，在那小世界里，却处处关联着，几乎可以说是不漏一滴水，这儿见出智慧的力量。举一个最精密的例子：上面说过的中卷第二章里叙张妈问秦绣云（那时她正在暗地里心焦等妈回来）她嫁衣的料子——

  也不知道为什么，她忽然多起心来。她的多心使她烦躁。

  ——等太太回来吧，这些事情真麻烦！

  她的意思在衣料，然而不知道为什么却用了一个多数，好像"这些"能掩饰住她的自觉心。

多数与单数的效用，一般人是不大会这么辨别的。书中不少的幽默，读的时候像珠子似地滚过我们的眼。

《欧游杂记》自序

　　这本小书是二十一年五月六月的游踪。这两个月走了五国，十二个地方。巴黎待了三礼拜，柏林两礼拜，别处没有待过三天以上；不用说都只是走马看花罢了。其中佛罗伦司（佛罗伦萨），罗马两处，因为赶船，慌慌张张，多半坐在美国运通公司的大汽车里看的。大汽车转弯抹角，绕得你昏头昏脑，辨不出方向；虽然晚上可以回旅馆细细查看地图，但已经隔了一层，不像自己慢慢摸索或跟着朋友们走那么亲切有味。滂卑（庞贝）故城也是匆忙里让一个俗透了的引导人领着胡乱走了一下午。巴黎看得比较细，一来日子多，二来朋友多；但是卢浮宫去了三回，还只看了一犄角。在外国游览，最运气有熟朋友乐意陪着你；不然，带着一张适用的地图一本适用的指南，不计较时日，也不难找到些古迹名胜。而这样费了一番气力，走过的地方便不会忘记，也不会张冠李戴——若能到一国说一国的话，那自然更好。

　　自己只能听英国话，一到大陆上，便不行了。在巴黎的时候，朋友来信开玩笑，说我"目游巴黎"；其实这儿所记的五国都只算是"目游"罢了。加上日子短，平时对于欧洲的情形又不熟习，实在不配说话。而居然还写出这本小书者，起初是回国时船中无事，聊以消磨时光，后来却只是"一不做，二不休"而已。所说的不外美术风景古迹，因为只有这些才能"目游"也。游览时离不了指南，记述时还是离不了；书中历史事迹以及尺寸道里都从指南抄出。用的并不是大大有名的裴歹克指南，走马看花是用不着那么好的书的。我所依靠的不过克罗凯（Crockett）夫妇合著的《袖珍欧洲指南》，瓦德洛克书铺（Ward, Lock&Co.）的《巴黎指南》，德莱司登的官印指南三种。此外在记述时也用了雷那西的美术史（Reinach: *Apollo*）和何姆司的《艺术轨范》（C.J.Holmes: *A Grammar of the Arts*）做参考。但自己对于欧洲美术风景古迹既然外行，无论怎样谨慎，陋见谬见，怕是难免的。

本书绝无胜义，却也不算指南的译本；用意是在写些游记给中学生看。在中学教过五年书，这便算是小小的礼物吧。书中各篇以记述景物为主，极少说到自己的地方。这是有意避免的：一则自己外行，何必放言高论；二则这个时代，"身边琐事"说来到底无谓。但这么着又怕干枯板滞——只好由它去吧。记述时可也费了一些心在文字上：觉得"是"字句，"有"字句，"在"字句安排最难。显示景物间的关系，短不了这三样句法；可是老用这一套，谁耐烦！再说这三种句子都显示静态，也够沉闷的。于是想方法省略那三个讨厌的字，例如"楼上正中一间大会议厅"，可以说"楼上正中是——""楼上有——"，"——在楼的正中"，但我用第一句，盼望给读者整个的印象，或者说更具体的印象。再有，不从景物自身而从游人说，例如"天尽头处偶尔看见一架半架风车"。若能将静的变为动的，那当然更乐意，例如"他的左胳膊底下钻出一个孩子"（画中人物）。不过这些也无非雕虫小技罢了。书中用华里英尺，当时为的英里合华里容易，英尺合华尺麻烦些；而英里合华里数目大，便更见其远，英尺合华尺数目小，怕不见其高，也是一个原因。这种不一致，也许没有多少道理，但也由它去吧。

书中取材，概未注明出处；因为不是高文典册，无需乎小题大做耳。

出国之初给叶圣陶兄的两封信，记述哈尔滨与西伯利亚的情形的，也附在这里。

让我谢谢国立清华大学，不靠她，我不能上欧洲去。谢谢李健吾，吴达元，汪梧封，秦善鋆四位先生；没有他们指引，巴黎定看不好，而本书最占篇幅的巴黎游记也定写不出。谢谢叶圣陶兄，他老是鼓励我写下去，现在又辛苦地给校大样。谢谢开明书店，他们愿意给我印这本插了许多图的小书。

一九三四年四月，北平清华园

《文心》序

　　记得在中学校的时候，偶然买到一部《姜园课蒙草》，一部彪蒙书室的《论说入门》，非常高兴。因为这两部书都指示写作的方法。那时的国文教师对我们帮助很少，大家只茫然地读，茫然地写；有了指点方法的书，仿佛夜行有了电棒。后来才知道那两部书并不怎样高明，可是当时确得了些好处。——论读法的著作，却不曾见，便吃亏不少。按照老看法，这类书至多只能指示童蒙，不登大雅。所以真配写的人都不肯写；流行的很少像样的，童蒙也就难得到实惠。

　　新文学运动以来，这一关总算打破了。作法读法的书多起来了；大家也看重起来了。自然真好的还是少，因为这些新书——尤其是论作法的——往往泛而不切；假如那

216

些旧的是饾饤琐屑，束缚性灵，这些新的又未免太无边际，大而化之了——这当然也难收实效的。再说论到读法的也太少；作法的偏畸的发展，容易使年轻人误解，以为只要晓得些作法就成，用不着多读别的书。这实在不是正路。

丏尊、圣陶写下《文心》这本"读写的故事"，确是一件功德。书中将读法与作法打成一片，而又能近取譬，切实易行。不但指点方法，并且着重训练；徒法不能自行，没有训练，怎么好的方法也是白说。书中将教学也打成一片，师生亲切的合作才可达到教学的目的。这些年颇出了些中学教学法的书，有一两本确是积多年的经验与思考而成。但往往失之琐碎，又侧重督责一面，与本书不同。本书里的国文教师王先生不但认真，而且亲切。他那慈祥和蔼的态度，教学生不由地勤奋起来，彼此亲亲昵昵地讨论着，没有一些浮嚣之气。这也许稍稍理想化一点，但并非不可能的。所以这本书不独是中学生的书，也是中学教师的书。再则本书是一篇故事，故事的穿插，一些不缺少；自然比那些论文式纲举目张的著作容易教人记住——换句话说，收效自然大些。至少在这一件上，这是一部空前的书。丏尊、圣陶都做过多少年的教师，他们都是能感化学生的教师，所以才写得出这样的书。丏尊与刘薰宇先生合写过《文章作法》，圣陶写过《作文论》。这两种在同类的著作里是出色的，但现在这一种却是他们的新发展。

自己也在中学里教过五年国文，觉得有三种大困难。第一，无论是读是作，学生不容易感到实际的需要。第二，读的方面，往往只注重思想的获得而忽略语汇的扩展，字句的修饰，篇章的组织，声调的变化等。第三，作的方面总想创作，又急于发表。不感到实际的需要，读和作都只是为人，都只是奉行功令；自然免不了敷衍，游戏。只注重思想而忽略训练，所获得的思想必是浮光掠影。因为思想也就存在语汇，字句，篇章，声调里；中学生读书而只取其思想，那便是将书里的话用他们自己原有的语汇等等重记下来，一定是相去很远的变形。这种变形必失去原来思想的精彩而只存其轮廓，没有甚么用处。总想创作，最容易浮夸，失望；没有忍耐而求近功，实在是苟且的心理。——这似乎是实际的需要，细想却决非"实际的"。本书对于这三件都已见到；除读的一面引起学生实际的需要，还是暂无办法外（第一章，周枚叔论"编中学国文教本之不易"），其余都结实地分析，讨论，有了补救的路子（如第三章论"作文是生活中间的一个项目"，第九章朱志青论"文病"，第十四章王先生论"读文声调"，第十七章论"语汇与语感"，第二十九章论"习作创作与应用"）。此外，本书中的议论也大都正而不奇，平而不倚，无畸新畸旧之嫌，最宜于年轻人。譬如第十四章论"读文声调"，第十六章论"现代的习字"，乍看仿佛复古，细想便知这两件事实在是基本的训练，不当废而不讲。又如第十五章论"无别择地迷恋古书之非"，也是应有之论，以免学生钻入牛角尖里去。

最后想说说关于本书的故事。本书写了三分之二的时候，丏尊、圣陶做了儿女亲家。他们俩决定将本书送给孩子们做礼物。丏尊的令媛满姑娘，圣陶的令郎小墨君，都和我相识；满更是我亲眼看见长大的。孩子都是好孩子，这才配得上这件好礼物。我这篇序也就算两个小朋友的订婚纪念罢。

一九三四年五月十七日，北平清华园

出品人：许　永
出版统筹：林园林
责任编辑：陈泽洪
特邀编辑：黎福安
封面设计：墨　非
内文制作：百　朗
印制总监：蒋　波
发行总监：田峰峥

发　　行：北京创美汇品图书有限公司
发行热线：010-59799930
投稿信箱：cmsdbj@163.com

官方微博　　　微信公众号

朱自清散文集

肆

欧游杂记

朱自清　著

SPM
南方传媒

广东人民出版社

·广州·

朱自清

目 录
| contents |

欧游杂记

伦敦杂记

欧游杂记

自　序*

　　这本小书是二十一年五月六月的游踪。这两个月走了
五国，十二个地方。巴黎待了三礼拜，柏林两礼拜，别
处没有待过三天以上；不用说都只是走马看花罢了。其
中佛罗伦司（佛罗伦萨），罗马两处，因为赶船，慌慌张
张，多半坐在美国运通公司的大汽车里看的。大汽车转弯
抹角，绕得你昏头昏脑，辨不出方向；虽然晚上可以回旅
馆细细查看地图，但已经隔了一层，不像自己慢慢摸索或
跟着朋友们走那么亲切有味了。滂卑（庞贝）故城也是匆
忙里让一个俗透了的引导人领着胡乱走了一下午。巴黎看
得比较细，一来日子多，二来朋友多；但是卢浮宫去了三

---

* 此篇序言同时被收入在《你我》中。——编者注

回，还只看了一犄角。在外国游览，最运气有熟朋友乐意陪着你；不然，带着一张适用的地图一本适用的指南，不计较时日，也不难找到些古迹名胜。而这样费了一番气力，走过的地方便不会忘记，也不会张冠李戴——若能到一国说一国的话，那自然更好。

自己只能听英国话，一到大陆上，便不行了。在巴黎的时候，朋友来信开玩笑，说我"目游巴黎"；其实这儿所记的五国都只算是"目游"罢了。加上日子短，平时对于欧洲的情形又不熟习，实在不配说话。而居然还写出这本小书者，起初是回国时船中无事，聊以消磨时光，后来却只是"一不做，二不休"而已。所说的不外美术风景古迹，因为只有这些才能"目游"也。游览时离不了指南，记述时还是离不了；书中历史事迹以及尺寸道里都从指南抄出。用的并不是大大有名的裴夕克指南，走马看花是用不着那么好的书的。我所依靠的不过克罗凯（Crockett）夫妇合著的《袖珍欧洲指南》，瓦德洛克书铺（Ward, Lock&Co.）的《巴黎指南》，德莱司登的官印指南三种。此外在记述时也用了雷那西的美术史（Reinach: *Apollo*）和何姆司的《艺术轨范》（C.J.Holmes: *A Grammar of the Arts*）做参考。但自己对于欧洲美术风景古迹既然外行，无论怎样谨慎，陋见谬见，怕是难免的。

　　本书绝无胜义，却也不算指南的译本；用意是在写些游记给中学生看。在中学教过五年书，这便算是小小的礼物吧。书中各篇以记述景物为主，极少说到自己的地方。这是有意避免的：一则自己外行，何必放言高论；二则这个时代，"身边琐事"说来到底无谓。但这么着又怕干枯板滞——只好由它去吧。记述时可也费了一些心在文字上：觉得"是"字句，"有"字句，"在"字句安排最难。显示景物间的关系，短不了这三样句法；可是老用这一套，谁耐烦！再说这三种句子都显示静态，也够沉闷的。于是想方法省略那三个讨厌的字，例如"楼上正中一间大会议厅"，可以说"楼上正中是——""楼上有——""——在楼的正中"，但我用第一句，盼望给读者整个的印象，或者说更具体的印象。再有，不从景物自身而从游人说，例如"天尽头处偶尔看见一架半架风车"。若能将静的变为动的，那当然更乐意，例如"他的左胳膊底下钻出一个孩子"（画中人物）。不过这些也无非雕虫小技罢了。书中用华里英尺，当时为的英里合华里容易，英尺合华尺麻烦些；而英里合华里数目大，便更见其远，英尺合华尺数目小，怕不见其高，也是一个原因。这种不一致，也许没有多少道理，但也由它去吧。

书中取材，概未注明出处；因为不是高文典册，无需乎小题大做耳。

出国之初给叶圣陶兄的两封信，记述哈尔滨与西伯利亚的情形的，也附在这里。

让我谢谢国立清华大学，不靠她，我不能上欧洲去。谢谢李健吾，吴达元，汪梧封，秦善鋆四位先生；没有他们指引，巴黎定看不好，而本书最占篇幅的巴黎游记也定写不出。谢谢叶圣陶兄，他老是鼓励我写下去，现在又辛苦地给校大样。谢谢开明书店，他们愿意给我印这本插了许多图的小书。

一九三四年四月，北平清华园

威尼斯

威尼斯（Venice）是一个别致地方。出了火车站，你立刻便会觉得；这里没有汽车，要到那儿，不是搭小火轮，便是雇"刚朵拉"（Gondola）。大运河穿过威尼斯像反写的 S；这就是大街。另有小河道四百十八条，这些就是小胡同。轮船像公共汽车，在大街上走；"刚朵拉"是一种摇橹的小船，威尼斯所特有，它那儿都去。威尼斯并非没有桥；三百七十八座，有的是。只要不怕转弯抹角，那儿都走得到，用不着下河去。可是轮船中人还是很多，"刚朵拉"的买卖也似乎并不坏。

威尼斯是"海中的城"，在意大利半岛的东北角上，是一群小岛，外面一道沙堤隔开亚得利亚海。在圣马克方场的钟楼上看，团花簇锦似的东一块西一块在绿波里荡漾着。远处是水天相接，一片茫茫。这里没有什么煤烟，天空干干净净；在温和的日光中，一切都像透明的。中国人到此，仿佛在江南的水乡；夏初从欧洲北部来的，在这儿还可看见清清楚楚的春天的背影。海水那么绿，那么酽，会带你到梦中去。

威尼斯不单是明媚，在圣马克方场走走就知道。这个方场南面临着一道运河；场中偏东南便是那可以望远的钟楼。威尼斯最热闹的地方是这儿，最华妙庄严的地方也是这儿。除了西边，围着的都是三百年以上的建筑，东边居中是圣马克堂，却有了八九百年——钟楼便在它的右首。再向右是"新衙门"；教堂左首是"老衙门"。这两溜儿楼房的下一层，现在满开了铺子。铺子前面是长廊，一天到晚是来来去去的人。紧接着教堂，直伸向运河去的是公爷府；这个一半属于小方场，另一半便属于运河了。

圣马克堂是方场的主人，建筑在十一世纪，原是卑赞廷式，以直线为主。十四世纪加上戈昔式的装饰，如尖拱门等；十七世纪又参入文艺复兴期的装饰，如栏杆等。所以庄严华妙，兼而有之；这正是威尼斯人的漂亮劲儿。教堂里屋顶与墙壁上满是碎玻璃嵌成的画，大概是真金色的地，蓝色和红色的圣灵像。这些像做得非常肃穆。教堂的地是用大理石铺的，颜色花样种种不同。在那种空阔阴暗的氛围中，你觉得伟丽，也觉得森严。教堂左右那两溜儿楼房，式样各别，并不对称；钟楼高三百二十二英尺，也偏在一边儿。但这两溜房子都是三层，都有许多拱门，恰与教堂的门面与圆顶相称；又都是白石造成，越衬出教堂的金碧辉煌来。教堂右边是向运河去的路，是一个小方场，本来显得空阔些，钟楼恰好填了这个空子。好像我们戏里大将出场，后面一杆旗子总是偏着取势；这方场中的建筑，节奏其实是和谐不过的。十八世纪意大利卡那来陀（Canaletto）一派画家专画威尼斯的建筑，取材于这方场的很多。德国德莱司敦画院中有几张，真好。

公爷府里有好些名人的壁画和屋顶画，丁陶来陀（Tintoretto，十六世纪）的大画《乐园》最著名；但更重要的是它建筑的价值。运河上有了这所房子，增加了不少颜色。这全然是戈昔式；动工在九世纪初，以后屡次遭火，屡次重修，现在的据说还是原来的式样。最好看的是它的西南两面；西面斜对着圣马克方场，南面正在运河上。在运河里看，真像在画中。它也是三层：下两层是尖拱门，一眼看去，无数的柱子。最下层的拱门简单疏阔，是载重的样子；上一层便繁密得多，为装饰之用；最上层却更简单，一根柱子没有，除了疏疏落落的窗和门之外，都是整块的墙面。墙面上用白的与玫瑰红的大理石砌成素朴的方纹，在日光里鲜明得像少女一般。威尼斯人真不愧着色的能手。这所房子从运河中看，好像在水里。下两层是玲珑的架子，上一层才是屋子；这是很巧的结构，加上那艳而雅的颜色，令人有惝恍迷离之感。府后有太息桥；从前一边是监狱，一边是法院，狱囚提讯须过这里，所以得名。拜伦诗中曾咏此，因而便脍炙人口起来，其实也只是近世的东西。

威尼斯的夜曲是很著名的。夜曲本是一种抒情的曲子，夜晚在人家窗下随便唱。可是运河里也有：晚上在圣马克方场的河边上，看见河中有红绿的纸球灯，便是唱夜曲的船。雇了"刚朵拉"摇过去，靠着那个船停下，船在水中间，两边挨次排着"刚朵拉"，在微波里荡着，像是两只翅膀。唱曲的有男有女，围着一张桌子坐，轮到了便站起来唱，旁边有音乐和着。曲词自然是意大利语，意大利的语音据说最纯粹，最清朗。听起来似乎的确斩截些，女人的尤其如此——意大利的歌女是出名的。音乐节奏繁密，声情热烈，想来是最流行的"爵士乐"。在微微摇摆的红绿灯球底下，颤着酽酽的歌喉，运河上一片朦胧的夜也似乎透出玫瑰红的样子。唱完几曲之后，船上有人跨过来，反拿着帽子收钱，多少随意。不愿意听了，还可摇到第二处去。这个略略像当年的秦淮河的光景，但秦淮河却热闹得多。

从圣马克方场向西北去，有两个教堂在艺术上是很重要的。一个是圣罗珂堂，旁边有一所屋子，墙上屋顶上满是画；楼上下大小三间屋，共六十二幅画，是丁陶来陀的手笔。屋里暗极，只有早晨看得清楚。丁陶来陀作画时，因地制宜，大部分只粗粗勾勒，利用阴影，教人看了觉得是几经琢磨似的。《十字架》一幅在楼上小屋内，力量最雄厚。佛拉利堂在圣罗珂近旁，有大画家铁沁（Titian，十六世纪）和近代雕刻家卡奴洼（Canova）的纪念碑。卡奴洼的，灵巧，是自己打的样子；铁沁的，宏壮，是十九世纪中叶才完成的。他的《圣处女升天图》挂在神坛后面，那朱红与亮蓝两种颜色鲜明极了，全幅气韵流动，如风行水上。倍里尼（Giovanni Bellini，十五世纪）的

《圣母像》，也是他的精品。他们都还有别的画在这个教堂里。

从圣马克方场沿河直向东去，有一处公园；从一八九五年起，每两年在此地开国际艺术展览会一次。今年是第十八届；加入展览的有意、荷、比、西、丹、法、英、奥、苏俄、美、匈、瑞士、波兰等十三国，意大利的东西自然最多，种类繁极了；未来派立体派的图画雕刻，都可见到，还有别的许多新奇的作品，说不出路数。颜色大概鲜明，教人眼睛发亮；建筑也是新式，简洁不啰嗦，痛快之至。苏俄的作品不多，大概是工农生活的表现，兼有沉毅和高兴的调子。他们也用鲜明的颜色，但显然没有很费心思在艺术上，作风老老实实，并不向牛犄角里寻找新奇的玩意儿。

威尼斯的玻璃器皿，刻花皮件，都是名产，以典丽风华胜，缂丝也不错。大理石小雕像，是著名大品的缩本，出于名手的还有味。

一九三二年七月十三日作

佛罗伦司

　　佛罗伦司（Florence）最教你忘不掉的是那色调鲜明的大教堂与在它一旁的那高耸入云的钟楼。教堂靠近闹市，在狭窄的旧街道与繁密的市房中，展开它那伟大的个儿，好像一座山似的。它的门墙全用大理石砌成，黑的红的白的线条相间着。长方形是基本图案，所以直线虽多，而不觉严肃，也不觉浪漫；白天里绕着教堂走，仰着头看，正像看达文齐的《摩那丽沙》（Mona Lisa）像，她在你上头，可也在你里头。这不独是线形温和平静的缘故，那三色的大理石，带着它们的光泽，互相显映，也给你鲜明稳定的感觉；加上那朴素而黯淡的周围，衬托着这富丽堂皇的建筑，像给它打了很牢固的基础一般。夜晚就不同些；在模糊的街灯光里，这庞然的影子便有些压迫着你了。教堂动工在十三世纪，但门墙只是十九世纪的东西；完成在一八八四年，算到现在才四十九年。教堂里非常简单，与门墙决不相同，只穹隆顶宏大而已。

钟楼在教堂的右首，高二百九十二英尺，是乔陀（Giotto，十四世纪）的杰作。乔陀是意大利艺术的开山祖师；从这座钟楼可以看出他的大匠手。这也用颜色大理石砌成墙面；宽度与高度正合式，玲珑而不显单薄。墙面共分七层：下四层很短，是打根基的样子，最上层最长，以助上耸之势。窗户越高越少越大，最上层只有一个；在长方形中有金字塔形的妙用。教堂对面是受洗所，以吉拜地（Ghiberti）做的铜门著名。有两扇最工，上刻《圣经》故事图十方，分远近如画法，但未免太工些；门上并有作者的肖像。密凯安杰罗（十六世纪）说过这两扇门真配做天上乐园的门，传为佳话。

教堂内容富丽的，要推送子堂，以《送子图》得名。门外廊子里有沙陀（Sarto，十六世纪）的壁画，他自己和他太太都在画中；画家以自己或太太作模特儿是常见的。教堂里屋顶以金漆花纹界成长方格子，灿烂之极。门内左边有一神龛，明灯照耀，香花供养，墙上便是《送子图》。画的是天使送耶稣给处女玛利亚，相传是天使的手笔。平常遮着不让我们俗眼看；每年只复活节的礼拜五揭开一次。这是塔斯干省最尊的神龛了。

梅迭契（Medici）家庙也以富丽胜，但与别处全然不同。梅迭契家是中古时大公爵，治佛罗伦司多年。那时佛罗伦司非常富庶，他们家穷极奢华；佛罗伦司艺术的兴盛，一半便由于他们的爱好。这个家庙是历代大公爵家族的葬所。房屋是八角形，有穹隆顶；分两层，下层是坟墓，上层是雕像与纪念碑等。上层墙壁，全用各色上好大理石作面子，中间更用宝石嵌成花纹，地也用大理石嵌花铺成；屋顶是名人的画。光彩焕发，五色纷纶；嵌工最精细，平滑如天然。佛罗伦司嵌石是与威尼斯嵌玻璃齐名的，梅迭契家造这个庙，用过二千万元，但至今并未完成；雕像座还空着一大半，地也没有全铺好。旁有新庙，是密凯安杰罗所建，朴质无华；中有雕像四座，叫做《昼》《夜》《晨》《昏》，是纪念碑的装饰，也出于密凯安杰罗的手，颇有名。

十字堂是"佛罗伦司的西寺"，"塔斯干的国葬院"；前面是但丁的造像。密凯安杰罗与科学家格里雷的墓都在这里，但丁也有一座纪念碑；此外名人的墓还很多。佛罗伦司与但丁有关系的遗迹，除这所教堂外，在送子堂附近是他的住宅；是一所老老实实的小砖房，带一座方楼，据说那时阔人家都有这种方楼的。他与他的情人佩特拉齐相遇，传说是在一座桥旁；这个情景常见于图画中。这座有趣的桥，照画看便是阿奴河上的三一桥；桥两头各有雕像两座，风光确是不坏。佩特拉齐的住宅离但丁的也不远；她葬在一个小教堂里，就在住宅对面小胡同内。这个教堂双扉紧闭，破旧得可以，据说是终年不常开的。但丁与佩特拉齐的屋子，现在都已作别用，不能进去，只墙上钉些纪念的木牌而已。佩特拉齐住宅墙上有一块木牌，专抄但丁的诗两行，说他遇见了一个美人，却有些意思。还有一所教堂，据说原是但丁写《神曲》的地方；但书上没有，也许是"齐东野人"之语罢。密凯安杰罗住过的屋子在十字堂近旁，是他侄儿的住宅。现在是一所小博物院，其中两间屋子陈列着密凯安杰罗塑的小品，有些是名作的雏形，都奕奕有神采。在这一层上，他似乎比但丁还有幸些。

佛罗伦司著名的方场叫做官方场，据说也是历史的和商业的中心，比威尼斯的圣马克方场黯淡冷落得多。东边未周府，原是共和时代的议会，现在是市政府。要看中古时佛罗伦司的堡子，这便是个样子，建筑仿佛铜墙铁壁似的。门前有密凯安杰罗《大卫》（David）像的翻本（原件存本地国家美术院中）。府西是著名的喷泉，雕像颇多；中间亚波罗驾四马，据说是一块大理石凿成。但死板板的没有活气，与旁边有血有肉的《大卫》像一比，便看出来了。密凯安杰罗说这座像白费大理石，也许不错。府东是朗齐亭，原是人民会集的地方，里面有许多好的古雕像；其中一座像有两个面孔，后一个是作者自己。

方场东边便是乌费齐画院（Uffizi Gallery）。这画院是梅迭契家立的，收藏十四世纪到十六世纪的意大利画最多；意大利画的精华荟萃于此，比那儿都好。乔陀，波铁乞利（Botticelli，十五世纪），达文齐（十五世纪），拉飞尔（十六世纪），密凯安杰罗，铁沁的作品，这儿都有；波铁乞利和铁沁的最多。乔陀，波铁乞利，达文齐都是佛罗伦司派，重形线与构图；拉飞尔曾到佛罗伦司，也受了些影响。铁沁是威尼斯派，重著色。这两个潮流是西洋画的大别。波铁乞利的作品如《勃里马未拉的寓言》《爱神的出生》等似乎最能代表前一派；达文齐的《送子图》，构图也极巧妙。铁沁的《佛罗拉像》和《爱神》，可以看出丰富的颜色与柔和的节奏。另有《蓝色圣母像》，沙琐费拉陀（Sossoferrato，十七世纪）所作，后来临摹的很多；《小说月报》曾印作插画。古雕像以《梅迭契爱神》，《摔跤》为最：前者情韵欲流，后者精力饱满，都是神品。隔阿奴河有辟第（Pitti）画院，有长廊与乌费齐相通；这条长廊架在一座桥的顶上，里面挂着许多画像。辟第画院是辟第（Luca Pitti）立的。他和梅迭契是死冤家。可是后来扩充这个画院的还是梅迭契家。收藏的名画有拉飞尔的两幅《圣母像》《福那利那像》与铁沁的《马达来那像》等。福那利那是拉飞尔的未婚妻，是他许多名作的模特儿。铁沁此幅和《佛罗拉像》作风相近，但金发飘拂，节奏更要生动些。

两个画院中常看见女人坐在小桌旁用描花笔蘸着粉临摹小画像，这种小画像是将名画临摹在一块长方的或椭圆的小纸上，装在小玻璃框里，作案头清供之用。因为地方太小，只能临摹半身像。这也是西方一种特别的艺术，颇有些历史。看画院的人走过那些小桌子旁，她们往往请你看她们的作品；递给你扩大镜让你看出那是一笔不苟的。每件大约二十元上下。她们特别拉住些太太们，也许太太们更能赏识她们的耐心些。

十字堂邻近，许多做嵌石的铺子。黑地嵌石的图案或带图案味的花卉人物等都好；好在颜色与光泽彼此衬托，恰到佳处。有几块小丑像，趣极了。但临摹风景或图画的却没有什么好。无论怎么逼真，总还隔着一层；嵌石决不能如作画那么灵便的。再说就使做得和画一般，也只是因难见巧，没有一点新东西在内。威尼斯嵌玻璃却不一样。他们用玻璃小方块嵌成风景图；这些玻璃块相似而不尽相同，它们所构成的不是一个简单的平面，而是许多颜色的点儿。你看时会觉得每一点都触着你，它们间的光影也极容易跟着你的角度变化；至少这"触着你"一层，画是办不到的。不过佛罗伦司所用大理石，色泽胜于玻璃多多；威尼斯人虽会着色，究竟还赶不上。

罗　马

　　罗马（Rome）是历史上大帝国的都城，想象起来，总是气象万千似的。现在它的光荣虽然早过去了，但是从七零八落的废墟里，后人还可仿佛于百一。这些废墟，旧有的加上新发掘的，几乎随处可见，像特意点缀这座古城的一般。这边几根石柱子，那边几段破墙，带着当年的尘土，寂寞地陷在大坑里；虽然在夏天中午的太阳，照上去也黯黯淡淡，没有多少劲儿。就中罗马市场（Forum Romanum）规模最大。这里是古罗马城的中心，有法庭、神庙与住宅的残迹。卡司多和波鲁斯庙的三根哥林斯式的柱子，顶上还有片石相连着；在全场中最为秀拔，像三个丰姿飘洒的少年用手横遮着额角，正在眺望这一片古市场。想当年这里终日挤挤闹闹的也不知有多少人，各有各的心思，各有各的手法；现在只剩三两起游客指手画脚地在死一般的寂静里。犄角上有一所住宅，情形还好；一面是三间住屋，有壁画，已模糊了，地是嵌石铺成的；旁厢是饭厅，壁画极讲究，画的都是正大的题目，他们是很看重饭厅的。市场上面便是巴拉丁山，是饱历兴衰的地方。最早是一个村落，只有些茅草屋子；罗马共和末期，一姓贵族聚居在这里；帝国时代，更是繁华。游人走上山去，两旁宏壮的住屋还留下完整的黄土坯子，可以见出当时阔人家的气局。屋顶一片平场，原是许多花园，总名法内塞园子，也是四百年前的旧迹；现在点缀些花木，一角上还有一座小喷泉。在这园子里看脚底下的古市场，全景都在望中了。

市场东边是斗狮场，还可以看见大概的规模；在许多宏壮的废墟里，这个算是情形最好的。外墙是一个大圆圈儿，分四层，要仰起头才能看到顶上。下三层都是一色的圆拱门和柱子，上一层只有小长方窗户和楞子，这种单纯的对照教人觉得这座建筑是整整的一块，好像直上云霄的松柏，老干亭亭，没有一些繁枝细节。里面中间原是大平场；中古时在这儿筑起堡垒，现在满是一道道颓毁的墙基，倒成了四不像。这场子便是斗狮场；环绕着的是观众的坐位。下两层是包厢，皇帝与外宾的在最下层，上层是贵族的；第三层公务员坐；最上层平民坐：共可容四五万人。狮子洞还在下一层，有口直通场中。斗狮是一种刑罚，也可以说是一种裁判：罪囚放在狮子面前，让狮子去搏他；他若居然制死了狮子，便是直道在他一边，他就可自由了。但自然是让狮子吃掉的多；这些人大约就算活该。想到临场的罪囚和他亲族的悲苦与恐怖，他的仇人的痛快、皇帝的威风，与一般观众好奇的紧张的面目，真好比一场恶梦。这个场子建筑在一世纪，原是戏园子，后来才改作斗狮之用。

斗狮场南面不远是卡拉卡拉浴场。古罗马人颇讲究洗澡，浴场都造得好，这一所更其华丽。全场用大理石砌成，用嵌石铺地；有壁画，有雕像，用具也不寻常。房子高大，分两层，都用圆拱门，走进去觉得稳稳的；里面金碧辉煌，与壁画雕像相得益彰。居中是大健身房，有喷泉两座。场子占地六英亩，可容一千六百人洗浴。洗浴分冷热水蒸气三种，各占一所屋子。古罗马人上浴场来，不单是为洗澡；他们可以在这儿商量买卖，和解讼事等等，正和我们上茶店上饭店一般作用。这儿还有好些游艺，他们公余或倦后来洗一个澡，找几个朋友到游艺室去消遣一回，要不然，到客厅去谈谈话，都是很"写意"的。现在却只剩下一大堆遗迹。大理石本来还有不少，早给搬去造圣彼得等教堂去了；零星的物件陈列在博物院里。我们所看见的只是些巍巍峨峨参参差差的黄土骨子，站在太阳里，还有学者们精心研究出来的《卡拉卡拉浴场图》的照片，都只是所谓过屠门大嚼而已。

罗马从中古以来便以教堂著名。康南海《罗马游纪》中引杜牧的诗"南朝四百八十寺，多少楼台烟雨中"，光景大约有些相像的；只可惜初夏去的人无从领略那烟雨罢了。圣彼得堂最精妙，在城北尼罗圆场的旧址上。尼罗在此地杀了许多基督教徒。据说圣彼得上十字架后也便葬在这里。这教堂几经兴废，现在的房屋是十六世纪初年动工，经了许多建筑师的手。密凯安杰罗七十二岁时，受保罗第三的命，在这儿工作了十七年。后人以为天使保罗第三假手于这一个大艺术家，给这座大建筑定下了规模；以后虽有增改，但大体总是依着他的。教堂内部参照卡拉卡拉浴场的式样，许多高大的圆拱门稳稳地支着那座穹隆顶。教堂长六百九十六英尺，宽四百五十英尺，穹隆顶高四百〇三英尺，可是乍看不觉得是这么大。因为平常看屋子大小，总以屋内饰物等为标准，饰物等的尺寸无形中是有谱子的。圣彼得堂里的却大得离了谱子，"天使像巨人，鸽子像老鹰"；所以教堂真正的大小，一下倒不容易看出了。但是你若看里面走动着的人，便渐渐觉得不同。教堂用彩色大理石砌墙，加上好些嵌石的大幅的名画，大都是亮蓝与朱红二色；鲜明丰丽，不像普通教堂一味阴沉沉的。密凯安杰罗雕的彼得像，温和光洁，别是一格，在教堂的犄角上。

圣彼得堂两边的列柱回廊像两只胳膊拥抱着圣彼得圆场；留下一个口子，却又像个块。场中央是一座埃及的纪功方尖柱，左右各有大喷泉。那两道回廊是十七世纪时亚历山大第三所造，成于倍里尼（Bellini）之手。廊子里有四排多力克式石柱，共二百八十四根；顶上前后都有栏杆，前面栏杆上并有许多小雕像。场左右地上有两块圆石头，站在上面看同一边的廊子，觉得只有一排柱子，气魄更雄伟了。这个圆场外有一道弯弯的白石线，便是梵蒂冈与意大利的分界。教皇每年复活节站在圣彼得堂的露台上为人民祝福，这个场子内外据说是拥挤不堪的。

圣保罗堂在南城外，相传是圣保罗葬地的遗址，也是柱子好。门前一个方院子，四面廊子里都是些整块石头凿出来的大柱子，比圣彼得的两道廊子却质朴得多。教堂里面也简单空廊，没有什么东西。但中间那八十根花岗石的柱子，和尽头处那六根蜡石的柱子，纵横地排着，看上去仿佛到了人迹罕至的远古的森林里。柱子上头墙上，周围安着嵌石的历代教皇像，一律圆框子。教堂旁边另有一个小柱廊，是十二世纪造的。这座廊子围着一所方院子，在低低的墙基上排着两层各色各样的细柱子——有些还嵌着金色玻璃块儿。这座廊子精工可以说像湘绣，秀美却又像王羲之的书法。

在城中心的威尼斯方场上巍然蹯踞着的，是也马奴儿第二的纪功廊。这是近代意大利的建筑，不缺少力量。一道弯弯的长廊，在高大的石基上。前面三层石级：第一层在中间，第二三层分开左右两道，通到廊子两头。这座廊子左右上下都匀称，中间又有那一弯，便兼有动静之美了。从廊前列柱间看到暮色中的罗马全城，觉得幽远无穷。

罗马艺术的宝藏自然在梵蒂冈宫；卡辟多林博物院中也有一些，但比起梵蒂冈来就太少了。梵蒂冈有好几个雕刻院，收藏约有四千件，著名的《拉奥孔》(Laocoön)便在这里。画院藏画五十幅，都是精品，拉飞尔的《基督现身图》是其中之一，现在却因修理关着。梵蒂冈的壁画极精彩，多是拉飞尔和他门徒的手笔，为别处所不及。有四间拉飞尔室和一些廊子，里面满是他们的东西。拉飞尔由此得名。他是乌尔比奴人，父亲是诗人兼画家。他到罗马后，极为人所爱重，大家都要教他画；他忙不过来，只好收些门徒作助手。他的特长在画人体。这是实在的人，肢体圆满而结实，有肉有骨头。这自然受了些佛罗伦司派的影响，但大半还是他的天才。他对于气韵、远近、大小与颜色也都有敏锐的感觉，所以成为大家。他在罗马住的屋子还在，坟在国葬院里。歇司丁堂与拉飞尔室齐名，也在宫内。这个神堂是十五世纪时歇司土司第四造的，长一百三十三英尺，宽四十五英尺。两旁墙的上部，都由佛罗伦司派画家装饰，有波铁乞利在内。屋顶的画满都是密凯安杰罗的，歇司丁堂著名在此。密凯安杰罗是佛罗伦司派的极峰。他不多作画，一生精华都在这里。他画这屋顶时候，以深沉肃穆的心情渗入画中。他的构图里气韵流动着，形体的勾勒也自然灵妙，还有那雄伟出尘的风度，都是他独具的好处。堂中祭坛的墙上也是他的大画，叫做《最后的审判》。这幅壁画是以后多年画的，费了他七年工夫。

罗马城外有好几处隧道，是一世纪到五世纪时候基督教徒挖下来做墓穴的，但也用作敬神的地方。尼罗搜杀基督教徒，他们往往避难于此。最值得看的是圣卡里斯多隧道。那儿还有一种热诚花，十二瓣，据说是代表十二使徒的。我们看的是圣赛巴司提亚堂底下的那一处，大家点了小蜡烛下去。曲曲折折的狭路，两旁是大大小小深深浅浅的墓穴；现在自然是空的，可是有时还看见些零星的白骨。有一处据说圣彼得住过，成了龛堂，壁上画得很好。另处也还有些壁画的残迹。这个隧道似乎有四层，占的地方也不小。圣赛巴司提亚堂里保存着一块石头，上有大脚印两个；他们说是耶稣基督的，现在供养在神龛里。另一个教堂也供着这么一块石头，据说是仿本。

缧绁堂建于第五世纪，专为供养拴过圣彼得的一条铁链子。现在这条链子还好好的在一个精美的龛子里。堂中周理乌司第二纪念碑上有密凯安杰罗雕的几座像；摩西像尤为著名。那种原始的坚定的精神和勇猛的力量从眉目上，胡须上，胳膊上，手上，腿上，处处透露出来，教你觉得见着了一个伟大的人。又有个阿拉古里堂，中有圣婴像。这个圣婴自然便是耶稣基督；是十五世纪耶路撒冷一个教徒用橄榄木雕的。他带它到罗马，供养在这个堂里。四方来许愿的很多，据说非常灵验；它身上密层层地挂着许多金银饰器都是人家还愿的。还有好些信写给它，表示敬慕的意思。

罗马城西南角上，挨着古城墙，是英国坟场或叫做新教坟场。这里边葬的大都是艺术家与诗人，所以来参谒来凭吊的意大利人和别国的人终日不绝。就中最有名的自然是十九世纪英国浪漫诗人雪莱与济兹的墓。雪莱的心葬在英国，他的遗灰在这儿。墓在古城墙下斜坡上，盖有一块长方的白石；第一行刻着"心中心"，下面两行是生卒年月，再下三行是莎士比亚《风暴》中的仙歌。

彼无毫毛损，

海涛变化之，

从此更神奇。

好在恰恰关合雪莱的死和他的为人。济兹墓相去不远，有墓碑，上面刻着道：

这座坟里是

英国一位少年诗人的遗体；

他临死时候，

想着他仇人们的恶势力，

痛心极了，叫将下面这一句话

刻在他的墓碑上：

"这儿躺着一个人，

他的名字是用水写的。"

末一行是速朽的意思；但他的名字正所谓"不废江河万古流"，又岂是当时人所料得到的。后来有人别作新解，根据这一行话做了一首诗，连济兹的小像一块儿刻铜嵌在他墓旁墙上。这首诗的原文是很有风趣的。

济兹名字好，

　　说是水写成；

　　一点一滴水，

　　后人的泪痕——

　　英雄枯万骨，

　　难如此感人。

　　安睡吧，

　　陈词虽挂漏，

　　高风自峥嵘。

　　这座坟场是罗马富有诗意的一角；有些爱罗马的人虽不死在意大利，也会遗嘱葬在这座"永远的城"的永远的一角里。

滂卑故城

滂卑（Pompei）故城在奈波里之南，意大利半岛的西南角上。维苏威火山在它的正东，像一座围屏。纪元七十九年，维苏威初次喷火。喷出的熔岩倒没有什么；可是那崩裂的灰土，山一般压下来，到底将一座繁华的滂卑城活活地埋在底下，不透一丝风儿。那时是半夜里。好在大多数人瞧着兆头不妙，早卷了细软走了；剩下的并不多，想来是些穷小子和傻瓜罢。城是埋下去了，年岁一久，谁也忘记了。只存下当时一个叫小勃里尼的人的两封信，里面叙述滂卑陷落的情形；但没有人能指出这座故城的遗址来。直到一七四八年大剧场与别的几座房子出土，才有了头绪；系统的发掘却迟到一八六〇年。到现在这座城大半都出来了；工作还继续着。

滂卑的文化很高，从道路，建筑，壁画，雕刻，器皿等都可看出。后三样大部分陈列在奈波里国家博物院中；去滂卑的人最好先到那里看看。但是这种文化大体从希腊输入，罗马人自己的极少。当时罗马的将领打过了好些个胜仗，闲着没事，便风雅起来，搜罗希腊的美术品，装饰自己的屋子。这些东西有的是打仗时抢来的，有的是买的。古语说得好："上有好者，下必有甚焉者。"这种美术的嗜好渐渐成了风气。那时罗马人有的是钱；希腊人却穷了，乐得有这班好主顾。"物聚于所好"，滂卑还只是第三等的城市，大户人家陈设的美术品已经像一所不寒尘的博物院，别的大城可想而知。

　　滂卑沿海，当时与希腊交通，也是个商业的城市，人民是很富裕的。他们的生活非常奢靡，正合"饱暖思淫欲"一句话。滂卑的淫风似乎甚盛。他们崇拜男根，相信可以给人好运气，倒不像后世人作不净想。街上走，常见墙上横安着黑的男根；器具也常以此为饰。有一所大住宅，是两个姓魏提的单身男子住的，保存得最好；里面一间小屋子，墙上满是春画，据说他们常从外面叫了女人到这里。院子里本有一座喷泉，泉水以小石像的男根为出口；这座像现在也藏在那间小屋中。廊下还有一幅壁画，画着一架天秤；左盘里是钱袋，一个人以他的男根放在右盘中，左盘便高起来了。可见滂卑人所重在彼而不在此。另有妓院一所，入门中间是穿堂，两边有小屋五间，每间有一张土床，床以外隙地便不多。穿堂墙上是春画；小屋内墙上间或刻着人名，据说这是游客的题名保荐，让他的朋友们看了，也选他的相好。

从来酒色连文，滂卑人在酒上也是极放纵的。只看到处是酒店，人家里多有藏酒的地窖子便知道了。滂卑的酒店有些像杭州绍兴一带的，酒垆与柜台都在门口，里面没有多少地方；来者大约都是喝"柜台酒"的。现在还可以见许多残破的酒垆和大大小小的酒甏；人家地窖里堆着的酒甏也不少。这些酒甏是黄土做的，长颈细腹尖底，样子灵巧，可是放不稳，不知当时如何安置。

上面说起魏提的住宅，是很讲究的。宅子高大，屋子也多；一所空阔的院子，周围是深深的走廊。廊下悬着石雕的面具；院中也放着许多雕像，中间是喷泉和鱼池。屋后还有花园。滂卑中上人家大概都有喷泉，鱼池与花园，大小称家之有无；喷泉与鱼池往往是分开的。水从山上用铅管引下来，办理得似乎不坏。魏提家的壁画颇多，墙壁用红色，粉刷得光润无比，和大理石差不多。画也精工美妙。饭厅里画着些各行手艺，仿佛宋人《懋迁图》的味儿。但做手艺的都是带翅子的小爱神，便不全是写实了。在红墙上画出一条黑带儿，在这条道儿上面再用鲜明的蓝黄等颜色作画，映照起来最好看；蓝色中渗一点粉，用来画衣裳与爱神的翅膀等，真是飘飘欲举。这种画分明仿希腊的壁雕，所以结构亭匀不乱。膳厅中画最多；黑带子是在墙下端，上面是一幅幅的并列着，却没有甚大的。膳厅中如何布置，已不可知。曾见别两家的是这样：中间一座长方的小石灰台子，红色，这便是桌子。围着是马蹄形的坐位，也是石灰砌的，颜色相同。近台子那一圈低些阔些，是坐的，后面狭狭的矮矮的四五层斜着上去，像是靠背用的，最上层便又阔了。但那两家规模小，魏提家当然要阔些。至于地用嵌石铺，是在意中的。这些屋子里的银器铜器玻璃器等与壁画雕像大部分保存在奈波里；还有涂上石灰的尸首及已化炭的面包和谷类，都是城陷时的东西。

　　滂卑人是会享福的，他们的浴场造得很好。冷热浴蒸气浴都有；场中存衣柜，每个浴客一个，他们可以舒舒服服地放心洗澡去。场宽阔高大，墙上和圆顶上满是画。屋顶正中开一个大圆窗子，光从这里下来，雨也从这里下来；但他们不在乎雨，场里面反正是湿的。有一处浴场对门便是饭馆，洗完澡，就上这儿吃点儿喝点儿，真"美"啊。滂卑城并不算大，却有三个戏园子。大剧场为最，能容两万人，大约不常用，现在还算完好。常用的两个比较小些，已颓毁不堪；一个据说有顶，是夜晚用的，一个无顶，是白天用的。城中有好几个市场，是公众买卖与娱乐的地方；法庭庙宇都在其中；现在却只见几片长方的荒场和一些破坛断柱而已。

街市中除酒店外，别种店铺的遗迹也还不少。曾走过一家药店，架子上还零乱地放着些玻璃瓶儿；又走过一家饼店，五个烘饼的小砖炉也还好好的。街旁常见水槽；槽里的水是给马喝的，上面另有一个管子，行人可以就着喝。喝时须以一只手按着槽边，翻过身仰起脸来。这个姿势也许好看，舒服是并不的。日子多了，槽边经人按手的地方凹了下去，磨得光滑滑的。街路用大石铺成，也还平整宽舒；中间常有三大块或两大块椭圆的平石分开放着，是为上下马车用的。车有两轮，恰好从石头空处过去。街道是直的，与后世取曲势的不同。虽然一望到头，可是衬着两旁一排排的距离相似高低相仿的颓垣断户，倒仿佛无穷无尽似的。从整齐划一中见伟大，正是古罗马人的长处。

瑞　士

瑞士有"欧洲的公园"之称。起初以为有些好风景而已；到了那里，才知无处不是好风景，而且除了好风景似乎就没有什么别的。这大半由于天然，小半也是人工。瑞士人似乎是靠游客活的，只看很小的地方也有若干若干的旅馆就知道。他们拼命地筑铁道通轮船，让爱逛山的爱游湖的都有落儿；而且车船两便，票在手里，爱怎么走就怎么走。瑞士是山国，铁道依山而筑，隧道极少；所以老是高高低低，有时像差得很远的。还有一种爬山铁道，这儿特别多。狭狭的双轨之间，另加一条特别轨：有时是一个个方格儿，有时是一个个钩子；车底下带一种齿轮似的东西，一步步咬着这些方格儿，这些钩子，慢慢地爬上爬下。这种铁道不用说工程大极了；有些简直是笔陡笔陡的。

逛山的味道实在比游湖好。瑞士的湖水一例是淡蓝的，真正平得像镜子一样。太阳照着的时候，那水在微风里摇晃着，宛然是西方小姑娘的眼。若遇着阴天或者下小雨，湖上迷迷蒙蒙的，水天混在一块儿，人如在睡里梦里。也有风大的时候；那时水上便皱起粼粼的细纹，有点像颦眉的西子。可是这些变幻的光景在岸上或山上才能整个儿看见，在湖里倒不能领略许多。况且轮船走得究竟慢些，常觉得看来看去还是湖，不免也腻味。逛山就不同，一会儿看见湖，一会儿不看见；本来湖在左边，不知怎么一转弯，忽然挪到右边了。湖上固然可以看山，山上还可看山，阿尔卑斯有的是重峦叠嶂，怎么看也不会穷。山上不但可以看山，还可以看谷；稀稀疏疏错错落落的房舍，仿佛有鸡鸣犬吠的声音，在山肚里，在山脚下。看风景能够流连低徊固然高雅，但目不暇接地过去，新境界层出不层，也未尝不淋漓痛快；坐火车逛山便是这个办法。

卢参（Luzerne）在瑞士中部，卢参湖的西北角上。出了车站，一眼就看见那汪汪的湖水和屏风般的青山，真有一股爽气扑到人的脸上。与湖连着的是劳思河，穿过卢参的中间。河上低低的一座古水塔，从前当作灯塔用；这儿称灯塔为"卢采那",有人猜"卢参"这名字就是由此而出。这座塔低得有意思；依傍着一架曲了又曲的旧木桥，倒配了对儿。这架桥带顶，像廊子；分两截，近塔的一截低而窄，那一截却突然高阔起来，仿佛彼此不相干，可是看来还只有一架桥。不远儿另是一架木桥，叫龛桥，因上有神龛得名，曲曲的，也古。许多对柱子支着桥顶，顶底下每一根横梁上两面各钉着一大幅三角形的木板画，总名"死神的跳舞"。每一幅配搭的人物和死神跳舞的姿态都不相同，意在表现社会上各种人的死法。画笔大约并不算顶好，但这样上百幅的死的图画，看了也就够劲儿。过了河往里去，可以看见城墙的遗迹。墙依山而筑，蜿蜒如蛇；现在却只见一段一段的嵌在住屋之间。但九座望楼还好好的，和水塔一样都是多角锥形；多年的风吹日晒雨淋，颜色是黯淡得很了。

冰河公园也在山上。古代有一个时期北半球全埋在冰雪里，瑞士自然在内。阿尔卑斯山上积雪老是不化，越堆越多。在底下的渐渐地结成冰，最底下的一层渐渐地滑下来，顺着山势，往谷里流去。这就是冰河。冰河移动的时候，遇着夏季，便大量地溶化。这样溶化下来的一股大水，力量无穷；石头上一个小缝儿，在一个夏天里，可以让冲成深深的大潭。这个叫磨穴。有时大石块被带进潭里去，出不来，便只在那儿跟着水转。初起有棱角，将潭壁上磨了许多道儿；日子多了，棱角慢慢光了，就成了一个大圆球，还是转着。这个叫磨石。冰河公园便以这类遗迹得名。大大小小的石潭，大大小小的石球，现在是安静了；但那粗糙的样子还能教你想见多少万年前大自然的气力。可是奇怪，这些不言不语的顽石，居然背着多少万年的历史，比我们人类还老得多多；要没人卓古证今地说，谁相信。这样讲，古诗人慨叹"磊磊涧中石"，似乎也很有些道理在里头了。这些遗迹本来一半埋在乱石堆里，一半埋在草地里，直到一八七二年秋天才偶然间被发现。还发现了两种化石：一种上是些蚌壳，足见阿尔卑斯脚下这一块土原来是滔滔的大海。另一种上是片棕叶，又足见此地本有热带的大森林。这两期都在冰河期前，日子虽然更杳茫，光景却还能在眼前描画得出，但我们人类与那种大自然一比，却未免太微细了。

立矶山（Rigi）在卢参之西，乘轮船去大约要一点钟。去时是个阴天，雨意很浓。四周陡峭的青山的影子冷冷地沉在水里。湖面儿光光的，像大理石一样。上岸的地方叫威兹老，山脚下一座小小的村落，疏疏散散遮遮掩掩的人家，静透了。上山坐火车，只一辆，走得可真慢，虽不像蜗牛，却像牛之至。一边是山，太近了，不好看。一边是湖，是湖上的山；从上面往下看，山像一片一片儿插着，湖也像只有一薄片儿。有时窗外一座大崖石来了，便什么都不见；有时一片树木来了，只好从枝叶的缝儿里张一下。山上和山下一样，静透了，常常听到牛铃儿叮儿当的。牛带着铃儿，为的是跑到那儿都好找。这些牛真有些"不知汉魏"，有一回居然挡住了火车；开车的还有山上的人帮着，吆喝了半天，才将它们哄走。但是谁也没有着急，只微微一笑就算了。山高五千九百零五英尺，顶上一块不大的平场。据说在那儿可以看见周围九百里的湖山，至少可以看见九个湖和无数的山峰。可是我们的运气坏，上山后云便越浓起来；到了山顶，什么都裹在云里，几乎连我们自己也在内。在不分远近的白茫茫里闷坐了一点钟，下山的车才来了。

交湖（Interlaken）在卢参的东南。从卢参去，要坐六点钟的火车。车子走过勃吕尼山峡。这条山峡在瑞士是最低的，可是最有名。沿路的风景实在太奇了。车子老是挨着一边儿山脚下走，路很窄。那边儿起初也只是山，青青青青的。越往上走，那些山越高了，也越远了，中间豁然开朗，一片一片的谷，是从来没看见过的山水画。车窗里直望下去，却往往只见一丛丛的树顶，到处是深的绿，在风里微微波动着。路似乎颇弯曲的样子，一座大山峰老是看不完；瀑布左一条右一条的，多少让山顶上的云掩护着，清淡到像一些声音都没有，不知转了多少转，到勃吕尼了。这儿高三千二百九十六英尺，差不多到了这条峡的顶。从此下山，不远便是勃利安湖的东岸，北岸就是交湖了。车沿着湖走。太阳出来了，隔岸的高山青得出烟，湖水在我们脚下百多尺，闪闪的像琺琅一样。

交湖高一千八百六十六英尺，勃利安湖与森湖交会于此。地方小极了，只有一条大街；四周让阿尔卑斯的群峰严严地围着。其中少妇峰最为秀拔，积雪皑皑，高出云外。街北有两条小径。一条沿河，一条在山脚下，都以幽静胜。小径的一端，依着座小山的形势参差地安排着些别墅般的屋子。街南一块平原，只有稀稀的几个人家，显得空旷得不得了。早晨从旅馆的窗子看，一片清新的朝气冉冉地由远而近，仿佛在古时的村落里。街上满是旅馆和铺子；铺子不外卖些纪念品，咖啡，酒饭等等，都是为游客预备的；还有旅行社，更是的。这个地方简直是游客的地方，不像属于瑞士人。纪念品以刻木为最多，大概是些小玩意儿；是一种涂紫色的木头，虽然刻得粗略，却有气力。在一家铺子门前看见一个美国人在说，"你们这些东西都没有用处；我不欢喜玩意儿。"买点纪念品而还要考较用处。此君真美国得可以了。

从交湖可以乘车上少妇峰，路上要换两次车。在老台勃鲁能换爬山电车，就是下面带齿轮的。这儿到万根，景致最好看。车子慢慢爬上去，窗外展开一片高山与平陆，宽旷到一眼望不尽。坐在车中，不知道车子如何爬法；却看那边山上也有一条陡峻的轨道，也有车子在上面爬着，就像一只甲虫。到万格那尔勃可见冰川，在太阳里亮晶晶的。到小夏代格再换车，轨道中间装上一排铁钩子，与车底下的齿轮好咬得更紧些。这条路直通到少妇峰前头，差不多整个儿是隧道；因为山上满积着雪，不得不打山肚里穿过去。这条路是欧洲最高的铁路，费了十四年工夫才造好，要算近代顶伟大的工程了。

在隧道里走没有多少意思，可是哀格望车站值得看。那前面的看廊是从山岩里硬凿出来的。三个又高又大又粗的拱门般的窗洞，教你觉得自己藐小。望出去很远；五千九百零四英尺下的格林德瓦德也可见。少妇峰站的看廊却不及这里；一眼尽是雪山，雪水从檐上滴下来，别的什么都没有。虽在一万一千三百四十二英尺的高处，而不能放开眼界，未免令人有些怅怅。但是站里有一架电梯，可以到山顶上去。这是小小一片高原，在明西峰与少妇峰之间，三百二十英尺长，厚厚地堆着白雪。雪上虽只是淡淡的日光，乍看竟耀得人睁不开眼。这儿可望得远了。一层层的峰峦起伏着，有戴雪的，有不戴的；总之越远越淡下去。山缝里躲躲闪闪一些玩具般的屋子，据说便是交湖了。原上一头插着瑞士白十字国旗，在风里飒飒地响，颇有些气势。山上不时地雪崩，沙沙沙沙流下来像水一般，远看很好玩儿。脚下的雪滑极，不走惯的人寸步都得留神才行。少妇峰的顶还在二千三百二十五英尺之上，得凭着自己的手脚爬上去。

下山还在小夏代格换车，却打这儿另走一股道，过格林德瓦德直到交湖，路似乎平多了。车子绕明西峰走了好些时候。明西峰比少妇峰低些，可是大。少妇峰秀美得好，明西峰雄奇得好。车子紧挨着山脚转，陡陡的山势似乎要向窗子里直压下来，像传说中的巨人。这一路有几条瀑布；瀑布下的溪流快极了，翻着白沫，老像沸着的锅子。早九点多在交湖上车，回去是五点多。

司皮也兹（Spiez）是玲珑可爱的一个小地方：临着森湖，如浮在湖上。路依山而建，共有四五层，台阶似的。街上常看不见人。在旅馆楼上待着，远处偶然有人过去，说话声音听得清清楚楚的。傍晚从露台上望湖，山脚下的暮霭混在一抹轻蓝里，加上几星儿刚放的灯光，真有味。孟特罗（Mondtreux）的果子可可糖也真有味。日内瓦像上海，只湖中大喷水，高二百余英尺，还有卢梭岛及他出生的老屋，现在已开了古董铺的，可以看看。

一九三二年十月十七日作

荷　兰

　　一个在欧洲没住过夏天的中国人，在初夏的时候，上北国的荷兰去，他简直觉得是新秋的样子。淡淡的天色，寂寂的田野，火车走着，像没人理会一般。天尽头处偶尔看见一架半架风车，动也不动的，像向天揸开的铁手。在瑞士走，有时也是这样一劲儿的静；可是这儿的肃静，瑞士却没有。瑞士大半是山道，窄狭的，弯曲的，这儿是一片广原，气象自然不同。火车渐渐走近城市，一溜房子看见了。红的黄的颜色，在那灰灰的背景上，越显得鲜明照眼。那尖屋顶原是三角形的底子，但左右两边近底处各折了一折，便多出两个角来；机伶里透着老实，像个小胖子，又像个小老头儿。

　　荷兰人有名地会盖房子。近代谈建筑，数一数二是荷兰人。快到罗特丹（Rotterdam）的时候，有一家工厂，房屋是新样子。房子分两截，近处一截是一道内曲线，两大排玻璃窗子反射着强弱不同的光。接连着的一截是比较平正些的八层楼，窗子也是横排的。"楼梯间"满用玻璃，外面既好看，上楼又明亮好走，比旧式阴森森的楼梯间，只在墙上开着小窗户的自然好多了。整排不断的横窗户也是现代建筑的特色；靠着钢骨水泥，才能这样办。这家工厂的横窗户有两个式样，窗宽墙窄是一式，墙宽窗窄又是一式。有人说这种墙和窗子像面包夹火腿；但哪是面包哪是火腿却弄不明白。又有人说这种房子仿佛满支在玻璃上，老教人疑心要倒塌似的。可是我只觉得一条条连接不断的横线都有大气力，足以支撑这座大屋子而有余，而且一眼看下去，痛快极了。

海牙和平宫左近，也有不少新式房子，以铺面为多，与工厂又不同。颜色要鲜明些，装饰风也要重些，大致是清秀玲珑的调子。最精致的要数那一座"大厦"，是分租给人家住的。是不规则的几何形。约莫居中是高耸的通明的楼梯间，界划着黑钢的小方格子。一边是长条子，像伸着的一只胳膊；一边是方方的。每层楼都有栏干，长的那边用蓝色，方的那边用白色，衬着淡黄的窗子。人家说荷兰的新房子就像一只轮船，真不错。这些栏干正是轮船上的玩意儿。那梯子间就是烟囱了。大厦前还有一个狭长的池子，浅浅的，尽头处一座雕像。池旁种了些花草，散放着一两张椅子。屋子后面没有栏干，可是水泥墙上简单的几何形的界划，看了也非常爽目。那一带地方很宽阔，又清静，过午时大厦满在太阳光里，左近一些碧绿的树掩映着，教人舍不得走。亚姆斯特丹（Amsdterdam）的新式房子更多。皇宫附近的电报局，样子打得巧，斜对面那家电气公司却一味地简朴；两两相形起来，倒有点意思。别的似乎都赶不上这两所好看。但"新开区"还有整大片的新式建筑，没有得去看，不知如何。

荷兰人又有名地会画画。十七世纪的时候，荷兰脱离了西班牙的羁绊，渐渐地兴盛，小康的人家多起来了。他们衣食既足，自然想着些风雅的玩意儿。那些大幅的神话画宗教画，本来专供装饰宫殿小教堂之用。他们是新国，用不着这些。他们只要小幅头画着本地风光的。人像也好，风俗也好，景物也好，只要"荷兰的"就行。在这些画里，他们亲亲切切地看见自己。要求既多，供给当然跟着。那时画是上市的，和皮鞋与蔬菜一样，价钱也差不多。就中风俗画（Genre picture）最流行。直到现在，一提起荷兰画家，人总容易想起这种画。这种画的取材是极平凡的日常生活；而且限于室内，采的光往往是灰暗的。这种材料的生命在亲切有味或滑稽可喜。一个卖野味的铺子可以成功一幅画，一顿饭也可能成功一幅画。有些滑稽太过，便近乎低级趣味。譬如海牙毛利丘司（Mauritshuis）画院所藏的莫兰那（Molenaer）画的《五觉图》。《嗅觉》一幅，画一妇人捧着小孩，他正在拉矢。《触觉》一幅更奇，画一妇人坐着，一男人探手入她的衣底；妇人便举起一只鞋，要向他的头上打下去。这画院里的名画却真多。陀（Dou）的《年轻的管家妇》，琐琐屑屑地画出来，没有一些地方不熨贴。鲍特（Potter）的《牛》工极了，身上一个蝇子都没有放过，但是活极了，那牛简直要从墙上缓缓地走下来；布局也单纯得好。卫米尔（Vermeer）画他本乡代夫脱（Delft）的风景一幅，充分表现那静肃的味道。他是小风景画家，以善分光影和精于布局著名。风景画取材杂，要安排得停当是不容易的。荷兰画像，哈司（Hals）是大师。但他的好东西都在他故乡哈来姆（Haorlem），别处见不着。亚姆斯特丹的力克士博物院（Ryks Museum）中有他一幅《俳优》，是一个弹着琵琶的人，神气颇足。这些都是十七世纪的画家。

但是十七世纪荷兰最大的画家是冉伯让（Rembrandt）。他与一般人不同，创造了个性的艺术；将自己的思想感情，自己这个人放进他画里去。他画画不再伺候人，即使画人像，画宗教题目，也还分明地见出自己。十九世纪艺术的浪漫运动只承认表现艺术家的个性的作品有价值，便是他的影响。他领略到精神生活里神秘的地方，又有深厚的情感。最爱用一片黑做背景；但那黑是活的不是死的。黑里渐渐透出黄黄的光，像压着的火焰一般；在这种光里安排着他的人物。像这样的光影的对照是他的绝技；他的神秘与深厚也便从这里见出。这不仅是浮泛的幻想，也是贴切的观察；在他作品里梦和现实混在一块儿。有人说他从北国的烟云里悟出了画理，那也许是真的。他会看到氤氲的底里去。他的画像最能表现人的心理，也便是这个缘故。

毛利丘司里有他的名作《解剖班》《西面在圣殿中》。

前一幅写出那站着在说话的大夫从容不迫的样子。一群学生围着解剖台，有些坐着，有些站着；弓着腰的，侧着身子的，直挺挺站着的，应有尽有。他们的头，或俯或仰，或偏或正，没有两个人相同。他们的眼看着尸体，看着说话的大夫，或无所属，但都在凝神听话。写那种专心致志的光景，维妙维肖。后一幅写殿宇的庄严，和参加的人的圣洁与和蔼，一种虔敬的空气弥漫在画面上，教人看了会沉静下去。他的另一杰作《夜巡》在力克士博物院里。这里一大群武士，都拿了兵器在守望着敌人。一位爵爷站在前排正中间，向着旁边的弁兵有所吩咐；别的人有的在眺望，有的在指点，有的在低低地谈论，右端一个打鼓的，人和鼓都只露了一半；他似乎焦急着，只想将槌子敲下去。左端一个人也在忙忙地伸着右手整理他的枪口。他的左胳膊底下钻出一个孩子，露着惊惶的脸。人物的安排，交互地用疏密与明暗；乍看不匀称，细看再匀称没有。这幅画里光的运用最巧妙；那些浓淡浑析的地方，便是全画的精神所在。冉伯让是雷登（Leyden）人，晚年住在亚姆斯特丹。他的房子还在，里面陈列着他的腐刻画与钢笔毛笔画。腐刻画是用药水在铜上刻出画来，他是大匠手；

钢笔画毛笔画他也擅长。这里还有他的一座铜像，在用他的名字的广场上。

海牙是荷兰的京城，地方不大，可是清静。走在街上，在淡淡的太阳光里，觉得什么都可以忘记了的样子。城北尤其如此。新的和平宫就在这儿，这所屋是一个人捐了做国际法庭用的。屋不多，里面装饰得很好看。引导人如数家珍地指点着，告诉游客这些装饰品都是世界各国捐赠的。楼上正中一间大会议厅，他们称为日本厅；因为三面墙上都挂着日本的大辐的缂丝，而这几幅东西是日本用了多少多少人在不多的日子里特地赶做出来给这所和平宫用的。这几幅都是花鸟，颜色鲜明，织得也细致；那日本特有的清丽的画风整个儿表现着。中国送的两对景泰蓝的大壶（古礼器的壶）也安放在这间厅里。厅中间是会议席，每一张椅子背上有一个缎套子，绣着一国的国旗；那国的代表开会时便坐在这里。屋左屋后是花园；亭子、喷水、雕像、花木等等，错综地点缀着，明丽深曲兼而有之。也不十二分大，却老像走不尽的样子。从和平宫向北去，电车在稀疏的树林子里走。满车中绿荫荫的，斑驳的太阳光在车上在地下跳跃着过去。不多一会儿就到海边了。海边热闹得很，玩儿的人来往不绝。长长的一带沙滩上，满放着些藤篓子——实在是些轿式的藤椅子，预备洗完澡坐着晒太阳的。这种藤篓子的顶像一个瓢，又圆又胖，那拙劲儿真好。更衣的小木屋也多。大约天气还冷，沙滩上只看见零零落落的几个人。那北海的海水白白的展开去，没有一点风涛，像个顶听话的孩子。

亚姆斯特丹在海牙东北，是荷兰第一个大城。自然不及海牙清静。可是河道多，差不多有一道街就有一道河，是北国的水乡；所以有"北方威尼斯"之称。桥也有三百四十五座，和威尼斯简直差不多。河道宽阔干净，却比威尼斯好；站在桥上顺着河望过去，往往水木明瑟，引着你一直想见最远最远的地方。亚姆斯特丹东北有一个小岛，叫马铿（Marken）岛，是个小村子。那边的风俗服装古里古怪的，你一脚踏上岸就会觉得回到中世纪去了。乘电车去，一路经过两三个村子。那是个阴天。漠漠的风烟，红黄相间的板屋，正在旋转着让船过去的轿，都教人耳目一新。到了一处，在街当中下了车，由人指点着找着了小汽轮。海上坦荡荡的，远处一架大风车在慢慢地转着。船在斜风细雨里走，渐渐从朦胧里看见马铿岛。这个岛真正"不满眼"，一道堤低低的环绕着。据说岛只高出海面几尺，就仗着这一点儿堤挡住了那茫茫的海水。岛上不过二三十份人家，都是尖顶的板屋；下面一律搭着架子，因为隔水太近了。板屋是红黄黑三色相间着，每所都如此。岛上男人未多见，也许打渔去了；女人穿着红黄白蓝黑各色相间的衣裳，和他们的屋子相配。总而言之，一到了岛上，虽在黯淡的北海上，眼前却亮起来了。岛上各家都预备着许多纪念品，争着将游客让进去；也有装了一大柳条筐，一手抱着孩子，一手挽着筐子在路上兜售的。自然做这些事的都是些女人。纪念品里有些玩意儿不坏：如小木鞋，像我们的毛窝的样子；如长的竹烟袋儿，烟袋锅的脖子上挂着一双顶小的木鞋，的里瓜拉的；如手绢儿，一角上绒绣着岛上的女人，一架大风车在她们头上。

回来另是一条路，电车经过另一个小村子叫伊丹（Edam）。这儿的干酪四远驰名，但那一座挨着一座跨在一条小河上的高架吊桥更有味。望过去足有二三十座，架子像城门圈一般；走上去便微微摇晃着。河直而窄，两岸不多几层房屋，路上也少有人，所以仿佛只有那一串儿的桥轻轻地在风里摆着。这时候真有些觉得是回到中世纪去了。

一九三二年十一月十七日作

柏　林

　　柏林的街道宽大、干净，伦敦巴黎都赶不上的；又因为不景气，来往的车辆也显得稀些。在这儿走路，尽可以从容自在地呼吸空气，不用张张望望躲躲闪闪。找路也顶容易，因为街道大概是纵横交切，少有"旁逸斜出"的。最大最阔的一条叫菩提树下，柏林大学，国家图书馆，新国家画院，国家歌剧院都在这条街上。东头接着博物院洲，大教堂，故宫；西边到著名的勃朗登堡门为止，长不到二里。过了那座门便是梯尔园，街道还是直伸下去——这一下可长了，三十七八里。勃朗登堡门和巴黎凯旋门一样，也是纪功的。建筑在十八世纪末年，有点仿雅典奈昔克里司门的式样。高六十六英尺，宽六十八码半；两边各有六根多力克式石柱子。顶上是站在驷马车里的胜利神像，雄伟庄严，表现出德意志国都的神采。那神像在一八〇七年被拿破仑当作胜利品带走，但七年后便又让德国的队伍带回来了。

从菩提树下西去，一出这座门，立刻神气清爽，眼前别有天地；那空阔，那望不到头的绿树，便是梯尔园。这是柏林最大的公园，东西六里，南北约二里。地势天然生得好，加上树种得非常巧妙，小湖小溪，或隐或显，也安排的是地方。大道像轮子的辐，凑向轴心去。道旁齐齐地排着葱郁的高树；树下有时候排着些白石雕像，在深绿的背景上越显得洁白。小道像树叶上的脉络，不知有多少。跟着道走，总有好地方，不辜负你。园子里花坛也不少。罗森花坛是出名的一个，玫瑰最好。一座天然的围墙，圆圆地绕着，上面密密地厚厚地长着绿的小圆叶子；墙顶参差不齐。坛中有两个小方池，满飘着雪白的水莲花，玲珑地托在叶子上，像惺忪的星眼。两池之间是一个皇后的雕像；四周的花香花色好像她的供养。梯尔园人工胜于天然。真正的天然却又是一番境界。曾走过市外"新西区"的一座林子。稀疏的树，高而瘦的干子，树下随意弯曲的路，简直教人想到倪云林的画本。看着没有多大，但走了两点钟，却还没走完。

柏林市内市外常看见运动员风的男人女人。女人大概都光着脚亮着胳膊，雄赳赳地走着，可是并不和男人一样。她们不像巴黎女人的苗条，也不像伦敦女人的拘谨，却是自然得好。有人说她们太粗，可是有股劲儿。司勃来河横贯柏林市，河上有不少划船的人。往往一男一女对坐着，男的只穿着游泳衣，也许赤着膊只穿短裤子。看的人绝不奇怪而且有喝彩的。曾亲见一个女大学生指着这样划着船的人说，"美啊！"赞美身体，赞美运动，已成了他们的道德。星期六星期日上水边野外看去，男男女女老老少少谁都带一点运动员风。再进一步，便是所谓"自然运动"。大家索性不要那捞什子衣服，那才真是自然生活了。这有一定地方，当然不会随处见着。但书籍杂志是容易买到的。也有这种电影。那些人运动的姿势很好看，很柔软，有点儿像太极拳。在长天大海的背景上来这一套，确是美的，和谐的。日前报上说德国当局要取缔他们，看来未免有些个多事。

柏林重要的博物院集中在司勃来河中一个小洲上。这就叫做博物院洲。虽然叫做洲，因为周围陆地太多，河道几乎挤得没有了，加上十六道桥，走上去毫不觉得身在洲中。洲上总共七个博物院，六个是通连着的。最奇伟的是勃嘉蒙（Pergamon）与近东古迹两个。勃嘉蒙在小亚细亚，是希腊的重要城市，就是现在的贝加玛。柏林博物院团在那儿发掘，掘出一座大享殿，是祭大神宙斯用的。这座殿是二千二百年前造的，规模宏壮，雕刻精美。掘出的时候已经残破；经学者苦心研究，知道原来是什么样子，便照着修补起来，安放在一间特建的大屋子里。屋子之大，让人要怎么看这座殿都成。屋顶满是玻璃，让光从上面来，最均匀不过；墙是淡蓝色，衬出这座白石的殿越发有神儿。殿是方锁形，周围都是爱翁匿克式石柱，像是个廊子。当锁口的地方，是若干层的台阶儿。两头也有几层，上面各有殿基；殿基上，柱子下，便是那著名的"壁雕"。壁雕（Frieze）是希腊建筑里特别的装饰；在狭长的石条子上半深浅地雕刻着些故事，嵌在墙壁中间。这种壁雕颇有名作。如现存在不列颠博物院里的雅典巴昔农神殿的壁雕便是。这里的是一百三十二码长，有一部分已经移到殿对面的墙上去。所刻的故事是奥灵匹亚诸神与地之诸子巨人们的战争。其中人物精力饱满，历劫如生。另一间大屋里安放着罗马建筑的残迹。一是大三座门，上下两层，上层全为装饰用。两层各月六对哥林斯式的石柱，与门相间着，隔出略带曲折的廊子。上层三座门是实的，里面各安着一尊雕像，全体整齐秀美之至。一是小神殿。两样都在第二世纪的时候。

近东古迹院里的东西是十九世纪末二十世纪初年德国东方学会在巴比仑和亚述发掘出来的。中间巴比仑的以色他门（Ischtar Gateway）最为壮丽。门建筑在二千五百年前奈补卡德乃沙王第二的手里。门圈儿高三十九英尺，城垛儿四十九英尺，全用蓝色珐琅砖砌成。墙上浮雕着一对对的龙（与中国所谓龙不同）和牛，黄的白的相间着；上下两端和边上也是这两色的花纹。龙是巴比仑城隍马得的圣物，牛是大神亚达的圣物。这些动物的像稀疏地排列着，一面墙上只有两行，犄角上只有一行；形状也单纯划一。色彩在那蓝的地子上，却非常之鲜明。看上去真像大幅缂丝的图案似的。还有巴比仑王宫里正殿的面墙，是与以色他门同时做的，颜色鲜丽也一样，只不过以植物图案为主罢了。马得祭道两旁屈折的墙基也用蓝珐琅砖；上面却雕着向前走的狮子。这个祭道直通以色他门，现在也修补好了一小段，仍旧安在以色他门前面。另有一件模型，是整个儿的巴比仑城。这也可以慰情聊胜无了。亚述巴先宫的面墙放在以色他门的对面，当然也是修补起来的：周围正正的拱门，一层层又细又密的柱子，在许多直线里透出秀气。

新博物院第一层中央是一座厅。两道宽阔而华丽的楼梯仿佛占住了那间大屋子，但那间屋子还是照样地觉得大不可言。屋里什么都高大；迎着楼梯两座复制的大雕像，两边墙上大幅的历史壁画，一进门就让人觉得万千的气象。德意志人的魄力，真有他们的。楼上本是雕版陈列室，今年改作哥德展览会。有哥德和他朋友们的像，他的画，他的书的插图等等。《浮士德》的插图最多，同一件事各人画来趣味各别。楼下是埃及古物陈列室，大大小小的"木乃伊"都有；小孩的也有。有些在头部放着一块板，板上画着死者的面相；这是用熔蜡画的，画法已失传。这似乎是古人一件聪明的安排，让千秋万岁后，还能辨认他们的面影。另有人种学博物院在别一条街上，分两院。所藏既丰富，又多罕见的。第一院吐鲁番的壁画最多。那些完好的真是妙庄严相；那些零碎的也古色古香。中国日本的东西不少，陈列得有系统极了，中日人自己动手，怕也不过如此。第二院藏的日本的漆器与画很好。史前的材料都收在这院里。有三间屋专陈列一八七一到一八九零希利曼（Heinrich Schlieman）发掘特罗衣（Troy）城所得的遗物。

故宫在博物院洲之北，一九二一年改为博物院，分历史的工艺的两部分。历史的部分都是王族用过的公私屋子。这些屋子每间一个样子；屋顶，墙壁，地板，颜色，陈设，各有各的格调。但辉煌精致，是异曲同工的。有一间屋顶作穹隆形状，蓝地金星，俨然夜天的光景。又一间张着一大块伞形的绸子，像在遮着太阳。又一间用了"古络钱"纹做全室的装饰。壁上或画画，或挂画。地板用细木头嵌成种种花样，光滑无比。外国的宫殿外观常不如中国的宏丽，但里边装饰的精美，我们却断乎不及。故宫西头是皇储旧邸。一九一九年因为国家画院的画拥挤不堪，便将近代的作品挪到这儿，陈列在前边的屋子里。大部分是印象派表现派，也有立体派。表现派是德国自己的画派。原始的精神，狂热的色调，粗野模糊的构图，你像在大野里大风里大火里。有一件立体派的雕刻，是三个人像。虽然多是些三角形，直线，可是一个有一个的神气，彼此还互相照应，像真会说话一般。表现派的精神现在还多多少少存在：柏林魏坦公司六月间有所谓"民众艺术展览会"，出售小件用具和玩物。玩物里如小动物孩子头之类，颇有些奇形怪状，别具风趣的。还有展览场六月间的展览里，有一部是剪贴画。用颜色纸或布拼凑成形，安排在一块地子上，一面加上些沙子等，教人有实体之感，一面却故意改变形体的比例与线条的曲直，力避写实的手法。有些现代人大约"是"要看了这种手艺才痛快的。

这一回展览里有好些小家屋的模型，有大有小。大概造起来省钱；屋子里空气、光、太阳都够现代人用。没有那些无用的装饰，只看见横竖的直线。用颜色，或用对照的颜色，教人看一所屋子是"整个儿"，不零碎，不琐屑。小家屋如此，"大厦"也如此。德国的建筑与荷兰不同。他们注重实用，以简单为美，有时候未免太朴素些。近年来柏林这种新房子造得不少。这已不是少数艺术家的试验而是一般人的需要了。"新西区"一带便都是的。那一带住屋小而巧，里面的装饰干净利落，不显一点板滞。"大厦"多在东头亚历山大场，似乎美观的少。有些满用横线，像夹沙糕，有些满用直线，这自然说的是窗子。用直线的据说是美国影响。但美国房屋高入云霄，用直线合式；柏林的低多了，又向横里伸张，用直线便大大地不谐和了。"大厦"之外还有"广场"，刚才说的展览场便是其一。这个广场有八座大展览厅，连附属的屋子共占地十八万二千平方英尺；空场子合计起来共占地六十五万平方英尺。乍走进去的时候，摸不着头脑，仿佛连自己也会丢掉似的。建筑都是新式。整个的场子若在空中看，是一幅图案，轻灵而不板重。德意志体育场，中央飞机场，也都是这一类新造的广场。前两个在西，后一个在南，自然都在市外。此外电影院跳舞场往往得风气之先，也有些新式样。如铁他尼亚宫电影院，那台，那灯，那花楼，不是用圆，用弧线，便是用与弧线相近的曲线，要的也是一个干净利落罢了。台上一圈儿一圈儿有些像排箫的是管风琴。管风琴安排起来最累赘，这儿的布置却新鲜悦目，也许电影管风琴简单些，才可以这么办。颜色用白银与淡黄对照，教人常常清醒。祖国舞场也是新式，但多用直线形；颜色似乎多一种黑。这里面有许多咖啡室。日本室便按日本式陈设，土耳其室便按土耳其式。还有莱茵室，在壁上画着莱茵河的风景，用好些小电灯点缀在天蓝的背景上，看去略得河上的夜的意思——自然，屋里别处是不用灯的。还有雷电室，壁上画着雷电的情景，用电光运转；电射雷鸣，与音乐应和着。爱热闹的人都上那儿去。

柏林西南有个波次丹（Potsdam），是佛来德列大帝的城。城外有个无愁园，园里有个无愁宫，便是大帝常住的地方。大帝迷法国，这座宫，这座园子都仿凡尔赛的样子。但规模小多了，神儿差远了。大帝和伏尔泰是好朋友，他请伏尔泰在宫里住过好些日子，那间屋便在宫西头。宫西边有一架大风车。据说大帝不喜欢那风车日夜转动的声音，派人跟那产主说要买它。出乎意外，产主楞不肯。大帝恼了，又派人去说，不卖便要拆。产主也恼了，说，他会拆，我会告他。大帝想不到乡下人这么倔强，大加赏识，那风车只好由它响了。因此现在便叫它做"历史的风车"。隔无愁宫没多少路，有一座新宫，里面有一间"贝厅"，墙上地上满嵌着美丽的贝壳和宝石，虽然奇诡，却以素雅胜。

一九三三年十二月二十二日作完

德瑞司登

德瑞司登（Dresden）在柏林东南，是静静的一座都市。欧洲人说这里有一种礼拜日的味道，因为他们的礼拜日是安息的日子，静不过。这里只有一条热闹的大街；在街上走尽可从从容容，斯斯文文的。街尽处便是易北河。河穿全市而过，弯了两回，所以望不尽。河上有五座桥，彼此隔得远远的，显出玲珑的样子。临河一带高地，叫做勃吕儿原。站在原上，易北河的风光便都到了眼里。这是一个阴天，不时地下着小雨；望过去清淡极了，水与天亮闪闪的，山只剩一些轮廓，人家的屋子和田地都黑黑儿的。有人称这个原为"欧洲的露台"，未免太过些，但是确也有些可赏玩的东西。从前有位著名的文人在这儿写信给他的未婚夫人，说他正从高岸上望下看，河上一处处的绿野与村落好像"绣在一张毯子上";"河水刚掉转脸亲了德瑞司登一下,马上又溜开去"。这儿说的是第一个弯子。他还说"绕着的山好像花箍子,响蓝的天好像在意大利似的"。在晴天这大约是真的。

德瑞司登有德国佛罗伦司之称,为的一些建筑和收藏的画。这些建筑多半在勃吕儿原西南一带。其中堡宫最有意思。堡宫因为邻近旧时的堡垒而得名,是十八世纪初年奥古斯都大力王(AugustustheStrong)吩咐他的建筑师裴佩莽(Pöppelmann)盖的。奥古斯都膂力过人,据说能拗断马蹄铁,又在西班牙斗牛,刺死了一头最凶猛的;所以称为大力王。他是这座都市的恩主;凡是好东西,美东西,都是他留下来的。他造这个堡宫,一来为面子,那时候一个亲王总得有一所讲究的宫房,才有威风,不让人小看。二来为展览美术货色如瓷器,花边等之用。他想在过年过节的时候,多招徕些外路客人,好让他的百姓多做些买卖,以繁荣这个地方。他生在"巴洛克"(Baroque)时代,虽然倾心法国文化,所造的房子却都是德国"巴洛克"式。"巴洛克"式重曲线,重装饰,以华丽炫目为佳。堡宫便是代表。宫中央是极大一个方院子。南面是正门,顶作冕形，叫冕门；分两层，像楼屋；雕刻精细，用许多小柱子。两边各有好些拱门，每门里安一座喷水，上面各放着雕像。现在虽是黯淡了，还可想见当年的繁华。西面有水仙出浴池。十四座龛子拥着一座大喷水，像一只马蹄，绕着小小的池子；每座龛子里站着一个女仙出浴的石像，姿态各不相同。龛外龛上另有繁细的雕饰。这是宫里最美的地方。

　　堡宫现在分作几个博物院，尽北头是国家画院。德国藏画，要算这里最精了。也创始于奥古斯都，而他的儿子继承其志。奥古斯都自己花钱派了好多人到欧洲各处搜求有价值的画。到他死的时候，院中已有好些不朽的名作。他儿子奥古斯都第二在位三十年，教大臣勃吕儿伯爵主持收买名画。一七四五年在威尼斯买着百多张意大利重要的作品，为阿尔卑斯山以北所未曾有。一七五四年又从意大利得着拉飞尔的歇司陀的《圣母图》。这是他的杰作。图中间是"圣处女"与"圣婴"，左右是圣巴巴拉与教皇歇克司都第二，下面是两个小天使。有人说"这张画里'圣处女'的脸，美而秀雅，几乎是女性美的最完全的表现，真动人，真出色"。最妙的，端庄与和蔼都够味，一个与耶稣教毫不相干的游客也会起多少敬爱的意思。图中各人的眼光奇极；从"圣处女"而圣巴巴拉而小天使而教皇，恰好可以钩一个椭圆圈儿。这样一来，那对称的安排才有活气。画院驰名世界，全靠勃吕儿伯爵手里买的这些画。现在院中差不多有画二千五百件，以意大利及荷兰的为最多。画排列得比那儿都整齐清楚，见出德国人的脾气。十八世纪意大利画家卡那来陀在这里住过，留下不少腐刻画，画着堡宫和街巷的景色。还有他的威尼斯风景画，这儿也多，色调构图，鲜明精巧，为别处收藏的所不及。

　　大街东有圣母堂，也是著名的古迹。一七三六年十二月奥古斯都第二在这里举行过一回管风琴比赛会。与赛的，大音乐家巴赫（Bach）和一个法国人叫马降的。那时巴赫还未大大出名，马降心高气傲，自以为能手。比赛的前一天，巴赫从来比锡来，看见管风琴好，不觉技痒，就坐下弹了一回。想不到马降在一旁窃听。这一听可够他受的。等不到第二天，他半夜里便溜出德瑞司登了。结果巴赫在奥古斯都第二和四千听众之前演了出独脚戏。一八四三年乐圣瓦格纳也在这里演奏过他的名曲《使徒宴》。哥德也站在这里的讲台上说过话，他赞美易北河上的景致，就是在他眼前的。这在一八一三年八月。教堂上有一座高塔顶，远远的就瞧见。相传一七六九年弗雷德力大帝攻打此地，想着这高顶上必有敌人的瞭望台，下令开炮轰。也不知怎样，轰了三天还没轰着。大帝又恨又恼，透着满瞧不起的神儿回头命令炮手道："由那老笨家伙去罢！"

德瑞司登瓷器最著名。大街上有好几家瓷器铺。看来看去，只有舞女的裙子做得实在好。裙子都是白色雕空了像纱一样，各色各样的折纹都有，自然不能像真的那样流动，但也难为他们了。中国瓷器没有如此精巧的，但有些东西却比较着有韵味。

莱茵河

　　莱茵河（The Rhine）发源于瑞士阿尔卑斯山中，穿过德国东部，流入北海，长约二千五百里。分上中下三部分。从马恩斯（Mayence, Mains）到哥龙（Cologne）算是"中莱茵"；游莱茵河的都走这一段儿。天然风景并不异乎寻常地好；古迹可异乎寻常地多。尤其是马恩斯与考勃伦兹（Koblenz）之间，两岸山上布满了旧时的堡垒，高高下下的，错错落落的，斑斑驳驳的：有些已经残破，有些还完好无恙。这中间住过英雄，住过盗贼，或据险自豪，或纵横驰骤，也曾热闹过一番。现在却无精打采，任凭日晒风吹，一声儿不响。坐在轮船上两边看，那些古色古香各种各样的堡垒历历的从眼前过去；仿佛自己已经跳出了这个时代而在那些堡垒里过着无拘无束的日子。游这一段儿，火车却不如轮船：朝日不如残阳，晴天不如阴天，阴天不如月夜——月夜，再加上几点儿萤火，一闪一闪的在寻觅荒草里的幽灵似的。最好还得爬上山去，在堡垒内外徘徊徘徊。

这一带不但史迹多，传说也多。最凄艳的自然是脍炙人口的声闻岩头的仙女子。声闻岩在河东岸，高四百三十英尺，一大片暗淡的悬岩，嶙峋峋峋的；河到岩南，向东拐个小湾，这里有顶大的回声，岩因此得名。相传往日岩头有个仙女美极，终日歌唱不绝。一个船夫傍晚行船，走过岩下。听见她的歌声，仰头一看，不觉忘其所以，连船带人都撞碎在岩上。后来又死了一位伯爵的儿子。这可闯下大祸来了。伯爵派兵遣将，给儿子报仇。他们打算捉住她，锁起来，从岩顶直摔下河里去。但是她不愿死在他们手里，她呼唤莱茵母亲来接她；河里果然白浪翻腾，她便跳到浪里。从此声闻岩下听不见歌声，看不见倩影，只剩晚霞在岩头明灭。德国大诗人海涅有诗咏此事；此事传播之广，这篇诗也有关系的。友人淦克超先生曾译第一章云：

传闻旧低徊，我心何悒悒。

两峰隐夕阳，莱茵流不息。

峰际一美人，粲然金发明，

清歌时一曲，余音响入云。

凝听复凝望，舟子忘所向，

怪石耿中流，人与舟俱丧。

这座岩现在是已穿了隧道通火车了。

哥龙在莱茵河西岸，是莱茵区最大的城，在全德国数第三。从甲板上看教堂的钟楼与尖塔这儿那儿都是的。虽然多么繁华一座商业城，却不大有俗尘扑到脸上。英国诗人柯勒列治说：

人知莱茵河，洗净哥龙市；

水仙你告我，今有何神力，

洗净莱茵水？

那些楼与塔镇压着尘土，不让飞扬起来，与莱茵河的洗刷是异曲同工的。哥龙的大教堂是哥龙的荣耀；单凭这个，哥龙便不死了。这是戈昔式，是世界上最宏大的戈昔式教堂之一。建筑在一二四八年，到一八八〇年才全部落成。欧洲教堂往往如此，大约总是钱不够之故。教堂门墙伟丽，尖拱和直棱，特意繁密，又雕了些小花，小动物，和《圣经》人物，零星点缀着；近前细看，其精工真令人惊叹。门墙上两尖塔，高五百十五英尺，直入云霄。戈昔式要的是高而灵巧，让灵魂容易上通于天。这也是月光里看好。淡蓝的天干干净净的，只有两条尖尖的影子映在上面；像是人天仅有的通路，又像是人类祈祷的一双胳膊。森严肃穆，不说一字，抵得千言万语。教堂里非常宽大，顶高一百六十英尺。大石柱一行行的，高的一百四十八英尺，低的也六十英尺，都可合抱；在里面走，就像在大森林里，和世界隔绝。尖塔可以上去，玲珑剔透，有凌云之势。塔下通回廊。廊中向下看教堂里，觉得别人小得可怜，自己高得可怪，真是颠倒梦想。

一九三三年三月十四日作

巴　黎

　　塞纳河穿过巴黎城中，像一道圆弧。河南称为左岸，著名的拉丁区就在这里。河北称为右岸，地方有左岸两个大，巴黎的繁华全在这一带；说巴黎是"花都"，这一溜儿才真是的。右岸不是穷学生苦学生所能常去的，所以有一位中国朋友说他是左岸的人，抱"不过河"主义；区区一衣带水，却分开了两般人。但论到艺术，两岸可是各有胜场；我们不妨说整个儿巴黎是一座艺术城。从前人说"六朝"卖菜佣都有烟水气，巴黎人谁身上大概都长着一两根雅骨吧。你瞧公园里、大街上，有的是喷水，有的是雕像，博物院处处是，展览会常常开；他们几乎像呼吸空气一样呼吸着艺术气，自然而然就雅起来了。

　　右岸的中心是刚果方场。这方场很宽阔，四通八达，周围都是名胜。中间巍巍地矗立着埃及拉米塞司第二的纪功碑。碑是方锥形，高七十六英尺，上面刻着象形文字。一八三六年移到这里，转眼就是一百年了。左右各有一座铜喷水，大得很。水池边环列着些铜雕像，代表着法国各大城。其中有一座代表司太司堡。自从一八七〇年那地方割归德国以后，法国人每年七月十四国庆日总在像上放些花圈和大草叶，终年地搁着让人惊醒。直到一九一八年十一月和约告成，司太司堡重归法国，这才停止。纪功碑与喷水每星期六晚用弧光灯照耀。那碑像从幽暗中颖脱而出；那水像山上崩腾下来的雪。这场子原是法国革命时候断头台的旧址。在"恐怖时代"，路易十六与王后，还有各党各派的人轮班在这儿低头受戮。但现在一点痕迹也没有了。

场东是砖厂花园。也有一个喷水池；白石雕像成行，与一丛丛绿树掩映着。在这里徘徊，可以一直徘徊下去，四围那些纷纷的车马，简直若有若无。花园是所谓法国式，将花草分成一畦畦的，各各排成精巧的花纹，互相对称着。又整洁，又玲珑，教人看着赏心悦目；可是没有野情，也没有蓬勃之气，像北平的叭儿狗。这里春天游人最多，挤挤挨挨的。有时有音乐会，在绿树荫中。乐韵悠扬，随风飘到场中每一个人的耳朵里。再东是加罗塞方场，只隔着一道不宽的马路。路易十四时代，这是一个校场。场中有一座小凯旋门，是拿破仑造来纪胜的，仿罗马某一座门的式样。拿破仑叫将从威尼斯圣马克堂抢来的驷马铜像安在门顶上。但到了一八一四年，那铜像终于回了老家。法国只好换上一个新的，光彩自然差得多。

刚果方场西是大名鼎鼎的仙街，直达凯旋门。有四里半长。凯旋门地势高，从刚果方场望过去像没多远似的，一走可就知道。街的东半截儿，两旁简直是园子，春天绿叶子密密地遮着；西半截儿才真是街。街道非常宽敞。夹道两行树，笔直笔直地向凯旋门奔凑上去。凯旋门巍峨爽朗地盘踞在街尽头，好像在半天上。欧洲名都街道的形势，怕再没有赶上这儿的；称为"仙街"，不算说大话。街上有戏院、舞场、饭店，够游客们玩儿乐的。凯旋门一八〇六年开工，也是拿破仑造来纪功的。但他并没有看它的完成。门高一百六十英尺，宽一百六十四英尺，进身七十二英尺，是世界凯旋门中最大的。门上雕刻着一七九二至一八一五年间法国战事片段的景子，都出于名手。其中罗特（Burguudian Rude，十九世纪）的"出师"一景，慷慨激昂，至今还可以作我们的气。这座门更有一个特别的地方：在拿破仑周忌那一天，从仙街向上看，团团的落日恰好扣在门圈儿里。门圈儿底下是一个无名兵士的墓；他埋在这里，代表大战中死难的一百五十万法国兵。墓是平的，地上嵌着文字；中央有个纪念火，焰子粗粗的，红红的，在风里摇晃着。这个火每天由参战军人团团员来点。门顶可以上去，乘电梯或爬石梯都成；石梯是二百七十三级。上面看，周围不下十二条林荫路，都辐辏到门下，宛然一个大车轮子。

刚果方场东北有四道大街衔接着，是巴黎最繁华的地方。大铺子差不多都在这一带，珠宝市也在这儿。各店家陈列窗里五花八门，五光十色，珍奇精巧，兼而有之；管保你走一天两天看不完，也看不倦。步道上人挨挨凑凑，常要躲闪着过去。电灯一亮，更不容易走。街上"咖啡"东一处西一处的，沿街安着座儿，有点儿像北平中山公园里的茶座儿。客人慢慢地喝着咖啡或别的，慢慢地抽烟，看来往的人。"咖啡"本是法国的玩意儿；巴黎差不多每道街都有，怕是比那儿都多。巴黎人喝咖啡几乎成了癖，就像我国南方人爱上茶馆。"咖啡"里往往备有纸笔，许多人都在那儿写信；还有人让"咖啡"收信，简直当做自己的家。文人画家更爱坐"咖啡"；他们爱的是无拘无束，容易会朋友，高谈阔论。爱写信固然可以写信，爱做诗也可以做诗。大诗人魏尔仑（Verlaine）的诗，据说少有不在"咖啡"里写的。坐"咖啡"也有派别。一来"咖啡"是熟的好，二来人是熟的好。久而久之，某派人坐某"咖啡"便成了自然之势。这所谓派，当然指文人艺术家而言。一个人独自去坐"咖啡"，偶尔一回，也许不是没有意思，常去却未免寂寞得慌；这也与我国南方人上茶馆一样。若是外国人而又不懂话，那就更可不必去。巴黎最大的"咖啡"有三个，却都在左岸。这三座"咖啡"名字里都含着"圆圆的"意思，都是文人艺术家荟萃的地方。里面装饰满是新派。其中一家，电灯壁画满是立体派，据说这些画全出于名家之手。另一家据说时常陈列着当代画家的作品，待善价而沽之。坐"咖啡"之外还有站"咖啡"，却有点像我国南方的喝柜台酒。这种"咖啡"大概小些。柜台长长的，客人围着要吃的喝的。吃喝都便宜些，为的是不用多伺候你，你吃喝也比较不舒服些。站

"咖啡"的人脸向里，没有甚么看的，大概吃喝完了就走。但也有人用胳膊肘儿斜靠在柜台上，半边身子偏向外，写意地眺望，谈天儿。巴黎人吃早点，多半在"咖啡"里。普通是一杯咖啡，两三个月芽饼就够了，不像英国人吃得那么多。月芽饼是一种面包，月芽形，酥而软，趁热吃最香；法国人本会烘面包，这一种不但好吃，而且好看。

卢森堡花园也在左岸，因卢森堡宫而得名。宫建于十七世纪初年，曾用作监狱，现在是上议院。花园甚大。里面有两座大喷水，背对背紧挨着。其一是梅迭契喷水，雕刻的是亚西司（Acis）与加拉台亚（Galatea）的故事。巨人波力非摩司（Polyphamos）爱加拉台亚。他晓得她喜欢亚西司，便向他头上扔下一块大石头，将他打死。加拉台亚无法使亚西司复活，只将他变成一道河水。这个故事用在一座喷水上，倒有些远意。园中绿树成行，浓荫满地，白石雕像极多，也有铜的。巴黎的雕像真如家常便饭。花园南头，自成一局，是一条荫道。最南头，天文台前面又是一座喷水，中央四个力士高高地扛着四限仪，下边环绕着四对奔马，气象雄伟得很。这是卡波（Carpeaus，十九世纪）所作。卡波与罗特同为写实派，所作以形线柔美著。

　　沿着塞纳河南的河墙，一带旧书摊儿，六七里长，也是左岸特有的风光。有点像北平东安市场里旧书摊儿。可是背景太好了。河水终日悠悠地流着，两头一眼望不尽；左边卢佛宫，右边圣母堂，古香古色的。书摊儿黯黯的，低低的，窄窄的一溜；一小格儿一小格儿，或连或断，可没有东安市场里的大。摊上放着些破书；旁边小凳子上坐着掌柜的。到时候将摊儿盖上，锁上小铁锁就走。这些情形也活像东安市场。

　　铁塔在巴黎西头，塞纳河东岸，高约一千英尺，算是世界上最高的塔。工程艰难浩大，建筑师名爱非尔（Eiffel），也称为爱非尔塔。全塔用铁骨造成，如网状，空处多于实处，轻便灵巧，亭亭直上，颇有戈昔式的余风。塔基占地十七亩，分三层。头层离地一百八十六英尺，二层三百七十七英尺，三层九百二十四英尺，连顶九百八十四英尺。头二层有"咖啡"、酒馆及小摊儿等。电梯步梯都有，电梯分上下两厢，一厢载直上直下的客人，一厢载在头层停留的客人。最上层却非用电梯不可。那梯口常常拥挤不堪。壁上贴着"小心扒手"的标语，收票人等嘴里还不住地唱道，"小心呀！"这一段儿走得可慢极，大约也是"小心"吧。最上层只有卖纪念品的摊儿和一些问心机。这种问心机欧洲各游戏场中常见；是些小铁箱，一箱管一事。放一个钱进去，便可得到回答；回答若干条是印好的，指针所停止的地方就是专答你。也有用电话回答的。譬如你要问流年，便向流年箱内投进钱去。这实在是一种开心的玩意儿。这层还专设一信箱；寄的信上盖铁塔形邮戳，好让亲友们留作纪念。塔上最宜远望，全巴黎都在眼下。但尽是密匝匝的房子，只觉应接不暇而无苍茫之感。塔上满缀着电灯，晚上便是种种广告；在暗夜里这种明妆倒值得一番领略。隔河是特罗卡代罗（Trocadéro）大厦，有道桥笔直地通着。这所大厦是为一八七八年的博览会造的。中央圆形，圆窗圆顶，两支高高的尖塔分列顶侧；左右翼是新月形的长房。下面许多级台阶，阶下一个大喷水池，也是圆的。大厦前是公园，铁塔下也是的；一片空阔，一片绿。所以大厦远看近看都显出雄巍巍的。大厦的正厅可容五千人。它的大在横里；铁塔的大在直里。一横一直，恰好称得住。

歌剧院在右岸的闹市中。门墙是威尼斯式，已经乌暗暗的，走近前细看，才见出上面精美的雕饰。下层一排七座门，门间都安着些小雕像。其中罗特的《舞群》，最有血有肉，有情有力。罗特是写实派作家，所以如此。但因为太生动了，当时有些人还见不惯；一八六九年这些雕像揭幕的时候，一个宗教狂的人，趁夜里悄悄地向这群像上倒了一瓶墨水。这件事传开了，然而罗特却因此成了一派。院里的楼梯以宏丽著名。全用大理石，又白，又滑，又宽；栏杆是低低儿的。加上罗马式圆拱门，一对对爱翁匿克式石柱，雕像上的电灯烛，真是堆花簇锦一般。那一片电灯光像海，又像月，照着你缓缓走上梯去。幕间休息的时候，大家都离开座儿各处走。这儿休息的时间特别长，法国人乐意趁这闲工夫在剧院里散散步，谈谈话，来一点吃的喝的。休息室里散步的人最多。这是一间顶长顶高的大厅，华丽的灯光淡淡地布满了一屋子。一边是成排的落地长窗，一边是几座高大的门；墙上略略有些装饰，地下铺着毯子。屋里空落落的，客人穿梭般来往。太太小姐们大多穿着各色各样的晚服，露着脖子和膀子。"衣香鬓影"，这里才真够味儿。歌剧院是国家的，只演古典的歌剧，间或也演队舞（Ballet），总是堂皇富丽的玩意儿。

国葬院在左岸。原是巴黎护城神圣也奈韦夫（St. Geneviéve）的教堂；大革命后，一般思想崇拜神圣不如崇拜伟人了，于是改为这个；后来又改回去两次，一八五五年才算定了。伏尔泰、卢梭、雨果、左拉，都葬在这里。院中很为宽宏，高大的圆拱门，架着些圆顶，都是罗马式。顶上都有装饰的图案和画。中央的穹隆顶高二百七十二英尺，可以上去。院中壁上画着法国与巴黎的历史故事，名笔颇多。沙畹（Puvis de Chavannes，十九世纪）的便不少。其中《圣也奈韦夫俯视着巴黎城》一幅，正是月圆人静的深夜，圣还独对着油盏火；她似乎有些倦了，慢慢踱出来，凭栏远望，全巴黎城在她保护之下安睡了；瞧她那慈祥和蔼一往情深的样子。圣也奈韦夫于五世纪初年，生在离巴黎二十四里的囊台儿村（Nanterre）里。幼时听圣也曼讲道，深为感悟。圣也曼也说她根器好，着实勉励了一番。后来她到巴黎，尽力于救济事业。五世纪中叶，匈奴将来侵巴黎，全城震惊。她力劝人民镇静，依赖神明，颇能教人相信。匈奴到底也没有成。以后巴黎真经兵乱，她于救济事业加倍努力。她活了九十岁。晚年倡议在巴黎给圣彼得与圣保罗修一座教堂。动工的第二年，她就死了。等教堂落成，却发见她已葬在里头；此外还有许多奇异的传说。因此这座教堂只好作为奉祀她的了。这座教堂便是现在的国葬院。院的门墙是希腊式，三角楣下，一排哥林斯式的石柱。院旁有圣爱的昂堂，不大。现在是圣也奈韦夫埋灰之所。祭坛前的石刻花屏极华美，是十六世纪的东西。

左岸还有伤兵养老院。其中兵甲馆，收藏废弃的武器及战利品。有一间满悬着三色旗，屋顶上正悬着，两壁上斜插着，一面挨一面的。屋子很长，一进去但觉千层百层鲜明的彩色，静静地交映着。院有穹隆顶，高三百四十英尺，直径八十六英尺，造于十七世纪中，优美庄严，胜于国葬院的。顶下原是一个教堂，拿破仑墓就在这里。堂外有宽大的台阶儿，有多力克式与哥林斯式石柱。进门最叫你舒服的是那屋里的光。那是从染色玻璃窗射下来的淡淡的金光，软得像一股水。堂中央一个窖，圆的，深二十英尺，直径三十六英尺，花岗石柩居中，十二座雕像环绕着，代表拿破仑重要的战功；像间分六列插着五十四面旗子，是他的战利品。堂正面是祭坛；周围许多龛堂，埋着王公贵人。一律圆拱门；地上嵌花纹，窖中也这样。拿破仑死在圣海仑岛，遗嘱愿望将骨灰安顿在塞纳河旁，他所深爱的法国人民中间。待他死后十九年，一八四〇，这愿望才达到了。

塞纳河里有两个小洲，小到不容易觉出。西头的叫城洲，洲上两所教堂是巴黎的名迹。洲东的圣母堂更为煊赫。堂成于十二世纪，中间经过许多变迁，到十九世纪中叶重修，才有现在的样子。这是"装饰的戈昔式"建筑的最好的代表。正面朝西，分三层。下层三座尖拱门。这种门很深，门圈儿是一棱套着一棱的，越望里越小；棱间与门上雕着许多大像小像，都是《圣经》中的人物。中层是窗子，两边的尖拱形，分雕着亚当夏娃像；中央的浑圆形，雕着"圣处女"像。上层是栏杆。最上两座钟楼，各高二百二十七英尺；两楼间露出后面尖塔的尖儿，一个伶俐瘦劲的身影。这座塔是勒丢克（Viellet ie Duc，十九世纪）所造，比钟楼还高五十八英尺；但从正面看，像一般高似的，这正是建筑师的妙用。朝南还有一个旁门，雕饰也繁密得很。从背后看，左右两排支墙（Buttress）像一对对的翅膀，作飞起的势子。支墙上虽也有些装饰，却不为装饰而有。原来戈昔式的房子高，窗子大，墙的力量支不住那些石头的拱顶，因此非从墙外想法不可。支墙便是这样来的。这是戈昔式的致命伤；许多戈昔式建筑容易圮毁，正是为此。堂里满是彩绘的高玻璃窗子，阴森森的，只看见石柱子，尖拱门，肋骨似的屋顶。中间神堂，两边四排廊路，周围三十七间龛堂，像另自成个世界。堂中的讲坛与管风琴都是名手所作。歌队座与牧师座上的动植物木刻，也以精工著。戈昔式教堂里雕绘最繁；其中取材于教堂所在地的花果的尤多。所雕绘的大抵以近真为主。这种一半为装饰，一半也为教导，让那些不识字的人多知道些事物，作用和百科全书差不多。堂中有宝库，收藏历来珍贵的东西，如金龛、金十字架之类，灿烂耀眼。拿破仑于一八〇四年在这儿加冕，那时穿的长袍也陈列在这个库里。北钟楼许人上去，可以看见墙角上石刻的妖兽，奇丑怕人，俯视着下方，据说是吐溜水的。雨果写过《巴黎圣母堂》一部小说，所叙是四百年前的情形，有些还和现在一样。

圣龛堂在洲西头，是全巴黎戈昔式建筑中之最美丽者。罗斯金更说是"北欧洲最珍贵的一所戈昔式"。在一二三八那一年，"圣路易"王听说君士坦丁皇帝包尔温将"棘冠"押给威尼斯商人，无力取赎，"棘冠"已归商人们所有，急得什么似的。他要将这件无价之宝收回，便异想天开地在犹太人身上加了一种"苛捐杂税"。过了一年，"棘冠"果然弄回来，还得了些别的小宝贝，如"真十字架"的片段等等。他这一乐非同小可，命令某建筑师造一所教堂供奉这些宝物；要造得好，配得上。一二四五年起手，三年落成。名建筑家勒丢克说，"这所教堂内容如此复杂，花样如此繁多，活儿如此利落，材料如此美丽，真想不出在那样短的时期旦如何成功的。"这样两个龛堂，一上一下，都是金碧辉煌的。下堂尖拱重叠，纵横交互；中央拱抵而阔，所以地方并不大而极有开朗之势。堂中原供的"圣处女"像，传说灵迹甚多。上堂却高多了，有彩绘的玻璃窗子十五堵；窗下沿墙有龛，低得可怜相。柱上相间地安着十二使徒像；有两尊很古老，别的都是近世仿作。玻璃绘画似乎与戈昔艺术分不开；十三世纪后者最盛，前者也最盛。画法用许多颜色玻璃拼合而成，相连处以铅焊之，再用铁条夹住。着色有浓淡之别。淡色所以使日光柔和缥缈。但浓色的多，大概用深蓝作地子，加上点儿黄白与宝石红，取其衬托鲜明。这种窗子也兼有装饰与教导的好处；所画或为几何图案，或为人物故事。还有一堵"玫瑰窗"，是象征"圣处女"的；画是圆形，花纹都从中心分出。据说这堵窗是玫瑰窗中最亲切有味的，因为它的温暖的颜色比别的更接近看的人。但这种感想东方人不会有。这龛堂有一座金色的尖塔，是勒丢克造的。

毛得林堂在刚果方场之东北，造于近代。形式仿希腊神庙，四面五十二根哥林斯式石柱，围成一个廊子。壁上左右各有一排大龛子，安着群圣的像。堂里也是一行行同式的石柱；却使用各种颜色的大理石，华丽悦目。圣心院在巴黎市外东北方，也是近代造的，至今还未完成，堂在一座小山的顶上，山脚下有两道飞阶直通上去。也通索子铁路。堂的规模极宏伟，有四个穹隆顶，一个大的，带三个小的，都量卑赞廷式；另外一座方形高钟楼，里面的钟重二万九千斤。堂里能容八千人，但还没有加以装饰。房子是白色，台阶也是的，一种单纯的力量压得住人。堂高而大，巴黎周围若干里外便可看见。站在堂前的平场里，或爬上穹隆顶里，也可看个五六十里。造堂时工程浩大，单是打地基一项，就花掉约四百万元；因为土太松了，撑不住，根基要一直打到山脚下。所以有人半真半假地说，就是移了山，这教堂也不会倒的。

巴黎博物院之多，真可算甲于世界。就这一桩儿，便可教你流连忘返。但须徘徊玩索才有味，走马看花是不成的。一个行色匆匆的游客，在这种地方往往无可奈何。博物院以卢浮宫（Louvre）为最大；这是就全世界论，不单就巴黎论。卢浮宫在加罗塞方场之东；主要的建筑是口字形，南头向西伸出一长条儿。这里本是一座堡垒，后来改为王宫。大革命后，各处王宫里的画，宫苑里的雕刻，都保存在此；改为故宫博物院，自然是很顺当的。博物院成立后，历来的政府都尽力搜罗好东西放进去；拿破仑从各国"搬"来大宗的画，更为博物院生色不少。宫房占地极宽，站在那方院子里，颇有海阔天空的意味。院子里养着些鸽子，成群地孤单地仰着头挺着胸在地上一步步地走，一点不怕人。撒些饼干面包之类，它们便都向你身边来。房子造得秀雅而庄严，壁上安着许多王公的雕像。熟悉法国历史的人，到此一定会发思古之幽情的。

卢浮宫好像一座宝山，蕴藏的东西实在太多，教人不知从那儿说起好。画为最，还有雕刻、古物、装饰美术等等，真是琳琅满目。乍进去的人一时摸不着头脑，往往弄得糊里糊涂。就中最脍炙人口的有三件。一是达文齐的《蒙那丽沙》像，大约作于一五〇五年前后，是觉孔达（Joconda）夫人的画像。相传达文齐这幅像画了四个年头，因为要那甜美的微笑的样子，每回"临像"的时候，总请些乐人弹唱给她听，让她高高兴兴坐着。像画好了，他却爱上她了。这幅画是佛兰西司第一手里买的，他没有准儿许认识那女人。一九一一年画曾被人偷走，但两年之后，到底从意大利找回来了。十六世纪中叶，意大利已公认此画为不可有二的画像杰作，作者在与造化争巧。画的奇处就在那一丝儿微笑上。那微笑太飘忽了，太难捉摸了，好像常常在变幻。这果然是个"奇迹"，不过也只是造形的"奇迹"罢了。这儿也有些理想在内；达文齐笔下夹带了一些他心目中的圣母的神气。近世讨论那微笑的可太多了。诗人、哲学家，有的是；他们都想找出点儿意义来。于是蒙那丽沙成为一个神秘的浪漫的人了；她那微笑成为"人狮（Sphinx）的凝视"或"鄙薄的讽笑"了。这大概是她与达文齐都梦想不到的吧。

二是米罗（Milo）《爱神》像。一八二〇年米罗岛一个农人发见这座像，卖给法国政府只卖了五千块钱。据近代考古家研究，这座像当作于纪元前一百年左右。那两只胳膊都没有了；它们是怎么个安法，却大大费了一班考古家的心思。这座像不但有生动的形态，而且有温暖的骨肉。她又强壮，又清明；单纯而伟大，朴真而不奇。所谓清明，是身心都健的表象，与麻木不同。这种作风颇与纪元前五世纪希腊巴昔农（Fanthenon）庙的监造人，雕刻家费铁亚司（Phidias）相近。因此法国学者雷那西（S.Reinach，新近去世）在他的名著《亚波罗》（美术史）中相信这座像作于纪元前四世纪中。他并且相信这座像不是爱神微那司而是海女神安非特利特（Amphitrite）；因为它没有细腻、缥缈、娇羞、多情的样子。三是沙摩司雷司（Samothrace）的《胜利女神像》。女神站在冲波而进的船头上，吹着一支喇叭。但是现在头和手都没有了，剩下翅膀与身子。这座像是还愿的。纪元前三〇六年波立尔塞特司（Demetrius Poliorcetes）在塞勃勒司（Cyprus）岛打败了埃及大将陶来买（Ptolemy）的水师，便在沙摩司雷司岛造了这座像。衣裳雕得最好；那是一件薄薄的软软的衣裳，光影的准确，衣褶的精细流动；加上那下半截儿被风吹得好像弗弗有声，上半截儿却紧紧地贴着身子，很有趣地对照着。因为衣裳雕得好，才显出那筋肉的力量；那身子在摇晃着，在挺进着，一团胜利的喜悦的劲儿。还有，海风呼呼地吹着，船尖儿嘶嘶地响着，将一片碧波分成两条长长的白道儿。

卢森堡博物院专藏近代艺术家的作品。他们或新故，或还生存。这里比卢浮宫明亮得多。进门去，宽大的甬道两旁，满陈列着雕像等；里面却多是画。雕刻里有彭彭（Pompon）的《狗熊》与《水禽》等，真是大巧若拙。彭彭现在大概有七八十岁了，天天上动物园去静观禽兽的形态。他熟悉它们，也亲爱它们，所以做出来的东西神气活现；可是形体并不像照相一样地真切，他在天然的曲线里加上些小小的棱角，便带着点"建筑"的味儿。于是我们才看见新东西。那《狗熊》和实物差不多大，是石头的；那《水禽》等却小得可以供在案头，是铜的。雕像本有两种手法，一是干脆地砍石头，二是先用泥塑，再浇铜。彭彭从小是石匠，石头到他手里就像豆腐。他是巧匠而兼艺术家。动物雕像盛于十九世纪的法国；那时候动物园发达起来，供给艺术家观察、研究、描摹的机会。动物素描之成为画的一支，也从这时候起。院里的画受后期印象派的影响，找寻人物的"本色"（local colour），大抵是鲜明的调子。不注重画面的"体积"而注重装饰的效用。也有细心分别光影的，但用意还在找寻颜色，与印象派之只重光影不一样。

砖场花园的南犄角上有网球场博物院，陈列外国近代的画与雕像。北犄角上有奥兰纪利博物院，陈列的东西颇杂，有马奈（Manet，九世纪法国印象派画家）的画与日本的浮世绘等。浮世绘的着色与构图给十九世纪后半法国画家极深的影响。摩奈（Monet）画院也在这里。他也是法国印象派巨子，一九二六年才过去。印象派兴于十九世纪中叶，正是照相机流行的时候。这派画家想赶上照相机，便专心致志地分别光影；他们还想赶过照相机，照相没有颜色而他们有。他们只用原色；所画的画近看但见一处处的颜色块儿，在相当的距离看，才看出光影分明的全境界。他们的看法是迅速的综合的，所以不重"本色"（人物固有的颜色，随光影而变化），不重细节。摩奈以风景画著于世；他不但是印象派，并且是露天画派（Pleinairiste）。露天画派反对画室里的画，因为都带着那黑影子；露天里就没有这种影子。这个画院里有摩奈八幅顶大的画，太大了，只好嵌在墙上。画院只有两间屋子，每幅画就是一堵墙，画的是荷花在水里。摩奈欢喜用蓝色，这几幅画也是如此。规模大，气魄厚，汪汪欲溢的池水，疏疏密密的乱荷，有些像在树荫下，有些像在太阳里。据内行说，这些画的章法，简直前无古人。

罗丹博物院在左岸。大战后罗丹的东西才收集在这里；已完成的不少，也有些未完成的。有群像、单像、胸像；有石膏仿本。还有画稿、塑稿。还有罗丹的遗物。罗丹是十九世纪雕刻大师；或称他为自然派，或称他为浪漫派。他有匠人的手艺，诗人的胸襟；他借雕刻来表现自己的情感。取材是不平常的，手法也是不平常的。常人以为美的，他觉得已无用武之地；他专找常人以为丑的，甚至于借重性交的姿势。又因为求表现的充分，不得不夸饰与变形。所以他的东西乍一看觉得"怪"，不是玩艺儿。从前的雕刻讲究光洁，正是"裁缝不露针线迹"的道理；而浪漫派艺术家恰相反，故意要显出笔触或刀痕，让人看见他们在工作中情感激动的光景。罗丹也常如此。他们又多喜欢用塑法，因为泥随意些，那凸凸凹凹的地方，那大块儿小条儿，都可以看得清楚。

克吕尼馆（Cluny）收藏罗马与中世纪的遗物颇多，也在左岸。罗马时代执政的宫在这儿。后来法兰族诸王也住在这宫里。十五世纪的时候，宫毁了，克吕尼寺僧改建现在这所房子，作他们的下院，是"后期戈昔"与"文艺复兴"的混合式。法国王族来到巴黎，在馆里暂住过的，也很有些人。这所房子后来又归了一个考古家。他搜集了好些古董；死后由政府收买，并添凑成一万件。画、雕刻、木刻、金银器、织物、中世纪上等家具、瓷器、玻璃器，应有尽有。房子还保存着原来的样子。入门就如活在几百年前的世界里，再加上陈列的零碎的东西，触鼻子满是古气。与这个馆毗连着的是罗马时代的浴室，原分冷浴热浴等，现在只看见些残门断柱（也有原在巴黎别处的），寂寞地安排着。浴室外是园子，树间草上也散布着古代及中世纪巴黎建筑的一鳞一爪，其中"圣处女门"最秀雅。

此外巴黎美术院（即小宫），装饰美术院都是杂拌儿。后者中有一间扇室，所藏都是十八世纪的扇面，是某太太的遗赠。十八世纪中国玩艺儿在欧洲颇风行，这也可见一斑。扇面满是西洋画，精工鲜丽；几百张中，只有一张中国人物，却板滞无生气。又有吉买博物院（Guimet），收藏远东宗教及美术的资料。伯希和取去敦煌的佛画，多数在这里。日本小画也有些。还有蜡人馆。据说那些蜡人做得真像，可是没见过那些人或他们的照相的，就感不到多大兴味，所以不如画与雕像。不过"隧道"里阴惨惨的，人物也代表着些阴惨惨的故事，却还可看。楼上有镜宫，满是镜子，顶上与周围用各色电光照耀，宛然千门万户，像到了万花筒里。

一九三二年春季的官"沙龙"在大宫中，顶大的院子里罗列着雕像；楼上下八十几间屋子满是画，也有些装饰美术。内行说，画像太多，真有"官"气。其中有安南阮某一幅，奖银牌；中国人一看就明白那是阮氏祖宗的影像。记得有个笑话，说一个贼混入人家厅堂偷了一幅古画，卷起夹在腋下。跨出大门，恰好碰见主人。那贼情急智生，便将画卷儿一扬，问道，"影像，要买吧？"主人自然大怒，骂了一声走进去。贼于是从容溜之乎也。那位安南阮某与此贼可谓异曲同工。大宫里，同时还有一个装饰艺术的"沙龙"，陈列的是家具、灯、织物、建筑模型等等，大都是立体派的作风。立体派本是现代艺术的一派，意大利最盛。影响大极了，建筑，家具，布匹，织物，器皿，汽车，公路，广告，书籍装订，都有立体派的份儿。平静，干脆，是古典的精神，也是这时代重理智的表现。在这个"沙龙"里看，现代的屋子内外都俨然是些几何的图案，和从前华丽的藻饰全异。还有一个"沙龙"，专陈列幽默画。画下多有说明。各画或描摹世态，或用大小文野等对照法，以传出那幽默的情味。有一幅题为《长裤子》，画的是夜宴前后客室中的景子：女客全穿短裤子，只有一人穿长的，大家的眼睛都盯着她那长出来的一截儿。她正在和一个男客谈话，似乎不留意。看她的或偏着身子，或偏着头，或操着手，或用手托着腮（表示惊讶），倚在丈夫的肩上，或打着看戏用的放大镜子，都是一副尴尬面孔。穿长裤子的女客在左首，左首共三个人；中央一对夫妇，右首三个女人，疏密向背都恰好；还点缀着些不在这一群里的客人。画也有不幽默的，也有太恶劣的；本来是幽默并不容易。

　　巴黎的坟场，东头以倍雷拉谢斯（Père Lachaise）为最大，占地七百二十亩，有二里多长。中间名人的坟颇多，可是道路纵横，找起来真费劲儿。阿培拉德与哀绿绮思两坟并列，上有亭子盖着；这是重修过的。王尔德的坟本葬在别处；死后九年，也迁到此场。坟上雕着个大飞人，昂着头，直着脚，长翅膀，像是合埃及的"狮人"与亚述的翅儿牛而为一，雄伟飞动，与王尔德并不很称。这是英国当代大雕刻家爱勃司坦（Epstein）的巨作；钱是一位倾慕王尔德的无名太太捐的。场中有巴什罗米（Bartholomé）雕的一座纪念碑，题为《致死者》。碑分上下两层，上层中间是死门，进去的两个人倒也行无所事的；两侧向门走的人群却牵牵拉拉，哭哭啼啼，跌跌倒倒，不得开交似的。下层像是生者的哀伤。此外北头的蒙马特，南头的蒙巴那斯两坟场也算大。茶花女埋在蒙马特场，题曰一八二四年正月十五日生，一八四七年二月三日卒。小仲马，海涅也在那儿。蒙巴那斯场有圣白孚、莫泊桑、鲍特莱尔等；鲍特莱尔的坟与纪念碑不在一处，碑上坐着一个悲伤的女人的石像。

巴黎的夜也是老牌子。单说六个地方。非洲饭店带澡堂子，可以洗蒸气澡，听黑人浓烈的音乐；店员都穿着埃及式的衣服。三藩咖啡看"爵士舞"，小小的场子上一对对男女跟着那繁声促节直扭腰儿。最警动的是那小圆木筒儿，里面像装着豆子之类。不时地紧摇一阵子。圆屋听唱法国的古歌；一扇门背后的墙上油画着蹲着在小便的女人。红磨坊门前一架小红风车，用电灯做了轮廓线；里面看小戏与女人跳舞。这在蒙巴特区。蒙马特是流浪人的区域。十九世纪画家住在这一带的不少，画红磨坊的常有。塔巴林看女人跳舞，不穿衣服，意在显出好看的身子。里多在仙街，最大。看变戏法，听威尼斯夜曲。里多岛本是威尼斯娱乐的地方。这儿的里多特意砌了一个池子，也有一支"刚朵拉"，夜曲是男女对唱，不过意味到底有点儿两样。

巴黎的野色在波隆尼林与圣克罗园里才可看见。波隆尼林在西北角，恰好在塞因河河套中间，占地一万四千多亩，有公园，大路，小路，有两个湖，一大一小，都是长的；大湖里有两个洲，也是长的。要领略林子的好处，得闲闲地拣深僻的地儿走。圣克罗园还在西南，本有离宫，现在毁了，剩下些喷水和林子。林子里有两条道儿很好。一条渐渐高上去，从树里两眼望不尽；一条窄而长，漏下一线天光；远望路口，不知是云是水，茫茫一大片。但真有野味的还得数枫丹白露的林子。枫丹白露在巴黎东南，一点半钟的火车。这座林子有二十七万亩，周围一百九十里。坐着小马车在里面走，幽静如远古的时代。太阳光将树叶子照得透明，却只一圈儿一点儿地洒到地上。路两旁的树有时候太茂盛了，枝叶交错成一座拱门，低低的；远看去好像拱门那面另有一界。林子里下大雨，那一片沙缮缮缮的声音，像潮水，会把你心上的东西冲洗个干净。林中有好几处山峡，可以试腰脚，看野花野草，看旁逸斜出，稀奇古怪的石头，像枯骨，像刺猬。亚勃雷孟峡就是其一，地方大，石头多，又是忽高忽低，走起来好。

枫丹白露宫建于十六世纪，后经重修。拿破仑一八一四年临去爱而巴岛的时候，在此告别他的诸将。这座宫与法国历史关系甚多。宫房外观不美，里面却精致，家具等等也考究。就中侍从武官室与亨利第二厅最好看。前者的地板用嵌花的条子板；小小的一间屋，共用九百条之多。复壁板上也雕绘着繁细的花饰，炉壁上也满是花儿，挂灯也像花正开着。后者是一间长厅，其大少有。地板用了二万六千块，一色，嵌成规规矩矩的几何图案，光可照人。厅中间两行圆拱门。门柱下截镶复壁板，上截镶油画；楣上也画得满满的。天花板极意雕饰，金光耀眼。宫外有园子、池子，但赶不上凡尔赛宫的。

凡尔赛宫在巴黎西南，算是近郊。原是路易十三的猎宫，路易十四觉得这个地方好，便大加修饰。路易十四是所谓"上帝的代表"，凡尔赛宫便是他的庙宇。那时法国贵人多一半住在宫里，伺候王上。他的侍从共一万四千人；五百人伺候他吃饭，一百个贵人伺候他起床，更多的贵人伺候他睡觉。那时法国艺术大盛，一切都成为御用的，集中在凡尔赛和巴黎两处。凡尔赛宫里装饰力求富丽奇巧，用钱无数。如金漆彩画的天花板，木刻，华美的家具，花饰，贝壳与多用错综交会的曲线纹等，用意全在教来客惊奇：这便是所谓"罗科科式"（Rococo）。宫中有镜厅，十七个大窗户，正对着十七面同样大小的镜子；厅长二百四十英尺，宽三十英尺，高四十二英尺。拱顶上和墙上画着路易十四打胜德国、荷兰、西班牙的情形，画着他是诸国的领袖，画着他是艺术与科学的广大教主。近十几年来成为世界祸根的那和约便是一九一九年六月二十八那一天在这座厅里签的字。宫旁一座大园子，也是路易十四手里布置起来的。看不到头的两行树，有万千的气象。有湖，有花园，有喷水。花园一畦一个花样，小松树一律修剪成圆锥形，集法国式花园之大成。喷水大约有四十多处，或铜雕，或石雕，处处都别出心裁，也是集大成。每年五月到九月，每月第一星期日，和别的节日，都有大水法。从下午四点起，到处银花飞舞，雾气沾人，衬着那齐斩斩的树，软茸茸的草，觉得立着看，走着看，不拘怎么看总成。海龙王喷水池，规模特别大；得等五点半钟大水法停后，让它单独来二十分钟。有时晚上大放花炮，就在这里。各色的电彩照耀着一道道喷水。花炮在喷水之间放上去，也是一道道的；同时放许多，便氤氲起一团雾。这时候电光换彩，红的忽然变蓝的，蓝的忽然变白的，真真是一眨眼。

卢梭园在爱尔莽浓镇（Ermenonville），巴黎的东北；要坐一点钟火车，走两点钟的路。这是道地乡下，来的人不多。园子空旷得很，有种荒味。大树，怒草，小湖，清风，和中国的郊野差不多，真自然得不可言。湖里有个白杨洲，种着一排白杨树，卢梭坟就在那小洲上。日内瓦的卢梭洲在仿这个；可是上海式的街市旁来那个洲子，总有些不伦不类。

一九三一年夏天，"殖民地博览会"开在巴黎之东的万散园（Vincennes）里。那时每日人山人海。会中建筑都仿各地的式样，充满了异域的趣味。安南庙七塔参差，峥嵘肃穆，最为出色。这些都是用某种轻便材料造的，去年都拆了。各建筑中陈列着各处的出产，以及民俗。晚上人更多，来看灯光与喷水。每条路一种灯，都是立体派的图样。喷水有四五处，也是新图样；有一处叫"仙人球"喷水，就以仙人球做底样，野拙得好玩儿。这些自然都用电彩。还有一处水桥，河两岸各喷出十来道水，凑在一块儿，恰好是一座弧形的桥，教人想着走上一个水晶的世界去。

一九三三年六月三十日作

附录：西行通讯

一

圣陶兄：

我等八月二十二日由北平动身，二十四日到哈尔滨。这至少是个有趣的地方，请听我说哈尔滨的印象。

这里分道里、道外、南岗、马家沟四部分。马家沟是新辟的市区，姑不论。南岗是住宅区，据说建筑别有风味；可惜我们去时，在没月亮的晚上。道外是中国式的市街，我们只走过十分钟。我所知的哈尔滨，是哈尔滨的道里，我们住的地方。

道里纯粹不是中国味儿。街上满眼是俄国人，走着的，坐着的；女人比那儿似乎都要多些。据说道里俄国人也只十几万；中国人有三十几万，但俄国人大约喜欢出街，所以便觉满街都是了。你黄昏后在中国大街上走（或在南岗秋林洋行前面走），瞧那拥拥挤挤的热闹劲儿。上海大马路等处入夜也闹攘攘的，但乱七八糟地各有目的，这儿却几乎满是逛街的。

　　这种忙里闲的光景，别处是没有的。

　　这里的外国人不像上海的英美人在中国人之上，可是也并不如有些人所想，在中国人之下。中国人算是不让他们欺负了，他们又怎会让中国人欺负呢？中国人不特别尊重他们，却是真的。他们的流品很杂，开大洋行小买卖的固然多，驾着汽车沿街兜揽乘客的也不少，赤着脚爱淘气的顽童随处可见。这样倒能和中国人混在一起，没有什么隔阂了。也许因白俄们穷无所归，才得如此；但这现象比上海沈阳等中外杂居的地方使人舒服多了。在上海沈阳冷眼看着，是常要生气，常要担心的。

这里人大都会说俄国话，即使是卖扫帚的。他们又大都有些外国规矩，如应诺时的"哼哼"，及保持市街清洁之类。但他们并不矜持他们的俄国话和外国规矩，也没有卖弄的意思，只看做稀松平常，与别处的"二毛子"大不一样。他们的外国化是生活自然的趋势，而不是奢侈的装饰，是"全民"的，不是少数"高等华人"的。一个生客到此，能领受着多少异域的风味而不感着窒息似的；与洋大人治下的上海，新贵族消夏地的青岛，北戴河，宛然是两个世界。

但这里虽有很高的文明，却没有文化可言。待一两个礼拜，甚至一个月，大致不会教你腻味，再多可就要看什么人了。这里没有一爿像样的书店，中国书外国书都很稀罕；有些大洋行的窗户里虽放着几本俄文书，想来也只是给商人们消闲的小说罢。最离奇的是这里市招上的中文，如"你吉达""民娘九尔""阿立古闹如次"等译音，不知出于何人之手。也难怪，中等教育，还在幼稚时期的，已是这里的最高教育了！这样算不算梁漱溟先生所说的整个欧化呢？我想是不能算的。哈尔滨和哈尔滨的白俄一样，这样下去，终于是非驴非马的畸形而已。虽在感着多少新鲜的意味的旅客的我，到底不能不作如此想。

这里虽是欧化的都会，但闲的处所竟有甚于北平的。大商店上午九点开到十二点，一点到三点休息；三点再开，五点便上门了。晚上呢，自然照例开电灯，让炫眼的窗饰点缀坦荡荡的街市。穿梭般的男女比白天多得多。俄国人，至少在哈尔滨的，像是与街有不解缘。在巴黎伦敦最热闹的路上，晚上逛街的似乎也只如此罢了。街两旁很多休息的长椅，并没有树荫遮着；许多俄国人就这么四无依傍地坐在那儿，有些竟是为了消遣来的。闲一些的街中间还有小花园，围以短短的栅栏，里面来回散步的不少。——你从此定可以想到，一个广大的公司，在哈尔滨是决少不了的。

这个现在叫做"特市公园"。大小仿佛北平

的中山公园，但布置自然两样。里面有许多花坛，用各色的花拼成种种对称的图案；最有意思的是一处入口的两个草狮子。是蹲伏着的，满身碧油油的嫩草，比常见的狮子大些，神气自然极了。园内有小山，有曲水，有亭有桥；桥是外国式，以玲珑胜。水中可以划船，也还有些弯可转。这样便耐人寻味。又有茶座，电影场，电气马（上海大世界等处有）等。这里电影不分场，从某时至某时老是演着；当时颇以为奇，后来才知是外国办法。我们去的那天，正演《西游记》；不知别处会演些好片子否。这公园里也是晚上人多；据说俄国女人常爱成排地在园中走，排的长约等于路的阔，同时总有好两排走着，想来倒也很好看。特市公园外，警察告诉我们还有些小园子，不知性质如何。

这里的路都用石块筑成。有人说石头路尘土少些；至于不用柏油，也许因为冬天太冷，柏油不经冻之故。总之，尘土少是真的，从北平到这儿，想着尘土要多些，那知适得其反；在这儿街上走，从好些方面看，确是比北平舒服多了。因为路好，汽车也好。不止坐着平稳而已，又多！又贱！又快！满街是的，一扬手就来，和北平洋车一样。这儿洋车少而贵；几毛钱便可坐汽车，人多些便和洋车价相等。开车的俄国人居多，开得"棒"极了；拐弯，倒车，简直行所无事，还让你一点不担心。巴黎伦敦自然有高妙的车手，但车马填咽，显不出本领；街上的 Taxi 有时几乎像驴子似的。在这一点上，哈尔滨要强些。胡适之先生提倡"汽车文明"，这里我是第一次接触汽车文明了。上海汽车也许比这儿多，但太贵族了，没有多少意思。此地的马车也不少，也贱，和五年前南京的马车差不多，或者还要贱些。

这里还有一样便宜的东西，便是俄国菜。我们第一天在一天津馆吃面，以为便宜些；那知第二天吃俄国午餐，竟比天津馆好而便宜得多。去年暑假在上海，有人请吃"俄国大菜"，似乎那时很流行，大约也因为价廉物美吧。俄国菜分量多，便于点菜分食；比吃别国菜自由些；且油重，合于我们的口味。我们在街上见俄国女人的胫痴肥的多，后来在西伯利亚各站所见也如此；我们常说，这怕是菜里的油太重了吧。

最后我要说松花江，道里道外都在江南，那边叫江北。江中有一太阳岛，夏天人很多，往往有带了一家人去整日在上面的。岛上最好的玩意自然是游泳，其次许就算划船。我不大喜欢这地方，因为毫不整洁，走着不舒服。我们去的已不是时候，想下水洗浴，因未带衣服而罢。岛上有一个临时照相人。我和一位徐君同去，我们坐在小船上让他照一个相。岸边穿着游泳衣的俄国妇人孩子共四五人，跳跳跑跑地硬挤到我们船边，有的浸在水里，有的爬在船上，一同照在那张相里。这种天真烂漫，倒也有些教人感着温暖的。走方照相人，哈尔滨甚多，中国别的大都市里，似未见过；也是外国玩意儿。照得不会好，当时可取，足为纪念而已。从太阳岛划了小船上道外去。我是刚起手划船，在北平三海来过几回；最痛快是这回了。船夫管着方向，他的两桨老是伺候着我的。桨是洋式，长而匀称，支在小铁叉上，又稳，又灵活；桨片是薄薄的，弯弯的。江上又没有什么萍藻，显得宽畅之至。这样不吃力而得讨好，我们过了一个愉快的下午。第二天我们一伙儿便离开哈尔滨了。

此信八月三十一在西伯利亚车中动手写，直耽搁到今日才写毕。在时间上，不在篇幅上，要算得是一通太长的信了，一切请原谅罢！

弟：自清

一九三一年十月八日，伦敦

二

圣陶兄：

这一回说给你我们过西伯利亚的情形。

平常想到西伯利亚，眼前便仿佛一片莽莽的平原，黯淡的斜阳照着，或者凛冽的北风吹着，或者连天的冰雪盖着。相信这个印象一半从《勒勒歌》来，一半从翻译的小说来；我们火车中所见，却并不如此惊心动魄的——大概是夏天的缘故罢。荒凉诚然不错，但沿路没有童山，千里的青绿，倒将西伯利亚化作平常的郊野了。只到处点缀着木屋，是向所未见。我们在西伯利亚七日，有五天都下雨；在那牛毛细雨中，这些微微发亮的木屋是有一种特别的调子的。

头两天是晴天，第一天的落日真好看；只有那时候我们承认西伯利亚的伟大。平原渐渐苍茫起来，它的边际不像白天分明，似乎伸展到无穷尽的样子。只有西方一大片深深浅浅的金光，像是一个海。我们指点着，这些是岛屿；那些是船只，还在微风中动摇着呢。金光炫烂极了，这地上是没有的。勉强打个比喻，也许像熊熊的火焰吧，但火焰究竟太平凡了。那深深浅浅的调子，倒有些像名油画家的画板，浓一块淡一块的；虽不经意，而每一点一堆都可见他的精神，他的姿态。那时我们说起"霞"这个名字，觉得声调很响亮，恰是充满了光明似的。又说到"晚霞"；"晚"的声调带一些冥没的意味，便令人有"已近黄昏"之感。L君说英文中无与"霞"相当的字,只能叫做"落日";若真如此,我们未免要为英国人怅惘了。

第二天傍晚过贝加尔湖;这是一个大大有名的湖,我所渴想一看的。记得郭沫若君的诗里说过苏武在贝加尔湖畔牧羊,真是美丽而悲凉的想象。在黯淡的暮色中过这个寂寞的湖,我不禁也怀古起来了。晚餐前我们忽见窗外很远的一片水;大家猜,别是贝加尔湖吧?晚餐完时,车已沿着湖边走了。向北望去,只见渺渺一白,想不出那边还有地方。这湖单调极了。似乎每一点都同样的平静,没有一个帆影,也没有一个鸟影。夜来了,这该是死之国吧?但我还是坐在窗前呆看。东边从何处起,我们没留意;现在也像西边一样,是无穷的白水。车行两点多钟,贝加尔湖依然在窗外;天是黑透了,我走进屋内,到底不知什么时候完的。

在欧亚两洲交界处,有一段路颇有些中国意境,绵延不断的青山与悠然流着的河水,在几里

114

路中只随意曲了几曲。山高而峻，不见多少峰峦，如削成的一座大围屏。车在山下沿着河走；河岸也是高峻，水像突然掉下去似的。从山顶到河面，是整整齐齐的两叠；除曲了那几曲外，这几里路中都是整齐的。整齐虽已是西方的好处，但那高深却还近乎中国的山水诗或山水画。河中见一狭狭的小舟，一个人坐着缓缓地划桨，那船和人都是灰暗的颜色；这才真是中国画了。

车中一间屋睡四个人，而我们只有三个。上车时想着能老占着一间屋就好。但晚上便来了一个女人，像是做工的或种地的。她坦然睡了上铺；这在国内是不会有的——我们不但是三个男人，并且是三个外国人！第二天她下车了，来的是三等车中唯一的绅士；他大概因为晚上我们出入拉门，扰他清梦，下一天搬到别屋里去。以后来的是兵，兵，兵！我们都说与兵有缘分呢。最后来了经济学博士，他的名字，我还记得，是约瑟，是玩纸牌时要按名记分，他告诉我们的。从前来者都只说俄国话，我们偶然也能答应一两个字；

是从万国卧车公司的指南上学来，如"不""三个""多少"之类。"不"字用得最多，伴着的是一摇头。这自然干脆不过，但往往从此打断了谈话；到这地步，那一位大概不是站在门外窗口去看风景，便是闭上眼睡觉。这位约瑟君却不同，他除俄国话外，自己说还懂得法文；LH两位都懂法文，我们立刻觉得屋里更有意思起来了。

但约瑟君的法文却实在不够用，他只能说些单字。LH两位应付得很费力，可是他爱说话极了，老是支支节节地谈下去。他告诉我们，俄国报说汉口党人烧了美孚煤油公司；又问起好几个中国人的名字。难为他记得住这些名字！有一个下午，他拿了纸笔，画了地图，和我们议论天下大事。他说俄国从美国买机器，而卖粮食给它；中国从美国买粮食和日用品，白让它赚了钱去。他在地图上点了几点，写着，"血！""血！"说中国只能将血滴给美国，没有别的。他似乎以为中国全然美国化了，这样东西也问"亚美利加？"那样也问"亚美利加？"甚至我送他一包香片，

116

也问"亚美利加？"我们赶紧说"中国""中国"，才收下了。

他又问我们什么党。我们三个都不在党；他奇怪极了，指着胸道，"我——博士——共产党！"指在他身旁的朋友——也是经济学博士——道，"他——博士——共产党！"他喜欢喝酒，常和他的朋友上饭车去喝。也邀过我们两三次，总说，"同志——啤酒。"一面指着饭车那方面。我们都谢了。最后他似乎不大好意思，指点着道，"我——布尔乔——你们——普罗利特利亚特！"他又常指着他的衣服道，"不好看——俄罗斯；"指着我们的道，"亚美利加！"（两三天后在另一车上和一个十八岁的俄国工人谈话，一位高丽人给翻译。这是个天真烂漫的工人，他的衣服比我们粗糙多了，可是比我们贵多了。他露出美慕的颜色，但我想起约瑟君的话，倒有些美慕他们。）他是个和蔼的人，很帮我们的忙。快到莫斯科时，他一面剥着松子（沿路见俄国人吃松子的甚多，一粒粒地摘下来嗑着，似乎比嗑瓜子有意思），一面告诉我们他有妻有子，现在家里等着他呢。又指着远处，说他夏天和他们住在城外，天凉了才搬进城去。下车后他还特地到窗前来和我们扬手作别。他是黑头发，紫脸膛，绕腮胡根子；他说他现在是一个经济杂志编辑人。

本该下午两点到莫斯科；误了五点钟，到时天已全黑了。去波兰的车就要开；满心想看看莫斯科，却只见一片黑夜，我只得带着最大的失望上车走了。第二天下午在波兰换车上巴黎去。晚上到饭车吃饭，侍者穿着小礼服，鞠着躬和客人说话，客人也大都换上整齐的衣服端端正正坐着，与俄国饭车空气大不相同。我渐渐有些拘束起来了。

弟：自清

一九三一年十一月十五日，伦敦

伦敦杂记

自　序

　　一九三一到一九三二年承国立清华大学给予休假的机会，得在欧洲住了十一个月，其中在英国住了七个月。回国后写过一本《欧游杂记》，专记大陆上的游踪。在英国的见闻，原打算另写一本，比《欧游杂记》要多些。但只写成九篇就打住了。现在开明书店惠允印行；因为这九篇都只写伦敦生活，便题为《伦敦杂记》。

　　当时自己觉得在英国住得久些，尤其是伦敦这地方，该可以写得详尽些。动手写的时候，虽然也参考裴歹克的《伦敦指南》，但大部分还是凭自己的经验和记忆。可是动手写的时候已经在回国两三年之后，记忆已经不够新鲜的，兴趣也已经不够活泼的。——自己却总还认真地写下去。有一天，看见《华北日报》上有记载伦敦拉衣恩司公司的文字，著者的署名已经忘记。自己在《吃的》那一篇里也写了拉衣恩司食堂；但看了人家源源本本的叙述，惭愧自己知道的真太少。从此便有搁笔之意，写得就慢了。抗战后才真搁了笔。

不过在英国的七个月毕竟是我那旅程中最有意思的一段儿。承柳无忌先生介绍，我能以住到歇卜士太太家去。这位老太太如《房东太太》那篇所记，不但是我们的房东，而且成了我们的忘年朋友。她的风趣增加我们在异国旅居的意味。《圣诞节》那篇所记的圣诞节，就是在她家过的。那加尔东尼市场，也是她说给我的。她现在不知怎样了，但愿还活着！伦敦的文人宅，我是和李健吾先生同去的。他那时从巴黎到伦敦玩儿。有了他对于那些文人的深切的向往，才引起我访古的雅兴。这个也应该感谢。

在英国的期间，赶上莎士比亚故乡新戏院落成。我和刘崇铉先生，陈麟瑞先生，柳无忌先生夫妇，同赶到"爱文河上的斯特拉特福"去"躬逢其盛"。我们连看了三天戏。那几天看的，走的，吃的，住的，样样都有意思。莎翁的遗迹触目皆是，使人思古的幽情油然而生。而那安静的城市，安静的河水，亲切的旅馆主人，亲切的旅馆客人，也都使人乐于住下去。至于那新戏院，立体的作风，简朴而精雅，不用说是值得盘桓的。我还赶上《阿丽思漫游奇境记》的作者加乐尔的纪念——记得当时某刊物上登着那还活着的真的阿丽思十三岁时的小影。而《泰晤士报》举行纪念，登载《伦敦的五十年》的文字，也在这时候。其中一篇写五十年来的男女社交，最惹起人今昔之感。这些我本打算都写在我的杂记里。我的拟目比写出的要多一半。其中有关于伦敦的戏的，我特别要记吉尔伯特和瑟利文的轻快而活泼的小歌剧。还有一篇要记高斯华绥的读诗会。——那回读诗会是动物救济会主办的。当场有一个工人背出高斯华绥《法网》那出戏里的话责问他，说他有钱了，就不管正义了。他打住了一下，向全场从容问道，"诸位女士，诸位先生，你们要我读完么？"那工人终于嘀咕着走了。——但是我知道的究竟太少，也许还是藏拙为佳。

写这些篇杂记的，我还是抱着写《欧游杂记》的态度，就是避免"我"的出现。"身边琐事"还是没有，浪漫的异域感也还是没有。并不一定讨厌这些。只因新到异国还摸不着头脑，又不曾交往异国的朋友，身边一些琐事差不多都是国内带去的，写出来无非老调儿。异域感也不是没有，只因已入中年，不够浪漫的。为此只能老老实实写出所见所闻，像新闻的报道一般；可是写得太认真，又不能像新闻报道那么轻快，真是无可如何的。游记也许还是让"我"出现，随便些的好；但是我已经来不及了。但是这九篇里写活着的人的比较多些，如《乞丐》《圣诞节》《房东太太》，也许人情要比《欧游杂记》里多些罢。

这九篇里除《公园》《加尔东尼市场》《房东太太》三篇外，都曾登在《中学生》杂志上。那时开明书店就答应我出版，并且已经在随排随等了。记得"七七"前不久开明的朋友还来信催我赶快完成这本书，说免得彼此损失。但是抗战开始了，开明印刷厂让敌人的炮火毁了，那排好的《杂记》版也就跟着葬在灰里了。直到前些日子，在旧书堆里发现了这九篇稿子。这是抗战那年从北平带出来的，跟着我走了不少路，陪着我这几年——有一篇已经残缺了。我重读这些文字，不免怀旧的感慨，又记起和开明的一段因缘，就交给开明印。承他们答应了，那残缺的一篇并已由叶圣陶先生设法抄补，感谢之至！只可惜图片印不出，恐怕更会显出我文字的笨拙来，这是很遗憾的。

一九四三年三月，昆明

三家书店

伦敦卖旧书的铺子，集中在切林克拉斯路（Charing
Cross Road）；那是热闹地方，顶容易找。路不宽，也不
长，只这么弯弯的一段儿；两旁不短的是书，玻璃窗里齐
整整排着的，门口摊儿上乱哄哄摆着的，都有。加上那徘
徊在窗前的，围绕着摊儿的，看书的人，到处显得拥拥挤
挤，看过去路便更窄了。摊儿上看最痛快，随你翻，用不
着"劳驾""多谢"；可是让风吹日晒的到底没什么好书，
要看好的还得进铺子去。进去了有时也可随便看，随便
翻，但用得着"劳驾""多谢"的时候也有；不过爱买不
买，决不至于遭白眼。说是旧书，新书可也有的是；只是
来者多数为的旧书罢了。

最大的一家要算福也尔（Foyle），在路西；新旧大

楼隔着一道小街相对着，共占七号门牌，都是四层，旧大楼还带地下室——可并不是地窖子。店里按着书的性质分二十五部；地下室里满是旧文学书。这爿店二十八年前本是一家小铺子，只用了一个店员；现在店员差不多到了二百人，藏书到了二百万种，伦敦的《晨报》称为"世界最大的新旧书店"。两边店门口也摆着书摊儿，可是比别家的大。我的一本《袖珍欧洲指南》，就在这儿从那穿了满染着书尘的工作衣的店员手里，用半价买到的。在摊儿上翻书的时候，往往看不见店员的影子；等到选好了书四面找他，他却从不知那一个角落里钻出来了。但最值得流连的还是那间地下室；那儿有好多排书架子，地上还东一堆西一堆的。乍进去，好像掉在书海里；慢慢地才找出道儿来。屋里不够亮，土又多，离窗户远些的地方，白日也得开灯。可是看得自在；他们是早七点到晚九点，你待个几点钟不在乎，一天去几趟也不在乎。只有一件，不可着急。你得像逛庙会逛小市那样，一半玩儿，一半当真，翻翻看看，看看翻翻；也许好几回碰不见一本合意的书，也许霎时间到手了不止一本。

开铺子少不了生意经，福也尔的却颇高雅。他们在旧

127

大楼的四层上留出一间美术馆，不时地展览一些画。去看不花钱，还送展览目录；目录后面印着几行字，告诉你要买美术书可到馆旁艺术部去。展览的画也并不坏，有卖的，有不卖的。他们又常在馆里举行演讲会，讲的人和主席的人当中，不缺少知名的。听讲也不用花钱；只每季的演讲程序表下，"恭请你注意组织演讲会的福也尔书店"。还有所谓文学午餐会，记得也在馆里。他们请一两个小名人做主角，随便谁，纳了餐费便可加入；英国的午餐很简单，费不会多。假使有闲工夫，去领略领略那名隽的谈吐，倒也值得的，不过去的却并不怎样多。

牛津街是伦敦的东西通衢，繁华无比，街上呢绒店最多；但也有一家大书铺，叫做彭勃思（Bumpus）的便是。这铺子开设于一七九〇年左右，原在别处；一八五〇年在牛津街开了一个分店，十九世纪末便全挪到那边去了，维多利亚时代，店主多马斯彭勃思很通声气，来往的有迭更斯、兰姆、麦考莱、威治威斯等人；铺子就在这时候出了名。店后本连着旧法院，有看守所、守卫室等，十几年来都让店里给买下了。这点古迹增加了人对于书店的趣味。法院的会议圆厅现在专作书籍展览会之用；守卫室陈列插图的书，看守所变成新书的货栈。但当日的光景还可从一些画里看出：如十八世纪罗兰生（Rowlandson）所画守卫室内部，是晚上各守卫提了灯准备去查监的情形，瞧着很忙碌的样子。再有一个图，画的是一七二九的一个守卫，神气够凶的。看守所也有一幅画，砖砌的一重重大拱门，石板铺的地，看守室的厚木板门严严锁着，只留下一个小方窗，还用十字形的铁条界着；真是铜墙铁壁，插翅也飞不出去。

这家铺子是五层大楼，却没有福也尔家地方大。下层卖新书，三楼卖儿童书、外国书，四楼五楼卖廉价书；二楼卖绝版书，难得的本子，精装的新书，还有《圣经》、祈祷书、书影等等，似乎是菁华所在。他们有初印本、精印本、著者自印本、著者签字本等目录，搜罗甚博，福也尔家所不及。新书用小牛皮或摩洛哥皮（山羊皮——羊皮也可仿制）装订，烫上金色或别种颜色的立体派图案；稀疏的几条平直线或弧线，还有"点儿"，错综着配置，透出干净、利落、平静、显豁，看了心目清朗。装订的书，数这儿讲究，别家书店里少见。书影是仿中世纪的抄本的一叶，大抵是祷文之类。中世纪抄本用黑色花体字，文首第一字母和叶边空处，常用蓝色金色画上各种花饰，典丽豪皇，穷极工巧，而又经久不变；仿本自然说不上这些，只取其也有一点古色古香罢了。

　　一九三一年里，这铺子举行过两回展览会，一回是剑桥书籍展览，一回是近代插图书籍展览，都在那"会议厅"里。重要的自然是第一回。牛津剑桥是英国最著名的大学；各有印刷所，也都著名。这里从前展览过牛津书籍，现在再展览剑桥的，可谓无遗憾了。这一年是剑桥目下的辟特印刷所（The Pitt Press）奠基百年纪念，展览会便为的庆祝这个。展览会由鼎鼎大名的斯密兹将军（General Smuts）开幕，到者有科学家詹姆士·金斯（James Jeans），亚特·爱丁顿（Arthur Eddington），还有别的人。展览分两部，现在出版的书约莫四千册是一类；另一类是历史部分。剑桥的书字型清晰，墨色匀称，行款合式，书扉和书衣上最见工夫；尤其擅长的是算学书，专门的科学书。这两种书需要极精密的技巧，极仔细的校对；剑桥是第一把手。但是这些东西，还有他们印的那些冷僻的外国语书，都卖得少，赚不了钱。除了是大学印刷所，别家大概很少愿意承印。剑桥又承印《圣经》；

英国准印《圣经》的只剑桥牛津和王家印刷人。斯密兹说剑桥就靠《圣经》和教科书赚钱。可是《泰晤士报》社论中说现在印《圣经》的责任重大，认真地考究地印，也只能够本罢了。——一五八八年英国最早的《圣经》便是由剑桥承印的。

英国印第一本书，出于伦敦威廉·甲克司登（Willian Caxton）之手，那是一四七七年。到了一五二一，约翰·席勃齐（John Siberch）来到剑桥，一年内印了八本书，剑桥印刷事业才创始。八年之后，大学方面因为有一家书纸店与异端的新教派勾结，怕他们利用书籍宣传，便呈请政府，求英王核准，在剑桥只许有三家书铺，让他们宣誓不卖未经大学检查员审定的书。那时英王是亨利第八；一五三四年颁给他们勅书，授权他们选三家书纸店兼印刷人，或书铺，"印行大学校长或他的代理人等所审定的各种书籍"。这便是剑桥印书的法律根据。不过直到一五八三年，他们才真正印起书来。那时伦敦各家书纸店有印书的专利权，任意抬高价钱。他们妒忌剑桥印书，更恨的是卖得贱。恰好一六二〇年剑桥翻印了他们一本文法书，他们就在法庭告了一状。剑桥师生老早不乐意他们抬价钱，这一来更愤愤不平；大学副校长第二年乘英王詹姆士第一上新市场去，半路上就递上一件呈子，附了一个比较价目表。这样小题大做，真有些书呆子气。王和诸大臣商议了一下，批道，我们现在事情很多，没工夫讨论大学与诸家书纸店的权益；但准大学印刷人出售那些文法书，以救济他的支绌。这算是碰了个软钉子，可也算是胜利。那呈子，那批，和上文说的那本《圣经》都在这一回展览中。席勃齐印的八本书也有两种在这里。此外还有一六二九年初印的定本《圣经》，书扉雕刻繁细，手艺精工之极。又密尔顿《力息达斯》（*Lycidas*）的初本也在展览着，那是经他亲手校改过的。

近代插图书籍展览，在圣诞节前不久，大约是让做父母的给孩子们多买点节礼吧。但在一个外国人，却也值得看看。展览的是七十年来的作品，虽没有什么系统，在这里却可以找着各种美，各种趋势。插图与装饰画不一样，得吟味原书的文字，透出自己的机锋。心要灵，手要熟，二者不可缺一。或实写，或想象，因原书情境、画人性习而异。——童话的插图却只得凭空着笔，想象更自由些；在不自由的成人看来，也许别有一种滋味。看过赵译

《阿丽思漫游奇境记》里谭尼尔（John Tenniel）的插画的，当会有同感吧。——所展览的，幽默，秀美，粗豪，典重，各擅胜场，琳琅满目；有人称为"视觉的音乐"，颇为近之。最有味的，同一作家，各家插画所表现的却大不相同。譬如莪默·伽亚谟（Omar Khayyam），莎士比亚，几乎在一个人手里一个样子；展览会里书多，比较着看方便，可以扩充眼界。插图有"黑白"的，有彩色的；"黑白"的多，为的省事省钱。就黑白画而论，从前是雕版，后来是照相；照相虽然精细，可是失掉了那种生力，只要拿原稿对看就会觉出。这儿也展览原稿，或是灰笔画，或是水彩画；不但可以"对看"，也可以让那些艺术家更和我们接近些。《观察报》记者记这回展览会，说插图的书，字往往印得特别大，意在和谐；却实在不便看。他主张书与图分开，字还照寻常大小印。他自然指大本子而言。但那种"和谐"其实也可爱；若说不便，这种书原是让你慢慢玩赏的，那能像读报一样目下数行呢？再说，将配好了的对儿生生拆开，不但大小不称，怕还要多花钱。

诗籍铺（The Poetry Bookshop）真是米米小，在一

个大地方的一道小街上。"叫名"街，实在一条小胡同吧。门前不大见车马，不说；就是行人，一天也只寥寥几个。那道街斜对着无人不知的大英博物院；街口钉着小小的一块字号木牌。初次去时，人家教在博物院左近找。问院门口守卫，他不知道有这个铺子，问路上戴着常礼帽的老者，他想没有这么一个铺子；好容易才找着那块小木牌，真是"远在天边，近在眼前"。这铺子从前在另一处，那才冷僻，连裴歹克的地图上都没名字，据说那儿是一所老宅子，才真够诗味，挪到现在这样平常的地带，未免太可惜。那时候美国游客常去，一个原因许是美国看不见那样老宅子。

诗人赫洛德·孟罗（Harold Monro）在一九一二年创办了这爿诗籍铺。用意在让诗与社会发生点切实的关系。孟罗是二十多年来伦敦文学生涯里一个要紧角色。从一九一一给诗社办《诗刊》（Poetry Review）起知名。在第一期里，他说，"诗与人生的关系得再认真讨论，用于别种艺术的标准也该用于诗。"他觉得能做诗的该做诗，有困难时该帮助他，让他能做下去；一般人也该念诗，受用诗。为了前一件，他要自办杂志，为了后一件，他要办读诗会；为了这两件，他办了诗籍铺。这铺子印行过《乔治诗选》（*Georgian Poetry*），乔治是现在英王的名字，意思就是当代诗选，所收的都是代表作家。第一册出版，一时风靡，买诗念诗的都多了起来；社会确乎大受影响。诗选共五册；出第五册时在一九二二，那时乔治诗人的诗兴却渐渐衰了。一九一九到二五年铺子里又印行《市本》月刊（*The Chapbook*）登载诗歌、评论、木刻等，颇多新进作家。

读诗会也在铺子里；星期四晚上准六点钟起，在一间小楼上。一年中也有些时候定好了没有。从创始以来，差不多没有间断过。前前后后著名的诗人几乎都在这儿读过诗：他们自己的诗，或他们喜欢的诗。入场券六便士，在英国算贱，合四五毛钱。在伦敦的时候，也去过两回。那时孟罗病了，不大能问事，铺子里颇为黯淡。两回都是他夫人爱立达·克莱曼答斯基（Alida Klementaski）读，说是找不着别人。那问小楼也容得下四五十位子，两回去，人都不少；第二回满了座，而且几乎都是女人——还有挨着墙站着听的。屋内只读诗的人小桌上一盏蓝罩子的桌灯亮着，幽幽的。她读济兹和别人的诗，读得很好，口齿既清楚，又有顿挫，内行说，能表出原诗的情味。英国诗有两种读法，将每个重音咬得清清楚楚，顿挫的地方用力，和说话的调子不相像 约翰·德林瓦特（John Drinkwater）便主张这一种。也说，读诗若用说话的调子，太随便，诗会跑了。但是参用一点儿，像克莱曼答斯基女士那样，也似乎自然流利，别有味道。这怕要看什么样的诗，什么样的读诗人，不可一概而论。但英国读诗，除不吟而诵，与中国根本不同之处，还有一件：他们按着文气停顿，不按着行，也不一定按着韵脚。这因为他们的诗以轻重为节奏，文句组织又不同，往往一句跨两行三行，却非作一句读不可，韵脚便只得轻轻地滑过去。读诗是一种才能，但也需要训练；他们注重这个，训练的机会多，所以是诗人都能来一手。

铺子在楼下，只一间，可是和读诗那座楼远隔着一条甬道。屋子有点黑，四壁是书架，中间桌上放着些诗歌篇子（Sheets），木刻画。篇子有宽长两种，印着诗歌，加上些零星的彩画，是给大人和孩子玩儿的。犄角儿上一张帐桌子，坐着一个戴近视眼镜的，和蔼可亲的，圆脸的中年妇人。桌前装着火炉，炉旁蹲着一只大白狮子猫，和女人一样胖。有时也遇见克莱曼答斯基女士，匆匆地来匆匆地去。孟罗死在一九三二年三月十五日。第二天晚上到铺子里去，看见两个年轻人在和那女人司账说话；说到诗，说到人生，都是哀悼孟罗的。话音很悲伤，却如清泉流泻，差不多句句像诗；女司账说不出什么，唯唯而已。孟罗在日最尽力于诗人文人的结合，他老让各色的才人聚在一块儿。又好客，家里炉旁（英国终年有用火炉的时候）常有许多人聚谈，到深夜才去。这两位青年的伤感不是偶然的。他的铺子可是赚不了钱；死后由他夫人接手，勉强张罗，现在许还开着。

一九三四年十月二十七日作

文人宅

　　杜甫《最能行》云："若道士无英俊才，何得山有屈原宅？"《水经注》，秭归"县北一百六十里有屈原故宅，累石为屋基"。看来只是一堆烂石头，杜甫不过说得嘴响罢了。但代远年湮，渺茫也是当然。往近里说，《孽海花》上的"李纯客"就是李慈铭，书里记着他自撰的楹联，上句云，"保安寺街藏书一万卷"；但现在走过北平保安寺街的人，谁知道那一所屋子是他住过的？更不用提屋子里怎么个情形，他住着时怎么个情形了。要凭吊，要留连，只好在街上站一会儿出出神而已。

　　西方人崇拜英雄可真当回事儿，名人故宅往往保存得好。譬如莎士比亚吧，老宅子，新宅子，太太老太太宅子，都好好的，连家具什物都存着。莎士比亚也许特别些，就是别人，若有故宅可认的话，至少也在墙上用木牌标明，让访古者有低徊之处；无论宅里住着人或已经改了铺子。这回在伦敦所见的四文人宅，时代近，宅内情形比莎士比亚的还好；四所宅子大概都由私人捐款收买，布置起来，再交给公家的。约翰生博士（Samuel Johnsom，1709—1784）宅，在旧城，是三层楼房，在一个小方场的一角上，静静的。他一七四八年进宅，直住了十一年；他太太死在这里。他的助手就在三层楼上小屋里编成了他那部大字典。那部寓言小说（allegorical novel）《刺塞拉斯》（Rasselas）大概也在这屋子里写成；是晚上写的，只写了一礼拜，为的要付母亲下葬的费用。屋里各处，如门堂，复壁板，楼梯，碗橱，厨房等，无不古气盎然。那著名的大字典陈列在楼下客室里；是第三版，厚厚的两大册。他编著这部字典，意在保全英语的纯粹，并确定字义；因为当时作家采用法国字的实在太多了。字典中所定字义有些很幽默：如"女诗人，母诗人也"（she-poet，盖准she-goat——母山羊——字例），又如"燕麦，谷之一种，英格兰以饲马，而苏格兰则以为民食也"，都够损的。——

伦敦约翰生社便用这宅子作会所。

济兹（John Keats，1795—1821）宅，在市北汉姆司台德区（Hampstead）。他生卒虽然都不在这屋子里，可是在这儿住，在这儿恋爱，在这儿受人攻击，在这儿写下不朽的诗歌。那时汉姆司台德区还是乡下，以风景著名，不像现时人烟稠密。济兹和他的朋友布朗（Charles Armitage Brown）同住。屋后是个大花园，绿草繁花，静如隔世；中间一棵老梅树，一九二一年干死了，干子还在。据布朗的追记，济兹《夜莺歌》似乎就在这棵树下写成。布朗说，"一八一九年春天，有只夜莺做窠在这屋子近处。济兹常静听它歌唱以自怡悦；一天早晨吃完早饭，他端起一张椅子坐到草地上梅树下，直坐了两三点钟。进屋子的时候，见他拿着几张纸片儿，塞向书后面去。问他，才知道是歌咏我们的夜莺之作。"这里说的梅树，也许就是花园里那一棵。但是屋前还有草地，地上也是一棵三百岁老桑树，枝叶扶疏，至今结桑椹；有人想《夜莺歌》也许在这棵树下写的。济兹的好诗在这宅子里写的最多。

他们隔壁住过一家姓布龙（Brawne）的。有位小姐叫凡耐（Fanny），让济兹爱上了，他俩订了婚，他的朋友颇有人不以为然，为的女的配不上；可是女家也大不乐意，为的济兹身体弱，又像疯疯癫癫的。济兹自己写小姐道："她个儿和我差不多——长长的脸蛋儿——多愁善感——头梳得好——鼻子不坏，就是有点小毛病——嘴有坏处有好处——脸侧面看好，正面看，又瘦又少血色，像没有骨头。身架苗条，姿态如之——胳膊好，手差点儿——脚还可以——她不止十七岁，可是天真烂漫——举动奇奇怪怪的，到处跳跳蹦蹦，给人编诨名，近来愣叫我'自美自的女孩子'——我想这并非生性坏，不过爱闹一点漂亮劲儿罢了。"

一八二〇年二月，济兹从外面回来，吐了一口血。他母亲和三弟都死在痨病上，他也是个痨病底子；从此便一天坏似一天。这一年九月，他的朋友赛焚（Joseph Severn）伴他上罗马去养病；次年二月就死在那里，葬新教坟场，才二十六岁。现在这屋子里陈列着一圈头发，大约是赛焚在他死后从他头上剪下来的。又次年，赛焚向人谈起，说他保存着可怜的济兹一点头发，等个朋友捎回英国去；他说他有个怪想头，想照他的希腊琴的样子作根别针，就用济兹头发当弦子，送给可怜的布龙小姐，只恨找不到这样的手艺人。济兹头发的颜色在各人眼里不大一样：有的说赤褐色，有的说棕色，有的说暖棕色，他二弟两口子说是金红色，赛焚追画他的像，却又画作深厚的棕黄色。布龙小姐的头发，这儿也有一并存着。

他俩订婚戒指也在这儿，镶着一块红宝石。还有一册仿四折本《莎士比亚》，是济兹常用的。他对于莎士比亚，下过一番苦工夫；书中页边行里都画着道儿，也有些精湛的评语。空白处亲笔写着他见密尔顿发和独坐重读《黎琊王》剧作两首诗；书名页上记着"给布龙凡耐，一八二〇"，照年份看，准是上意大利去时送了作纪念的。珂罗版印的《夜莺歌》墨迹，有一份在这儿，另有哈代《汉姆司台德宅作》一诗手稿，是哈代夫人捐赠的，宅中出售影印本。济兹书法以秀丽胜，哈代的以苍老胜。

这屋子保存下来却并不易。一九二一年，业主想出售，由人翻盖招租，地段好，脱手一定快的；本区市长知道了，赶紧组织委员会募款一万镑。款还募得不多，投机的建筑公司已经争先向业主讲价钱。在这千钧一发的当儿，亏得市长和本区四委员迅速行动，用私人名义担保付款，才得挽回危局。后来共收到捐款四千六百五十镑（约合七八万元），多一半是美国人捐的；那时正当大战之后，为这件事在英国募款是不容易的。

加莱尔（Thomas Carlyle，1795—1881）宅，在泰晤士河旁乞而西区（Chelsea）；这一区至今是文人艺士荟萃之处。加莱尔是维多利亚时代初期的散文家，当时号为"乞而西圣人"。一八三四年住到这宅子里，一直到死。书房在三层楼上，他最后一本书《弗来德力大帝传》就在这儿写的。这间房前面临街，后面是小园子；他让前后都砌上夹墙，为的怕那街上的嚣声、园中的鸡叫。他著书时坐的椅子还在；还有一件呢浴衣。据说他最爱穿浴衣，有不少件；苏格兰国家画院所藏他的画像，便穿着灰呢浴衣，坐在沙发上读书，自有一番宽舒的气象。画中读书用的架子还可看见。宅里存着他几封信，女司事愿意念给访问的人听，朗朗有味。二楼加莱尔夫人屋里放着架小屏，上面横的竖的斜的正的贴满了世界各处风景和人物的画片。

迭更斯（Charles Dickens，1812—1870）宅，在"西头"，现在是热闹地方。迭更斯出身贫贱，熟悉下流社会情形；他小说里写这种情形，最是酣畅淋漓之至。这使他成为"本世纪最通俗的小说家，又，英国大幽默家之一"，如他的老友浮斯大（John Forster）给他作的传开端所说。他一八三六年动手写《比克维克秘记》（*Pickwick Papers*），在月刊上发表。起初是绅士比克维克等行猎故事，不甚为世所重；后来仆人山姆（Sam Weller）出现，诙谐嘲讽，百变不穷，那月刊顿时风行起来。迭更斯手头渐宽，这才迁入这宅子里，时在一八三七年。

他在这里写完了《比克维克秘记》，就是这一年印成单行本。他算是一举成名，从此直到他死时，三十四年间，总是蒸蒸日上。来这屋子不多日子，他借了一个饭店举行《秘记》发表周年纪念，又举行他夫妇结婚周年纪念。住了约莫两年，又写成《块肉余生述》《滑稽外史》等。这其间生了两个女儿，房子挤不下了；一八三九年终，他便搬到别处去了。

屋子里最热闹的是画，画着他小说中的人物，墙上大大小小，突梯滑稽，满是的。所以一屋子春气。他的人物虽只是类型，不免奇幻荒唐之处，可是有真味，有人味；因此这么让人欢喜赞叹。屋子下层一间厨房，所谓"丁来谷厨房"，道地老式英国厨房，是特地布置起来的——"丁来谷"是比克维克一行下乡时寄住的地方。厨房架子上摆着带釉陶器，也都画着迭更斯的人物。这宅里还存着他的手杖，头发；一朵玫瑰花，是从他尸身上取下来的；一块小窗户，是他十一岁时住的楼顶小屋里的；一张书桌，他带到美洲去过，临死时给了二女儿，现时罩着紫色天鹅绒，蛮伶俐的。此外有他从这屋子寄出的两封信，算回了老家。

这四所宅子里的东西，多半是人家捐赠；有些是特地买了送来的。也有借得来陈列的。管事的人总是在留意搜寻着，颇为苦心热肠。经常用费大部靠基金和门票、指南等余利；但门票卖的并不多，指南照顾的更少，大约维持也不大容易。

格雷（Thomas Gray，1716—1771）以《挽歌

辞 》（*Elegy Written in a Country Churchyard*）著 名。原题中所云"作于乡村教堂墓地中"，指司妥克波忌士（Stoke Poges）的教堂而言。诗作于一七四二格雷二十五岁时，成于一七五○，当时诗人怀古之情，死生之感，亲近自然之意，诗中都委婉达出，而句律精妙，音节谐美，批评家以为最足代表英国诗，称为诗中之诗。诗出后，风靡一时，诵读模拟，遍于欧洲各国；历来引用极多，至今已成为英美文学教育的一部分。司妥克波忌士在伦敦西南，从那著名的温泽堡（Windsor Castle）去是很近的。四月一个下午，微雨之后，我们到了那里。一路幽静，似乎鸟声也不大听见。拐了一个小弯儿，眼前一片平铺的碧草，点缀着稀疏的墓碑；教堂木然孤立，像戏台上布景似的。小路旁一所小屋子，门口有小木牌写着格雷陈列室之类。出来一位白发老人，殷勤地引我们去看格雷墓，长方形，特别大，是和他母亲、姨母合葬的，紧挨着教堂墙下。又看水松树（yewtree），老人说格雷在那树下写《挽歌辞》来着；《挽歌辞》里提到水松树，倒是确实的。我们又兜了个大圈子，才回到小屋里，看《挽歌辞》真迹的影印本。

还有几件和格雷关系很疏的旧东西。屋后有井，老人自己汲水灌园，让我们想起"灌园叟"来；临别他送我们每人一张教堂影片。

一九三五年三月二十一日至二十三日作

博物院

　　伦敦的博物院带画院，只检大的说，足足有十个之多。在巴黎和柏林，并不"觉得"博物院有这么多似的。柏林的本来少些；巴黎的不但不少，还要多些，但除卢浮宫外，都不大。最要紧的，伦敦各院陈列得有条有理的，又疏朗，房屋又亮，得看；不像卢浮宫，东西那么挤，屋子那么黑，老教人喘不出气。可是，伦敦虽然得看，说起来也还是千头万绪；真只好检大的说罢了。

　　先看西南角。维多利亚亚伯特院最为堂皇富丽。这是个美术博物院，所收藏的都是美术史材料，而装饰用的工艺品尤多，东方的西方的都有。漆器，瓷器，家具，织物，服装，书籍装订，道地五光十色。这里颇有中国东西。漆器瓷器玉器不用说，壁画佛像，罗汉木像，还有乾隆宝座也都见于该院的"东方百珍图录"里。图录里还有明朝李麟（原作 LiLing，疑系此人）画的《波罗球戏图》；波罗球骑着马打，是唐朝从西域传来的。中国现在似乎没存着这种画。院中卖石膏像，有些真大。

自然史院是从不列颠博物院分出来的。这里才真古色古香，也才真"巨大"。看了各种史前人的模型，只觉得远烟似的时代，无从凭吊，无从怀想——满够不上分儿。中生代大爬虫的骨架，昂然站在屋顶下，人还够不上它们一条腿那么长，不用提"项背"了。现代鲸鱼的标本虽然也够大的，但没腿，在陆居的我们眼中就差多了。这里有夜莺，自然是死的，那样子似乎也并不特别秀气；嗓子可真脆真圆，我在话匣片里听来着。

欧战院成立不过十来年。大战各方面，可以从这里略见一斑。这里有模型，有透视画（dioramas），有照相，有电影机，有枪炮等等。但最多的还是画。大战当年，英国情报部雇用一群少年画家，教他们搁下自己的工作，大规模的画战事画，以供宣传，并作为历史纪录。后来少年画家不够用，连老画家也用上了。那时情报部常常给这些画家开展览会，个人的或合伙的。欧战院的画便是那些展览作品的一部分。少年画家大约都是些立体派，和老画家的浪漫作风迥乎不同。这些画家都透视了战争，但他们所成就的却只是历史纪录，艺术是没有什么的。

现在该到西头来，看人所熟知的不列颠博物院了。考古学的收藏，名人文件，抄本和印本书籍，都数一数二；顾恺之《女史箴》卷子和敦煌卷子便在此院中。瓷器也不少，中国的，土耳其的，欧洲各国的都有；中国的不用说，土耳其的青花，浑厚朴拙，比欧洲金的蓝的或刻镂的好。考古学方面，埃及王拉米塞斯第二（约公元前1250）巨大的花岗石像，几乎有自然史院大爬虫那么高，足为我们扬眉吐气；也有坐像。坐立像都僵直而四方，大有虽地动山摇不倒之势。这些像的石质尺寸和形状，表示统治者永久的超人的权力。还有贝叶的《死者的书》，用象形字和俗字两体写成。罗塞他石，用埃及两体字和希腊文刻着诏书一通（公元前195），一七九八年出土；从这块石头上，学者比对希腊文，才读通了埃及文字。

希腊巴昔农庙（Parthenon）各件雕刻，是该院最足以自豪的。这个庙在雅典，奉祀女神雅典巴昔奴；配利克里斯（Pericles）时代，教成千带万的艺术家，用最美的大理石，重建起来，总其事的是配氏的好友兼顾问，著名雕刻家费迪亚斯（Phidias）。那时物阜民丰，费了二十年工夫，到了公元前四三五年，才造成。庙是长方形，有门无窗；或单行或双行的石柱围绕着，像女神的马队一般。短的两头，柱上承着三角形的楣；这上面都雕着像。庙墙外上部，是著名的刻壁。庙在一六八七年让威尼斯人炸毁了一部分；一八〇一年，爱而近伯爵从雅典人手里将三角楣上的像，刻壁，和些别的买回英国，费了七万镑，约合百多万元；后来转卖给这博物院，却只要一半价钱。院中特设了一间爱而近室陈列那些艺术品，并参考巴黎国家图书馆所藏的巴昔农庙诸图，做成庙的模型，巍巍然立在石山上。

希腊雕像与埃及大不相同，绝无僵直和紧张的样子。那些艺术家比较自由，得以研究人体的比例；骨架，肌理，皮肉，他们都懂得清楚，而且有本事表现出来。又能抓住要点，使全体和谐不乱。无论坐像立像，都自然，庄严，造成希腊艺术的特色：清明而有力。当时运动竞技极发达；艺术家雕神像，常以得奖的人为"模特儿"，赤裸裸的身体里充满了活动与力量。可是究竟是神像；所以不能是如实的人像而只是理想的人像。这时代所缺少的是热情，幻想；那要等后世艺人去发展了。庙的东楣上运命女神三姊妹像，头已经失去了，可是那衣褶如水的轻妙，衣褶下身体的充盈，也从繁复的光影中显现，几乎不相信是石人。那刻壁浮雕着女神节贵家少女献衣的行列。少女们穿着长袍，庄严的衣褶，和运命女神的又不一样，手里各自拿着些东西；后面跟着成队的老人，妇女，雄赳赳的骑士，还有带祭品的人，齐向诸神而进。诸神清明彻骨，在等待着这一行人众。这刻壁上那么多人，却不繁杂，不零散，打成一片，布局时必然煞费苦心。而细看诸少女诸骑士，也各有精神，绝不一律；其间刀锋或深或浅，光影大异。少壮的骑士更像生龙活虎，千载如见。

院中所藏名人的文件太多了。像莎士比亚押房契，密尔顿出卖《失乐园》合同（这合同是书记代签，不出密氏亲笔），巴格来夫（Palgrave）《金库集》稿，格雷《挽歌》稿，哈代《苔丝》稿，达文齐、密凯安杰罗的手册，还有维多利亚后四岁时铅笔签字，都亲切有味。至于荷马史诗的贝叶，公元一世纪所写，在埃及发现的，以及九世纪时希伯来文《旧约圣经》残页，据说也许是世界上最古

《圣经》钞本的，却真令人悠然遐想。还有，二世纪时，罗马舰队一官员，向兵丁买了一个七岁的东方小儿为奴，立了一张贝叶契，上端盖着泥印七颗；和英国大宪章的原本，很可比着看。院里藏的中古钞本也不少；那时欧洲僧侣非常闲，日以抄书为事；字用峨特体，多棱角，精工是不用说的。他们最考究字头和插画，必然细心勾勒着上鲜丽的颜色，蓝和金用得多些；颜色也选得精，至今不变。某抄本有岁历图，二幅，画十二月风俗，细致风华，极为少见。每幅下另有一栏，画种种游戏，人物短小，却也滑稽可喜。画目如下：正月，析薪；二月，炬舞；三月，种花，伐木；四月，情人园会；五月，荡舟；六月，比武；七月，行猎，刈麦；八月，获稻；九月，酿酒；十月，耕种；十一月，猎归；十二月，屠豕。钞本和印本书籍之多，世界上只有巴黎国家图书馆可与这博物院相比；此处印本共三百二十万余册。有穹窿顶的大阅览室，圆形，室中桌子的安排，好像车轮的辐，可坐四百八十五人；管理员高踞在毂中。

次看画院。国家画院在西中区闹市口，匹对着特拉伐加方场一百八十四英尺高的纳尔逊石柱子。院中的画不算很多，可是足以代表欧洲画史上的各派，他们自诩，在这一方面，世界上那儿也及不上这里。最完全的是意大利十五六世纪的作品，特别是佛罗伦司派，大约除了意大利本国，便得上这儿来了。画按派别排列，可也按着时代。但是要看英国美术，此地不成，得上南边儿泰特（Tate）画院去。那画院在泰晤士河边上；一九二八年水上了岸，给浸坏了特耐尔（Joseph Malord William Turner，1775—1851）好多画，最可惜。特耐尔是十九世纪英国最大的风景画家，也是印象派的先锋。他是个劳苦的孩子，小时候住在菜市旁的陋巷里，常只在泰晤士河的码头和驳船上玩儿。他对于泰晤士河太熟了，所以后来爱画船，画水，画太阳光。再后来他费了二十多年工夫专研究光影和色彩，轮廓与内容差不多全不管；这便做了印象派的前驱了。他画过一幅《日出：湾头堡子》，那堡子淡得只见影儿，左手一行树，也只有树的意思罢了；可是，瞧，那金黄的朝阳的光，顺着树水似的流过去，你只觉着温暖，只觉着柔和，在你的身上，那光却又像一片海，满处都是的，可是闪闪烁烁，仪态万千，教你无从捉摸，有点儿着急。

特耐尔以前，坚士波罗（Gainsborough，1727—1788）是第一个人脱离荷兰影响，用英国景物作风景画的题材；又以画像著名。何嘉士（Hogarth，1697—1764）画了一套《结婚式》，又生动又亲切，当时刻板流传，风行各处，现存在这画院中。美国大画家惠斯勒（Whistler）称他为英国仅有的大画家。雷诺尔兹（Reynolds，1723—1792）的画像，与坚士波罗并称。画像以性格与身份为主，第一当然要像。可是从看画者一面说，像主若是历史上的或当代的名人，他们的性格与身份，多少总知道些，看起来自然有味，也略能批评得失。若只是平凡的人，凭你怎样像，陈列到画院里，怕就少有去理会的。因此，画家为维持他们永久的生命计，有时候重视技巧，而将"像"放在第二着。雷诺尔兹与坚士波罗似乎就是这样的人。他们画的像，色调鲜明而漂缈。庄严的男相，华贵的女相，优美活泼的孩子相，都算登峰造极；可就是不大"像"。坚氏的女像总太瘦；雷氏的不至于那么瘦，但是像主往往退回他的画，说太不像。——国家画院旁有个国家画像院，专陈列英国历史上名人的像，文学家，艺术家，科学家，政治家，皇族，应有尽有，约共二千一百五十人。油画是大宗，排列依着时代。这儿也看见雷坚二氏的作品；但就全体而论，历史比艺术多的多。

泰特画院中还藏着诗人勃来克（William Blake, 1757—1827）和罗塞蒂（Dante Gabriel Rossetti, 1828—1882）的画。前一位是浪漫诗人的先驱，号称神秘派。自幼儿想象多，都表现在诗与画里。他的图案非常宏伟；色彩也如火焰，如一飞冲天的翅膀。所画的人体并不切实，只用作表现姿态，表现动的符号而已。后一位是先拉斐尔派的主角；这一派是诗与画双管齐下的。他们不相信"为艺术的艺术"，而以知识为重。画要叙事，要教训，要接触民众的心，让他们相信美的新观念；画笔要细腻，颜色却不必调和。罗氏作品有着清明的调子，强厚的感情；只是理想虽高，气韵却不够生动似的。

当代英国名雕塑家爱勃斯坦（Jacob Epstein）也有几件东西陈列在这里。他是新派的浪漫雕塑家。这派人要在形体的部分中去找新的情感力量；那必是不寻常的部分，足以扩展他们自己情感或感觉的经验的。他们以为这是美，夸张的表现出来；可是俗人却觉得人不像人，物不像物，觉得丑，只认为滑稽画一类。爱氏雕石头，但是塑泥似乎更多：塑泥的表面，决不刮光，就让那么凸凸凹凹的堆着，要的是这股劲儿。塑完了再倒铜。——他也卖素描，形体色调也是那股浪漫劲儿。

　　以上只有不列颠博物院的历史可以追溯到十八世纪；别的都是十九世纪建立的，但欧战院除外。这些院的建立，固然靠国家的力量，却也靠私人的捐助——捐钱盖房子或捐自己的收藏的都有。各院或全不要门票，像不列颠博物院就是的；或一礼拜中两天要门票，票价也极低。他们印的图片及专册，廉价出售，数量惊人。又差不多都有定期的讲演，一面讲一面领着看；虽然讲的未必怎样精，听讲的也未必怎样多。这种种全为了教育民众，用意是值得我们佩服的。

一九三六年十月十九日作

公　园

　　英国是个尊重自由的国家，从伦敦海德公园（Hyde
Park）可以看出。学政治的人一定知道这个名字；近年
日报的海外电讯里也偶然有这个公园出现。每逢星期日下
午，各党各派的人都到这儿来宣传他们的道理。公说公有
理，婆说婆有理，井水不犯河水。从耶稣教到共产党，差
不多样样有。每一处说话的总是一个人。他站在桌子上，
椅子上，或是别的什么上，反正在听众当中露出那张嘴脸
就成；这些桌椅等等可得他们自己预备，公园里的长椅子
是只让人歇着的。听的人或多或少。有一回一个讲耶稣教
的，没一个人听，却还打起精神在讲；他盼望来来去去的
游人里也许有一两个三四个五六个……爱听他的，只要有
人驻一下脚，他的口舌就算不白费了。

见过一回共产党示威，演说的东也是，西也是；有的站在大车上，颇有点巍巍然。按说那种马拉的大车平常不让进园，这回大约办了个特许。其中有个女的约莫四十上下，嗓子最大，说的也最长；说的是伦敦土话，凡是开口音，总将嘴张到不能再大的地步，一面用胳膊助势。说到后来，嗓子沙了，还是一字不苟地喊下去。天快黑了，他们整队出园喊着口号，标语旗帜也是五光十色的。队伍两旁，又高又大的马巡缓缓跟着，不说话。出的是北门，外面便是热闹的牛津街。

北门这里一片空旷的沙地，最宜于露天演说家，来的最多。也许就在共产党队伍走后吧，这里有人说到中日的事；那时刚过"一二八"不久，他颇为我们抱不平。他又赞美甘地；却与贾波林相提并论，说贾波林也是为平民打抱不平的。这一比将听众引得笑起来了；不止一个人和他辩论，一位老太太甚至嘀咕着掉头而去。这个演说的即使不是共产党，大约也不是"高等"英人吧。公园里也闹过一回大事：一八六六年国会改革的暴动（劳工争选举权），周围铁栏杆毁了半里多路长，警察受伤了二百五十名。

公园周围满是铁栏杆，车门九个，游人出入的门无数，占地二千二百多亩，绕园九里，是伦敦公园中最大的，来的人也最多。园南北都是闹市，园中心却静静的。灌木丛里各色各样野鸟，清脆的繁碎的语声，夏天绿草地上，洁白的绵羊的身影，教人像下了乡，忘记在世界大城里。那草地一片迷蒙的绿，一片芊绵的绿，像水，像烟，像梦；难得的，冬天也这样。西南角上蜿蜒着一条蛇水，算来也占地三百亩，养着好些水鸟，如苍鹭之类。可以摇船，游泳；并有救生会，让下水的人放心大胆。这条水便是雪莱的情人西河女士（Harriet Westbrook）自沉的地方，那是一百二十年前的事了。

南门内有拜伦立像，是五十年前希腊政府捐款造的；又有座古英雄阿契来斯像，是惠灵顿公爵本乡人造了来纪念他的，用的是十二尊法国炮的铜，到如今却有一百多年了。还有英国现负盛名的雕塑家爱勃司坦（Epstein）的壁雕，是纪念自然学家赫德生的。一个似乎要飞的人，张着臂，仰着头，散着发，有原始的朴拙犷悍之气，表现的是自然精神的化身；左右四只鸟在飞，大小旁正都不相同，也有股野劲儿。这件雕刻的价值，引起过许多讨论。南门内到蛇水边一带游人最盛。夏季每天上午有铜乐队演奏；在栏外听算白饶，进栏得花点票钱，但有椅子坐。游人自然步行的多，也有跑车的，骑马的；骑马的另有一条"马"路。

这园子本来是鹿苑，在里面行猎；一六三五年英王查理斯第一才将它开放，作赛马和竞走之用。后来变成决斗场。一八五一年第一次万国博览会开在这里，用玻璃和铁搭盖的会场；闭会后拆了盖在别处，专作展览的处所，便是那有名的水晶宫了。蛇水本没有，只有六个池子；是十八世纪初叶才打通的。海德公园东南差不多毗连着的，是圣詹姆士公园（St. James's Park），约有五百六七十亩。本是沮洳的草地，英王亨利第八抽了水，砌了围墙，改成鹿苑。查理斯第二扩充园址，铺了路，改为游玩的地方；以后一百年里，便成了伦敦最时髦的散步场。十九世纪初才改造为现在的公园样子。有湖，有悬桥；湖里鹈鹕最多，倚在桥栏上看它们水里玩儿，可以消遣日子。周围是白金罕宫，西寺，国会，各部官署，都是最忙碌的所在；倚在桥栏上的人却能偷闲赏鉴那西寺和国会的戈昔式尖顶的轮廓，也算福气了。

海德公园东北有摄政公园，原也是鹿苑；十九世纪初"摄政王"（后为英王乔治第四）才修成现在样子。也有湖，摇的船最好；坐位下有小轮子，可以进退自如，滚来滚去顶好玩儿的。野鸽子野鸟很多，松鼠也不少。松鼠原是动物园那边放过来的，只几对罢了；现在却繁殖起来了。常见些老头儿带着食物到园里来喂麻雀，鸽子，松鼠。这些小东西和人混熟了，大大方方到人手里来吃食；看去怪亲热的。别的公园里也有这种人。这似乎比提鸟笼有意思些。

动物园在摄政园东北犄角上，属于动物学会，也有了百多年的历史。搜集最完备，有动物四千，其中哺乳类八百，鸟类二千四百。去逛的据说每年超过二百万人。不用问孩子们去的一定不少；他们对于动物比成人亲近得多，关切得多。只看见教科书上或字典上的彩色动物图，就够捉摸的，不用提实在的东西了。就是成人，可不也愿意开开眼，看看没看过的，山里来的，海里来的，异域来的，珍禽，奇兽，怪鱼？要没有动物园，或许一辈子和这些东西都见不着面呢。再说像狮子老虎，那能随便见面！除非打猎或看马戏班。但打猎遇着这些，正是拼死活的时候，那里来得及玩味它们的生活状态？马戏班里的呢，也只表演些扭捏的玩艺儿，时候又短，又隔得老远的；那有动物园里的自然，得看？这还只说的好奇的人；艺术家更可仔细观察研究，成功新创作，如画和雕塑，十九世纪以来，用动物为题材的便不少。近些年电影里的动物趣味，想来也是这么培养出来的；不过那却非动物园所可限了。

伦敦人对动物园的趣味很大，有的报馆专派有动物园的访员，给园中动物作起居注，并报告新来到的东西；他们的通信有些地方就像童话一样。去动物园的人最乐意看喂食的时候，也便是动物和人最亲近的时候。喂食有时得用外交手腕，譬如鱼池吧，若随手将食撒下去，让大家来抢，游得快的，厉害的，不用说占了便宜，剩下的便该活活饿死了。这当然不公道，那一视同仁的管理人一定不愿意的。他得想法子，比方说，分批来喂，那些快的，厉害的，吃完了，便用网将它们拦在一边，再照料别的。各种动物喂食都有一定钟点，著名的裴歹克《伦敦指南》便有一节专记这个。孩子们最乐意的还有骑象，骑骆驼（骆驼在伦敦也算异域珍奇）。再有，游客若能和管理各动物的工人攀谈攀谈，他们会亲切地讲这个那个动物的故事给你听，像传记的片段一般；那时你再去看他说的那些东西，便更有意思了。

园里最好玩儿的事，黑猩猩茶会，白熊洗澡。茶会夏天每日下午五点半举行，有茶，有牛油面包。它们会用两只前足，学人的样子。有时"生手"加入，却往往只用一只前足，牛油也是它来，面包也是它来；这种虽是天然，看的人倒好笑了。白熊就是北极熊，从冰天雪地里来，却最喜欢夏天；越热越高兴，赤日炎炎的中午，它们能整个儿躺在太阳里。也爱下水洗澡，身上老是雪白。它们待在熊台上，有深沟为界；台旁有池，洗澡便在池里。池的一边，隔着一层玻璃可以看它们载浮载沉的姿势。但是一冷到华氏表五十度下，就不肯下水，身上的白雪也便慢慢让尘土封上了。

非洲南部的企鹅也是人们特别乐意看的。它有一岁半婴孩这么大，不会飞，会下水，黑翅膀，灰色胸脯子挺得高高的，昂首缓步，旁若无人。它的特别处就在乎直立着。比鹅大不多少，比鸵鸟，鹤，小得多，可是一直立就有人气，便当另眼相看了。自然，别的鸟也有直立着的，可是太小了，说不上。企鹅又拙得好，现代装饰图案有用它的。只是不耐冷，一到冬天，便没精打采的了。

鱼房鸟房也特别值得看。鱼房分淡水房海水房热带房（也是淡水）。屋内黑洞洞的，壁上嵌着一排镜框似的玻璃，横长方。每框里一种鱼，在水里游来游去，都用电灯光照着，像画。鸟房有两处，热带房里颜色声音最丰富，最新鲜；有种上截脆蓝下截褐红的小鸟，不住地飞上飞下，不住地咭咭呱呱，怪可怜见的。

这个动物园各部分空气光线都不错，又有冷室温室，给动物很周到的设计。只是才二百亩地，实在施展不开，小东西还罢了，像狮子老虎老是关在屋里，未免委屈英雄，就是白熊等物虽有特备的台子，还是局踏得很；这与鸟笼子也就差得有限了。固然，让这些动物完全自由，那就无所谓动物园；可是若能给它们较大的自由，让它们活得比较自然些，看的人岂不更得看些。所以一九二七年上，动物学会又在伦敦西北惠勃司奈得（Whipsnade, Bedfordshire）地方成立了一所动物园，有三千多亩；据说，那些庞然大物自如多了，游人看起来也痛快多了。

以上几个园子都在市内，都在泰晤士河北。河南偏西有个大大有名的邱园（Kew Gardens），却在市外了。邱园正名"王家植物园"，世界最重要，最美丽的植物园之一；大一千七百五十亩，栽培的植物在二万四千种以上。这园子现在归农部所管，原也是王室的产业，一八四一年捐给国家；从此起手研究经济植物学和园艺学，便渐渐著名了。他们编印大英帝国植物志。又移种有用的新植物于帝国境内——如西印度群岛的波罗蜜，印度的金鸡纳霜，都是他们介绍进去的。园中博物院四所；第二所经济植物学博物院设于一八四八，是欧洲最早的一个。

但是外行人只能赏识花木风景而已。水仙花最多，四月尾有所谓"水仙花礼拜日"，游人盛极。温室里奇异的花也不少。园里有什么好花正开着，门口通告牌上逐日都列着表。暖气室最大，分三部：喜马拉耶室养着石楠和山茶，中国石楠也有，小些；中部正面安排着些大凤尾树和棕榈树；凤尾树真大，得仰起脖子看，伸开两胳膊还不够它宽的。周围绕着些时花与灌木之类。另一部是墨西哥室，似乎没有什么特别的东西。

东南角上一座塔，可不能上；十层，一百五十五尺，造于十八世纪中，那正是中国文化流行欧洲的时候，也许是中国的影响吧。据说还有座小小的孔子庙，但找了半天，没找着。不远儿倒有座彩绘的日本牌坊，所谓"敕使门"①的，那却造了不过二十年。从塔下到一个人工的湖有一条柏树甬道，也有森森之意；可惜树太细瘦，比起我们中山公园，真是小巫见大巫了。所谓"竹园"更可怜，又不多，又不大，也不秀，还赶不上西山大悲庵那些。

一九三五年十二月十二日作

---

① 寺院门，敕使参谒时由此行。

加尔东尼市场

在北平住下来的人，总知道逛庙会逛小市的趣味。你来回踱着，这儿看看，那儿站站；有中意的东西，磋磨磋磨价钱，买点儿回去让人一看，说真好；再提价钱，说那有这么巧的。你这一乐，可没白辛苦一趟！要什么都没买成，那也不碍；就凭看中的一两件三四件东西，也够你讲讲说说的。再说在市上留连一会子，到底过了"蘑菇"的瘾，还有什么抱怨的？

伦敦人纷纷上加尔东尼市场（Caldonian Market），也正是这股劲儿。房东太太客厅里炉台儿上放着一个手榴弹壳，是盛烟灰用的。比甜瓜小一点，面上擦得精亮，方方的小块儿，界着又粗又深的黑道儿，就是蛮得好，傻得好。房东太太说还是她家先生在世时逛加尔东尼市场买回来的。

她说这个市场卖旧货，可以还价，花样不少，有些是偷来的，倒也有好东西；去的人可真多。市场只在星期二星期五上午十时至下午四时开放，有些像庙会；市场外另有几家旧书旧货铺子，却似乎常做买卖，又有些像小市。

先到外头一家旧书铺，没窗没门。仰面灰蓬蓬的，土地，刚下完雨，门口还积着个小小水潭儿。从乱书堆中间进去，一看倒也分门别类的。"文学"在里间，空气变了味，扑鼻子一阵阵的——到如今三年了，不忘记，可也叫不出什么味。《圣经》最多，整整一箱子。不相干的小说左一堆右一堆；却也挑出了一本莎翁全集，几本正正经经诗选。莎翁全集当然是普通本子，可是只花了九便士，才合五六毛钱。铺子里还卖旧话匣片子，不住地开着让人听，三五个男女伙计穿梭似地张罗着。别几家铺子没进去，外边瞧了瞧，也一团灰土气。

市场门口有小牌子写着开放日期，又有一块写着"谨防扒手"——伦敦别处倒没见过这玩意儿。地面大小和北平东安市场差不多，一半带屋顶，一半露天；干净整齐，却远不如东安市场。满是摊儿，屋里没有地摊儿，露天里有。

摆摊儿的，男女老少，色色俱全；还有缠着头的印度人。卖的是日用什物，布匹，小摆设；花样也不怎样多，多一半古旧过了头。有几件日本瓷器，中国货色却不见。也有卖吃的，卖杂耍的。蹓了半天，看见一个铜狮子镇纸，够重的，狮子颇有点威武；要价三先令（二元余），还了一先令，没买成。快散了，却瞥见地下大大的厚厚的一本册子，拿起来翻着，原来是书纸店里私家贺年片的样本。这些旧贺年片虽是废物，却印得很好看，又各不相同；问价钱才四便士，合两毛多，便马上买了。出门时又买了个擦皮鞋的绒卷儿，也贱——到现在还用着。这时正愁大册子夹着不便，抬头却见面前立着个卖硬纸口袋的，大小都有，买了东西的人，大概全得买上那么一只；这当口门外沿路一直到大街上，挨挨擦擦的，差不离尽是提纸口袋的。——我口袋里那册贺年片样本，回国来让太太小姐孩子们瞧，都爱不释手；让她们猜价儿，至少说四元钱。我忍不住要想，逛那么一趟加尔东尼，也算值得了。

一九三五年四月十一日作

170

吃　的

　　提到欧洲的吃喝，谁总会想到巴黎，伦敦是算不上
的。不用说别的，就说煎山药蛋吧。法国的切成小骨牌
块儿，黄争争的，油汪汪的，香喷喷的；英国的"条儿"
（chips）却半黄半黑，不冷不热，干干儿的什么味也没
有，只可以当饱罢了。再说英国饭吃来吃去，主菜无非是
煎炸牛肉排羊排骨，配上两样素菜；记得在一个人家住过
四个月，只吃过一回煎小牛肝儿，算是新花样。可是菜做
得简单，也有好处；材料坏容易见出，像大陆上厨子将坏
东西做成好样子，在英国是不会的。大约他们自己也觉着
腻味，所以一九二六那一年有一位华衣脱女士（E.White）
组织了一个英国民间烹调社，搜求各市各乡的食谱，想给
英国菜换点儿花样，让它好吃些。一九三一年十二月烹调

社开了一回晚餐会，从十八世纪以来的食谱中选了五样菜（汤和点心在内），据说是又好吃，又不费事。这时候正是英国的国货年，所以报纸上颇为揄扬一番。可是，现在欧洲的风气，吃饭要少要快，那些陈年的老古董，怕总有些不合时宜吧。

吃饭要快，为的忙，欧洲人不能像咱们那样慢条斯理儿的，大家知道。干吗要少呢？为的卫生，固然不错，还有别的：女的男的都怕胖。女的怕胖，胖了难看；男的也爱那股标劲儿，要像个运动家。这个自然说的是中年人少年人；老头子挺着个大肚子的却有的是。欧洲人一日三餐，分量颇不一样。像德国，早晨只有咖啡面包，晚间常冷食，只有午饭重些。法国早晨是咖啡，月芽饼，午饭晚饭似乎一般分量。英国却早晚饭并重，午饭轻些。英国讲究早饭，和我国成都等处一样。有麦粥、火腿蛋、面包、茶，有时还有薰咸鱼、果子。午饭顶简单的，可以只吃一块烤面包，一杯咖啡；有些小饭店里出卖午饭盒子，是些冷鱼冷肉之类，却没有卖晚饭盒子的。

伦敦头等饭店总是法国菜，二等的有意大利菜、法国菜、瑞士菜之分；旧城馆子和茶饭店等才是本国味道。茶饭店与煎炸店其实都是小饭店的别称。茶饭店的"饭"原指的午饭，可是卖的东西并不简单，吃晚饭满成；煎炸店除了煎炸牛肉排羊排骨之外，也卖别的。头等饭店没去过，意大利的馆子却去过两家。一家在牛津街，规模很不小，晚饭时有女杂耍和跳舞。只记得那回第一道菜是生蚝之类；一种特制的盘子，边上围着七八个圆格子，每格放半个生蚝，吃起来很雅相。另一家在由斯敦路，也是个热闹地方。这家却小小的，通心细粉做得最好；将粉切成半分来长的小圈儿，用黄油煎熟了，平铺在盘儿里，洒上干酪（计司）粉，轻松鲜美，妙不可言。还有炸"搦气蚝"，鲜嫩清香，蟛蜞、瑶柱，都不能及；只有宁波的蛎黄仿佛近之。

茶饭店便宜的有三家：拉衣恩司（Lyons），快车奶房，ABC面包房。每家都开了许多店子，遍布市内外；ABC比较少些，也贵些，拉衣恩司最多。快车奶房炸小牛肉小牛肝和红烧鸭块都还可口；他们烧鸭块用木炭火，所以颇有中国风味。ABC炸牛肝也可吃，但火急肝老，总差点儿事；点心烤得却好，有几件比得上北平法国面包房。拉衣恩司似乎没甚么出色的东西；但他家有两处"角店"，都在闹市转角处，那里却有好吃的。角店一是上下两大间，一是三层三大间，都可容一千五百人左右；晚上有乐队奏乐。一进去只见黑压压的坐满了人，过道处窄得可以，但是气象颇为阔大（有个英国学生讥为"穷人的宫殿"，也许不错）；在那里往往找了半天站了半天才等着空位子。这三家所有的店子都用女侍者，只有两处角店里却用了些男侍者——男侍者工钱贵些。男女侍者都穿了黑制服，女的更戴上白帽子，分层招待客人。也只有在角店里才要给点小费（虽然门上标明"无小费"字样），别处这三家开的铺子里都不用给的。曾去过一处角店，烤鸡做得还入味；但是一只鸡腿就合中国一元五角，若吃鸡翅还要贵点儿。茶饭店有时备着骨牌等等，供客人消遣，可是向侍者要了玩的极少；客人多的地方，老是有人等位子，干脆就用不着备了。此外还有一些生蚝店，专吃生蚝，不便宜；一位房东太太告诉我说"不卫生"，但是吃的人也不见少。吃生蚝却不宜在夏天，所以英国人说月名中没有"R"（五六七八月），生蚝就不当令了。伦敦中国饭店也有七八家，贵贱差得很大，看地方而定。菜虽也有些高低，可都是变相的广东味儿，远不如上海新雅好。在一家广东楼要过一碗鸡肉馄饨，合中国一元六角，也够贵了。

茶饭店里可以吃到一种甜烧饼（muffin）和窝儿饼（crumpet）。甜烧饼仿佛我们的火烧，但是没馅儿，软软的，略有甜味，好像掺了米粉做的。窝儿饼面上有好些小窝窝儿，像蜂房，比较地薄，也像参了米粉。这两样大约都是法国来的；但甜烧饼来的早，至少二百年前就有了。厨师多住在祝来巷（Drury Lane），就是那著名的戏园子的地方；从前用盘子顶在头上卖，手里摇着铃子。那时节人家都爱吃，买了来，多多抹上黄油，在客厅或饭厅壁炉上烤得热辣辣的，让油都浸进去，一口咬下来，要不沾到两边口角上。这种偷闲的生活是很有意思的。但是后来的窝儿饼浸油更容易，更香，又不太厚，太软，有咬嚼些，样式也波俏；人们渐渐地喜欢它，就少买那甜烧饼了。一位女士看了这种光景，心下难过；便写信给《泰晤士报》，为甜烧饼抱不平。《泰晤士报》特地做了一篇小社论，劝人吃甜烧饼以存古风；但对于那位女士所说的窝儿饼的坏话，却宁愿存而不论，大约那论者也是爱吃窝儿饼的。

复活节（三月）时候，人家吃煎饼（pancake），茶饭店里也卖；这原是忏悔节（二月底）忏悔人晚饭后去教堂之前吃了好熬饿的，现在却在早晨吃了。饼薄而脆，微甜。北平中原公司卖的"胖开克"（煎饼的音译）却未免太"胖"，而且软了。——说到煎饼，想起一件事来：美国麻省勃克夏地方（Berkshire Country）有"吃煎饼竞争"的风俗，据《泰晤士报》说，一九三二的优胜者一气吃下四十二张饼，还有腊肠热咖啡。这可算"真正大肚皮"了。

英国人每日下午四时半左右要喝一回茶，就着烤面包黄油。请茶会时，自然还有别的，如火腿夹面包，生豌豆苗夹面包，茶馒头（tea scone）等等。他们很看重下午茶，几乎必不可少。又可乘此请客，比请晚饭简便省钱得多。英国人喜欢喝茶，对于喝咖啡，和法国人相反；他们也煮不好咖啡。喝的茶现在多半是印度茶；茶饭店里虽卖中国茶，但是主顾寥寥。不让利权外溢固然也有关系，可是不利于中国茶的宣传（如说制时不干净）和茶味太淡才是主要原因。印度茶色浓味苦，加上牛奶和糖正合式；中国红茶不够劲儿，可是香气好。奇怪的是茶饭店里卖的，色香味都淡得没影子。那样茶怎么会运出去，真莫名其妙。

街上偶然会碰着提着筐子卖落花生的（巴黎也有），推着四轮车卖炒栗子的，教人有故国之思。花生栗子都装好一小口袋一小口袋的，栗子车上有炭炉子，一面炒，一面装，一面卖。这些小本经纪在伦敦街上也颇古色古香，点缀一气。栗子是干炒，与我们"糖炒"的差得太多了。——英国人吃饭时也有干果，如核桃、榛子、榧子，还有巴西乌菱（原名 Brazils，巴西出产，中国通称"美国乌菱"），乌菱实大而肥，香脆爽口，运到中国的太干，便不大好。他们专有一种干果夹，像钳子，将干果夹进去，使劲一握夹子柄，"格"的一声，皮壳碎裂，有些蹦到远处，也好玩儿的。苏州有瓜子夹，像剪刀，却只透着玲珑小巧，用不上劲儿去。

一九三五年二月四日作

乞 丐

　　"外国也有乞丐"，是的；但他们的丐道或丐术不大一样。近些年在上海常见的，马路旁水门汀上用粉笔写着一大堆困难情形，求人帮助，粉笔字一边就坐着那写字的人，——北平也见过这种乞丐，但路旁没有水门汀，便只能写在纸上或布上——却和外国乞丐相像；这办法不知是"来路货"呢，还是"此心同，此理同"呢？

　　伦敦乞丐在路旁画画的多，写字的却少。只在特拉伐加方场附近见过一个长须老者（外国长须的不多），在水门汀上端坐着，面前几行潦草的白粉字。说自己是大学出身，现在一寒至此，大学又有何用，这几句牢骚话似乎颇打动了一些来来往往的人，加上老者那炯炯的双眼，不露半星儿可怜相，也教人有点肃然。他右首放着一只小提

178

箱，打开了，预备人往里扔钱。那地方本是四通八达的闹市，扔钱的果然不少。箱子内外都撒的铜子儿（便士）；别的乞丐却似乎没有这么好的运气。

画画的大半用各色粉笔，也有用颜料的。见到的有三种花样。或双钩 To Live（求生）二字，每一个字母约一英尺见方，在双钩的轮廓里精细地作画。字母整齐匀净，通体一笔不苟。或双钩 Gook Luck（好运）二字，也有只用 Luck（运气）一字的。——"求生"是自道；"好运""运气"是为过客颂祷之辞。或画着四五方风景，每方大小也在一英尺左右。通常画者坐在画的一头，那一头将他那旧帽子翻过来放着，铜子儿就扔在里面。

这些画丐有些在艺术学校受过正式训练，有些平日爱画两笔，算是"玩艺儿"。到没了落儿，便只好在水门汀上动起手来了。一九三二年五月十日，这些人还来了一回展览会。那天的晚报（The Evening News）上选印了几幅，有两幅是彩绣的。绣的人诨名"牛津街开特尔老大"，拳乱时做水手，来过中国，他还记得那时情形。这两幅画绣在帆布（画布）上，每幅下了八万针。他绣过英王爱德华像，据说颇为当今王后所赏识；那是他生平最得意的时候。现在却只在牛津街上浪荡着。

晚报上还记着一个人。他在杂戏馆（Halls）干过三十五年，名字常大书在海报上。三年前还领了一个杂戏班子游行各处，他扮演主要的角色。英伦三岛的城市都到过；大陆上到过百来处，美国也到过十来处。也认识贾波林。可是时运不济，"老伦敦"却没一个子儿。他想起从前朋友们说过静物写生多么有意思，自己也曾学着玩儿；到了此时，说不得只好凭着这点"玩艺儿"在泰晤士河长堤上混混了。但是他怕认得他的人太多，老是背向着路中，用大帽檐遮了脸儿。他说在水门汀上作画颇不容易；最怕下雨，几分钟的雨也许毁了整天的工作。他说总想有朝一日再到戏台上去。

画丐外有乐丐。牛津街见过一个，开着话匣子，似乎是坐在三轮自行车上；记得颇有些堂哉皇也的神气。复活节星期五在冷街中却见过一群，似乎一人推着风琴，一人按着，一人高唱《颂圣歌》——那推琴的也和着。这群人样子却就狼狈了。据说话匣子等等都是赁来；他们大概总有得赚的。另一条冷街上见过一个男的带着两个女的，穿著得像刚从垃圾堆里出来似的。一个女的还抹着胭脂，简直是一块块红土！男的奏乐，女的乱七八糟的跳舞，在刚下完雨泥滑滑的马路上。这种女乞丐像很少。又见过一个拉小提琴的人，似乎很年轻，很文雅，向着步道上的过客站着。右手本来抱着个小猴儿；拉琴时先把它抱在左肩头蹲着。拉了没几弓子，猴儿尿了；他只若无其事，让衣服上淋淋漓漓的。

牛津街上还见过一个，那真狼狈不堪。他大概赁话匣子等等的力量都没有；只找了块板儿，三四尺长，五六寸宽，上面安上条弦子，用只玻璃水杯将弦子绷起来。把板儿放在街沿下，便蹲着，两只手穿梭般弹奏着。那是明灯初上的时候，步道上人川流不息；一双双脚从他身边匆匆的跨过去，看见他的似乎不多。街上汽车声脚步声谈话声混成一片，他那独弦的细声细气，怕也不容易让人听见。可是他还是埋着头弹他那一手。

几年前一个朋友还见过背诵迭更斯小说的。大家正在戏园门口排着班等买票；这个人在旁背起《块肉余生述》来，一边念，一边还做着。这该能够多找几个子儿，因为比那些话匣子等等该有趣些。

警察禁止空手空口的乞丐，乞丐便都得变做卖艺人。

若是无艺可卖，手里也得拿点东西，如火柴皮鞋带之类。路角落里常有男人或女人拿着这类东西默默站着，脸上大都是黯淡的。其实卖艺、卖物，大半也是幌子；不过到底教人知道自尊些，不许不做事白讨钱。只有瞎子，可以白讨钱。他们站着或坐着；胸前有时挂一面纸牌子，写着"盲人"。又有一种人，在乞丐非乞丐之间。有一回找一家杂耍场不着，请教路角上一个老者。他殷勤领着走，一面说刚失业，没钱花，要我帮个忙儿。给了五个便士（约合中国三毛钱），算是酬劳，他还争呢。其实只有二三百步路罢了。跟着走，诉苦，白讨钱的，只遇着一次；那里街灯很暗，没有警察，路上人也少，我又是外国人，他所以厚了脸皮，放了胆子——他自然不是瞎子。

一九三五年十月二十六日作

圣诞节

　　十二月二十五日圣诞节。英国人过圣诞节，好像我们旧历年的味儿。习俗上宗教上，这一日简直就是"元旦"；据说七世纪时便已如此，十四世纪至十八世纪中叶，虽然将"元旦"改到三月二十五日，但是以后情形又照旧了。至于一月一日，不过名义上的岁首，他们向来是不大看重的。

　　这年头人们行乐的机会越过越多，不在乎等到逢年过节；所以年情节景一回回地淡下去，像从前那样热狂地期待着，热狂地受用着的事情，怕只在老年人的回忆，小孩子的想象中存在着罢了。大都市里特别是这样；在上海就看得出，不用说更繁华的伦敦了。再说这种不景气的日子，谁还有心肠认真找乐儿？所以虽然圣诞节，大家也只点缀点缀，应个景儿罢了。

可是邮差却忙坏了，成千成万的贺片经过他们的手。贺片之外还有月份牌。这种月份牌一点儿大，装在卡片上，也有画，也有吉语。花样也不少，却比贺片差远了。贺片分两种，一种填上姓名，一种印上姓名。交游广的用后一种，自然贵些；据说前些年也得勾心斗角地出花样，这一年却多半简简单单的，为的好省些钱。前一种却不同，各家书纸店得抢买主，所以花色比以先还多些。不过据说也没有十二分新鲜出奇的样子，这个究竟只是应景的玩意儿呀。但是在一个外国人眼里，五光十色，也就够瞧的。曾经到旧城一家大书纸店里看过，样本厚厚的四大册，足有三千种之多。

样本开头是皇家贺片：英王的是圣保罗堂图；王后的内外两幅画，其一是花园图；威尔士亲王的是候人图；约克公爵夫妇的是一六六○年圣詹姆士公园冰戏图；马利公主的是行猎图。圣保罗堂庄严宏大，下临伦敦城；园里的花透着上帝的微笑；候人比喻好运气和欢乐在人生的大道上等着你；圣詹姆士公园（在圣詹姆士宫南）代表宫廷，溜冰和行猎代表英国人运动的嗜好。那幅溜冰图古色古香，而且十足神气。这些贺片原样很大，也有小号的，谁都可以买来填上自己名字寄给人。此外有全金色的，晶莹照眼；有"蝴蝶翅"的，闪闪的宝蓝光；有雕空嵌花纱的，玲珑剔透，如嚼冰雪。又有羊皮纸仿四折本的；嵌铜片小风车的；嵌彩玻璃片圣母像的；嵌剪纸的鸟的；在猫头鹰头上粘羊毛的：都为的教人有实体感。

太太们也忙得可以的，张罗着亲戚朋友丈夫孩子的礼物，张罗着装饰屋子、圣诞树、火鸡等等。节前一个礼拜，每天电灯初亮时上牛津街一带去看，步道上挨肩擦背匆匆往来的满是办年货的；不用说是太太们多。装饰屋子有两件东西不可没有，便是冬青和"苹果寄生"（mistletoe）的枝子。前者教堂里也用；后者却只用在人家里；大都插在高处。冬青取其青，有时还带着小红果儿；用以装饰圣诞节，由来已久，有人疑心是基督教徒从罗马风俗里捡来的。"苹果寄生"带着白色小浆果儿，却是英国土俗，至晚十七世纪初就用它了。从前在它底下，少年男人可以和任何女子接吻；但接吻后他得摘掉一粒果子。果子摘完了，就不准再在下面接吻了。

圣诞树也有种种装饰，树上挂着给孩子们的礼物，装饰的繁简大约看人家的情形。我在朋友的房东太太家看见的只是小小一株；据说从乌尔乌斯三六公司（货价只有三便士六便士两码）买来，才六便士，合四五毛钱。可是放在餐桌上，青青的，的里瓜拉挂着些耀眼的玻璃球儿，绕着树更安排些"哀斯基摩人"一类小玩意，也热热闹闹地凑趣儿。圣诞树的风俗是从德国来的；德国也许是从斯堪第那维亚传下来的。斯堪第那维亚神话里有所谓世界树，叫做"乙格抓西儿"（Yggdrasil），用根和枝子联系着天地幽冥三界。这是株枯树，可是滴着蜜。根下是诸德之泉；树中间坐着一只鹰，一只松鼠，四只公鹿；根旁一条毒蛇，老是啃着根。松鼠上下窜，在顶上的鹰与聪敏的毒蛇之间挑拨是非。树震动不得，震动了，地底下的妖魔便会起来捣乱。想着这段神话，现在的圣诞树真是更显得温暖可亲了。圣诞树和那些冬青，"苹果寄生"，到了来年六日一齐烧去；烧的时候，在场的都动手，为的是分点儿福气。

圣诞节的晚上，在朋友的房东太太家里。照例该吃火鸡，酸梅布丁；那位房东太太手头颇窘，却还卖了几件旧家具，买了一只二十二磅重的大火鸡来过节。可惜女仆不小心，烤枯了一点儿；老太太自个儿唠叨了几句，大节下，也就算了。可是火鸡味道也并不怎样特别似的。吃饭时候，大家一面扔纸球，一面扯花炮——两个人扯，有时只响一下，有时还夹着小纸片儿，多半是带着"爱"字儿的吉语。饭后做游戏，有音乐椅子（椅子数目比人少一个；乐声止时，众人抢着坐），掩目吹蜡烛，抓瞎，抢人（分队），抢气球等等，大家居然一团孩子气。最后还有跳舞。这一晚过去，第二天差不多什么都照旧了。

新年大家若无其事地过去；有些旧人家愿意上午第一个进门的是个头发深，气色黑些的人，说这样人带进新年是吉利的。朋友的房东太太那早晨特意通电话请一家熟买卖的掌柜上她家去；他正是这样的人。新年也卖历本；人家常用的是老摩尔历本（Old Moore's Almanack），书纸店里买，价钱贱，只两便士。这一年的，面上印着"乔治王陛下登极第二十三年"；有一块小图，画着日月星地球，地球外一个圈儿，画着黄道十二宫的像，如"白羊""金牛""双子"等。古来星座的名字，取像于人物，也另有风味。历本前有一整幅观象图，题道"将来怎样?""老摩尔告诉你"。从图中看，老摩尔创于一千七百年，到现在已经二百多年了。每月一面，上栏可以说是"推背图"，但没有神秘气；下栏分日数，星期，大事记，日出没时间，月出没时间，伦敦潮汛，时事预测各项。此外还有月盈缺表，各港潮汛表，行星运行表，三岛集期表，邮政章程，大路规则，做点心法，养家禽法，家事常识。广告也不少，卖丸药的最多，满是给太太们预备的；因为这种历本原是给太太们预备的。

一九三四年十二月十五日至十七日作

房东太太

歇卜士太太（Mrs. Hibbs）没有来过中国，也并不怎样喜欢中国，可是我们看，她有中国那老味儿。她说人家笑她母女是维多利亚时代的人，那是老古板的意思；但她承认她们是的，她不在乎这个。

真的，圣诞节下午到了她那间黯淡的饭厅里，那家具，那人物，那谈话，都是古气盎然，不像在现代。这时候她还住在伦敦北郊芬乞来路（Finchley Road）。那是一条阔人家的路；可是她的房子已经抵押满期，经理人已经在她门口路边上立了一座木牌，标价招买，不过半年多还没人过问罢了。那座木牌，和篮球架子差不多大，只是低些；一走到门前，准看见。晚餐桌上，听见厨房里尖叫了一声，她忙去看了，回来说，火鸡烤枯了一点，可惜，二十二磅重，还是卖了几件家具买的呢。她可惜的是火鸡，倒不是家具；但我们一点没吃着那烤枯了的地方。

她爱说话，也会说话，一开口滔滔不绝；押房子，卖家具等等，都会告诉你。但是只高高兴兴地告诉你，至少也平平淡淡地告诉你，决不垂头丧气，决不唉声叹气。她说话是个趣味，我们听话也是个趣味（在她的话里，她死了的丈夫和儿子都是活的，她的一些住客也是活的）；所以后来虽然听了四个多月，倒并不觉得厌倦。有一回早餐时候，她说有一首诗，忘记是谁的，可以作她的墓铭，诗云：

> 这儿一个可怜的女人，
> 她在世永没有住过嘴。
> 上帝说她会复活，
> 我们希望她永不会。

其实我们倒是希望她会的。

道地的贤妻良母，她是；这里可以看见中国那老味儿。她原是个阔小姐，从小送到比利时受教育，学法文，

190

学钢琴。钢琴大约还熟，法文可生疏了。她说街上如有法国人向她问话，她想起答话的时候，那人怕已经拐了弯儿了。结婚时得着她姑母一大笔遗产；靠着这笔遗产，她支持了这个家庭二十多年。歇卜士先生在剑桥大学毕业，一心想作诗人，成天住在云里雾里。他二十年只在家里待着，偶然教几个学生。他的诗送到剑桥的刊物上去，原稿却寄回了，附着一封客气的信。他又自己花钱印了一小本诗集，封面上注明，希望出版家采纳印行，但是并没有什么回响。太太常劝先生删诗行，譬如说，四行中可以删去三行罢；但是他不肯割爱，于是乎只好敝帚自珍了。

歇卜士先生却会说好几国话。大战后太太带了先生小姐，还有一个朋友去逛意大利；住旅馆雇船等等，全交给诗人的先生办，因为他会说意大利话，幸而没出错儿。临上火车，到了站台上，他却不见了。眼见车就要开了，太太这一急非同小可，又不会说给别人，只好教小姐去张看，却不许她远走。好容易先生钻出来了，从从容容的，原来他上"更衣室"来着。

太太最伤心她的儿子。他也是大学生，长的一表人才。大战时去从军；训练的时候偶然回家，非常爱惜那庄严的制服，从不教它有一个折儿。大战快完的时候，却来了恶消息，他尽了他的职务了。太太最伤心的是这个时候的这种消息，她在举世庆祝休战声中，迷迷糊糊过了好些日子。后来逛意大利，便是解闷儿去的。她那时甚至于该领的恤金，无心也不忍去领——等到限期已过，即使要领，可也不成了。

　　小姐现在是她唯一的亲人；她就为这个女孩子活着。早晨一块儿拾掇拾掇屋子，吃完了早饭，一块儿上街散步，回来便坐在饭厅里，说说话，看看通俗小说，就过了一天。晚上睡在一屋里。一星期也同出去看一两回电影。小姐大约有二十四五了，高个儿，总在五英尺十寸左右；蟹壳脸，露牙齿，脸上倒是和和气气的。爱笑，说话也天真得像个十二三岁小姑娘。先生死后，他的学生爱利斯（Ellis）很爱歇卜士太太，几次想和她结婚，她不肯。爱利斯是个传记家，有点小名气。那回诗人德拉梅在伦敦大学院讲文学的创造，曾经提到他的书。他很高兴，在歇卜士太太晚餐桌上特意说起这个。但是太太说他的书干燥无味，他送来，她们只翻了三五页就搁在一边儿了。她说最恨猫怕狗，连书上印的狗都怕，爱利斯却养着一大堆。她女儿最爱电影，爱利斯却瞧不起电影。她的不嫁，怎么穷也不嫁，一半为了女儿。

这房子招徕住客，远在歇卜士先生在世时候。那时只收一个人，每日供早晚两餐，连宿费每星期五镑钱，合八九十元，够贵的。广告登出了，第一个来的是日本人，他们答应下了。第二天又来了个西班牙人，却只好谢绝了。从此住这所房的总是日本人多；先生死了，住客多了，后来竟有"日本房"的名字。这些日本人有一两个在外边有女人，有一个还让女人骗了，他们都回来在饭桌上报告，太太也同情的听着。有一回，一个人忽然在饭桌上谈论自由恋爱，而且似乎是冲着小姐说的。这一来太太可动了气。饭后就告诉那个人，请他另外找房住。这个人走了，可是日本人有个俱乐部，他大约在俱乐部里报告了些什么，以后日本人来住的便越过越少了。房间老是空着，太太的积蓄早完了；还只能在房子上打主意，这才抵押了出去。那时自然盼望赎回来，可是日子一天一天过去，情形并不见好。房子终于标卖，而且圣诞节后不久，便卖给一个犹太人了。她想着年头不景气，房子且没人要呢，那知犹太人到底有钱，竟要了去，经理人限期让房。快到期了，她直说来不及。经理人又向法院告诉，法院出传票教她去。她去了，女儿搀扶着；她从来没上过堂，法官说欠钱不让房，是要坐牢的。她又气又怕，几乎昏倒在堂上；结果只得答应了加紧找房。这种种也都是为了女儿，她可一点儿不悔。

　　她家里先后也住过一个意大利人，一个西班牙人，都和小姐做过爱；那西班牙人并且和小姐定过婚，后来不知怎样解了约。小姐倒还惦着他，说是"身架真好看！"太太却说，"那是个坏家伙！"后来似乎还有个"坏家伙"，那是太太搬到金树台的房子里才来住的。他是英国人，叫凯德，四十多了。先是作公司兜售员，沿门兜售电气扫除器为生。有一天撞到太太旧宅里去了，他要表演扫除器给太太看，太太拦住他，说不必，她没有钱；她正要卖一批家具，老卖不出去，烦着呢。凯德说可以介绍一家公司来买；那一晚太太很高兴，想着他定是个大学毕业生。没两天，果然介绍了一家公司，将家具买去了。他本来住在他姊姊家，却搬到太太家来了。他没有薪水，全靠兜售的佣金；而电气扫除器那东西价钱很大，不容易脱手。所以便干搁起来了。这个人只是个买卖人，不是大学毕业生。大约穷了不止一天，他有个太太，在法国给人家看孩子，没钱，接不回来；住在姊姊家，也因为穷，让人家给请出来了。搬到金树台来，起初整付了一回房饭钱，后来便零碎的半欠半付，后来索性付不出了。不但不付钱，有时连午饭也要叨光。如是者两个多月，太太只得将他赶了出去。回国后接着太太的信，才知道小姐却有点喜欢凯德这个"坏蛋"，大约还跟他来往着。太太最提心这件事，小姐是她的命，她的命决不能交在一个"坏蛋"手里。

小姐在芬乞来路时，教着一个日本太太英文。那时这位日本太太似乎非常关心歇卜士家住着的日本先生们，老是问这个问那个的；见了他们，也很亲热似的。歇卜士太太瞧着不大顺眼，她想着这女人有点儿轻狂。凯德的外甥女有一回来了，一个摩登少女。她照例将手绢掖在袜带子上，拿出来用时，让太太看在眼里。后来背地里议论道，"这多不雅相！"太太在小事情上是很敏锐的。有一晚那爱尔兰女仆端菜到饭厅，没有戴白帽檐儿。太太很不高兴，告诉我们，这个侮辱了主人，也侮辱了客人。但那女仆是个"社会主义"的贪婪的人，也许匆忙中没想起戴

195

帽檐儿；压根儿她怕就觉得戴不戴都是无所谓的。记得那回这女仆带了男朋友到金树台来，是个失业的工人。当时刚搬了家，好些零碎事正得一个人。太太便让这工人帮帮忙，每天给点钱。这原是一举两得，各厢情愿的。不料女仆却当面说太太揩了穷小子的油。太太听说，简直有点莫名其妙。

太太不上教堂去，可是迷信。她虽是新教徒，可是有一回丢了东西，却照人家传给的法子，在家点上一支蜡，一条腿跪着，口诵安东尼圣名，说是这么着东西就出来了。拜圣者是旧教的花样，她却不管。每回作梦，早餐时总翻翻占梦书。她有三本占梦书；有时她笑自己；三本书说的都不一样，甚至还相反呢。喝碗茶，碗里的茶叶，她也爱看；看像什么字头，便知是姓什么的来了。她并不盼望访客，她是在盼望住客啊。到金树台时，前任房东太太介绍一位英国住客继续住下。但这位半老的住客却嫌客人太少，女客更少，又嫌饭桌上没有笑，没有笑话，只看歇卜士太太的独角戏，老母亲似的唠唠叨叨，总是那一套。他终于托故走了，搬到别处去了。我们不久也离开英国，房子于是乎空空的。去年接到歇卜士太太来信，她和女儿

196

已经作了人家管家老妈了；"维多利亚时代"的上流妇人，这世界已经不是她的了。

一九三七年四月二十七日至二十八日作

出品人：许　永
出版统筹：林园林
责任编辑：陈泽洪
特邀编辑：黎福安
封面设计：墨　非
内文制作：百　朗
印制总监：蒋　波
发行总监：田峰峥

发　　行：北京创美汇品图书有限公司
发行热线：010-59799930
投稿信箱：cmsdbj@163.com

官方微博　　　微信公众号